Das Buch

Wo Walter Kempow[illegible] ne,
beginnt dieser ›Rom[illegible] die Rote
Armee in Rostock ei[illegible] Kem-
powskis, wie der Titel im Familienjargon ankündigt, also gar nicht gegangen sein. Man erlebt am eigenen Leibe oder bei Nachbarn und Freunden Elend, Hunger, Plünderungen und Gewalttätigkeiten. Aber man ist nicht ausgebombt, hat noch etwas Geld, und zwischen Trümmerschutt und Ausgangssperren, Schwarzem Markt und Hamsterzügen versucht man, die bürgerliche Kontinuität wieder herzustellen. »Mit mehr Einzelheiten und minuziöser läßt sich gewiß nicht beschreiben, was man damals aß, was man anzog, wie man sprach, was man dachte. Kempowskis Gedächtnis und seine Zettelkästen sind zuverlässige Informanten. Sie geben präzise Auskunft über die Reaktionen dieser bürgerlichen Schicht auf das Verhalten der Besatzungsmacht einschließlich der Witze, die über sie im Umlauf waren, sie rufen in Erinnerung, wie man auf Demontagen, Enteignungen, Bodenreform reagierte, auf die Neugründungen der politischen Parteien. Sie zeigen, wie man sich privat wieder einrichtet in der ›neuen Zeit‹. Wer es vergessen oder verdrängt hat, hier kann er es nachlesen.« (Frankfurter Allgemeine Zeitung)

Der Autor

Walter Kempowski, am 29. April 1929 in Rostock geboren, 1944 wegen »politischer Unzuverlässigkeit« in eine Strafeinheit der Hitlerjugend eingewiesen und bei Kriegsende Flakhelfer, lernte danach Druckereikaufmann, bis er 1948 in der »Ostzone« aus politischen Gründen zu 25 Jahren Zwangsarbeit verurteilt wurde, wovon er acht Jahre im Zuchthaus Bautzen verbüßte. Nach seiner Amnestierung studierte er in Göttingen Pädagogik und war 20 Jahre lang Lehrer in Norddeutschland. Seit 1981 hat er einen Lehrauftrag an der Universität Oldenburg.

Walter Kempowski:

Uns geht's ja noch gold

Roman einer Familie

Deutscher
Taschenbuch
Verlag

Von Walter Kempowski
ist im Deutschen Taschenbuch Verlag erschienen:
Ein Kapitel für sich (1347)

Ungekürzte Ausgabe
1. Auflage August 1975
Deutscher Taschenbuch Verlag GmbH & Co. KG,
München

Umschlaggestaltung: Celestino Piatti
Gesamtherstellung: C. H. Beck'sche Buchdruckerei,
Nördlingen
Printed in Germany · ISBN 3-423-01090-8
14 15 16 17 18 · 94 93 92 91 90

Für Klaus-Heinrich Walther
Как мне трудно уходить во тьму.

Alles frei erfunden!

I

Wenn ich mich etwas vorbeugte, konnte ich vom Schlafzimmerfenster aus alles gut überblicken. Drogerie Kotelmann, Schlachter Timm.
Seifenheimchen schloß das Fenster.

Gegenüber die Paulstraße, die machte hinten einen Knick: bis dahin war das Feuer gedrungen, bei der »Katastrophe«, wie die Leute die Angriffe von 1942 nannten. *Vor* der Katastrophe und *nach* der Katastrophe. Jetzt würde es vor und nach dem Zusammenbruch heißen.
Bis zu Bäcker Kofahl hatte es sich gefressen. »O watt Löckers«, hatte der alte Kofahl gesagt, in seiner kleinkarierten Bäckerbüx. »All dat Mähl ...«

Ich kniete auf der Couch und hatte die Innenfenster geöffnet. Aus allen Häusern hingen weiße Fahnen. Als ob das alles Bunker wären, die kapitulierten. Gegenüber, bei Arbeiter Krampke sogar eine rote. Ein »Fahnenwald«, wie man früher gesagt hätte. Aber dies erinnerte doch eher an alte Postkarten von Neapel, mit Unterwäsche von Haus zu Haus.

An der Ecke hielt ein Motorrad mit Russen. Im Beiwagen lagen Schuhe, die herunterbaumelten. Die Schuhe hatten sie vom Schuster geholt. Rrrrt! mit der Maschinenpistole die Scheibe kaputtgeschossen: einen ganzen Arm voll, noch mit Paketanhängern, wem sie gehörten. Hoffentlich viel einzelne.
Die Russen flachsten mit einer Ostarbeiterin. Die zeigte auf unser Haus.

»Komm lieber vom Fenster weg«, sagte meine Mutter.

»Sonst werden die noch aufmerksam.«
Sie räumte den Kleiderschrank auf.

Geblüht im Sommerwinde
gebleicht auf grüner Au
ruhst still du jetzt im Spinde
als Stolz der deutschen Frau.

Alles schön auf Kante. Waschlappen, Taschentücher (früher ritsch-ritsch-ritsch mit Kölnisch Wasser). Badelaken noch aus Wandsbek. Indanthren: links Sonne, rechts Regen, in der Mitte ein stilisiertes I.

Die Fächer müßte man mal wieder mit Papier auslegen, weiß mit kleinen blauen Sternen, und zählen, was man so hat. Bettücher, Bettbezüge und die dazugehörigen Knopfstreifen. Auch mal wieder alles durchsehen und flicken.
Was Tante »Basta« wohl machte? Aus erstklassiger Familie, aber verarmt irgendwie, die hatte immer so schön geholfen. Die gute Alte. Die ganze Aussteuer hatte sie damals genäht.

Hier waren ja auch noch die Handtücher von MAGGI, die es früher auf Rabattmarken gegeben hatte (als Kinderhandtücher gar nicht so schlecht), damals, als es auch glasartige Bonbons zu kaufen gab, bei Mudding Schulz, mit schwarzem Hakenkreuz, aus Lakritze.

»Sind sie weg?«
Nein, sie waren noch da.

Vatis Hemden erstmal nach hinten legen, bis er wiederkommt. Und die Strümpfe auch, die dicken grünen Knikkerbockerstrümpfe. Und die Wickelgamaschen. O, wie war das schrecklich gewesen, wenn er alles durchgrabbelte, zum Verzweifeln, fuchsteufelswild. »Warum nimmst du nicht vorn weg?« Nein, alles grabbelte er durch.

Nach Markgrafenheide war man gewandert. So oft, so oft.

»Ist denn der olle Wald nicht bald zu Ende?« hatte ich gesagt, ihr kleiner Peterpump, und ob's hier auch Wildschweine gäb, und die Bäume mir so angekuckt, ob man da hinaufklettern kann.
Zu süß. Und Vati hatte gesagt: »Nein, mein Junge, da kannst du ganz ruhig sein«; und geschmunzelt und sie so angepufft. »Hier gibt's keine Wildschweine.« Und wenn wirklich eins käm, dann hätte das mehr Angst vor uns, als wir vor ihm.

Und in Gelbensande die schönen Erdbeeren? Erdbeeren mit Milch? Nun wär der Krieg ja zu Ende, da gäb's bestimmt auch bald wieder Erdbeeren, vielleicht.

Was wohl als Nächstes passiere, fragte sie sich.
Soweit war man ja gut durchgekommen. Den Naziquatsch. Diese Muschpoke! Nicht ausgebombt und am Leben.

Ulla sicher in Dänemark, das gute Kind. Die dachte gewiß jetzt her, wie's uns so geht.
Aber Roberding. Und Vati? Na mal sehn. Das würde auch noch werden. Abwarten und Tee trinken. Treckt sick all na'n Liev.

Aber: Russen! Wer hätte das gedacht. Hätten die Engländer nun nicht eher da sein können? Die paar Kilometer? Warum, o warum.

Wie gut, daß man im zweiten Stock wohnte. Wenn wirklich Russen ins Haus kämen, dann müßten sie ja erstmal an der verlassenen Wohnung von Beckers vorbei, konnten da alles ungestört durchstöbern: Schubladen aufziehen, was da so drin ist. Briefpapier, Fotoalben; meinetwegen auch Pfeifenreiniger. Dann wär der Tatendrang gewiß gestillt.

Zweiter Stock: das waren immerhin sechs Treppen, das überlegten sie sich, mit ihren schweren Stiefeln, und eine verlassene Wohnung durchzustöbern, das wär ihnen gewiß viel interessanter und angenehmer, als immer erst jemand zur Seite zu schüchern. Da fühlten sie sich denn nicht so beobachtet.

Etwas bedrohlich, daß da hinten bei Krause auch Wein lagerte; der Wein von Gebr. Cornelli, gegründet 1873. Den hatte wohl die Ostarbeiterin gemeint, als sie auf unser Haus zeigte.
Cornelli war damals abgebrannt, in der »Katastrophe«, und hatte seine Vorräte in der Brausefabrik von Dr. Krause gestapelt, hinter unserem Haus.
Cornelli, ein so durch und durch feiner Mann.
Anthroposoph. Als ein seiner selbst Durchchrister schaffe man Neugottesgrund, hatte er mal gesagt. Die Aktentasche so unterm Arm, als ob ein Judenstern darunter wär.
Seine Frau war ganz bewußt gestorben: »Krepps«.
Sie sollten nicht traurig sein, hatte sie geflüstert. Sie gehe nur hin-über, Stufe für Stufe. Eine Stufe weiche der anderen: neue Räume, licht und sonderbar.
Und der Mann und die Kinder – nun ja auch schon älter – die hatten am Bett gestanden und den ganzen Tod er-lebt. Nicht traurig, eher kühl. Fabelhaft.

> O Nacht, die mich umfleußt
> mit Offenbarungswonnen,
> ergib mir, was du weißt!

Aber zu Ullas Hochzeit hatte er schlechten Wein geliefert. Essigsaure Tonerde, Surius. Warum man bloß? Drauf sitzen, was? Mehr als bezahlen konnte man ja schließlich nicht.
Den guten würden nun die Russen trinken.

Ich besah mich in den Spiegeln der Frisiertoilette. Wie in einem Irrgarten, allmählich grün werdend. Die Maske des verwundeten Kriegers, oder Paul Wegener als russischer General.

Nun konnte ich mir in Ruhe die Haare wachsen lassen. Erstes, zweites und drittes Umkippen der Wellen. Mal zeigen, was man kann. Der Kochpottschnitt war endgültig passé.

Das Motorrad fuhr weg. Das Knattern war ja auch schon nicht mehr auszuhalten gewesen.
Ich knotete mir ein Taschentuch um den Ärmel und ging schon mal auf die Straße.
»Sieh dich vor, mein Jung! Geh nicht zu weit weg! Hörst du?«

Wie sie so sanft ruhn
alle die Toten.

Was konnten sie mir schon tun? Immer war ich gegen die Nazis gewesen, Pflichtgefolgschaft und nicht beim Militär. Und die Eltern in der Bekennenden Kirche. Vater sogar Loge.

In der Friedrich-Franz-Straße lag ein totes Pferd mit abgestreckten Beinen. Das war eins von der Wehrmacht, ein Kriegskamerad. Zwei alte Männer vom katholischen Krankenhaus tranchierten es. Sie legten die Fleischstücke säuberlich in Schüsseln und Kummen: hier die Leber und dort das Schiere vom Schenkel. Ursulinen liefen raus und rein: in schwarzen Gewändern, das Gesicht weiß eingefaßt: Gulasch davon machen, aber kräftig würzen, sonst schmeckt es süßlich.

Auch Frau von Lossow kam nun zögernd aus ihrer Veranda, sie hatte schon lange auf der Lauer gelegen. Vier Mädchen und einen Jungen: Lotti, Eva, Margret und Sieglinde. Der Sohn hieß Erich, den hatten sie dummerweise aufs Gymnasium gegeben, Griechisch *und* Latein. Das war doch'n bißchen happig gewesen. Vorsichtig sah Frau von Lossow sich um, ob der Weg frei wär, links-rechts, links-rechts, rasch hinüber.

Die katholischen Männer rückten ein Stück, obwohl das

Pferd auf ihrer Seite lag und sie als erste dagewesen waren. »Bis da ist unser, das da können Sie sich nehmen.« Das Messer wetzten sie ihr am granitenen Bordstein: bitteschön. Was fängt man mit den Kaldaunen an, das war die Frage. Wegschmeißen? Oder durch den Fleischwolf drehen als Ragout?

Durch die Hermannstraße rollte die russische Armee. Ein Sowjetsoldat, den Regenmantel umgehängt, die »Balalaika« vorm Bauch, winkte sie ein. Eine lange Kette von Fahrzeugen. Lastautos wie aus den 20er Jahren, eckig und mit Sonnenschirm über der Windschutzscheibe, Panzer mit umgedrehten Geschütztürmen. Zuerst dachte man: fahren die rückwärts? Oben in der Luke ein Panzersoldat, mit einer Raupenkappe auf dem Kopf.

Als Lastautos und Panzer durch waren, kamen Soldaten in wannenartigen Panjewagen, struppige Pferdchen davor.

Von fern ein Schein, wie ein brennendes Dorf
mattdüsterer Glanz auf den Lachen im Torf.

Stroh hatten sie in den Wagen, damit es nicht so rüttelt. Sie kuckten nicht links, nicht rechts, immer weiter, keine Zeit, keine Zeit.

Am Zaun hing eine KZler-Jacke, blau und weiß gestreift.

Auf dem Alten Schlachthof war emsiger Betrieb. Da lagerte Käse in Türmen, Konserven, Tabak. Männer rissen unten Kisten heraus, die Säulen stürzten um. Fußhoch Zucker, gemischt mit getrockneten Erbsen, ausgelaufenes Speiseöl.

»Sie müssen etwas after mi gehn«, sagte ein junger, bleicher Mensch mit Brille, einen schlaffen Beutel hatte er unter dem Arm, man müsse eine andere Hinstellung organisieren. »Gehn Sie doch 'n bitten after mi ...« dann kriege jeder was.

»Stör uns hier nicht, du Sack.«

Vor dem gußeisernen Tor, das mit Schweineköpfen verziert war, an einem grüngestrichenen Stadtbrunnen – unten für Hunde, in der Mitte für Pferde, oben für Vögel – stand Manfred mit seinem Ziehwagen. Er wollte auch was »organisieren«, aber, wenn er sich eben ein paar Schritt vom Wagen entfernte, dann näherten sich sogleich Schwerbepackte. Die hätten ihm den Wagen gestohlen.

Eine Frau fragte, er stehe hier so nutzlos herum, ob er ihr dies mal eben nach Hause fahren könne? Nein? Er solle bloß aufpassen, jetzt wär'ne andere Zeit: »Du bist wohl 'n Hitlerjunge, was?«

Russen waren keine zu sehen. Dafür fünf Messerschmitt-Jäger. Schnell ducken. Hatten die Russen denn keine Flak? Me 109, das waren doch damals die schnellsten gewesen, 700 km/h, Weltrekord. Aber schon sehr lange her.

Mit Manfreds Ziehwagen hatten wir früher immer Auto gespielt, er hatte die Deichsel zwischen den Beinen gehabt, und ich hatte hinten sitzen und abstoßen müssen. – »Junge, du mußt mal andersrum«, hatte meine Mutter gesagt, »die Hacken nützen sich so ab.«
Steuern durfte ich nie, immer nur treten.

Wir sammelten ein, was auf der Straße lag. Drei große Räder Käse, fünf, sechs Kisten Konserven (keine Ahnung, was da drin war), vier Kanister Speiseöl und eine Kiste mit Rationen für den Großeinsatz. Eins der Päckchen riß ich auf, da war Dextro Energen drin, das schmeckte kühl.
Alles aufgeladen und dann ab. Da hinten, den Eimer Marmelade noch und hier den Karton. Ach was, liegen lassen. Oder nein, lieber doch mitnehmen. (Hundekuchen, wie sich dann herausstellte.)

Ob man es schaffte, unbehelligt nach Hause zu kommen? Da hinten war ja schon die Bismarckstraße, dann war es nicht mehr weit.

Zu Hause wurde geteilt. Schweinefleisch im eigenen Saft, Heringe in Tomatensauce. Tabak. Aber auch Sellerie.
Meine Mutter war sogar noch einkaufen gegangen. »Mir passiert schon nix«. Gegenüber bei Schlachter Timm hatte es Fleisch gegeben. Mit einemmal habe sich die Tür geöffnet, erzählte sie, und ein besoffener Russe sei hereingekommen. Frau Timm habe gesagt: »Alle stehen bleiben, ganz ruhig, gar nicht beachten.« In der einen Tasche habe ein Unterrock gehangen, in der andern Tasche eine Flasche Schnaps gesteckt. Er sei da herumkarjolt und habe vom Ladentisch alles mögliche heruntergefegt. Die Frauen hätten rauslaufen wollen, aber Frau Timm habe gesagt: »Komm her, krist'n Stück Fleisch«, und hätte ihm ein riesen Stück Rindfleisch gegeben. Damit wäre er hinter einer Frau hergerannt und hätte ihr den Klumpen in die Hand gedrückt. »Da!« Und die Frau wär glückstrahlend abgezogen damit.

Dann war meine Mutter mit Großvater (»alles verbrannt, verbrannt, verbrannt«) in der Fabrik gewesen, an den Besoffnen waren sie vorbeigeschlichen, die da Flaschen kaputtschmissen und hatten oben vom Boden einen Sack Zukker heruntergezerrt.
Dr. Krause, der Fabrikbesitzer (»Bleiben Sie man hier, Frau Kempowski, wir bleiben alle hier«) war ja auf sein Gut geflüchtet; warum sollte man sich da nicht etwas nehmen? »Wenn wir's nicht tun, tun's andere.«

Mit vereinten Kräften wurde der Sack in unsern Keller bugsiert und in Kartons, Eimer und Vasen abgefüllt. Dann fiele das nicht so auf.

Die Fleischkonserven trugen wir auf den Boden, der Sellerie konnte im Keller bleiben. In die Schale der ausufernden Eßzimmerlampe kamen 25 Päckchen Tabak und auf das Bufett nochmal 25. Da lag der Gelbe Onkel, mit dem meine Geschwister früher Schacht gekriegt hatten. (»Bitte nicht!«).

Jija-jija.
Ich nie, ich war ja immer der Lütte gewesen.

Die Russen hatten in den Stadtwerken sämtliche Hähne aufgedreht: Was nützt das schlechte Leben. Alle Maschinen volle Kraft voraus! Strom, Wasser, Gas – herrlich.
Wir stellten den Heizungsofen an und kochten drei Tage im voraus.

Der Abend kam, wir hörten Nachrichten. Trommelwirbel: Um den Führer geschart verteidige sich die tapfere Besatzung von Berlin.
Die Engländer wären bei Boizenburg über die Elbe gegangen. Zu spät!
»Ich glaube, wir lassen es lieber«, sagte meine Mutter.

> Denke dran, daß das Abhören ausländischer
> Sender unter Strafe steht!

Das Schild hing ja noch dran.
Womöglich wegen so einem Quatsch totgeschossen oder ich weiß nicht wie getriezt zu werden.

Wir knipsten in der Tischlampe das obere Licht aus, da kam es nur noch matt aus dem vasenartigen Keramikfuß. Meine Mutter nahm ihre Ocki-Arbeit zur Hand, das zierliche Elfenbeinschiffchen. So hatten wir früher auch immer gesessen, Vater mit seinen dicken Fingern und die guten Zigarren, von Loeser & Wolff.

Später würde man vielleicht doch mal moderne Möbel anschaffen, wenn's wieder alles gibt.
»In den Möbeln haben wir geheiratet, in den Möbeln werden wir auch alt«, hatte mein Vater gesagt. Stockkonservativ. Nicht mal'n Stuhl verrücken.
(Horchen: Was war das? War da nicht was? –)
Stockkonservativ.

Das kam wohl von seiner Mutter. Die war wohl 20mal umgezogen. Und immerlos hatte sie die Möbel umgeräumt. Da hatte sich Großvater Kempowski doch mal auf den Fußboden gesetzt, nachts, als er wieder mal duhn nach Hause kam! – Er hatte gedacht: Nun setz ich mich noch'n Moment in meinen schönen bequemen Lehnstuhl und bums! wie ein Maikäfer auf dem Rücken gelegen.

Auf der Straße wurde geschossen.
»Wie in Hamburg 1920«, flüsterte meine Mutter, stand auf und machte den Bücherschrank zu.
Wo Licht war: päng! da hatten damals die Kommunisten reingeknallt. Die Häuser im Zentrum waren wie gesprenkelt gewesen von Schüssen.
Der kranken Großmutter hatte man erzählt, die Schüsse, das sei Kaisers Geburtstag.

Jetzt fuhr ein Lastwagen in den Torweg. Er bumste gegen die Mauer, daß wir dachten: nun fällt das Haus um.
Soldaten kamen die Treppe rauf.
Bist du's lachendes Glück?
Zwei oder drei Mann, mit Mädchen. Sie schlossen Beckers Wohnung auf. Die Stimme kannte man doch? Das war doch Vera? – Jetzt schmissen sie Glas kaputt. Schossen in die Decke und gröhlten.
»Die kommen bestimmt auch zu uns, oder glaubst du nicht?«

Wir legten uns auf die Ehebetten, – nun doch besser zusammenbleiben, – lauschten. Meine Mutter im Trainingsanzug, den Pelzmantel darüber und ich in meinem guten dänischen Anzug, einreihig mit breiten Revers.
Der Film »Anschlag auf Baku«: Die adligen Damen schieben einen Schrank vor die Kellertür und halten die Luft an – eine kriegt noch 'n hysterischen Anfall – halt! sagen die Rotgardisten draußen vorm Schrank, war da nicht was? Nein, alles ruhig.

Nun wieder Schüsse.
»Ob das durch den Fußboden hindurch geht? Was meinst du?«
Mein Großvater, in seinem Zimmer, der schnarchte in regelmäßigen Abständen. De Bonsac, uralter Hugenottensproß.
»Das ist der Schlaf des Gerechten«, sagte meine Mutter.
»Der hätte man Landwirt werden sollen, statt Kaufmann«, nie was gewagt, immer nur Hypotheken, das wär die ganze Weisheit gewesen und dann: Schutt, Asche, Dreck, Staub. Alles in dutt.
Die Schuldner hatten lächelnd die Achseln gezuckt. »Zinsen zahlen für ein Haus, das es nicht mehr gibt? Aber mein lieber Herr Bonsac...«

Ob man vielleicht lieber die Uhr anhielte? Der Schlag? Vielleicht lockte der die Russen an?
»Was meinst du, mein Junge?«
Ein Glück noch, daß sie Vera kannte. Der hatte sie mal Zeug gegeben, als die Nazis noch da waren und einen Knust Brot und immer so freundlich gelächelt.
Am Nachmittag hatte sie sich die sogar noch vorgeknöpft. »Vera«, hatte sie gesagt, »du erinnerst dich doch, du doch noch wissen, ich dir Jacke gegeben, ja?« (Die karierte von Ulla, mit dem einen Knopf unterm Kinn. Ein bißchen aus der Mode, aber tadelloser Stoff.)
»Ja«, hatte Vera da gesagt, »keine Angst, Frau Kempowski, wir schützen Sie.«

Oh, ein schönes, stattliches Mädchen.
Die hatten ja nie was gehabt, die russichen Mädchen. »Russin? – Die braucht nichts!« Und das waren doch junge Mädchen gewesen. Die wollten sich doch auch mal schön anziehen.

Draußen auf der Straße knallte es; schrille Schreie. Und dann so ein Gepolter und Gewrögel, als ob gerungen wird. Auch Krachen und Splittern von Türen.
»Die armen Menschen«, sagte meine Mutter, und mir standen die Haare zu Berge.

Nun wurde an unsere Tür geballert: »Aufmachen, schnell!« Als ob die's eilig hätten.
Meine Mutter jagte hin und rief: »Sie irren sich wohl? Offizier da unten!«
Brummend gingen sie weg, und meine Mutter legte sich wieder hin. Wie war das nun bloß möglich. Wie die Botokuden.

Vielleicht sollte man eben noch die Wanne voll Wasser lassen? Wer weiß, wie lange es noch Wasser gibt? »Bleib du man liegen, mein Jung.« Vorsichtig hinschleichen. Die Brause anstellen, das poltert nicht so. Und morgen auch den Sellerie nach oben tragen. Sonst fänden sie den womöglich und würden dadurch verleitet, noch nach mehr zu suchen.

Pssst! Da kam wieder einer nach oben geschlichen und knispelte an der Tür. Jetzt an der Klingel (abgestellt!) und jetzt an der Milchklappe, klick-klack.

Sei ruhig, bleibe ruhig, mein Kind:
In dürren Blättern säuselt der Wind.

»Wir tun so, als ob wir das nicht hören. Der geht auch wieder weg.«

2

Am nächsten Morgen klopfte Vera an die Tür. Wir möchten mal runterkommen, meine Mutter und ich.
»Nun isses soweit, mein Jung', zieh dir was Warmes an.«
Schnell die Fenster schließen und hier, die Schlüssel paratlegen.

Sorg, aber sorge nicht zuviel,
Es geht ja doch wie Gott es will.

Taschentuch einstecken, Schlips festziehen. Und schnell nochmal aufs Klo. Wer weiß, wann man da mal wieder hinkommt.

Das hatte ja nicht gutgehen können. Das hätte man vorher wissen müssen: Russen im Haus. Vielleicht wär man doch besser in den Westen gegangen. Einfach mit dem »Friedrich« gefahren, wie Denzer das gemacht hatte. Der hatte ja noch gesagt: »Frau Kempowski, noch ist Zeit, kommen Sie mit!« Einfacher wär's ja nicht gegangen. Aber nein. Wie man's macht, isses verkehrt.
Wo der Dampfer jetzt wohl steckte? Vielleicht war er längst untergegangen? – Wer weiß, wozu's gut ist.

Der eine Offizier – Schulterstücke so groß wie Frühstücksbrettchen – saß auf dem Sofa, eine Ukrainerin bei sich. Der andere hielt das Grammophon in Gang.

Valencia!
Meine Augen, deine Augen
Hühneraugen Kukirol!

Halbvolle und ausgeschwappte Weingläser auf dem Tisch, Kaffeekannen, Tassen, Brot.
Auf dem Teppich Kirschkerne und plattgetretene Heringsköpfe.

Wir blieben in der Tür stehen, und meine Mutter sagte: »Bitte sehr, hier sind wir?« (»Augen wie Schusterkugeln«!) Der Offizier auf dem Sofa kuckte uns an und lachte: Schöne Bescherung, nicht?
Ja, das konnte man wohl sagen, schöne Bescherung. Das reinste »Towabo«.
Und Vera sagte: »Nun müßt ihr saubermachen...« Die Offiziere gingen gleich weg, und dann sollten wir hier saubermachen. »Ja«, sagte meine Mutter, sofort, gern, sie wolle nur noch ihrem alten Vater Kaffee kochen, ob sie noch eben ihrem alten Vater Kaffee kochen dürfe, der wäre achtzig.
»Ja, aber dann saubermachen.«
Ja. Gut. Eben noch Kaffee kochen und dann saubermachen. Und ich ging auch mit nach oben, auch mit helfen Kaffee kochen.

Dem Großvater (»was, mein Grethelein?«) wurde eingeschärft, daß wir da unten wären, unten, (»wie?«) damit er wisse, wo wir geblieben sind. (»was?«) Und wenn was wär, wir wären unten. Und wenn wir nicht wiederkämen, dann solle er irgendwie in der Nachbarschaft bescheidsagen und sich um uns kümmern.
»Já-já-já-já-já!«

Wir nahmen den PROTOS, das alte große Ding mit der grünen Schnur und gingen an die Arbeit.
Die Offiziere waren fort, und Vera saß auf dem Fensterbrett, einen Karton voll erstklassiger Kekse neben sich, und kuckte zu, wie wir den Dreck wegmachten. Auf dem Grammophon die Weihnachtsplatte von Willi Becker, dem Sohn der Nachbarn, Glockengeläut und Weihnachtslieder. »Liebe Eltern. Von der Ostfront meine herzlichen Segenswünsche zum Weihnachtsfeste. Ihr sitzt jetzt gewiß um den runden Tisch und alles ist wie früher...«
Meine Mutter saugte den Schmutz auf – die Kirschkerne klickerten in der Metallröhre – und ich polkte die Herings-

köpfe mit den Fingern vom Teppich und tat sie in einen Karton.
Der Jungvolkjungen Höchstes ist die Ehre.

In der Küche stand dreckiges Geschirr. Auf dem Herd riesige Pfannen mit Nudeln, die dampften. Die Ukrainerin warf Fleischbrocken hinein. Sie kümmerte sich nicht um uns, kuckte so zu, wie das da verbruzzelte.

Im Schlafzimmer hatten sie Körperpuder ausgestreut, Fettpuder. Die Glasplatten dick voll, das war gar nicht wieder abzukriegen. Wie nach einer Verfolgungsjagd von Dick und Doof: Wie du mir, so ich dir. Alles um und dumm, und überall hingequalstert. »I gitt!«

Nach 3 Stunden waren wir fertig, und Vera ließ uns gehen. Ob wir unsern Kanarienvogel runterbringen könnten, fragte sie.
»Auch das!« sagte meine Mutter. (»Das arme Tier.«) Eine Tüte Futter dazulegen, sonst gaben sie ihm womöglich Wurst.

In der Nachbarschaft ging es wüst zu. Drei Tage sei Plündern frei, hieß es, das müsse man irgendwie verkraften. Kopf einziehen. Sich vergraben, unsichtbar machen, in Luft auflösen.

Ich sah vom Fenster aus, wie immer mehr Russen durch die Straße strömten und sich auf die Häuser verteilten. Hier raus, da rein. Und da raus und hier rein. Und auf dem Fahrdamm begegneten sie sich und zeigten sich, was sie ergattert hatten.

Gegenüber Graffunder, der Steuerberater, der hatte seine Haustür mit Brettern vernagelt. Er meinte wohl, sie dächten, er sei Graf und würden ihm besonders hart zusetzen.

Arbeiter Krampke, ein Haus weiter, »der Mann mit der Kommunistenmütze«, wie wir ihn immer nannten, der wurde geohrfeigt, weil er die Russen nicht an sein Vertiko heranließ. (»Das hat er nun davon.«) Und seine Lederjacke, die wollte er auch nicht ausziehen.

Die Frauen versteckten sich in Rumpelkammern. Wurden sie aufgestöbert, dann kletterten sie aufs Dach, rannten zum Nachbardach, stiegen in eine Luke, liefen Treppen runter und krochen, wenn die Luft rein war, durch Kellerdurchbrüche wieder zurück, manchmal auch umgekehrt. Dick angezogen, wie Tonnen. Das Gesicht schwarz gemacht, das Haar strähnig.

Wer einen alten Vater hatte, der schickte den vor, da zogen die Muschkoten dann manchmal ab. »Alte Leute gelten in Rußland noch was.« Aber die Jugend, die könne sich alles erlauben.

Wir waren durch den Lastwagen, der wie ein Pfropfen im Torweg saß, einigermaßen geschützt.
Aber es ballerte immer wieder auch an unsere Tür. Doch Vera, das muß man sagen, kam immer angesprungen und schrie die Muschkoten mit gellender Stimme an. Schließlich schlossen die Offiziere das große eiserne Tor mit einer Kette. Sie wollten auch ihre Ruhe haben, verdammt noch mal.

Ab und zu kamen die Fahrer herauf, die wollten bloß ein bißchen schnacken. Lästig war das, man verstand sich nicht.
»Karascho-Kamerad«, mußte man sagen. »Karascho«, das hieß »gut«. – »Krieg schlecht, nix karascho, Krieg nix gutt, du verstehn?«
»O, ja, Krieg schlecht. Aber du karascho, Kamerad.«
»Ich karascho?«
»Ja, du karascho.«
Na, denn karascho.

Alles wollten sie befummeln (»Wie die Kinder.«) Die Eieruhr, den Feueranzünder, die Schnur, mit der ich einen Lautsprecher nach hinten gelegt hatte, nie funktioniert. »Wott-wott-wott.«
Das Telefon. Einer drehte unentwegt am Telefon. Und natürlich das Klo. Reinspucken, ziehen – weg. »Jib twoi match«, das war interessant.
»Am besten gar nicht beachten«, sagte meine Mutter, »dann wird ihnen das langweilig, und sie gehen von selber wieder weg.«

Einer kam und sagte dauernd: »Mollokka«: Milch. Er wollte Milch haben.
»Tja, mein guter Mann, wo sollen wir jetzt Milch herhaben!« Mein Großvater kam mit Wein angetapert, den konnten wir grade noch zurückschüchern. »Aber Vater, du kannst die Leute doch nicht noch animieren!«
Der Russe trug einen riesen Verband. Seine Hand war zerquetscht, der war in die Raupen vom Panzer geraten. Das blutete wie toll.

Er kuckte sich die Ehebetten an und sagte: »Schön, schön...«
Da kam ein anderer und schrie nach ihm, wo er bleibt! Er solle fahren.
Meine Mutter sagte: »Der kann ja gar nicht.« Treppe runtergerissen. »Der arme Mann.«

Ein andermal kam ein Este. Ein hübscher, blonder, stattlicher Mensch. Der konnte Deutsch. Er liebe Deutschland, sagte er, er wär lange im Rheinland gewesen.

Er setzte sich an den Flügel und klimperte.

Isch weiß nisch, was soll es bedeiten ...

Stiefel mit Leinenschäften, und auf der Brust in Celloloid gepackte Orden, unter anderm die Warschau-Medaille, wie er uns erklärte.

Ob es hier irgendwo Wein gäb, er habe davon gehört. »Ja, da hinten, aber da ist nicht mehr viel zu holen, mein Guter.« Na, auch egal.

»Wenn sie alle so wären«, sagte meine Mutter.
»Tjá!« sagte mein Großvater, »fa-bel-haft.«

Dann kam Herr Cornelli. Der war von Keller zu Keller gekrochen, durch die Durchbrüche. Er hatte sich weiß gemacht. Ich holte die Kleiderbürste. »Sehr herzlichen Dank, mein lieber Junge. Ich darf doch ›du‹ zu dir sagen? Ja? – Ist deine Mutter nicht da?«
Den Hut auf den Garderobenhaken
Einer siegelt den Stein
Haare quer über die Glatze kämmen. Da, neben der Nase, ein Eiterpickel?

Mein Großvater kam von hinten angeschlurft, umarmte ihn und sagte: »Mein lieber Herr Cornelßen ... endlich Friede.«
Sie sahen sich lange in die Augen: Erschütterung, Freude.
Dieser Wahnsinn ein Ende? Gottes Hand sichtbar geworden? Rein ab, rein ab bis auf den Grund?
Und hinten auf dem Korridor, da schlug die Kuckucksuhr.

In den besten Sessel setzen, den Heizofen vor die Füße. Strom ging immer noch, das Wasser hatte aufgehört zu laufen.
Während mein Großvater sich zurechtrückte, um mitzukriegen, was es Neues gibt, trat meine Mutter ein. Still ging sie auf Herrn Cornelli zu, der sich erhob, und stellte ihm ein Glas mit Rotwein hin: Ob er auch ein Stückchen Brot wolle?
»Wein und Brot«, sagte Cornelli, »wie ist das schön, liebe Frau Kempowski«, dahin müsse man wieder kommen. Da-

hin zurück: Schale oder Krug, oder ein Stück Eichenholz. Was habe man alles durchgemacht.

Ja, was hatte man alles erlebt. Kinder nee. Es war ja ein ganzes Zeitalter vergangen, daß die Nazis weg waren und doch erst wenige Tage. Ach was, Tage – Stunden! Ob es eine neue Epoche werde? Mendelssohn wieder hören und Tschaikowski? Und, wie hieß der noch, den andern? Würde endlich Vernunft und Liebe diese Welt regieren?

Cornelli erzählte Schlimmes aus der Nachbarschaft. Mein Großvater nahm die Brille ab, um besser hören zu können.
Frau Dr. von Eschersleben, von nebenan, vergewaltigt!
Die alte Frau von Eschersleben? die mit dem faltigen Hals?
Ja, die sehr nette, rührend nette Frau von Eschersleben.
Und Gunthermann, Professor Gunthermann erschossen. Der hatte die Tür nicht schnell genug aufgekriegt, hatte sich wohl noch anziehen wollen. Durch die Tür geschossen, tot. – Gunthermann, der immer unter der Kanzel gesessen hatte, eine Hand hinterm Ohr, in der kleinen gemütlichen Klosterkirche, bei Prof. Knesel.

Und die kleine Helga Witte, dieses blitzgescheite Mädel: hingestreckt! »Ich seh' sie noch, so blanke klare Augen ...« Mit einem Hammer erschlagen. »Und so krisseliges Haar, so krissel-krauses Haar.«
Er habe gehört, es seien Polen gewesen. Er glaube nicht, daß Russen so etwas fertigbrächten. Tolstoi, Dostojewski ... Die Schädeldecke zertrümmert, mit einem einzigen Hieb. Wer tue denn sowas!

Und in die Marienkirche hineingeschossen, ins Westwerk, und das Weiße Kreuz angezündet, mutwillig, wie man sich denken könne.
Das Weiße Kreuz? – wo man immer so schön Kaffee getrunken hatte unter der riesigen Linde? Und drinnen die Dielen, noch mit Seesand bestreut?

Rührei mit Schinken, so richtig schön fett, mit Pilzen und Schnittlauch, so viel, daß man es gar nicht schaffte. Oder ein Mettwurstbrot »mit Schleppe«! Für 30 Pfennig 9 Scheiben Wurst drauf, herrlich.
Das nun abgebrannt! Das Weiße Kreuz! Was hatte das mit Krieg zu tun.

Wir verdienten es ja nicht anders, sagte Herr Cornelli, das sei eine Reinpeitschung von apokalyptischen Dimensionen. Wenn man bedenke, was Hitler und damit wir – wir! – den Völkern Europas angetan hätten! Und plündern? Das müßten wir aus der russischen Seele verstehen, das sei asiatische Tradition, das meinten die nicht bös. Plündern, brandschatzen, vergewaltigen. Wer könne denn wissen, ob wir so schnell von dem Nazikram erlöst worden wären, wenn die Kommandeurs nicht freies Plündern versprochen hätten. »Da, die Stadt! Holt sie euch, sie ist euer!« Plündern, das habe eine bis in die Antike reichende Tradition. Praedatio, die Beute; und praedatus, ūs wenn ihn nicht alles täusche, Beute machen. – Caesar, Tacitus, Sallust. Das seien doch alles aufgeklärte Leute gewesen ... und trotzdem geplündert. An diesen Urtrieb hätten wir gerührt, und das wolle ausgestanden sein. Plündern – das habe ja auch etwas Kräftigendes an sich, wenn man es recht betrachte, wie der Boden, den man aufreißt, damit etwas Frisches, Grünes hervorzubrechen vermöge.

Übrigens wir, die Deutschen, wir hätten doch auch geplündert. Das müsse man doch zugeben. Nicht so offen, mehr heimlich. Göring und diese Leute. Die hätten freundlich gelächelt, als ob sie einen Besuch machen wollten, hätten auf der Terrasse gesessen und übers Meer gekuckt – der Hausherr hätte sich schon in Sicherheit gewiegt – und hinterher seien sie mit einem Lastwagen vorgefahren; und hätten alles katalogisiert und vorsichtig eingepackt. Kostbare florentinische Gläser und Ölgemälde. Die Rahmen alleine ein Vermögen wert.

Nein, wir wären auch keine Heiligen gewesen. Und Napoleon? Ein aufgeklärter Geist wie Bonaparte? Die Quadriga vom Brandenburger Tor herabzunehmen und das Jüngste Gericht aus Danzig hinwegzuführen?

Allerdings: Göring, solange der dabeigewesen sei, aus guter Familie und Träger des Pour le mérite, eines Ordens, den man nicht so mir nichts dir nichts gekriegt habe – solange Göring dabeigewesen sei, immer so gelächelt, da sei es noch nicht so schlimm gewesen. Da sei es noch im Rahmen geblieben. »Hermann« – wie der Volksmund gesagt habe, mit all seinen Uniformen. Einmal sei er wohl sogar geschminkt gewesen und habe in Toga und mit römischen Sandalen Besuch empfangen!
Das Volk habe einen feinen Instinkt. »Laßt dicke Männer um mich sein...« Das kennten wir doch.

Nein, die wirklichen Verbrecher, das wären Himmler und seine SS gewesen. Außer Rand und Band. Wenn er SD-Beamte auf der Straße gesehen habe, so graue Gesichtsfarbe, dann sei es ihm jedesmal eiskalt über den Rücken gelaufen. Er habe am liebsten mögen auf sie zugehen wollen und sie fragen: Leidest du? Du armer Mensch? Was ist bloß mit dir?

Im Lyzeum habe man Leichen gefunden, im letzten Augenblick erschossen, fünf Minuten vor zwölf. Krasemann dabei, der von der SPD und Lewandowski von der Werft.
»Krasemann?« sagte meine Mutter. »Der immer beim Gehen so hintennach schlenkerte?«
»Ja, der gute, gute Krasemann.«
Aus den Häusern geholt, zusammengetrieben und erschossen. Der Hausmeister habe ihm das selbst erzählt.

Wo wohl der Kreisleiter geblieben sei, sagte meine Mutter, und Gauleiter Hildebrandt, »Fide Vögenteich«, das war ja noch so rasend komisch gewesen, warum hatten die Nazis

auch den Vögenteichplatz nach ihm genannt, nun zu Lebzeiten. »Sowas gehört sich doch nicht.« Alle hatten sich aus dem Staub gemacht, still, klammheimlich. Diese Ratten. Denen hatte man das Ganze zu verdanken.
Hätten die sich nun nicht stellen können: das und das haben wir gemacht, nehmt uns hin dafür und richtet uns? Das wär noch 'ne Haltung gewesen, das hätte ihr noch imponiert, und sie möchte wetten, daß denen dann gar nichts passiert wär. – Aber doch nicht so.
Richtiges Pack.

Ja, sagte Cornelli, er wisse noch genau, wie sein guter Hinz, 1938, als den Juden die Fensterscheiben eingeschlagen wurden, zu ihm gesagt habe: »Das rächt sich.« Seinen Freund Josephi, im Nachthemd aus dem Bett zu prügeln. Einen Menschen, der keiner Fliege was zuleide habe tun können. Sowas räche sich.
Er habe sich fest vorgenommen, alles, was jetzt auf uns zukomme, als verdiente Strafe aufzufassen. Sollten sie nur plündern, das geschehe uns recht. Und wenn sie uns alle an die Wand stellten, nur zu. Stellvertretende Sühne für all das Leid, das unser deutsches Volk über die Menschheit gebracht. Hoch erhobenen Hauptes. Selbst die Schränke öffnen: hier nehmt, damit all das Schlimme wieder aufgewogen wird.

Er habe sich gerade in diesen Tagen zur dritten Gesamt-Bibel-Lesung entschlossen. Die erste als blutjunger Student, die zweite in den schweren 30er Jahren.
Jona, Micha, Nahum; Habakuk, Zephaja, Haggari ... Seine Tochter habe schon als kleines Kind die Namen der Bücher herrappeln können, das habe wie ein Satz aus einer fremden Sprache geklungen. Die Fremdheit, diese Unzugänglichkeit der Bibel, die sei dadurch gut zum Ausdruck gekommen, und die fasziniere ihn. So bilderreich und bis in alle Winkel hin akustisch. Wie das Leben der Menschen. Rätselhaft, widersprüchlich. Zum Beispiel das, was wir jetzt

erlebten: eine Szene den Makkabäern entnommen oder dem Untergange Sodoms. Schlußstrich und gewaltsamer Anhub zugleich.

Nachdem er das gesagt hatte, trank er sein Glas aus und kuckte sich die Flasche an. »Hm? von uns? Der ist ja noch von uns! Gut«, und dann verabschiedete er sich.

Draußen auf dem Flur sagte er: »Und saubermachen bei den Russen haben Sie müssen? liebe gnädige Frau? Hat man Sie verhöhnt?« Er hoffe, daß sich ihr guter Gatte, der Vater dieses prachtvollen Jungen (damit meinte er mich), »Ihr Schwiegersohn, Herr de Bonsac«, bald wiedermelde. Da oben in Kurland, oder wo auch immer, solle der Rest der Truppen ja kampflos und in voller Ausrüstung zum Feinde übergetreten sein.
Und Robert, der Älteste, nur bei den Landesschützen, es sei sicher eine bloße Formalität, daß sie den freiließen.

Er wolle noch zu Matthes hinüber, wie's dem wohl gehe, mit der jüdischen Frau sei es ja auch nicht einfach gewesen.

Ob er eben noch rasch die Toilette benützen dürfe?
Ja, da stehe ein Eimer. »Mit'm Schwung nachgießen, bitte.« (Gott sei Dank die Badewanne vollgefüllt, wie eine Eingebung, im letzten Moment.)
Als er das erledigt hatte, tauchte er in den Keller hinab. Sobald es etwas Neues zu berichten gäb, komme er wieder, und übrigens: Saubermachen; wir sollten mal darüber nachdenken, ob das nicht geradezu symbolisch sei?

»Ein wun-der-ba-rer Mann«, sagte mein Großvater und straffte sich, »dieser Cornelßen. Wun-der-bar.«
»Ja«, sagte meine Mutter, »und die Frau so bewußt gestorben. Fabelhaft.«

Mich kriegten sie zu fassen, als ich Feuerholz aus dem Garten holen wollte. Stechpalme, ilex aquifolium. Ein Spähwagen kam von hinten auf den Hof gerollt: Halt, was ich da mache.
»Ich Feuerholz holen, für alten Großvater.«
»Nix Holz holen, Schnaps!«
Internationale Gesten, als ob man einen heben will. Ich schüttelte den Kopf: Hier nix Schnaps. Kam'rad Schnaps holen, alles weg. Futschikato perdutto! Nix mier dor, allens alle. Ex.«

Aus dem Spähwagen kamen drei Soldaten gekrochen und ein Mädchen. Füße vertreten. Endlich raus aus dem engen Ding.

Einer knöpfte seine Pistole aus dem Holzfutteral und hielt sie mir vor die Nase. »Nun los, Schnaps holen!«
Das war vermutlich ein Weißrusse. »Das ist ein Weißrusse«, dachte ich.
Hier seien ja so viel Flaschen, wenn ich keinen Schnaps fände, dann würde ich erschossen.

Ob im Wald, ob in der Klause,
Dr. Krauses Sonnenbrause!

Im Pferdestall hoben wir das Stroh hoch (da lag womöglich eine Leiche drunter!). Was das Eiserne Kreuz da soll, an der Pferdebuchte. »Faschiest?«
»Nein, für Pferd.« (Mit der Zunge schnalzen, hoppe-Reiter machen, hü! – prr!) »Für Pferd aus Krieg. Du verstehn?«
Nein, das verstand er nicht.

In den Lagerhallen Tausende von Flaschen, Gespensterbahn, hu-hu. Grüne Halbliterflaschen, Dreiviertelliterflaschen, Brauseflaschen für Kronkorken-Verschluß und welche mit einer Kugel im Hals.

Treppen hoch, das Heilquellenlager. Fachinger und St. Helenenquell. Apollinaris. Jede Flasche saß in einer Stroh-

hülse, für Fernkuren. Wozu nach Bad Wildungen fahren, das konnte man so billiger haben.
Treppen rauf, Treppen runter, Selterwasser und Brause. Dran riechen, batsch! an die Wand.

Auf dem Hof stieß mich der Weißrusse in einen Ein-Mann-Bunker. Er schloß die Tür und zielte in den Sehschlitz. Das Mädchen erklärte mir, sie würden so lange reinschießen, bis ich »kapuht«. Der Weißrusse lachte, und die andern kratzten sich am Sack.

Im Nachbargarten ein Schacht. Der gehörte wohl zu einem Luftschutzkeller. Sie schubsten mich hinein und kuckten von oben in die Röhre. Jib twoi match, ob da unten Schnaps wär?
Oder ob sie den Deckel drauflegen sollten, ja? Mich umlegen und den Deckel drauf? Ich stänke dann?
Ach, war das komisch. Da mußte man ja furchtbar lachen.

Von hinten ins Nachbarhaus.
»Du bumm!« sagte der Weißrusse, als ob das schon feststeht.
Keller durchschnüffeln. Hier, eine Flasche SUROL, Weinessig. Einstecken. Und eine Kiste mit wohl 50 Paar Handschuhen. Rausschaffen, in den Spähwagen.

Dann suchte jeder auf eigne Faust, ich stand an einer erdig riechenden Kartoffelschütte und sah zu.
Hier 'n paar Anzüge, da ein Koffer. Unterwäsche. »Karascho«.
Ein Fliegenschrank mit eingeweckten Kirschen. »Wottwott-wott«. Hier, ob ich davon will.

Dann fanden sie einen Luftschutzhelm. »Faschiest!« Sie nahmen mir das Glas mit den Kirschen wieder weg. Nun stand's fest. Alles Faschisten. Das ganze Haus voll Faschisten.

(Ich dachte immer: wieso? Wieso sollen wir denn alle Italiener sein?)

Ich flitzte die Treppe hinauf und lief in den Garten, hastete zwischen Johannesbeeren und Stachelbeeren entlang, kletterte über einen Drahtzaun und hockte mich in ein Trümmergrundstück. Optiker Baudis: Geht's besser so oder so?
Der Weißrusse schoß Seidenschnüre in die Gegend. Wo steckt der Kerl? Den finden wir schon.

Ein Junge aus der Schröderstraße war nicht so glimpflich davon gekommen. Der hatte seine Armbanduhr nicht hergeben wollen, war aus dem Fenster gesprungen und hatte sich an einem eisernen Wäschepfahl aufgespießt. Jochen Suhrbier, Vater Heizer.
»Wenn das das Ausland wüßte«, sagte meine Mutter.

3

Ich zog in Ullas Mansarde.

Piii, sä de ohl Uhl,
kann ick nich pisen
mine Pasen,
mine Pimpampusen?

Da oben wär ich weit vom Schuß, weil ich doch so sensibel sei und mir alles so zu Herzen nähm, sagte meine Mutter.

In diesem Zimmer hatte ich mich mit meinem Scharlach schon so wohl gefühlt, damals, 1939, Klingelschlitten gezählt und mit Halma-Menschen gespielt. Mein Vater hatte die Tür mit dem Ellbogen geöffnet und mir zusammengeklebte Vitaminbonbons hingeworfen und »VIEL VERLIERT, WENIG GEWINNT«, ein Würfelspiel, in dessen Karton ich die abgeschälberte Haut tat. Von der Ringfingerkuppe war sie in eins abgegangen. Das blieb mein kostbarstes Stück.

Aus dem Bett wurde tagsüber ein Sofa gemacht. Die Steppdecke rollte man fest zusammen und zwängte sie in einen langen geblümten Schlauch, Plumeau und Kopfkissen in zwei andere. Das hatte meine Mutter in »Heim und Haus« gesehen und von Tante Basta (»die gute Alte«) nähen lassen. Das sei so »herrlich praktisch«, sagte sie.

Über das Bett nagelte ich Postkarten von Arno Breker, DER WAGER; daß da nicht mal was abspringt beim Meißeln ...

Michelangelos David paßte gut dazu, seine Pieta weniger.

Zwei Sessel aus Pettichrohr, von Lohmann, Neuer Markt. Tischdecke, Gardine und Lampenschirm vom gleichen sonnig-gelben Stoff, lauter kleine Blumen. Auch die Tapete voller Blumen, Tausende von Blumen.

Roberts Schreibtisch wurde hineingestellt. Links unten das Grammophon, »mit Vorsicht zu genießen«, wie mein Bruder gesagt hätte, denn: es war seit 1939 in Gebrauch, Tanzstundenball bei Lu und Ed »Big Apple«, und in Warnemünde »Good Night Ladies!«
Die Platten standen auf dem Bücherbord, 82 Stück. Brunswick und Odeon. Wenig deutsche Scheiße.
In der Schreibtischschublade lagen die Bleistifte wie Orgelpfeifen. 2 B, nicht zu weich und nicht zu hart. Gerade richtig.
Eine Blechschachtel mit Farbstiften. Der rote schon recht kurz, der gelbe noch am längsten. Wann brauchte man schon mal Gelb. (Vorsicht! Wenn man Sonne malt: nicht in den Himmel kommen, das wird grün.)
Ein Anspitzer in Form eines Scotch Terriers mit rosa Glasaugen, hinten steckte man die Stifte rein. Ein anderer Anspitzer in Globusform, noch von Heidi Kleßmann, bei einer Kindergesellschaft gewonnen. Und einer mit Rasierklinge; der schälte Bleistifte wie Äpfel.

Alle Stifte hatte ich hinten flach abgeschnitten und wk darauf geschnitzt.

Rechts lagen die Stempel. Ein Namens- und ein Datumsstempel.

Walter Kempowski
Seestadt Rostock

Das kam genau hin.
»Seestadt«, das hatten die Nazis eingeführt, das würde man jetzt wohl wegschneiden müssen.

Der Datumsstempel reichte bis 1948, der war noch von Tante Hanni. Sonst hatten ihre Geschenke immer genau nicht in meiner Richtung gelegen: Die Kuckucksuhr zum Selber-

zusammenbauen und ein echter, übrigens silbriger Fußball. Nie hatte ich Fußball gespielt.
Auf dem Datumstempel waren noch drei Jahre weiß.

Im rechten Schrank lag das Schreibmaschinenpapier, akkurat im Block. Feldmühle Stettin, noch von Vater. Das Durchschlagpapier daneben. Immer wieder aufstoßen, das verrutscht so leicht.
Dicke Wachstuchschreibhefte zu 20 Pf und Notizbücher, kariert und liniert; nie was hineingeschrieben. Alles auf Abruf, für alle Fälle.

Ganz unten die Karteien. Eine Bücherkartei und eine Kinokartei: Welche Filme man gesehen hat, ob sie gut waren oder schlecht. Hinten wurden die Zeitungskritiken aufgeklebt oder Bilder aus Programmheften. »Das große Spiel« mit René Deltgen, einer der ersten Farbfilme. Die Fußballer verlieren dauernd, und dann erfinden sie das Dreiecksspiel, und damit klappt es. Von oben gefilmt, alles gut zu verfolgen. Szepan und Kuzorra.

Mit den Büchern beschäftigte ich mich noch am liebsten. Wie die »Goeben« und »Breslau« sich immer wieder Bunkerkohle beschaffen und zum Schluß – den Engländern zum Schabernack – an die Türken verkauft werden. Die Tommies denken grade: nun aber drauf! Da wird die Fahne ausgewechselt.
Und alles so übersichtlich, viele Fotos und Skizzen.

»Ich, Claudius, Kaiser und Gott.«

Beim Stempeln der Bücher mußte man vorsichtig sein. Nie innen auf den Buchdeckel stempeln, der war krumm. Immer auf das Vorsatzblatt.

Wal – wski
See – tock

hieß es sonst. Und das Buch war hin.

Bücher von Robert übernehmen? Unten standen sie ja doch nur herum? Das Fridolin-Jahrbuch?

Ach war das schön, ach war das fein,
ach hau mir doch noch eine rein?

Die Bibliothek arrondieren? Lieber noch ein bißchen warten. Das konnte man ja immer noch tun.

Als ich gerade auf eine Kiste mit Steinen GEOLOGIE schrieb, kam Manfred. (»Iss Waller da? – Das wird er woll.«) Es roch nach Hundescheiße, er schien »eingetreten« zu sein. Braune Schnürstiefel, die sich oben auseinanderbogen, schwarze Senkel.
Der arme Teppich. (Die Stellen im Auge behalten, wo er gestanden hat.)

Daß wir diesen Krieg nun auch verloren hätten, das sei eigentlich ulkig, sagte er und zog Schallplatten aus dem Ständer. Den ersten Krieg verloren und diesen nun schon wieder! Einen hätten wir doch wenigstens gewinnen können. Er setzte sich, schlug die Beine übereinander und wischte seine Nickelbrille sauber.

Im allerersten Krieg, 70/71, da hätten wir die Franzosen ja tüchtig aufs Haupt geschlagen. Die mit ihren roten Hosen, nur weil irgendeine Fabrik zuviel rote Farbe vorrätig hatte. Aus Läusen gemacht.

In Frankreich hätte es ja Franktieurs gegeben: aus der Dachluke schießen, und dann hinten rauslaufen und sich in den Garten setzen, als wenn nichts gewesen wär. Womöglich Kaffee trinken. »Was wollen Sie? Ich habe hier die ganze Zeit gesessen und Kaffee getrunken.« – Und die Frau weint dann und lamentiert und henkelt sich bei den Preußen so ein: »Sie können meinen Mann doch nicht mitnehmen, der ist doch unschuldig!« Aber da kommen sie schon, haben die Flinte im Haus gefunden. Eine Binde um die Augen, an die Mauer, bruch! Wie du mir, so ich dir.

Mit Andreas Hofer sei das ja so etwas Ähnliches gewesen, zu Napoleons Zeiten. Der hatte noch was geschrien: heil! oder hurra! oder: wie schießt ihr schlecht! Ja: Das hatte er gerufen: Wie schießt ihr schlecht!

Dem Tambour will der Wirbel nicht unterm
Schlegel vor,
als nun Andreas Hofer schritt durch das
finstre Tor...

Beim Erschießen käm dann ein Pastor mit dazu, der tritt im letzten Augenblick zur Seite.
Einer von den Schützen hat 'ne Platzpatrone, aber niemand weiß, wer. Jeder denkt, *ich* hab ja gar nicht getroffen, *ich* hatte ja die Platzpatrone.

70/71 seien sie noch richtige Reiterattacken geritten, alle in einer Reihe und dann los! Erstes Glied im Eimer, zweites Glied auch. So'n paar strampelnde Hufe und uh! und ah! »Rettet mich, Kam'raden!«
Das dritte Glied reitet über sie hinweg. Ernste Gesichter, die kann man gar nicht richtig sehen, Helm so tief runter und'n dicken Schnauzbart. Nicht links, nicht rechts gekuckt.

Nach der Schlacht mal so rumkucken, was da alles liegt. Da lebt noch einer: Wasser, Wasser! Der denkt, man will ihm helfen, dabei räumt man ihm die Taschen aus, Uhren oder Geld. Der zieht dann womöglich die Pistole und schießt. »Was, du knallst hier los?« Tritt in den Bauch. (Natürlich nur, wenn's ein Franzose ist.) Und dann stellt man ihm eine Feldflasche mit Wasser hin, aber so, daß er sie nicht kriegen kann.

Elsaß-Lothringen würden sie uns nun wieder abknöpfen. Ob ich mal eine Karte hätte? (Heimatatlas für Oberschulen.)

Da war es noch so voll und rund, das urdeutsche Land.
Scheiße. Da würd' jetzt richtig was rausgekatscht, das gäb 'ne riesen Lücke.

Lothringen, das könnte er noch verstehen, aber das Elsaß? »Strasbourg«, da drehe sich einem ja der Magen um. »Wenn man das schon hört!«
Da gäb's doch sogar ein Volkslied –

O Straßburg, o Straßburg,
du wunderschöne Stadt...

das *könne* ja gar nicht französisch sein. Wenn *er* Politiker wär, und es ginge um die Verhandlungen, dann würde er bloß ein Foto vom Straßburger Münster herausziehen. Völlig ohne zu reden: bitte meine Herren. Und dann würde bei denen der Groschen fallen.

Wie die Franzosen sich wohl 1940 geärgert hätten, als *wir* es *ihnen* wegnahmen. Im Wald von Compiègne. In der Wochenschau hatte ein französischer Arbeiter noch so geweint, als das bekanntgegeben wurde.
Und vorher sie uns, 1919, weil wir es ihnen 70/71 weggenommen hatten. Da kommt ja keiner mehr mit.
Vertrag von Wirten; eigentlich Verdun. Für einen Sack voll Geld das ganze Land kassieren, soweit kommt das noch. Ein Müller meintwegen oder ein Weinbauer: erst isser Franzose, dann Deutscher und dann wieder Franzose... Der wird ja ganz konfus.
(Ich öffnete das Fenster.)

Und die Dänen? Wenn *er* Däne wär, dann würd' er sich bei dieser Gelegenheit allerdings auch ein Stück abkatschen. Bis zum Kaiser-Wilhelm-Kanal vielleicht. Das wär doch eine natürliche Grenze. Und wenn er da oben wohnte, und mit einkassiert werden würde, wer weiß, dann würd' er sich sogar darüber freuen, daß er Däne wird. Was? Na hör mal. Dann könnte ihn der verlorene Krieg doch am Arsch lecken!

»Gut, daß man nicht in die Zukunft sehen kann«, sagte er, bog die Finger durch und machte Augen wie ein kakkender Schäferhund.
Einerseits: es werde nichts so heiß gegessen, wie's gekocht wird. Bismarck habe gesagt, wenn die Welt untergeht, dann komme er nach Mecklenburg, da gehe sie 100 Jahre später unter. Das wüßt ich doch noch.
Andererseits, man spreche von 3000 Selbstmorden allein in Rostock. Sogar Idi Maatz habe sich vergiftet, Meister vom Stuhl, 33 Grade oder was, und der sei doch nie in der Partei gewesen, sogar noch geschaßt. Als Oberstudiendirektor Sextaner zu unterrichten, das müsse man sich mal vorstellen. Völlig weißhaarig. Der hätte sich und seine Frau vergiftet, und habe ganz friedlich im Sessel gelegen, die Tür vom Bücherschrank noch offen.

In einem finnischen Wörterbuch stehe: »Selbst in Butter gebraten ist der Russe ungeraten«, und die müßten es ja wissen.
Ihm käm das so vor wie lauter braune Heuschrecken, die hier einfallen und alles kahlfressen. Wenn er davon ein Bild malen sollte, dann würde er einen grünen Garten malen, in den sich von rechts unten braune Heuschrecken reinfressen, mit stählernen Zähnen. Hinter sich nur kahle Zweige. Von rechts unten nach links oben. Diagonal.

Die Fronttruppe sei ja noch in Ordnung. Aber das Plündervolk, was dahinter kommt.
Das richtige Plündervolk, das sei ja noch gar nicht da! Wir würden uns noch wundern. Das komme erst noch, mit Säkken auf dem Rücken, barfuß, Portemonnaies voll Eheringe und so auf diese Tour. Beil in der Hand: Finger abhacken, wenn der Ring nicht abgeht. Uhren: die ganze Hosentasche voll.
Lisa Herzberger, die hübsche Lisa, die kennte ich doch, die sei vergewaltigt worden, unten alles kaputt. Der Vater habe sich noch dazwischengeworfen: »Sie ist ja noch so jung!«

– Bratsch! welche in die Schnauze gekriegt, Zähne gespuckt.
Mit drei Mann hoch, alle über sie rüber.

Inge mach die Beine breit,
Deutschland braucht Soldaten ...

Drüben, Heinemanns Frau, auch vergewaltigt. Ausgebombt, zwei Söhne gefallen und nun noch vergewaltigt. Das sei ja schon bald komisch.

Ob Gina Quade was passiert sei, fragte ich, ob er das wisse. Und Antje? Ob der was passiert sei?
Nein, das wisse er nicht. Aber bei Dicker Krahl wären die ganzen Märklin-Autos geklaut worden, alle säuberlich in eine Kiste gepackt. Und die elektrische Eisenbahn. Ob sie die wohl in Gang kriegten, in Moskau oder wo? Das sollte ihn wundern. Die hätten vielleicht ganz andern Strom da. Schade, das erfahre man ja nie. Sonst hätte man mit denen später mal korrespondiert, was die Eisenbahn so macht.

Wo das wohl noch so alles langgeht. Ob die Russen wohl schon mal was von der Haager Landkriegsordnung gehört hätten? Er möcht's bezweifeln. Vermutlich seien sie da gar nicht drin.

»Was der Russe hat, das gibt er nicht wieder her«, habe Frl. Othanke gesagt, ein baltisches Fräulein. Aber vielleicht käm der Amerikaner ja doch noch, oder der Engländer. Ausgeschlossen wär das nicht. Die ließen das doch nicht den Russen! Da wären sie ja schön blöd.
Sein Vater habe gesagt: die kriegen sich am Ende noch in Deutschland das Hauen, und dann gehe *er* noch mit. Diesmal wisse er aber auf welcher Seite, und die würde gewinnen.
Übrigens, was er noch sagen wollte, Matthes, der wär schon auf die Kommandantur bestellt worden, wegen seiner jüdischen Frau, der solle Bürgermeister werden.

Ich mit meiner Haargeschichte würd bestimmt Jugendleiter oder sowas.

Am nächsten Tag schlich ich mit Manfred in die Fabrik. Wie in der Wochenschau bei Häuserkampf, Gewehr in Anschlag. Atem anhalten.
Klappende Türen, alles still.

Im Heizungskeller: Schokolade? Nein, Papptafeln zu Dekorationszwecken. Da hatte einer draufgeschissen.

Die Hallen leer, alle Maschinen stumm. Hier waren immer die Flaschen marschiert, Tag für Tag, ruckend; gefüllt, zugekorkt, umgeworfen und etikettiert. Und ab und zu war eine mit dumpfem Knall explodiert.
Ute und ich hatten Waldmeisterbrause getrunken und gerülpst, und der Arbeiter Witschorek, mit Gesichtsschutz und langer Gummischürze, der hatte uns mal an einem ausgeschwefelten Demijon riechen lassen. Wir hatten gehustet, und er hatte gelacht.

Schade, daß man die Maschinen nicht in Gang setzen konnte. Strom war inzwischen ja auch weg. Unten drunter die blanken, eierig verformten Räder, die all die nützlichen Bewegungen vollführten. Ich versuchte, sie mit der Hand durchzudrehen, aber das ging nicht. Hier der gepolsterte Umwerfer, unerbittlich aber weich; und dort das Einfüllkarussell.
»Woher weißt du das bloß alles?« fragte Manfred.

Im 1. Stock stand die hydraulische Presse, »so stark wie die Schneekoppe«, mit der wurden die Äpfel durch 360 Filter gedrückt. Herrlicher Saft, ohne jeden Zusatz von Zucker oder gar Wasser.

Der Sonne Licht, des Apfels Kraft
in Dr. Krauses Apfelsaft.

Goldgelb. Aus ganz Deutschland waren die Äpfel zusammengekauft worden. Bloß nicht zu viel von einer Sorte, das verdirbt den Wohlgeschmack.

Neben der Presse der Raum, in dem der Brause-Extrakt gemixt wurde. Der Zucker war weg, der hatte Abnehmer gefunden. Aber da standen noch Flaschen mit Aroma-Sirup. Den würde man vielleicht verdünnen und als Soße verwenden können. Giftgrün und dunkelrot; zähflüssig, süß. Griespudding mit Waldmeistersoße? Warum nicht.
Und hier: Essigsäure in kleinen, mit Weidenruten umflochtenen Flakons. »Zwei für dich und zwei für mich.«

Unten fuhr ein Russenauto vor. Schnell krochen wir in einen Berg getrockneter Apfelschalen.

Einer kam nach oben gestiefelt, stieß die Tür auf: es war der Weißrusse!
Der hatte die Hoffnung auf Schnaps wohl noch nicht aufgegeben. Er schnüffelte und stieg auf den Boden. Oben hörten wir ihn murksen.
Wir wühlten uns tief hinein in die Apfelschalen und lauschten. Schmeckte gut das Zeug.
Nun kam er wieder herunter und lauschte auch. Schade, daß hier keine ausgeschwefelten Demijons standen, an denen er hätte riechen können. Aber gut, denn sonst hätte man vielleicht gelacht.
Er drehte am Wasserhahn, immer auf und zu. Da kam nichts. Nein, nichts zu machen. Schließlich ging er spuckend wieder hinunter.

Unten sprach er mit andern Russen; sie wollten Krauses aufgebockte Autos abschleppen. Den DKWuppdich – braune Pappkarosserie mit Revolverschaltung, den dreirädrigen Tempowagen, der in der Toreinfahrt mal umgekippt war, und den BOB.

Der BOB war eine Art Trecker, hinten wie vorn, gelb gestrichen. An dem konnte man das Gaspedal festhaken, damit man nicht immer den Fuß draufzusetzen braucht.

Einer von den altmodischen eckigen Russen-LKW, wohl ein Ford, zog die Autos aus dem Schuppen. Alles wurde beklopft. Endlich fuhren sie weg.

Wir blieben noch etwas liegen – besser ist besser – und ließen die trockenen Apfelschuppen durch die Hand rieseln. Pulpe: pulverisieren und in die Marmelade rein.
Eigentlich wär's ja blöd gewesen, sagte Manfred, daß wir uns hier versteckt hätten. Wir hätten hingehen sollen und sagen, daß wir Kommunisten sind und von der Roten Armee gern lernen möchten. Ich mit meinem tollen Namen vorneweg und er 'n halben Schritt hinter mir. Wenn der Russe schon schießen will, schnell: »Pflichtgefolgschaft« rufen oder »Antinazi« oder »KZ« und dann den Namen: Kempowski. Der wäre doch 'ne Wucht.
Wenn *er* Kempowski hieße, dann würde er zur Kommandantur gehen und da dauernd herumsitzen. »Mein Urgroßvater war Russe«, sagen oder sowas, und dann kassieren. Aber: »Wladimir Kempowski«, das würde besser passen. »Walter« und »Kempowski«, das bisse sich.
»Pjotr« wär auch nicht schlecht.
Wenn er ich wär, dann würde er sich umtaufen lassen.

Ob wir wohl nach Sibirien geschickt werden würden? Unter Tage Loren schieben, mit letzter Kraft, schweißüberströmt, immer wieder zusammenbrechend unter den Peitschenhieben der Aufseher?
Oder ausgezehrt auf einem Strohhaufen liegen, an Ketten, um Wasser wimmern... So wie der Dichter Schubart auf dem Hohenasperg in »Friedrich Schiller«. Wo vorn so Reiter kommen, jeder am Strick 'n Gefangenen, der muß mitlaufen, taumelnd, kommt beinah unters Pferd.

›Schubart...‹, sagt Schiller, als er ihn im Dämmerlicht erkennt.
›Ja, ich bin's‹, sagt der da dann.

Weißrussen, ja, die halte er auch für gefährlich. Mongolen seien harmlos, heiße es (er machte die Mandelaugen nach).
In der Karlstraße habe einer gesagt: Der Bebel, ja, wenn ihr den behalten hättet. – Bebel, das sei so'n Oberkommunist gewesen.
Aber er glaube, die Mongolen, das seien die Allerschlimmsten, wenn's drauf ankommt natürlich. Er meine: wenn's so richtig losgeht. Einen hätt' er gesehen: uh! Das wär bestimmt einer von denen, die einem den Schwanz abschneiden. Bauern an die Scheunentür nageln und dann noch lachen dazu.

Rädern, ob ich wüßte was das ist, mit einem schweren Wagenrad würden einem alle Knochen zerbrochen, von der Fußzehe angefangen. Und zum Schluß würde das ganze blutende, matschige Bündel noch durch die Speichen geflochten.

Er zog ein Kalenderblatt aus der Tasche. Auf dem waren alle möglichen Foltern dargestellt und mit Ziffern unten erklärt.
Er würde, wenn er wählen könnte, Aufhängen vorziehen. Aber nicht Strangulieren, das sei ein Unterschied. Die Briganten in Italien, die wären zum Beispiel stranguliert worden, das heißt, vom Henker am Strick zu Tode geritten.

Mit dem Bild sollte er sich man nicht erwischen lassen, riet ich ihm, sonst kämen die Russen noch auf Ideen.

Wir schüttelten die Apfelschalen aus allen Taschen und aus dem Haar. Dann gingen wir durch die Werkstatt, Treppen runter, rüber in den Flaschenkeller und ins Haus von Dr. Krause.

Nach der Konfirmation hatte ich bei Krauses einen Gegenbesuch machen müssen und war zu lange geblieben. Ob ich jetzt nicht zum Essen gehen müsse, war ich gefragt worden. Wir äßen doch gewiß um 12? Meine Mutter halte bestimmt schon Ausschau?
»Och nö, ich hab noch Zeit.« Und dann die Beine so weggestreckt und vorher den Mantel nicht ausgezogen, all solche fürchterlichen Sachen.

Wer schreibt, dem wird wiedergeschrieben, hatte es geheißen; wer einen Besuch macht, der wird wieder besucht. So sei die Regel.
Und Damen nicht die Hand hinstrecken, sondern warten, bis *sie* es tun.

Die Zimmer waren fußhoch mit Plünderkram bedeckt. Die Schränke aufgebrochen und alles herausgerissen. Die Betten aufgeschlitzt.
»Kuck mal, ein Zylinderhut.«
Und in die Uhr hineingeschossen.
Ich besah mir die Bibliothek, alle Bücher waren noch wohlgeordnet. Gluck erobert Paris. Gottfried Keller und Bernhard Kellermann noch nebeneinander.

Die Bücher müßte man sicherstellen, überlegten wir. Die würden ja doch alle vergammeln. Die Fenster kaputt, Regen rein, und dann sät sich Gras an und sprengt die Dielen. In drei Jahren hat die Natur ihr Werk getan.
Man könnte die Bücher Herrn Krause später ja wiedergeben. Da würde man dann noch Dank ernten. Der sei dann noch froh.
Und wenn er nicht wiederkäm, dann wären sie jedenfalls nicht in unrechten Händen.

Zuhause lieferte ich die Beute ab, den Essig und den Waldmeistersirup.
»Fein, mein Junge, fein.«

Der schöne Essig, der war ja gar nicht mit Gold zu bezahlen.
Sollte man noch Apfelschalen holen? Suppe davon kochen, das hielte sich?
Ach was, das konnte man immer noch. (Vielleicht hätte man sich genauer merken müssen, wo Manfred mit seinen Stiefeln gelegen hatte.)

Die Bücher trug ich insgeheim nach oben, da hätte es sicher Einwände gegeben.
Erstmal alles unter's Bett schieben, das weitere würde sich finden.

4

Eines Tages ging ein Mann mit Ausruferglocke durch die Straßen – das war wohl noch aus dem Mittelalter, das Ding – Sonntag sei Gottesdienst in der Marienkirche. Der Stadtkommandant habe das genehmigt.

»O fein«, sagte meine Mutter, »nun kriegt das alles wieder seinen Schick.« Sie schloß das Fenster und steckte sich das Haar auf. Ich sollt mal sehen, das wär erst der Anfang, so würd das nun weitergehn. »Schulbetrieb mit ordentlichen Lehrern, und die Bauern, die kommen dann mit Eiern, von Haus zu Haus, in Kiepen, 33 für 'ne Mark, und Butter in Salatblättern, die probiert man, und die beste wird gekauft.«
Die erste Butter im Jahr, die Grasbutter, o wie habe die immer gut geschmeckt! Wenn das Vieh so grade eben auf der Weide ist...

Und die Trümmer. Wenn alle mit anpackten, dann sei das'n Klacks mit der Wichsbürste.
Sie würde selbst noch mitmachen. Glühend! Und wenn Vati und Roberding dann erst wieder da wären, und all die andern Männer, ich sollt mal sehn, dann würd das wieder wie damals. Leuchtreklamen und Autos: Frieden. Vielleicht schafften wir uns auch mal einen Wagen an, ein kleiner würde ja genügen. Vati habe selbst gesagt: Im Frieden, da schaffen wir uns auch'n Wagen an. – Und dann in die Rostocker Heide fahren und picknicken, so wie damals, als der Hund, Stribold, in die Butter trat.

Wo wohl Dampfer »Friedrich« steckte? Ob er durchgekommen war?
Man wußte es nicht, aber man würde es erfahren.

Am Sonntag läutete dann die eine schwere Glocke. Von allen Seiten kamen Leute, noch etwas scheu und faltig, aber tapfer.
Ob die Russen uns am Ende eine Falle stellten? Würden sie warten, bis alle in der Kirche sind, die Türen zuschließen und den ganzen Laden anzünden?

Frau Kröhl, die gute, o wie war das nett, »aber laß sie man, die hat gewiß ihre eigenen Gedanken«.
»Was?« sagte mein Großvater, der das Plaid über dem Arm trug, denn es würde vermutlich kalt sein in der Kirche.
»Ich sage, Frau Kröhl denkt gewiß an all das Schwere, wir wollen sie man nicht stören!«
»Jájájá, mein Grethelein, so ist es wohl, da hast du sicher recht.«
(Er ging, als werde er gestoßen.)

In der Buchbinderstraße öffneten sogenannte kleine Leute das Fenster. Warum reihten sie sich denn nicht ein? Wir kuckten hinauf und schüttelten den Kopf. Habt ihr immer noch nichts gelernt? Man mußte der Besatzungsmacht gegenüber doch einig sein, sich nicht zersplittern in tausend Parteien wie damals, in der Systemzeit.

Im Turm der Marienkirche, das Loch, das die Panzer geschossen hatten, und hinten fehlte irgendwo ein Kreuz. Sonst aber war sie unversehrt.
Die einzig verbliebene Glocke. Das mußte ein großes Ding von Glocke sein. Aus der Schall-Luke, aus der früher die schwarz-weiß-rote und dann die Hakenkreuzfahne gehangen hatte, schlaffte jetzt eine weiße.

So voll war die Kirche sonst nicht einmal zu Weihnachten. Da bekam man ja fast gar keinen Platz mehr, los, fix, da hinten, da ist noch was frei! Jetzt setzt sich doch tatsächlich so'ne alte Schachtel da hin.
Sogar das riesen Querschiff war besetzt, obwohl man von

dort weder richtig hören noch sehen konnte, wie eine Kirche für sich so groß. (Die Krieger-Gedenktafeln, würde man die nicht abnehmen müssen?)
Im Mittelalter hatten die Bauern hier Schweine durchgetrieben, die Kirche als Abkürzung benutzt, und der Prediger hatte innegehalten und sich beschwert über die »unflätigen Bauern«, aber ohne Erfolg.

Da waren sie alle wieder, Frau Amtsgerichtsrat Warkentin und Frl. Huss von der Universitätsbibliothek. Matthes und Zucker-Warnke.
Tante Basta, die gute Alte, mit Haaren auf der Kinnwarze. Was die jetzt wohl so dachte. Die hatte auch so vieles schon erlebt, so manches Schlimme. Ragte in die neue Zeit wie so ein alter Kuchenzahn.

Und Cornelli.
Cornelli war ein wenig ratlos, seine Stammbank war besetzt von Leuten, die man sonst nie hier gesehen hatte. Wohin sollte er sich wenden? Meine Mutter winkte, die hätte fast huhu! gerufen: Jahrelang hatte man nun auf diesem Platz gesessen, so richtig heimatlich; die ganze Nazizeit hindurch, angefeindet und verspottet. Na, nun würde man sich eben woanders hinsetzen müssen, ganz bescheiden und still, dadurch vielleicht neue wesentliche Einblicke gewinnen, alles in einem andern Lichte sehn. Ein Wink, eine Fügung.

Leute, die man sonst nie hier gesehen hatte. Frau Merkel zum Beispiel, die war gottgläubig oder so was.
Und Frau von Lossow. Die hatte in der NS-Frauenschaft große Töne gespuckt und immer Beiderwandröcke getragen. Der Mann vermißt, die hatte wohl dazugelernt.

Die Orgel schwieg – kein Strom. Der Organist trat das Harmonium. Schade, ausgerechnet an so einem Tag. Wo so viel davon abhing, ob man die Verirrten wieder auffängt. Düdellüht! Toccata und Fuge, das war doch immer so schön gewesen. Jetzt hätte sich die Musik doch breiter und immer breiter entfalten können, als ob Türen aufgingen, in unvermutete Bereiche. Die ganze Pracht sich ergießen. Und alle wären erschlagen gewesen: das haben wir nun all die Jahre hindurch leichtsinnig vertan, diesen Halt! Und dieses Schöne!

Der Superintendent stieg auf die Kanzel, hoch erhobenen Hauptes, die Bibel unter dem Arm, mit vielen bunten Lesezeichen. Jeder wußte, daß er Parteigenosse gewesen war und Deutscher Christ, Anhänger von »Rei-Bi« Müller.
Deutscher Christ – im Talar hatte er Heil Hitler gesagt – aber das war ja nun egal. Man mußte auch vergessen können. Vergeben und vergessen.
An sich war er ein netter Mann. Der hatte eben bloß den Versailler Vertrag nicht verknusen können, all die Telegrafenmasten, und ich weiß nicht wieviel Lokomotiven!

Er trug die »Hanseatenkrause«, das Mühlrad, wie sie auch genannt wurde. Das Spezial-Plätteisen dafür war Gott sei Dank gerettet worden. Nur noch *einen* Schneider gäb's, der sowas bügeln könne. Wenn der tot sei, könne das niemand mehr.
Die Hanseatenkrause und ein Kreuz an einer Kette. Wir schauten hinauf, und er schaute hinunter. Von dort oben würde es hier unten schwarz von Menschen sein.

Behutsam und leise begann er, erst mal ein einzelnes Wort, das hallte nach und brach sich überall, dann ein weiteres, als sei es nichts Besonderes, dann noch ein Wort, bis andere folgten und sich aufbauten und wuchsen, größer und größer, höher. Türme bis in die Wolken hinein, lauter und voller; dann hob er die Fäuste empor. Er wußte es, daß die Ärmel herabhängen würden, und daß das gut aussieht.
Nach einer kleinen Pause ließ er die Arme sinken, als besänne er sich, kehrte auf die Erde zurück und fuhr wie mit

einer Pflugschar über die samtene Brüstung. Der Bauer, auch er werde wieder das Erdreich pflügen, der Bergmann, auch er werde wieder bohren und graben, und es schien kein Spiel des Zufalls, daß gerade jetzt ein Sonnenstrahl auf all die grauen Menschen fiel.

Vermutlich hatte er den Ton seiner Predigt nun andersartig modulieren wollen, hatte vielleicht ausschwingen wollen, ob wir das verdient hätten, dieses Aufklimmen aus Not, Elend und Herzeleid, ob wir nicht vielmehr dankbar sein wollten und wie Hiob uns das Mißgeschick gefallen lassen und daraus Heil für unsere Herzen nehmen, so zurücksinken ins gleichsam Fragende hinein. Aber, während er gerade zum Stillewerden ansetzte, da kam ein Russe über die Heizungsplatten geklappert, ein einfacher Muschkote. Das wollte der doch mal miterleben, was die hier machen, sitzen so da, rühren sich nicht. Und der da oben, kuckt so runter?
Er hatte die Hände in den Taschen, und ging die Reihen entlang. Da saßen sie, die alten zerknitterten Frauen, mit ihren schwarzen Hüten mit der Kuchennadel quer durch den Dutt, und die paar Männer, mit dem faltigen Hals aus dem angeknöpften steifen Kragen und schluckendem Adamsapfel.

Der Superintendent da oben kuckte herum, was wir wohl dazu sagten. Er schüttelte den Kopf, aber nicht zu doll, grad so, daß wir es sehen konnten, bereit, sich augenblicklich zu straffen, falls der da unten aufmerken würde.

Jetzt blätterte der Russe in der Bibel, kuckte hinter den Altar und kriegte einen Schrubber zu fassen, Eimer, Feudel und Kehrblech.
Dann ging er raus.

Am Schluß des Gottesdienstes zog der Organist die Stöpsel

und trat mächtig auf die Blasebälge. Alles sprang auf und sang so laut wie möglich

Und wenn die Welt voll Teufel wär
und wollt' uns gar verschlingen...

Das kannte man ja noch, aus der Kindheit.
Schade, daß es nicht noch mehr Strophen waren, man hätte immerfort so singen mögen. – Und als es zu Ende war, verharrte man noch lange schweigend, bis dann, wie immer, irgendeiner zu husten anfing und seinen Hut ergriff. (Es mochte sein wie's wolle, aber *er* müsse jetzt gehn.)
Draußen schüttelte man sich die Hand, all die vielen Bekannten. Nun wolle man noch näher zusammenrücken, Ernst machen mit dem Christentum, nicht falsch Zeugnis reden wider seinen Nächsten. Alle Streitigkeiten begraben, Konkurrenz und Neid. Was gewesen ist, das ist gewesen.

Die Frauen erzählten sich, wann, wo und wie sie vergewaltigt worden waren. Und die Männer sagten: »Ich wär ja dazwischengegangen, aber was hätte das genützt?« Man wäre womöglich erschlagen worden, und das wär dann ja noch schlimmer gewesen. »Nur, wissen Sie, als meine Tochter dann...« und holten's Taschentuch heraus.

Und wann es wohl endlich Brot geben würde? Und Zuteilung? Bald war ein ganzer Monat herum und nichts, aber auch gar nichts war zu sehen. Wie sollte das bloß weitergehen? Man selbst könne sich ja noch behelfen, aber die Alten, die armen Alten!
Und Dr. Finck, »haben Sie gehört«, der habe sich bei den Russen anbiedern wollen! Mit einer roten Blume im Knopfloch. Nein, o nein!

Cornelli hielt seinen Hut in der Hand, ah, die milde Maienluft, »kommen Sie, Frau Kempowski«, er ging die Buchbinderstraße mit hinauf.

Wie lang, wie lange kannte man sich schon! In den Zwanzigern, die wilde Zeit, dann, in den Dreißigern die Hausmusik. Von fern hatte man das Schicksal des andern betrachtet, wie sie sich wohl in der Nazizeit bewährten?

Die kleinen Leute in den Fenstern hatten sich Kissen unter den Bauch gelegt. Sie riefen hinter sich ins Zimmer hinein: »Jetzt kommen sie.«
»Ihr Sohn zwar und Ihr Mann«, sagte Herr Cornelli, »aber Ihre Tochter, Frau Kempowski, vergessen Sie das nicht, die ist in Sicherheit!«
Dänemark, die könne gewiß, wenn's wieder geht, schöne Pakete schicken.

Man müsse an die beiden Männer kräftig denken, das merkten sie bestimmt. Aber immer nur an einen zur Zeit, sonst zersplittere sich die Kraft.

»Robert ist ja klein«, sagte meine Mutter, »der wieselt sich so durch, aber Karl, der ist so korrekt, der wird's schwer haben.« – Schön, daß wenigstens *einer* bei ihr sei, ihr kleiner Verzug, »nicht wahr, mein Peterpump?« Und sie zupfte mir ein Fädchen von der Jacke und püschelte mir die Schuppen vom Kragen. »Der hilft der Mutti schön.«

Wir gingen über den Rosengarten, Cornelli atmete tief durch. Dieses Erdreich, als ob es sich öffne.
Übrigens – er kuckte sich um, als sollte es niemand hören – den Offizieren vom 20. Juli, denen habe man Fleischerhaken ... Ah, da war ja auch Herr Dr. Jäger! ... Man habe die Herren an Fleischerhaken, hier unten durchs Kinn hindurch, aufgehängt. Das sei jetzt durchgesickert. Und Hitler habe sich das angekuckt, im Film, genüßlich, und sich die Hände gerieben! Dieser Teufel.
O, wer habe da alles ins Gras beißen müssen. Die ganze Elite, samt und sonders. Es werde schwer halten, eine Regierung zusammenzubringen. Ausgeblutet, radikal.

Krasemann zum Beispiel. Der wäre doch der ideale Bürgermeister gewesen. Den nun zu erschießen!

Während sie so sprachen, hielt ich nach Antje Ausschau. Aber vergeblich, sie war nicht zu sehn. Auch Gina Quade nicht und Heidi Kleßmann. Überhaupt kein Mädchen.

Nachdem Cornelli sich verabschiedet hatte, sagte meine Mutter, jetzt falle ihr ein, sie habe sich ja gar nicht nach Cornellis Kindern erkundigt, man denke immer nur an sich. Hoffentlich nehme er ihr das nicht übel.
»Vater, nun komm doch!«
Der stand hinter der Postbaracke und drückte sich die Hämorrhoiden rein. »Was, mein Grethelein?«

Ich verkroch mich in mein Zimmer.
»Das Buch der Etikette«. Um wieviel Uhr man zum Beispiel in Buenos Aires seine Antrittsvisite macht, und ob im Cut oder im Stresemann. Sehr übersichtlich, in Form einer Tabelle. Links der Ortsname, daneben die Besuchszeit, rechts die vorgeschriebene oder empfohlene Kleidung. Moskau stand nicht drin.

Neben die Kiste, auf der GEOLOGIE stand, stellte ich eine zweite mit OPTIK.
Lupen, ein Fernglas und sämtliche ausgedienten Brillen der Familie. Der Hornkneifer meines Vaters und die Eisenkneifer von Großvater Kempowski mit »Ankertrosse«, und Klammern fürs Ohr.

Auf dem Fensterbrett ließ ich in Blumentöpfen Vogelfutter wachsen. Ich steckte Fähnchen hinein, VERSUCH I, VERSUCH II, VERSUCH III. Die Körner säte ich in Abständen von 14 Tagen; Nachmessen und Ergebnisse notieren.
Wie gut, daß ich jetzt Brillenträger war, das sah irgendwie

besser aus. Einen weißen Kittel müßte ich mir besorgen, der würde sich gut machen. Vielleicht den von Mutter aus dem Fröbel-Haus?

Einmal, als ich gerade »Galgenlieder« abtippte, kam ein Russe nach oben. So einer mit Pumphosen und Außenbordshemd. Er kuckte mir über die Schulter.

Ein Knie ging einsam durch die Welt,
es ist ein Knie, sonst nichts ...

»Was ist ›Knie‹«? wollte er wissen.

Es ist kein Baum,
es ist kein Zelt,
es ist ein Knie, sonst nichts.

Die Blumentöpfe mit dem Vogelfutter beeindruckten ihn. Über die Kneifer lachte er.

Dann holte er Zwiebeln aus der Tasche. Ob ich ein Stück Brot hätte, fragte er.
Ich lief hinunter und brachte ihm einen Kanten. Den hatte meine Mutter grade fürs Saubermachen gekriegt. Er aß das Brot und biß von der Zwiebel ab. Ob ich ein Faschist sei? wollte er wissen. Und als es draußen donnerte, zeigte er mit der Zwiebel hinter sich und sagte: »Das ist Hitlers neie Armee«.
Dann wickelte er aus Zeitungspapier und Mahorka zwei Zigaretten, eine für mich und eine für sich. Aus denen sprühten kleine Funken.
Nein, ich sei kein Nazi, sagte ich. Die Nazis hätten mir die Haare abgeschnitten.

Auf der Karte suchten wir seine Heimatstadt, Rogatschew bei Gomel. (Also auch ein Weißrusse.) Er zeigte mir, wie weit er mit seiner Mutter nach Osten geflohen war. »Und nun bin ich hier.«

Warum er keine Orden habe, fragte ich ihn.
Er habe einen ganzen Kasten voll, sagte er, aber tapfer

– und hier wurd's schwierig – sei er nicht für die Orden gewesen.

Dann wollte er Deutsch lernen, und ich sollte Russisch lernen.

Ich gehe, du gehst, er geht...

»Er geht«, das heiße: »han idiott.« Darüber lachte ich. Da wurde er mißtrauisch.

Am nächsten Tag kam er wieder und schenkte mir einen Sextanten: einen Zahnradkranz mit winzigen Ziffern. Keine Ahnung, was das zu bedeuten hatte. Wir schraubten dran herum und kuckten durch.

Er kam fast jeden Tag, blieb aber nie länger als zehn, zwanzig Minuten, war immer unruhig, als sei einer hinter ihm her.

Einmal winkte er mich heran und kuckte mit mir zusammen in den Spiegel: »Waltera.«

Fedja hieß er, und eines Tages blieb er weg. Ich war froh darüber, denn oft verstand ich ihn nicht, und man mußte immer so viel grinsen.

Eines Tages bekam ich eine Einberufung zum Arbeitseinsatz. (»...hat bei strengster Bestrafung...«) Die Silos im Hafen sollten leer gemacht werden, sie brauchten Säckeschlepper.

»Junge, sieh dich vor«, sagte meine Mutter. »Und: zieh die alten Hosen an.«

Ich ging die Große Mönchenstraße hinunter.

Am Mönchentor hatte zu Pfingsten immer der Mann mit dem türkischen Honig gesessen. »Honni, Honni – aus Maze-

zedonni!« Zwei Portionen zu fünf waren mehr als eine zu zehn.
Zu Pfingsten, wenn am Hafen Pfingstmarkt war.

Der Pfingstmarkt war eine uralte Einrichtung, seit 1390, urkundlich bezeugt. 1683 hatte es Streit wegen eines Puppenspiels gegeben. Weil betrübte Zeiten wären, der Trommelschlag die Leute störe, die Puppe Pollichinello dem Tod den Hintern gezeigt und die jungen Zuschauer im Dunkeln Ungebührliches betrieben.

Direkt vor dem Mönchentor stand immer die Berg- und Talbahn, mit dem ruckenden Holz-Dirigenten in der Mitte. Weiß-goldene Gondeln mit Plüschsesseln und Fransen, von einem Lokomobil getrieben, ein Heizer daneben mit unbeweglichem Gesicht. Auf dem Umlauf junge Leute, die dauernd mit Konfetti warfen.

Links davon »Fichtls Marionetten-Theater«. Da hatte mein Vater uns mal mit hingenommen. Eine Gerichtsverhandlung (»ohne Maschinen, alles mit der Hand!«) mit einem Angeklagten, der nicht sprechen, sondern nur pfeifen konnte.
Auf die Frage, wie alt er sei, pfiff er zum Beispiel: »Als mei Ahnerl 20 Joahr ...« Irgendwie fiel er am Schluß in Ohnmacht; vermutlich war das Strafmaß zu hoch.
Im zweiten Bild trat ein Marionettenpferd auf, das sogar äppeln konnte.

Rechts von der Berg- und Talbahn befreite sich mal ein Entfesselungsspezialist aus einem Käfig. Daneben ein Mensch, der dauernd eine Sense an seinem Hals entlangwetzte. Als er sie dann mit seiner Spezialmaschine geschärft hatte, ließ er das bleiben.

Und: PANAMA-KRÄUTERSTEIN. Einer der sich Tinte aufs Oberhemd gießt und die Flecken – »Junge, rotz mal rauf« – mit dem Kräuterstein beseitigt.

Buden mit winzigen Geigen und riesigen Schlüpfern und Hosen, für die es die Hosenträger gratis gab.

»Schießen die Herren mal?«
Aufgereihte Tonpfeifen und ein Bär, der, wenn man an einer bestimmten Stelle traf, trommelte.
Draußen Bilder von Wolfsjagd in Rußland.

Manna, Manna!
Gut für die Bauch!

Etwas ganz Besonderes war die »Krinoline«, ein Karussell, das von Männern bewegt wurde, die unten, nicht sichtbar für die Fahrgäste, emporhechteten. Halbnackt, wie Sklaven. Sie krallten sich an Griffen fest und dadurch schaukelte das Ding.
Oben saßen die Fahrgäste und unten sprangen die Männer in die Höhe.

Moto homo: Mensch, Maschine, Puppe oder
Automat?

Den ganzen Hafen entlang standen die Buden, bis zum Alten Markt.
Beim Petritor war sogar einmal ein ganzes Bergwerk aufgebaut. Männer ohne Arme oder ohne Beine – offensichtlich Arbeits-Invaliden – drehten an dem Ding, dann bewegten sich winzige Menschen in dem Bergwerk, bohrten und schoben Loren.

Ich also sollte nun im Silo arbeiten. Die neuen, vollautomatischen Silos, eins neben dem andern. Tauben pickten zwischen den Schienen und kleine Jungs liefen mit Handfeger und Eule herum, Hühnerfutter zusammenkehren. An der Frontseite des größten Silos ein gelbes Ziegelmosaik: Ähren und »1935«.

Ein Kadett beaufsichtigte uns, kahlgeschoren. Wie ein winziger Offizier sah er aus. Mit einem Brötchen spielte er Fußball.

Weil ich so schmächtig war, brauchte ich nur die Säcke unter den Schütter zu halten. Schleppen mußten die andern.
Draußen fuhren Pferdefuhrwerke vor. Ein Pferd machte die Beine breit und pißte. Da kam unglaublich viel heraus.
Der Kadett sprang auf, weil es spritzte, und wollte den Kutscher verprügeln.

Ich dachte, man müsse besonders fleißig sein und arbeitete in fliegender Hast: dem Russen zeigen, was wir für ein tapferes, fleißiges Volk sind. Alle Bewegungen synchron, fließender Ablauf, ohne die geringste Stockung, absolutes Können.
Ein Arbeiter hielt mir die Faust unter die Nase: »Junge, wenn die Knospe platzt!« Ich sollte nicht so wühlen, ich nähme ihnen ja die Arbeit weg.
Seine Taschenuhr hatte er am Sockenhalter befestigt. Da würden sie die Russen nicht vermuten.
(Er wußte immer ganz genau, wann »15« war.)

Gegenseitig begrüßten sich die Leute mit »Achtundachtzig!« Ich kannte das nicht, bis ich herauskriegte, daß die beiden Achten für die zwei H's im Alphabet standen. »Heil Hitler« war gemeint.
In den Pausen erzählten sie sich was vom Krieg. Zwei Eiserne-Kreuz-Leute taten sich da besonders hervor. Daß die russische Pak »Ratsch-bumm« genannt wurde und vorzüglich geschossen habe.
An einem Bahndamm seien sie plötzlich umzingelt worden, erzählte der eine, und der MG-Schütze schießt in die eignen Leute rein!

> Warum küßt du die Wangen deiner Braut?
> Küß sie auf den Arsch das ist dieselbe Haut.

Vier Tote.

Da sei ihm die Muffe eins zu hunderttausend gegangen. Ob er noch weggekommen wär? wurde er gefragt.

Aufenthalt gab es, als eins der Pferdefuhrwerke rückwärts ins Wasser stürzte. Die Pferde äppelten vor Angst, der Kot stieg nach oben.
Endlich kam ein Ruderboot, vorsichtig wurden die Pferde ausgespannt und hinter dem Boot hergezogen.

An einem andern Tag lag eine alte Frau auf der Schnickmannsbrücke mit gefalteten Händen, die hatte sich ertränkt. Ein Arzt stand daneben.

Jeden Abend kriegte man 20 Pfund Weizen mit nach Haus. Das drehte der Großvater durch die Kaffeemühle, für spätere Zeiten, vielleicht kam ja noch 'ne Hungersnot.
Die Spelzen wurden weggeblasen. Fladen konnte man davon backen und Suppe kochen. Aber, Hungersnot, das könnten sich die Russen doch gar nicht leisten. Was würde da das Ausland sagen.

Als die Silos leer waren – das Getreide ging nach Rußland –, wollte ich mich wieder meinen Vogelfuttertöpfen zuwenden und den Büchern und dem Kasten, auf dem OPTIK stand. Die Sonne schien ins Zimmer, die Blumentapete und die bequemen Stühle, da kam ein Befehl zum Landeinsatz.

»Das ist vielleicht gar nicht verkehrt«, sagte meine Mutter: »Wenn du ein bißchen auf dem Quivive bist: schönen grünen Salat, darauf hab ich so einen Jiper!«
Sie besorge beim Saubermachen das Brot, und ich müsse vom Land her das ergänzen.
Großvater sammle jetzt so fein Holz in den Trümmern, ich sollt mal sehen, da kämen wir schön über die Runden. Alle an einem Strang ziehen, den Karren aus dem Dreck.

Mit einem Studebakker wurden wir hinausgefahren. Manfred mit dabei. »Fein, da können wir uns was erzählen!« Er hatte einen deutsch-russischen Bilderduden von der Ostfront bei sich. Für alle Fälle.
Am ausgebrannten Steintor vorbei:

Rostock
Diese Stadt arbeitet
im antifaschistischen Sinne.

Auch das Kuhtor war ausgebrannt. »Das hätte doch wenigstens heil bleiben können.«

Den Mühlendamm hinunter, an der Badeanstalt vorbei – und um die zerstörte Brücke herum. Das Grab des Volkssturmmannes, der sie gesprengt hatte, war gleich daneben.

POCTOK

stand jetzt auf dem gelben Ortsschild.

Wir gaben dem Schleudern des Wagens nach, fielen von einer Seite auf die andere und johlten dazu. Der Russe merkte das und machte mit, der fuhr extra stramm in die Kurven.

Nieder-Vietschow hieß das Dorf. Vor dem weißen Gutshaus lagen Stühle mit eingeknickten Beinen und zerhackte Schränke. Die hatte man aus dem Fenster geworfen.
Ein Barock-Sekretär mit Messingbeschlägen. Den wollten sie wohl verfeuern.

Ich ging von hinten hinein, dies war der Speisesaal gewesen. Sehr *v*erehrte *F*rau heißt es, und beim Handkuß den eignen Daumen küssen.
Geruch nach feucht gewordenem Verputz.
Die Klingel hatten sie *unter* dem Tisch gehabt, damit die Gäste sich wundern sollten: »Wie kann denn das Mädchen ahnen, daß wir schon fertig sind?«
Griesflammeri mit 20 Eiern.

Kein Stecker war mehr in der Wand, keine Fensterscheibe heil. Die Ledertapete heruntergerissen und das Parkett aufgehackt.
Mit dem Fuß purrte ich im Gerümpel – vielleicht fände sich doch noch etwas Brauchbares?
Alles wieder so hinschieben wie's gelegen hat.
Die wuchtige Anrichte war ihnen offensichtlich zu schwer gewesen. Aber das Geschirr darin war zerbrochen, wie zerstampft.

In der Halle wehte der Wind, eine Katze sah mich an. Alte Familien-Porträts an der Wand, mit Messern zerschnitten, die Fetzen hingen herunter. Da war einer von Bild zu Bild gegangen.

Drüben, in der Bibliothek, alle Regale leer. Die Bücher vermutlich ausgelagert.
An der Wand noch ein kleiner Stich in verblaßtem Goldrahmen, eine italienische Stadtansicht. Ich steckte ihn ein.
In das Tafelklavier – die weißen Tasten schwarz und die schwarzen mit Perlmutt belegt – hatte man einen Eimer mit Dreck entleert.

Auch die Tagelöhnerhäuser hinter der hohen Hecke waren ausgeplündert und verlassen. Keine Tafelklaviere, sondern Vertikos. Sogar die Türen der Plumpsklos waren zerhackt.

Im Dorfteich ein Berliner Omnibus.

Wir sollten in einem achteckigen Pavillon schlafen. »Woas, auf Stroh?«
Unser Betreuer sah über seine Plusbrille hinweg und sagte: »Ich schlafe hier ja auch.« Lachmann hieß er.

Der Pavillon stand im Park – in der Ferne war Rostock zu

sehen, die drei Stümpfe der ausgebrannten Kirchen und der Koloß von St. Marien.
Wenn man sehr genau hinsah, konnte man sogar die sieben Türmchen des Rathauses erkennen.

Ich schlenderte die Allee hinab. Umgestürzte Putten, eine Steinbank: Hier also hatte der Gärtner seine Mütze gezogen, wenn die Tochter des Hauses ihre Migräne auslüftete. Vermutlich hatte er »Jehann« geheißen. Jedes Weihnachten 'ne neue Büx.

Sonderbar, daß der Pavillon so unversehrt geblieben war. Hohe schmale Fenster mit kurvigen weißen Leisten und vergoldeten Muschelformen, eine Art Teehaus oder was. Hier war vermutlich Bridge gespielt worden. Im heißen Sommer die Musselin-Vorhänge zugezogen, während an der Steinmauer des Parks die Erntewagen vorüberrumpelten, abgekämpfte Pferde, und die Mägde mit oder ohne Migräne auf alle Fälle rot oder braun gebrannt.
»Gesine, mach doch mal die Fenster zu.«

Herr Lachmann saß an einem zierlichen Tischchen und teilte das Brot. Hier noch einen Fitzel abschneiden, da einen hinzutun, äch, nun wackelt der Tisch.
»Herr Lachmann, können Sie nicht 'n bißchen Milch irgendwo auftreiben?«
»Herr Lachmann, gibt's denn weiter nichts als trocken Brot?«
»Herr Lachmann, wann ist der Einsatz eigentlich zu Ende?«

Die Mittagssuppe schmeckte nach verdorbenem Fleisch. Wir katapultierten die Stücke mit dem Löffel in die Gegend und taten so, als müßten wir kotzen.

Zum Entkeimen der Kartoffeln setzten wir uns an die Auffahrt. Frische Luft. Die Kartoffeln, hieß es, wollten die

Russen zum Schnapsbrennen haben. Zwei alte Frauen schleppten die Kiepen heran, ein Greis sah zu. Ihm floß Speichel aus dem Mund. Anscheinend die einzigen Bewohner des Dorfs. Wie im 30jährigen Krieg, nach dem Durchmarsch von General Gallas.

> ... man hat kein Dorf nennen
> können, da es nicht gebrannt, und
> was nicht abgebrannt, das ist
> niedergerissen worden ... Die Gerste
> vom Felde gestohlen, der Roggen
> nicht wieder besät, die Obstbäume
> abgehackt.

Die gnädige Frau und die Fräuleins (fünfzehn, siebzehn und neunzehn) hatte man erst vergewaltigt und dann erstochen. Das war noch keine vier Wochen her.

Den alten Herrn hatten sie in einer Grube stehen lassen, tagelang, der hatte gefleht, ob er sich nicht setzen dürfe. Tag und Nacht, nein.

»Wann?« fragte Manfred; er meine, nach wieviel Tagen sei der Mann erschossen worden? Und: Wo? Wo die Grube sei, ob man die noch sehen könne?

Nachdem man ihn erschossen hatte, waren die toten Frauen zu ihm in die Grube geworfen worden.

In den Karpfenteichen gab es keine Karpfen mehr, da hatten die Russen mit Handgranaten gefischt. Das Wild im Gräfenforst hatten sie mit Maschinengewehren gejagt.
Sogar die Störche abgeknallt, die waren nichtsahnend herangeschwebt. »Eine Sünde.«

Die Frauen weinten. Wir Jungen, wir wüßten ja gar nicht,

was hier losgewesen sei. Der Ortsbauernführer habe es vorausgesagt.
Ob der Himmel nicht ein Einsehen habe? Was meinten wir? Heute nacht gehe es wieder los. »Ümme dat Geballe.«

Einer von uns hieß Schräder, der kam aus Brasilien. Seine Eltern waren 1939, kurz vor Ausbruch des Krieges noch nach Deutschland gekommen. Das Vaterland nicht im Stich lassen. Bei Sao Paulo hatten sie eine Tanzdiele gehabt. Handgroße Schmetterlinge.
Er machte vor, wie man in Brasilien durchs Gras robbt. Das hatte er von den Indianern gelernt.
Bald robbten wir alle durch das Gras, bis Lachmann an die Fenster des Teehauses pochte.

Kartoffeln flogen hin und her.
Mir zerschlug es die Brille. Wie schön! Da hatte ich einen triftigen Grund nach Hause zu laufen. Ohne Brille würde ich nichts sehen können, das mußte Lachmann zugeben, obwohl er probeweise ein Auge zukniff: gehe es nicht vielleicht doch?

»Was?« rief Manfred, (»Tschü-hüß!«) »du darfst nach Hause? Dann bin ich hier ja ganz allein!« Und heldenmütig ließ er sich von einer Biene stechen. Das müsse behandelt werden!

Ich wanderte auf Rostock zu.
Lerchen in der Luft, Goldammern im Gebüsch. Wenn Russen kamen, duckte ich mich in den Graben.

Allmählich wurden die Türme größer: Kessin, das beliebte Ausflugsziel: durch die Warnow-»Devisen« hin, an der Zuckerfabrik vorbei zurück. Im Kaffeegarten mußte stun-

denlang auf Bedienung gewartet werden. Und der Kellner brachte warme statt der ausdrücklich verlangten kalten Milch.
»Sind Sie taub?« hatte mein Vater geschrieen.
»Ja, kriegstaub« hatte der gesagt und hinterm Revers ein Abzeichen gezeigt.
Das war natürlich »was Andreas.«
Der Platenkuchen schwarz von Wespen.

Die Kessiner Dorfkirche war berühmt wegen einer Madonna. Die hatten wir nie zu sehen gekriegt, weil immer abgeschlossen war. Mein Vater hatte an der Tür gerüttelt. Ob die Russen wohl reingekommen waren?

Und mit Hannes damals: Vögel belauschen. Man wußte bloß nicht, welcher es war, den er da grade meinte.
Kriechender Günsel.
Das Ohr an den Telefonmast gehalten, ob man Gespräche abhören kann.
Die Felder voller Mohn, Wicken und Kornblumen, ganz bunt. »Da freut sich der Bauer aber nicht«, hatte Hannes gesagt.

Als ich den Neuen Wall erreicht hatte, hörte ich hinter mir die andern johlen. Die waren einfach ausgerissen.

Zu Haus stand ein Russe vor der Tür. Rein ließ er mich, aber nicht wieder raus.
Oben in der Wohnung stöberte ein Leutnant herum. Großvater lief den langen Korridor von hinten nach vorn und von vorn nach hinten und tippte immer wieder ans Barometer.

Wo wir die Waffen hätten, fragte der Leutnant. Irgendjemand hatte uns wohl denunziert. Vielleicht Merkel von nebenan? In der Partei sein, alle Birken abhauen lassen und nun noch denunzieren, was?
(Diesmal kam Vera nicht nach oben.)
»Wir haben keine Waffen«, sagte meine Mutter.
»Nun gut, wir werden sehn.«

Zuerst nahm er sich das Eßzimmer vor (das ganze Silber!) In Vasen und Meißner Kuchenschalen kuckte er hinein und unter den Nickeldeckel. Hier waren früher immer die Ostereier versteckt worden (»kalt – heiß!«), auf dem quergestellten Schlüssel des Büfetts ein kleines rotes Zuckerei, das war das lustigste Versteck.

›Liebt das Böse – gut!‹
lehren tiefe Seelen.
Lernt am Hasse stählen –
Liebesmut!

Dann das Wohnzimmer, besonders den Schreibtisch. Aus der Intarsienmappe rutschten sämtliche Briefe heraus und die Zigarrenprospekte von Loeser & Wolff. (Die würde man wegtun können.)
Links im Schreibtisch ein Kasten mit Fotografien, die Eltern, 1913 in Graal, auf der Brücke, offensichtlich in Poussage.
Im Schreibtisch lagen auch, zusammengerollt, die Hochzeitsaquarelle, die nach Moritatensänger-Art am Polterabend gezeigt worden waren. Wie mein Vater alle möglichen Sportarten durchprobiert, beim Eislauf einbricht, einen Hockeyschläger an die Brille kriegt, mit dem Ruderboot strandet. Bis er zuletzt die blonde Grethe angelt.
(Meine Mutter, auf dem letzten Bild, von der Angelschnur wie mit einer Peitsche umwickelt.)

An diesem Schreibtisch hatte ich mal eine Karte an Adolf Hitler geschrieben, 1936, als Siebenjähriger. »Zu süß, der kleine Peterpump.« Auch da hatte die Sonne geschienen.

In Sütterlin noch, auf den U's Bögen und das große E besonders verrückt. Um das Schluß-S war's schade.

Walter Kempowski

Das sah doch nach was aus.

Im Schlafzimmer wollte der Russe alle Schubladen durchwühlen. »Bitte nicht!« sagte meine Mutter. Sie hatte ja grade alles aufgeräumt. »Ich zeig dir's.« Und sie hob Strümpfe und Hemden hoch und schließlich auch die Schlüpfer.

Geblüht im Sommerwinde
gebleicht auf grüner Au...

Und wie sie sich da so über die gestopften Seidenbüxen beugten, kuckten sie sich plötzlich an und lachten.

Im Kleiderschrank hing der weiße Waffenrock meines Vaters. Der Russe schmiß ihn auf das Bett.
»Wo ist dein Mann?«
»In Rußland.«
»Tot?«
»Wissen wir nicht.«
»Hoffentlich!«
Zuerst hätten sie ihn ja gar nicht nehmen wollen, sagte meine Mutter, er sei Freimaurer gewesen, aber das verstand der Russe nicht.
»Wegwerfen! Wegschmeißen! Der Krieg ist zu Ende!«
Ja, das wolle sie gleich morgen tun, sagte meine Mutter. Die Zigarrenprospekte und die Uniform.

Im Nachtschrank lag die kleine Ordenskette für den Frack. Die steckte er sich in die Tasche. Die 6 goldenen Frack-

hemdknöpfe mit Rubinen ließ er liegen. Dann schob er die Schublade zu. Doch halt! Was war das?
Da lagen die vier Patronen, die mein Vater das letzte Mal dagelassen hatte. (Warum eigentlich, das war die Frage.)
Er nahm die Patronen auf die flache Hand und hielt sie meiner Mutter unter die Nase.
»*Was ist dies?*«
»Wir haben keine Pistole«, sagte sie.
»Nun gut, wir werden sehn.«

Unter den Ehebetten war der Schmuck versteckt. Den Topas nahm er mit zwei Fingern heraus, die Kette hing herunter, und mit der Kette vorweg zielte er ihn sich in die Tasche.
»Oh!« sagte meine Mutter.
Den goldenen Hufnagel mit den Brillanten, das Verlobungsgeschenk von 1917, den steckte er auch ein.

Weh, daß wir scheiden müssen,
Laß dich noch einmal küssen!

Stundenlang waren sie durch die dunklen Straßen von Wandsbek gegangen, und ausgerechnet unter einer Laterne hatte er sie geküßt.

Hinter der Frisiertoilette, den Pelzmantel, den kuckte der Russe sich an, aber den hängte er wieder hin. Der war ihm wohl nicht schick genug.
Hinter der Frisiertoilette baumelte auch die Wandertasche: »Nur Schlüssel!« sagte meine Mutter und klappte sie auf. Dabei hielt sie die Seitentasche zu, in der die schwere goldene Repetieruhr von Großvater Kempowski steckte.

Neben den Waschbecken stand die kleine grüne Truhe, die Ulla nicht mehr mitgekriegt hatte, damals, als sie nach Dänemark ging. All die Negative in dem kleinen Agfa-Kommödchen, das es für soundsoviele Filmrollen zugegeben hatte, und die Briefe ihrer zahlreichen Freunde. »Wenn all deine Freunde auf einmal herkommen, gibt's 'n Auflauf«, hatte mein Vater gesagt. Aber Schneefoot, den Rotzlöffel, den hatte er nicht sehen wollen.

Meine Mutter erklärte dem Russen, daß meine Schwester in Dänemark sei, »übers Wasser, verstehst du?« Nein, er verstand nicht. Und: Ihr Schwiegersohn habe bei der Gestapo gesessen!
Das verstand er auch nicht.
Schluß mit dem Gerede, weitersuchen. Man hatte ja wohl Quasselwasser gesoffen.

In der Truhe lag auch der Myrtenkranz für die Silberne Hochzeit.
Silberhochzeit: *das* verstand der Russe, er wurde auf einmal freundlich. Aber: Los, weiter nun, keine Faxen.

Aus dem Schrank meines Großvaters nahm er das warme Unterzeug, die wollnen Handschuhe und zwei Anzüge. Das schmiß er in einen Koffer, und den mußte meine Mutter hinunter ins Auto tragen.
Bevor er selbst rausging, klopfte er mich noch ab. In mein Zimmer oben ging er nicht. Was er wohl zu den Lineolsoldaten gesagt hätte, zu den Stürmenden und den Fallenden und zu den Nacktmagazinen meines Bruders. Das wär ja direkt peinlich gewesen.

Als meine Mutter wieder rauf kam, saß mein Großvater im Sessel und weinte: All sein Unterzeug!
Am nächsten Tag war er verschwunden. Nach 'ner ganzen Zeit kam er wieder, trottete so vor sich hin.
»Was ist denn los, Vater?«
Er war auf der Kommandantur gewesen und hatte sich beschweren wollen.
»Aber Vater!«
Sie seien dort sehr freundlich gewesen: wenn er den Namen wisse des Leutnants und das Regiment...

5

Alle Teilnehmer des Landeinsatzes wurden auf das Arbeitsamt befohlen. Das Arbeitsamt lag an der Hundertmännerbrücke, den Adler über der Tür hatten sie weggeschossen. Der einarmige Pförtner kuckte über seine Lesebrille, öffnete das Sprechloch und schickte uns nach oben.

Im Konferenzsaal versammelten wir uns, nicht sitzend, sondern stehend. Ein langer grüner Tisch mit Wasserkaraffe und Gläsern.
»Horridoh!« war die Begrüßungsformel. An der Wand war ein heller Fleck, da hatte wohl das Hitlerbild gehangen oder: »Kampfflieger über dem Atlantik«, von einem Marinemaler gemalt: Gischtfetzen bis an die Tragflächen der Heinkelmaschine.

Ist das Ziel auch noch so hoch,
Jugend zwingt es doch!

Der Chef des Arbeitsamtes trat ein, von Lachmann begleitet. Er grüßte und setzte sich. Grauer Anzug, Krawatte mit Klemme. – Lachmann in Kommishose und Pullover. Der war verlegen, der hatte ja versagt.

Worum gehe es? Aha, ja. Sich einfach abgesetzt.
Ordner öffnen, Papiere durchsehen. Büroklammer richtig feststecken.
In pflichtvergessener Weise die Pläne des städtischen Ernährungsausschusses durchkreuzt. Wenn er uns nun – sagen wir mal – den Russen meldete? Was würden wir dazu sagen? Ja? Was glaubten wir wohl? Er beugte sich vor: Dann wanderten wir alle ab! Jawoll.
Er kuckte sich um: Es war die Frage, ob er's tun solle oder nicht. (Ich gehörte nicht dazu, ich durfte mich drüben hinstellen, und Manfred ja auch nicht, der mit seinem Bienen-

stich, der durfte sich auch da hinstellen.) Ja. Es war die Frage, ob er's tun solle oder nicht.
Was meine Lachmann? Solle er es tun? Lachmann schwankte, »Dummerjungensstreich, nich?«
Also gut. Nicht melden. Dann allerdings, würde er sagen: zofort wieder hin, nicht? Zofort! Wir dächten wohl, die Kartoffeln wüchsen von selber, was? Wie im Schlaraffenland. Maul aufmachen für die gebratenen Tauben ... Nein. Au-gen-blick-lich wieder hin. Das sage er jetzt zum letzten Mal.

Beim Hinausgehen: Was tue man mit mir? Moment mal überlegen. Da falle ihm bestimmt was ein. (Ohrläppchen reiben). Ja, warum nicht? Er würde sagen: Hier, im Arbeitsamt helfen Ordnung schaffen, was? Karteien auf Vordermann bringen, halbtags, 50 Pf. die Stunde.

»Gott sei gelobt, gepriesen und gepfiffen«, sagte meine Mutter, »das ist ja großorrig.« Arbeitsamt: an der Quelle sitzt der Knabe, da könnt ich in Ruhe was Feines heraussuchen, und wenn Roberding wiederkommt, ihm'n Brett unterschieben.
Man wisse ja gar nicht, was mit der Firma wird. Alles so ungewiß und dunkel.

Mein Großvater kam von hinten und sagte: »Woas? Fünfzig Pfennig die Stunde? Aber mein lieber Junge, das ist ja viel zu wenig!«
»Er muß froh sein, daß er überhaupt was kriegt!« sagte meine Mutter.

Morgens, wenn ich zum Arbeitsamt ging, waren die Vögel immer mächtig in Gang. Es war ja noch halb in der Nacht, drei Stunden früher als gewöhnlich. Eine Stunde wegen der sogenannten Sommerzeit und zwei Stunden zur Angleichung an die Moskauer Uhren. Ein Specht insbesondere, der hämmerte wie ein Maschinengewehr.

Vor dem Arbeitsamt stand ein Glaskasten mit Zeitungen und dem schon etwas ausgeblichenen BEFEHL Nr. 1. Was alles abzugeben ist: Schreibmaschinen, Messer mit feststehendem Griff und Radios. Sammelstelle: die Universität.
Ich hatte unser AEG-Gerät auch hingetragen. Sonst steckten sie einem womöglich noch das Haus überm Kopf an.

Wir wollen jetzt in lauter bunten Bildärn,
was in der Welt geschah, in kurzen Worten schildärn.

Von allen Seiten waren die Leute herangeströmt. Große und kleine Goebbels-Schnauzen unterm Arm, Saba und welche wie der Schienenzepp, in Stromlinienform.

Unser schöner AEG.
In dem hatte mein Bruder immer Kairo eingestellt, abends, im Wohnzimmer, noch in der alten Wohnung, Glasperlen an der Lampe. Vater mit seiner Zigarre, über der Post: »Abdrehen das Gedudel!« und Mutter mit ihrer Ocki-Arbeit. »Walterli, ich glaub, du mußt ins Bett.«
Der Regen hatte auf dem Fensterblech geklappert, und das Mädchen war hereingekommen, ob sie eben noch ein bißchen weggehen kann.
»Bei dem Wetter?«
Ja, um zehn sei sie wieder da.

Das Radio hatte ich hingebracht. Aber feststehende Messer? Da hätte man ja alle Küchenmesser abgeben müssen.

Neben dem BEFEHL Nr. 1 hing das Potsdamer Abkommen in 2 Sprachen. Da stand drin, daß die Russen auf ihren Anteil an dem von den westlichen Alliierten beschlagnahmten Gold verzichten. Daneben die »Tägliche Rundschau«. Das sei früher mal eine ganz erstklassige Zeitung gewesen. Der Name solle anknüpfen an die Tradition der 20er Jahre, hieß es.

Hitler sei kein Gefreiter gewesen, stand da drin, das Eiserne Kreuz habe er nicht gehabt, und »Regiment List« sei auch gelogen.

Alles konnte man verstehn,
aber ausgerechnet den!
Dieser Selterwassergötze,
dies Friseurmodell auf schön.

Letzte Zeile:

Der's nicht mal mit Weibern kann.

Auch »Hitler« stimme nicht. Schicklgruber habe der geheißen, allenfalls »Hüttler«.
»Heil Schicklgruber«, das stelle man sich mal vor. Das wär ja gar nicht gegangen. »Heil Schicklgruber«, wenn es bei dem Namen geblieben wär, dann wär uns vielleicht der ganze Klumpatsch erspart geblieben.
Unehelicher Sohn eines Juden, der sich nahher nicht gemeldet hat. (Daher die Wut auf die Juden.)

In langen Artikeln wurde auseinandergesetzt: Soldat, das wär dasselbe wie Verbrecher. Offizier gleich Schwerverbrecher.
Der eigne Vater ein Verbrecher?

Und überall stand was von »SS«, ich wußte gar nicht, was damit gemeint war. Früher schrieb sich das ϟϟ. »SS« wirkte irgendwie harmloser, weicher, milder als die Siegrunen.

Die Arbeit war leicht. Ich hatte einen Kopierstift an langer Spirale, das war mein Arbeitsgerät. Damit brachte ich die Kartei der Jugendlichen in Ordnung und stellte Listen zusammen für den Arbeitseinsatz.
Zu allererst nahm ich mir meine eigne Karte vor. Mal sehn, was da draufsteht. Vater: Kaufmann. – Eigentlich Reeder, wenn auch kleiner. Aber lieber nicht ändern, wer weiß, wozu's gut ist.

Dann suchte ich die Freunde heraus: Dicker Krahl und Manfred, Kutti, Hanning und Dick Ewers. Die natürlich nicht in den Landeinsatz schicken. Aber vielleicht den Stüwe, was? Klaus Bismarck Stüwe.

Mädchen, das war 'ne andere Abteilung. Sonst hätte man mal die Antje vorzitiert. Aber die wäre dann vielleicht mit ihrem Vater gekommen.

Am Schreibtisch mir gegenüber saß Seiboldt, ein Mensch mit rotem Gesicht.
Klar, er besorge eine prima Arbeit für meinen Bruder, wenn der wieder da ist. Er hatte mal Platten gehört bei uns.
Ich hätte Glück, daß ich nicht bei der Demontage eingesetzt worden wär, ein Gleis der Bahn nach Warnemünde abmontieren zum Beispiel, oder bei Heinkel alles rausreißen und verladen.
Die müßten vielleicht schleppen! Dies aasig schwere Eisenzeug, die ganzen Schultern kaputt.

Seiboldt trug ein Foto mit sich herum, er mit Ritterkreuz inmitten seiner Kameraden. Das zeigte er mir in der Frühstückspause. Im Hintergrund eine heruntergedrehte Achtacht.
Später erfuhr ich, daß er sich aus Jux ein EK I um den Hals gebunden hatte.

Wenn Mütter (»Heil Hitler!«) eine Lehrstelle für ihren Jungen suchten, tat er so, als sei er der Chef. (»Den Hitler wollen wir man lieber zu Hause lassen, nicht?«)

Seinen Schwanz hatte er angeblich mal in den Reißverschluß gekriegt. Er bewegte sich vorsichtig: das eitere. Ob er mal zum Arzt gehen solle? Was meinte ich? Oder ob sie ihn dann gleich da behielten? Dächten womöglich, das sei Syff? Und: Ob *ich* schon einmal einen weggesteckt hätte?

Das wär ein Gefühl wie Ostern und Pfingsten auf einen Tag, das könnte ich ihm glauben.

Der Chef kuckte ab und zu mal rein. Kölnisch Wasser. Ob ich nicht bald mal zum Haarschneider gehen wollte? Ja?
Und die Brille, die werde wohl ewig nicht fertig, was? Ich sollte mal denken: meine Kameraden da draußen, die stünden ihren Mann.
Er kuckte mir über die Schulter. Was schriebe ich denn da? Herrgottnochmal, das sei ja viel zu umständlich! Der Seiboldt, der solle doch mal ab und zu herübersehen.
»Wenn man nicht alles selber macht!«

Eines Tages war er verschwunden. Russen hatten ihn geholt.
Der gehe wohl auf Breitspur ab, sagte Seiboldt, der sei nämlich PG gewesen.
Aber zwei Wochen später war er wieder da, grau und sichtlich abgemagert. Seine Sache sei beigelegt.
»Na, das ging ja schnell.«
Andere erzählten, er hätte den Russen erklärt: Ihn habe am Nationalsozialismus das Nationale enttäuscht, nun wolle er es mal mit dem Sozialen versuchen, die Chance müßten sie ihm geben.

Nachmittags bummelte ich in der Stadt herum. Vielleicht gab es irgendwo Brot. Dauernd die Schrotplinsen, das war ja nicht mehr auszuhalten.
Am Wall stand immer noch der mit Mauerbrocken gefüllte Möbelwagen von Spediteur Bohrmann. Der hatte auf Eisenträgern (als Schienen) heruntergerollt werden sollen.

> Macht Hitler kalt,
> dann habt ihr's
> warm in der Stube.

PG's, darunter Masslow, der Direktor des Konservatoriums, räumten ihn aus.
Was wohl aus seinen beiden Konzertflügeln geworden war? und aus seinen Söhnen, so übermusikalisch und intelligent?
Mal nachkucken in der Kartei.

Am Gymnasium stand VOLK ANS GEWEHR, mit Teer überstrichen, nun las man's schwarz. »Holzhammer her!« hatten wir gesagt.

Lieber nicht durch die Schwaansche Straße gehn, da war ja das Gefängnis, und das hatten jetzt die Russen übernommen. Die griffen sich manchmal einen. Neulich erst war jemand zusammengeschlagen worden, weil er keinen Ausweis bei sich trug. Ganz geschwollenes Gesicht. Das kam einem irgendwie komisch vor, das dicke Gesicht.
Und einen hatten sie in'n Stehkarzer gesteckt, drei Stunden. Der hatte den Kopf zur Seite nehmen müssen, so eng.

Lieber hintenrum, durch die Blücherstraße, am ausgebrannten Kloster der Brüder zum Gemeinsamen Leben vorbei, dem sogenannten Wollmagazin.

Hinter dem Gefängnis standen PG-Frauen und machten ihren eingesperrten Männern Zeichen.
»Fritz iss auch weg!«
Die oben wechselten die Gitterstäbe, um besser hören zu können.

»Wann werden bloß die Kinos wieder geöffnet?« fragte man sich. Mickey-Mouse-Filme wie vor dem Krieg oder Dick und Doof.

> The cross-eyed cowboy
> with the cross-eyed horse ...

Wie sie sich gegenseitig in'n Hintern treten.

Oder mal einen russischen Film, warum nicht? Vielleicht einen vom Krieg, »mit den Augen des Feindes«, Wochenschauen oder was. Faires Verhalten, salutierende Gegner. Das mußte man später überhaupt mal nachlesen. In London, die deutschen Bombenangriffe oder Paris, was die Franzosen so gedacht haben, als wir *nicht* durch den Arc de Triomph marschierten, sondern drum herum. Und die Kathedrale von Reims gelöscht.
Compiègne, das hätten wir man lieber lassen sollen.

Brot gab's nirgends.
Bei Fredersdorf & Baade lag eine Handvoll Kohlenanzünder im Fenster, 1 Pappbecher und altes Papier. Das sei übriggeblieben, stand auf einem Schild, »wer's haben will, der kann sich's holen.«

In der Breiten Straße standen Kutti, der Stenz mit den pißfarbenen Haaren, Hanning Nagel, Dick Ewers und die andern alle.
Mein lieber Scholli!
Beim Handgeben Friseurgriff machen und all die alten Scherze.
»Du hast was verloren!«
»Was denn?«
»Deine Fußspur.«

Beautiful weather today
und so nette Leuteeh!

Chick Webb und Teddy Stauffer.
Bloß nicht »kann« sagen, dann hieß es: »Kannst dir auch'n Loch in die Kniescheibe bohren und als Senffaß benutzen...«

Was gab's Neues?Niuwes van den Dag? Wie gehe es dem und dem? Alle gut über die Runden gekommen?
Ja. Nur Ulli Prüter irgendwie krank oder was. Man hatte lange nichts von ihm gehört. Da draußen in Brinckmannsdorf mußte es ja toll zugegangen sein.

Und Nazi-Lühns? Und Eckhoff?
Nazi-Lühns dot. Der hatte sich abgemurkst. Aber Eckhoff mußte noch da sein. Den müßte man mal verprügeln. Wie der einen immer geschliffen hatte und Kempi die Haare abgeschnitten.
Ja, Mensch, überhaupt Kempi, die Haaraffäre, das war ja'n dolles Ding gewesen. Das müßte man reineweg noch melden. Erst gestern wär wieder rumgefragt worden, ob man Werwölfe kennt. Alle ehrlichen Bürger sollten zusammenhalten gegen diese dummen Jungs, daß die hier nicht noch Rabatz machten. Sollte man's tun? Ja oder nein? Eckhoff vor'n Koffer scheißen?
Mitleid wär hier völlig fehl am Platz, *die* hätten ja *auch* kein Mitleid gehabt. Hut runtergeschlagen und weißen Schal zusammengeknüllt.

Witten Schal
schlag em daal...

Das kannte man doch noch. Das würde man nicht so leicht vergessen.
Man müßte wirklich mal überlegen, ob man dem nicht vor'n Koffer scheißt.

Wir kuckten das nagelneue Alliierten-Geld an. Was da alles draufsteht. Drucken einfach Geld, das ist ja praktisch.
7 Pfennig sei die Reichsmark noch wert, habe ein Schwede gesagt. Das müsse man sich mal vorstellen.

Oach, diese Russen! Was hatte man alles erlebt. Die waren ja zum Scheißen zu doof! Vollkommen balla-balla.
Hinterm Sofa, die Abseite, die hatten sie nicht entdeckt, alles voll Uhren und Wäsche. Und in Viererreihen marschieren, wo gibt's denn sowas. So strambulstrig.
Und »Leberwurst! Leberwurst!« diese verrückten Lieder. Zum Dotlachen.
Und: Die konnten ja noch nichtmal richtig radfahren; wie die Clowns. Und Uri-Uri!
»Bei mir nicht.«

Einer wär mit einer Standuhr zu Paulchen Stolle gekommen, weißt doch, Blutstraße, Ecke Café Herbst, ob er ihm nicht zwei kleine Uhren aus der einen großen machen kann!
Oach! Das war ja wahnsinnig komisch! Da beschiffte man sich ja!
»Da hinten, kuck mal, wie der geht! Kamschatka marschiert, was? Als ob der dicke Eier hat.«

Nee, das hielte sich nicht. Die wären ja so bescheuert, die montierten ja sogar die Wasserhähne ab.
Where the lazy river goes by...
Die dachten, da käm Wasser raus, wenn sie die zu Hause einbauten.

Völlig blöd. Arschklar.
Übermorgen übrigens, gegen 12.30 Uhr, kämen die Engländer. Die Iwans packten schon, zögen Leine, latschten wieder ab gen Osten, in ihre Steppe. Gott, den Troß, den müßte man sich mal ankucken! Bloß aufpassen, daß man das mitkriegt. Wie damals Napoleon, als er aus Moskau wegmachte. Und: wenn das man gutgeht! Die Leute in Rußland, die sähen dann all die Uhren, und die fragten dann: Was? Sowas gibt's in Deutschland?
»Sollt mal sehn, die kippen noch um, und denn gewinnen wir auf diese Weise indirekt doch noch.«

Dann ging's zur St. Jakobi-Kirche. Wir kletterten auf den ausgebrannten Turm und drängten uns gegenseitig an den Abgrund, je mehr man gegenhielt, desto mehr wurde gedrängt, das stach in den Eingeweiden.
Dann durch das Loch kucken, durch das man genau die Marienkirche sieht und rüberklettern ins Kirchenschiff.
Alles ganz schön schon wieder. Das hatten die Nazis noch in Ordnung gebracht. Dann war die ja gerettet! So alte Kirchen, die halten was aus. »Wer weiß, wie oft die schon abgebrannt ist...«

An einem Mittwoch – Gott sei Dank noch immer keine Schule – machten wir eine Bootspartie. Dick Ewers brachte Gisela Schomaker mit, blond und kräftig, der Vater war Wäschereibesitzer in der Altstadt. Die pfiff auf zwei Fingern, und schnalzte mit der Zunge, als ob's schießt.
Als Kind habe sie immer nur mit Jungen gespielt, Räuber und Schendorri. Hier, die Narbe über dem Auge, die war noch von damals. Puppen habe sie überhaupt nicht angerührt. Mit der Lederhose auf Bäume.

Bei der Bootsvermietung mußten wir die Ausweise abgeben. Ich hatte einen Wehrpaß. Die Russin, am Neuen Markt, die mich damals registrierte, die hatte keinen Moment gezögert, mir den Stempel aufs Hakenkreuz zu drükken. Aber der Bootsvermieter kuckte bedenklich: »Was? Wehrpaß? Junge, den laß man keinen sehn.«

Wir schipperten die Warnow aufwärts, an der verrottenden Badeanstalt vorbei und an den ausgeplünderten Schuppen. Die Sonne schien, und alle Augenblicke ging's ins Wasser. Gisela trug einen Zweiteiligen. Einen hübschen kleinen Hintern hatte sie, der hinterließ Abdrücke auf der Ruderbank.

Hanning drehte die Zigaretten und Dick Ewers hottete. Zwischendurch wurden Mitesser rausgedrückt.

Ich machte ab und zu eine Runde um das Boot, mit regelmäßigen, gesunden Schwimmzügen, Brille auf und Strohhut. Das war meine Schau, die andern lachten darüber oder sprangen direkt neben mir in den »Bach« wie sie sagten.

Vor Kutti mußte man sich in acht nehmen, der schmiß einen über Bord, wenn man grade nicht wollte. Das Wasser brannte in der Nase und das ganze Haar war im Eimer.

Mit Gisela wollte er wettschwimmen – beim Kraulen hatte er seitlich den Mund offen und riß die Luft rein – aber da kam er nicht mit, die war nämlich Gebietsmeisterin gewesen.

Der Iwan, der die Ribnitzer Brücke bewachte, kuckte. Der mußte hier in der Hitze stehn und Wache schieben. Was sind das denn da für lustige Vögel?
Das war ja interessant. Rudern hier mit zwei, drei Booten.
Wir winkten ihm: *Wir* brauchen man nicht zum Barras! Ein für allemal vorbei!

Zu spät sahen wir einen muskulösen Muschkoten ins Wasser hechten. Während wir noch wendeten, hatte er schon Giselas Boot erreicht und sich schnaufend festgeklammert. Das Haar warf er sich im Schwung aus dem Gesicht, und die Rotze schnaubte er mit der nassen Hand ab.
Gleich würde er entern. Bein über die Bordkante, wie'n Kasper und hupp! rein. Gisela sprang in Hannings Boot, und ab ging die Jagd.
Der Russe kam mit den Riemen nicht klar, dadurch kriegten wir einen Vorsprung. Hau-ruck! Wie eine Regatta.
Los schieß! schrie der Russe dem Posten auf der Brücke zu. Die verdammten Deutschen! Unser Land haben sie verwüstet und nun noch abhauen hier! Aber der schoß nicht. (Watt geiht meck dat an.) Der war wohl vom Lande, tat halb, als ob er's nicht sieht, aber kuckte doch, wie die Sache ausgeht.
Eins zu null für Deutschland.

Der Bootvermieter schimpfte. Schon wieder ein Boot weniger. »Könnt schi nich uppassen?« Er wollte uns den Ausweis nicht wiedergeben, aber damit kam er nicht durch.

Braungebrannt ging's auf den Heimweg. Die kurzen Hosen unten noch umgeschlagen, mit beginnendem Sonnenbrand auf den Schultern.

Gisela hatte sich meinen Strohhut gelangt, die dachte wohl, ich würd' hinter ihr herlaufen.

Bei Seifenheimchen stand meine Mutter und klöhnte mit Frau von Lossow.
»Schön, so eine gesunde Jugend«, sagte Frau von Lossow. Wenn Erich, ihr eigner Sohn nur wenigstens ein bißchen anstelliger wär. Richtig stieselig. Sie sei ganz verzweifelt. Die kleine Schomaker zum Beispiel, was für ein ent-zük-kendes Kind.
Nichts aber auch rein gar nichts.

Und meine Mutter, in ihrem blauen Pelerinen-Kleid mit den Quetschfalten auf der Brust, sagte: »Friede«. O wie würd' das schön. Bald mochte es wohl auch die ersten Zuteilungen geben, nicht? Was meinte sie? Würde doch auch Zeit, was? Wenn man nicht Vorräte gesammelt hätte, »ick weet ja nich ...«

6

Einmal war auf dem Rosengarten eine Veranstaltung. Allemann hin. Auch Gisela dabei. Das Haar schön lang und einen Seppelhut auf, an dem ein anderer winziger Hut steckte mit Rucksack und gekreuzten Spazierstöcken. Das war wohl ein Andenken an Ferien im Gebirge.

Ich brauche keine Millionen,
mir fehlt kein Pfennig zum Glück...

Die Zunge vom Gaumen schnalzen, daß es knallt, Tanzschritte machen und mit den Fingern schnippen. (Ihre Beine waren eigentlich ein bißchen dick.)

Sie ging jetzt mit Kutti, dem Jungen mit den pißfarbenen Haaren – mittlerweile wieder Entenschweif. Dick Ewers sei nichts, sagte sie.

Kutti trug einen silbernen Totenkopfring mit roten Glasaugen.
(»Für zwei Mark fünfzig bei Wertheim«, hätte mein Bruder gesagt; aber Wertheim hieß es ja schon lange nicht mehr: AWAG – auf Wunsch arisch geworden. Und außerdem im Eimer.)
»Schmeiß den Ring lieber weg«, rieten wir ihm, »sonst denken sie noch, du warst in der SS.« Wenn man so nichtsahnend dastand, haute er einem von hinten in die Kniekehlen. Dann sackte man zusammen.
»Hast du Weißbrot gegessen?«

Unter der Eiche von 70/71 hatten sie eine Holztribüne errichtet, wie bei einer Schiffstaufe.

Die Hitlers kommen und gehen,
Aber das deutsche Volk bleibt bestehen.

Gleich neben dem Sockel des Denkmals von Friedrich

Franz III., dem mecklenburgischen Großherzog, der der Stadt die 60-Männer-Verfassung »geschenkt« hatte. Die Bronzefigur war von den Nazis abgewrackt, eingeschmolzen, in Geschosse verwandelt und vermutlich mit einer »Hitlersäge« in alle vier Himmesrichtungen gejagt worden.

Auf dem grob zusammengehauenen Gestell standen Honoratioren. Sogar einen Priester hatten sie aufgetrieben, Pastor Knesel und Professor Weseloh. Weseloh hatte noch kurz vor Tores Schluß beim Wehrmachtsbericht gesagt: »Klingt eigentlich gar nicht schlecht.«
Daß Abwehrkämpfe im Raume Boizenburg erfolgreich wären: »Klingt eigentlich gar nicht schlecht.«
Den Einmarsch der Russen hatte er als Mullbindenwickler in der Universitätsklinik überstanden. »Alle rauskommen! Die Russen sind da!«
Seine Tochter hatte er als alte Frau verkleidet und ins Bett gesteckt. Das wär überhaupt das beste Rezept: einfach »krank« sagen, wenn die Russen kommen, dann denken sie, das Mädchen hat den Tripper oder Syphilis. Die »sibirische Krankheit«, wie es früher geheißen habe.

Auch Nachbar Matthes stand auf der Stellage. Ihm sei die neu aufzubauende Einheitsoberschule angeboten worden, als Direktor, oder ein Kulturinstitut, das hatte er meiner Mutter erzählt. Er könne sich noch nicht entscheiden.
Außerdem werde er sicher auch OdF, Opfer des Faschismus, wegen seiner jüdischen Frau.

Einer nach dem andern redete davon, daß nun die neue Zeit kommt und wir alle mitarbeiten sollen, die ganze Stadt, alle an einem Strang ziehen, Zwietracht und Hader begraben, damit Deutschland wieder aufgenommen wird in die Völkerfamilie und alle wieder zu essen kriegen, Butter zum Beispiel und Brot und Wurst und die Kinder frei aufwachsen in die blühende Sonne hinein.
Daß sich das Unrecht nicht wiederhole, das wär wünschens-

wert, die Knechtschaft, das Maulknebeln und Einsperren und so weiter. Man habe im 1000jährigen Reich ja kaum den Mund aufgemacht und wupps! sei man weggewesen. Und wie! (Die andern Honoratioren nickten mit dem Kopf, jaja, so war es gewesen, das konnte man bestätigen.) Wupps! weg, jetzt könne man das ja frei heraus sagen, das Kind beim rechten Namen nennen – dank der Besatzungsmacht – Hitler, der braune Rattenfänger, dieses Scheusal, dieser Irre.
Man stehe nicht an, ihn sogar als Massenmörder zu bezeichnen, für den die grausamste Strafe noch zu milde gewesen wäre. Leider habe er sich ja feig der gerechten Sühne entzogen.
Einfach ächten, das wär das beste gewesen. In einen Wald stoßen: Nun sieh du zu.
Wie einen tollen Hund.

Plötzlich rief einer aus der Menge, ein Mensch in Arbeitskleidung: er habe noch so und so viele Schafe übern Krieg gerettet, und nun seien sie alle weg. Das hätten aber nicht die Nazis getan.
Pssst! Das gehöre nicht hierher, was sollten die Russen denken.
Nein, nicht pssst, sagte ein sowjetischer Major und schob sich von hinten vor, der Mann solle mal zu ihm kommen, man werde der Sache nachgehen.
Wie heiße er? He?
Ja, wo steckte der denn?
Hatte denn überhaupt jemand gerufen?

In meiner Nähe, unter dem marmornen »Muschelhorcher«, stand Cornelli mit seiner Aktentasche. Auf dem Kopfe eine Baskenmütze.
»Guten Tag, mein Jung'«, flüsterte er, »grüße deine Mutter.«
Baskenmützen waren große Mode. Das hatte sowas Revolutionäres an sich. Und Rote-Kreuz-Armbinden, die waren

auch große Mode. Demnächst würden sie gestempelt, hieß es, das gehe ja nicht, daß jeder x-beliebige sich 'ne Rote-Kreuz-Armbinde umlegt.
Man müsse die Vorgänge mit größter Aufmerksamkeit verfolgen, sagte Cornelli, und daß *ich* hier stände, das freue ihn, das habe er auch gar nicht anders erwartet. Die Fehler von 1918 dürften sich nicht wiederholen: Hauswirtepartei! – Um Gottes willen.
Und das hänge von uns ab, von der Jugend, von mir und von meinen sympathischen jungen Freunden. Wachsam aufmerken, den Anfängen wehren. Ob das junge Mädchen dort die Tochter von Dr. Uhlen sei? Nein? »So, ich dachte.«

Neben ihm stand der Dichter Theodor Jakobs mit seinem langen Gesicht.

Du wunde Stadt bist müde,
und dennoch bist du wach,
es blüht die erste Blume
am Unterwall beim Bach.

So hatte er gereimt. Und auf dem städtischen Schuttabladeplatz hatte er wertvolle Wandleuchter aus der St. Jakobi-Kirche gefunden.
Der hätte von rechts wegen auch auf der Stellage stehen müssen. Das war dem doch zu danken.

Auch Christus wurde erwähnt. Pastor Knesel sprach statt des nun doch beurlaubten Superintendenten. Und er kuckte dabei fortwährend seinen katholischen Konfrater an: ob man das so sagen könne?
Ja, das könne man so oder in ähnlicher Weise sagen.
Und ob die Konfessionen zueinander fänden?
Nun nun, man werde sehen, er dächte: warum nicht?

Dann traten die Honoratioren beiseite und einer mit fremdartigem Dialekt kam ans Mikrophon.
»Däse forchbare Äländ«, sagte er und in so sonderbarer Betonung, daß Hanning mich dauernd anstieß und das noch stundenlang nachmachte.

Alle hätten nein »sägen« sollen, jeder einzelne, dann wären die »Nazäs« machtlos gewesen. Einfach alle gleichzeitig auf die Straße gehen und nein »sägen«.
Einen grauen Mantel trug er, den wedelte er herum.

Der nächste Redner machte sich's am Pult gemütlich und definierte, was »Glück« ist.
Glück, ein Wort, das mit dem englischen Wort luck, dem norwegischen lukka oder lykka verwandt und vom mittelhochdeutschen gelinc beeinflußt sei, das habe mit Ge-lingen zu tun. Deshalb sei es schon etymologisch ganz falsch, wenn man sage: Glück sei die Abwesenheit des Leides. Nein! Das Ge-lingen müsse man ertrotzen und tätig erwerben. So wie die Moskauer unter dem deutschen Beschuß an ihrer U-Bahn weitergebaut hätten (»Nicht wahr, Herr Major?«), Meter für Meter, Station für Station.
So müßten wir das Schicksal zwingen.
In seine Sprechpausen hinein zwitscherten die Vögel. Schade, daß nicht doppelt so viele Menschen gekommen waren. Dann hätte er es sich noch gemütlicher gemacht.

»Der Mann ist nicht dumm«, sagte Hanning, »aber was der immer mit seiner Moskauer U-Bahn hat.«

Dann erzählte Willi Bredel, ein vierschrötiger Mann mit weißem Haar, Geschichten aus dem Spanienkampf. Wir dachten, er sei bei der Legion Condor gewesen, und wunderten uns schon, bis wir mitkriegten, daß hier von andern Leuten die Rede war. Von Leuten, die statt einer Uniform Schlosserkittel getragen hatten.
In Fox tönender Wochenschau hatte man doch gesehen, wie sie auf dem Trittbrett vom Auto standen, und wie das Auto dann umkippte. Johlend wieder auf die Räder gestellt. 1936, zur Zeit der Olympiade, Sonnenschein, mit dem Wetter hatte man Glück gehabt.

Und »Alkazar«, den Film, den hatte man doch auch ge-

sehen? Die Rotarmisten hatten so heiser gelacht, besoffen, völlig zerlumpt. Und der Sohn vom Kommandanten war erschossen worden.
Das waren *die?*
Und unsere, in Flugzeugen, Staffelformation, prima ordentlich und alle auf einen Schlag die Bomben ausgeklinkt.

Und Engländer und Amerikaner hatten da mitgekämpft? Das wußte man ja alles gar nicht. Wie wohl *der* Spanienorden aussah. Unserer mit Schwertern durchs Kreuz. Die sollten mal von jeder Seite einen Kämpfer holen und erzählen lassen, Erinnerungen austauschen, damit man sich ein Urteil bilden kann.
Sich gegenseitig bestätigen, wie tapfer man gewesen ist. »Damals hätte ich Sie erschossen.« Und ob sie sich erschrokken hätten, als plötzlich die Brücke oder was hochging.

Zeitweilig konnte man nicht recht verstehen, was gesagt wurde: Hunderte von brüllenden Kühen wurden vorübergetrieben. Barfüßige Mädchen mit Gerten in der Hand, unter Russenbewachung. Eindeutig in Richtung Osten.
Eine Kuh, die wollte grade kalben, die ging schon ganz breitbeinig. Junge, wurde die geprügelt. Immer wollte sie loslegen, aber nein: weiter, weiter.
»Gottogott, was Typen?« sagten die Leute und kuckten gen Himmel. »Und das wollen nun die Sieger sein.«

Sonntags gab die Burmeisterkapelle ein Platzkonzert vor der Universität, in dürftigem Zivil. Väter nahmen ihre Kinder auf die Schultern, Frauen mit Kopftüchern.
Ich kuckte mir, wie immer, die Posaunen an.
Ouvertüre zur »Diebischen Elster«.
»Zurücktreten, sonst spielen wir nicht weiter.«
»Warum nicht auf dem Rosengarten wie früher?« wurde gefragt.

Alles mußten sie ummodeln.
Kaiser-Wilhelmstraße in Rosa-Luxemburg-Straße. Rosa Luxemburg? Wer war das überhaupt? Kam die aus Luxemburg? Was hatten wir mit der zu tun? Und Karl-Marx-Platz. Das klang ja grauenhaft; so proletarisch. Faust in die Höhe oder Schalmeienkapelle. Wie so'n Eimer mit Dreck.
Das konnte man doch in Rostock nicht machen, drittälteste Universität Deutschlands, Backsteingotik und früher mal die größte Segelschiffsflotte der Welt. Königliche Kaufleute und das Theater ein Sprungbrett nach Berlin.

Die Bismarckstraße blieb Bismarckstraße. Das wunderte einen eigentlich. Auf Bismarck waren sie gut zu sprechen, der hatte mit Rußland paktiert. Rückversicherungsvertrag.

Im Museum, einem Palast, den sich früher mal ein Klub zum Feiern gebaut hatte, wo sonst Schulkinder steinzeitliche Mahlsteine betrachteten und die Rüstungen der Fischereizunft, war eine KZ-Ausstellung mit Prügelbock, tätowierten Hautlappen und schrecklichen Bildern.
Ein deutschsprechender Zivilrusse führte uns hindurch und sagte die ganze Zeit, das hätten *wir* gemacht und kuckte uns verächtlich an.
Lebendige Menschen verbrannt, auf Pfähle gespießt, an den Armen aufgehängt, daß das Schultergelenk ausrenkt. Das eigene Grab schaufeln lassen und sie dann abgeknallt. Kinder, Frauen, ganz egal.

Ein Mann weinte, als er das sah. Kurz zuvor hatte er sich noch immer so gereckt. Das sollte sein Vaterland getan haben? Sein gutes deutsches Vaterland?

Frauen, ein umhäkeltes Taschentuch vorm Mund mit ungläubigem Hausfrauenblick. Womöglich jubelte man uns hier noch Bilder von Katyn unter? So wie damals in der Nazizeit die Ausstellung über die Freimaurerei? mit Totenköpfen und so weiter? Das war doch auch alles gelogen gewesen?

»Wie hat man uns belogen und betrogen«, und wer könne denn wissen, ob dieser Russe hier nicht selbst so und so viele Deutsche umgelegt hat, wie? Und hält hier dicke Vorträge?

Hanning stieß mich dauernd an: ich sollte mal sagen, daß sie mir die Haare abgeschnitten hätten, nachts, und: Pflichtgefolgschaft, »Mensch, sag das doch!«

Der Bock, das erklärte der Russe, sei so fabriziert, daß das Gesäß sich strammt. Die Beine würden unten festgeschnallt. Bei einem einzigen Schlag schon platze die Haut. Mit seiner auf Taille geschnittenen, stark wattierten Jacke legte er sich sogar darüber und zeigte hinter sich, Schlag neben Schlag, eine einzige blutige Masse.
Und die Lampe mit dem Menschenhautschirm knipste er an und aus.
Und nun sollten wir rausgehen, raus-raus-raus!
»Jaja, wir gehn ja schon.«
Warum er bloß so aufgeregt wär. Der säße hier doch gut und trocken. Im 1. Weltkrieg, am Weißmeerkanal, da sei's auch nicht gerade feierlich gewesen.

Später war da eine Ausstellung mit Bildern von Ernst Barlach.
Barlach? Von diesem Manne hatte man noch nie gehört. So komische Fischaugen und die Haare alle in die Höh? Nein-o-nein.
Der Bauer wär wohl besoffen, den Barlach da geschnitzt habe, hatte der Kreisleiter geschrieben, so sähe doch kein deutscher Bauer aus.
(Diesen Brief hatten sie in eine Glasvitrine gelegt.)

Auch Kino gab es endlich, im UFA-Palast. (»Die deut-sche Wo-chen-schau!«). Sonderstrom aus der Russenleitung. Allemann hin, immer allemann. Der erste Film hieß »Der Luftkutscher«. Wir dachten: aha! ein Theo-Lingen-Film, oder sowas. Aber nichts dergleichen. Im Vorspann pathetische Musik und dann eine ganz langweilige Geschichte, unsynchronisiert, nichts zu verstehen und nichts zu lachen.

In einem andern Film Hitler als wildes Tier mit Krallen in einem Käfig. Den hatte man anders in Erinnerung.

Und einmal gab's eine Art Wochenschau: Marschkolonnen deutscher Gefangener in Moskau. Genau hinkucken, ob da nicht ein Bekannter drunter ist.
An der Spitze Tausende von Offizieren, Generäle sogar, in Zwanzigerreihen. Mit und ohne Mütze. Manche winkten und lachten. Anscheinend sehr warm da.
Am Schluß des Zuges 10 hochbeinige Straßenreinigungsautos, so Sprengwagen, hinter denen wir als Jungs immer hergelaufen waren, gestaffelt fuhren sie, um den Dreck wegzuspritzen, den Dreck von uns Deutschen.
»Wie unklug von ihnen, sowas zu zeigen. Damit züchten sie ja nur den Haß.«

Wir sahen *jeden* Film.
Nach Karten mußte man Schlange stehn. OdF's durften vorgehn. (»Der sieht aber noch ganz kräftig aus.«)

Wenn vorm Kino mal ein Russe stand, machte man einen großen Bogen.

Unser Bezirksältester hieß Müller, der war gerade aus dem KZ gekommen.
»Ich versteh' das nicht«, sagte meine Mutter, »daß man einen Arbeiter zum Bezirksältesten macht, da hätte man doch einen Arzt oder was nehmen können, Kleesaat meinswegen, der kann doch gut mit einfachen Leuten.«

Arbeiter, die hätten doch gar nicht diese Übersicht. Allerdings, wenn man bedenke, Ebert, der sei ja auch nur Sattlergeselle gewesen, und der habe damals seine Sache ganz gut gemacht. »Was war eigentlich Hitler?«

Müller residierte in der Villa von BAUMA Wulff, am Schillerplatz, neben dem Konservatorium. Einen roten Knopf trug er im Revers. Edelkommunist.
Als die ersten Lebensmittelkarten ausgegeben wurden »Nichts drauf, aber der Mensch freut sich«, sagte er zu mir: »Na, Jünging?« Dann redete er vom Sein, das das Bewußtsein bestimmt und von der freien Meinungsäußerung, die es künftig nur im demokratischen Sinne geben dürfe. »Wo kommen wir da hin?«
Er lachte so sonderbar, als wollte er sagen: Das hättest du wohl nicht gedacht, was?

»Masslow«, rief er ins Telefon, »laß den doch laufen, ein ganz armes Schwein... Der kann ja gar nicht arbeiten, Trümmer wegräumen, das ist ja lachhaft, der soll man lieber wieder Musike machen. Du weißt doch: er geigt, und sie zittert! Was?«

Jeden Sonnabend war bei Müller sogenannter »Ringelpietz mit Anfassen«. Das ging durchs ganze Haus.

Wenn bei Capri die rote Sonne im Meer versinkt

Hanning, Kutti, Dick Ewers und Gisela Schomaker, alle waren da.
Gisela im grünen Pulli, die Haarspange beim Kämmen zwischen den Lippen

Bella, bella, bella Marie,
vergiß mich nie!

Wie konnte man bloß an Antje rankommen? Seit dem Zusammenbruch hatte ich sie nicht mehr gesehen.
»Kempi, Kempi, du bist einer!« sagte Gisela. »Wenn du bloß nicht immer so stolz wärst!« Ich wär immer so stolz.

Müller organisierte Brot und Fleischkonserven. »Geht man in die Küche, da ist genug!«
Schweinefleisch im eigenen Saft, aus Kommißbeständen. Daß sich die Leute die Taschen vollsteckten, das merkte er wohl. »Wenn's alle is is's alle.«

Ich mußte Klavierspielen, meine zwei, drei Schlager. »Bei dir war es immer so schön« (mit der linken Hand so runter, wenn man das kann, klingt's täuschend echt; dirigieren dabei und das Haar zurückstreichen) und

Ich tanze mit dir in den Himmel hinein

Das Mittelstück ist ein bißchen schwierig, so sonderbare Modulationen, und nachher kommt man da nicht wieder rein.

Während die andern über das Parkett schlidderten, setzte sich Gisela neben mich: »Wie du das kannst!« Dann schlug sie mir plötzlich leicht auf die Handgelenke und lachte: die seien ja so schlapp, ich sollte nicht so weichlich spielen. »Gib mal'n bißchen Gas!«

In den siebenten Himmel der Liebe ...

Das war Müllers Lieblingslied. Dafür küßte er mich ab. Und ein Päckchen Tabak kriegte ich auch noch zugesteckt.

Er zeigte mir seine Hände, hunterttausend Backsteine abladen, ohne Handschutz.
Seine Frau war in die Feuerzone gelaufen, die hatte es nicht mehr ausgehalten.
Diesen Walzer da, 1936, den hatte er mit ihr getanzt, im Teepavillon, in Warnemünde, mit Linksdrehung, comme il faut, da waren sie noch mal so richtig glücklich gewesen.
Und gleich danach wär seine Frau nach Ravensbrück gekommen und er nach Buchenwald.

Er sprang plötzlich auf und rief: »Leben!«, setzte den 600-Marks-Schnaps an und trank sich voll. »Sauf-Müller« nannten ihn die Leute bald.

Und: »Was für eine dicke Nase der hat.«

Ich sollte mich man tüchtig austoben, sagte meine Mutter, der Zimmerahorn hatte sich herausgemacht. Nach dem ersten Krieg seien die Leute auch von einer unüberwindlichen Tanzsucht besessen gewesen. Überall in den Tanzlokalen hätten Negerkapellen gespielt. In jeder Wohnung Likör flaschenweise.
Oh, wenn sie noch daran denke... Bei Dahlbusch, die Hausfeste! Der habe immer Handstand gemacht und Rad geschlagen, mitten in der Stube, und aufs Sofa wär er gefallen, auf den »Vetter-Nick«. Nein, wie hatte man gelacht!

Auf dem Klo habe mal einer gesessen, völlig blockiert, und zwischen den Beinen durchgekotzt. O Kinder, nee.

Nein, ich sollte mich man tüchtig austoben. Das müsse sein. »Was nützt das schlechte Leben.« Wenn's drauf ankommt, würde sie da auch noch mitmachen.
Damals, den 16tourigen Tango... oh! Der Tänzer hätte ihr immer zugeflüstert, welche Schritte sie machen soll, und niemand habe glauben wollen, daß sie keine Ahnung vom Tango hat, alle seien weit zurückgewichen.
Und dann habe sie unter dem Mistel-Zweig gestanden, und August Menz sei gekommen und habe gesagt: »Wissen Sie, daß ich Sie jetzt küssen darf?« »*Bitte* nicht«, habe sie geantwortet. So ein Schafskopf, anstatt nun: ja! zu sagen, gerne! immerlos!

Oh, so verliebt, so verliebt.
Den ganzen Abend nur mit ihm getanzt. Und dann habe sie ihm geschrieben, sie halte es nicht mehr aus, ob er sie nicht heiraten wolle?
Und er hatte ›nein‹ geschrieben. Erst müsse er sich 'ne Existenz aufbauen.
Und dann sei Karl gekommen und all das.

Immer alles mitmachen, warum nicht? Vielleicht könnt ich bei der Gelegenheit einen Holzschein ergattern. Oder fragen, was mit Heinemann wird. Dem hätten die Russen seine Druckmaschine ausgebaut.
Erst ausgebombt, dann zwei Söhne gefallen, vergewaltigt und nun noch die Druckerei im Eimer. Vielleicht könne Müller da was machen.

Den Holzschein kriegte ich.
Ob ich nicht Lust hätte, eine Bücherei aufzubauen, für die Kommunistische Jugend?
Das war eine Frage!

Im Fürstensaal des Rathauses lagen die Privatbibliotheken toter oder geflohener Nazis, ganze Wagenladungen.

Wissenschaft bricht Monopole

Ich suchte alle Jugendbücher heraus. Bibliothek der Reisen und Abenteuer. Sigismund Rüstig und die Höhlenkinder im Heimlichen Grund.

In einem riesen Haufen »Mein Kampf« entdeckte ich Musiklehrer Schulze.

Iß was gar ist,
trink was klar ist,
sprich was wahr ist.

Er riß die Einbände ab und schichtete die Buchblöcke wie Backsteine aufeinander.

Ein ehemaliger Stadtrat beschäftigte sich in einer Ecke mit bibliophilen Raritäten. Der hatte immer eine sehr dicke Aktentasche, wenn er nach Hause ging.
»Herr Kempowski, wenn Sie von diesen kleinen Bändchen hier was sehen, dann bringen Sie sie mir bitte.« Da fehlten noch zwei, ohne die sei alles wertlos.
Er kannte meinen Vater. »Grüßen Sie ihn man schön. – Was, noch keine Nachricht? Das tut mir aber wirklich leid.«

Ich fraß mich durch die Bücher wie in ein Schlaraffenland.

Tycho Brahes Weg zu Gott. Vom Haufen des Kreisleiters (»Ewiges Deutschland; eine Weihnachtsgabe an das deutsche Volk«) zum Berg des Oberbürgermeisters (»Die Karlsuniversität zu Prag«).

Unversehens hielt ich ein Fotoalbum der Familie Eckhoff in der Hand. Der Vater als SS-Mann in den Alpen, hinter sich einen »Wanderer«-Wagen. Frau Eckhoff dicklich und mit Schnecken über den Ohren. Getrocknete Blumen und daneben: »Muttertag 1935, Lindau am Bodensee.«

Eckhoffs hatten sich erschossen. Der Sohn war nach Hause gekommen, der mit seinen kurzen Hosen, der mir die Haare abgeschnitten hatte, und war von der Nachbarin abgepaßt worden: »Komm man zu uns, mein lieber Jung.« Das Auto hatte aufgetankt in der Garage gestanden, vollbepackt, und die Eltern da drin, tot. »Es hat ja doch keinen Sinn.«

Von Helmgunde Dettmann hätte ich gern ein Foto gehabt, aber im Haufen des Kreisleiters war keins. Das Lichtkind.

»Mein Erfolgssystem« von Schellhaus, das stopfte ich mir unter die Jacke. Wie man ein Erfolgsmensch wird, stand da drin.
»Sie können morgens nicht aufstehen? Einfach aufstehen!« und ein Pappkärtchen solle man stets und ständig bei sich tragen: »Nicht ärgern«. Ärgern sei Unfug.

Droste-Hülshoff blau, Keller grün, Shakespeare rot, die ließ ich nach und nach mitgehen. Gesammelte Werke, alle nagelneu, noch keiner hatte drin gelesen.
Und Kultur-Kuriosa aus dem Mittelalter: »Hab a gebickt – 3 fl.« Und: »Was mancher nicht weiß«: daß die Katzen auf der Insel Man keine Schwänze haben.
Ein Schiller fehlte mir noch.

Für die Kommunistische Jugend fand sich ein großer Hand-

wagen voll geeigneter Bücher. Der ehemalige Stadtrat kam angehumpelt: »Ist das nicht zu viel?« Wenn nun noch eine andere Jugendbewegung gegründet werde, ein Jugendring oder was, ein demokratischer, dann sei ja gar nichts mehr übrig.
Auch Schulze linste über seine Mein-Kampf-Mauer hinweg: »Das kucken Sie man noch mal durch.«

Das Haus der Kommunistischen Jugend lag in der Steintorvorstadt.
Alles leer, kein Tisch, kein Stuhl. Nur ein kleiner brauner Flügel. Ping-ping! gut in Schuß.
»Das kommt alles noch«, sagte ein Mädchen, das da den Parkett-Fußboden schrubbte. »Die andern sehen sich gerade nach was um.«

Und als ich die Bücher hereinschleppte: »Was, so viele Bücher?«
Sie stand auf und wischte sich die Hände ab. »Das ist aber nett von dir.« Sie dachte wohl, die hätte ich gestiftet.

Ich stapelte die Bücher in eine Ecke. Nun müsse man eine Liste anlegen. Ob sie mir dabei helfen wolle?
Ja, wenn sie da fertig sei. Und dann kuckte sie mir so über die Schulter, ziemlich dicht. Als ich sacht dagegenhielt, kamen »die andern«, mit Küchenstühlen, einem Spind und Wäschekörben voll Fanfaren. Das hatten sie vom ehemaligen Hitlerjugend-Bann geholt.

Die Bücher könne man da in den Spind stellen, sagte ich.
Ja.
Und dann immer abschließen, damit keiner was mitgehen läßt.
Ja.
Und die Liste immer schön in Ordnung halten, wenn eins ausgeliehen wird.

Ja. – Warum ich so lange Haare hätte, das wollten sie wissen.
Da ging ich dann nicht wieder hin. Und außerdem war keiner vom Realgymnasium dabei. Alles Werftgegend und Altstadt.

7

Mein Großvater hatte hinten ein schönes Zimmer mit weißem Sekretär und Ledersessel.

Gemäht sind die Felder,
der Stoppelwind weht...

Das Andachtenbuch, ein Gesangbuch und die Bibel auf Kante. Dazu das Notizbuch. Die Geldsachen schrieb er vorn, die Notizen hinten hinein, den kleinen Finger gichtig eingeknickt. Und wenn sich das dann in der Mitte traf, fing er ein neues an. Alles in schräger, von gelegentlichen kraftvollen Schwüngen unterbrochenen Altershandschrift.
»6 Pf. für Diverses«, wenn es nicht ganz aufging.

Unten im Sekretär standen 12 Töpfe Vitam-R und 20 Büchsen Haselnußmus, aus Hamburg noch

Bonum bono – dem Guten das Gute

Eine dicke Ölschicht war oben drauf, wenn man das aufmachte.
Auf das Nußmus hatte meine Mutter ein Auge geworfen.
»Als Reserve ganz schön, nicht?«
»Woas, mein Grethelein?«

Mein Großvater hatte das Nußmus noch von Herrn Roggenbrot, »Rochenbrot«, wie er sagte. »Der liebe gute Rochenbrot.«
Der war Kirchenvorsteher in der Kapellengemeinde gewesen, der man sich so innig verbunden wußte. Nun ja auch schon tot.
»Mein liep'r Herr Ponßack...«
Vor vielen Jahren war da mal eine Unregelmäßigkeit passiert, das wurde gelegentlich angedeutet. Und den jungen Pastor Nerger hatten sie an die Front geekelt. Wie war es nun zu fassen.

Vitam-R, das war eine braune Reformpaste. Ein reines Hefeprodukt, wie mein Großvater immer wieder sagte, dessen Wohlgeschmack durch Trennung der Hefezellen und Abtöten der Lebewesen erzielt werde.

Die Jazzbilder meines Bruders hatte er abgenommen.

Wie konntest du, Veronika?

Das Bild mit den Hühnern wieder aufgehängt. Und: das Teehaus von Sanssouci, das einzige aus Wandsbek gerettete Ölbild.

Ein schönes sonniges Zimmer war das: Blick auf Gärten, über die Krone des Birnbaums hinweg. »Wie hast du es hier wonnig, Vater.«

Morgens machte er Freiübungen, im Nachthemd, vorm offnen Fenster. Sonst roste er ja ein. Merkel da unten, der ging wieder einmal das Gemüse bekucken. All die Birken fällen zu lassen, widerlich. Und da hinten die katholische Kirche, nicht dotzukriegen diese Brüder, wie die Stehaufmännchen.

Rumpfbeuge vor- und rückwärts. Bei Kniebeugen sich mit einer Hand am Sessel festhalten. Wenn man jeden Tag eine mehr macht, denn kommt man womöglich noch bei 100 an.

Danach wurde das Außenthermometer abgelesen, hm, hm, zu kühl für diese Jahreszeit. Lieber eine Strickweste überziehen.

Die Nase putzen, ein für alle Mal.

Im gebürsteten Schoßrock erschien er am Kaffeetisch: »Morgen, Morgen, Morgen, Morgen, Morgen ...« (Kuß auf die bebartete Wange geben.) Ob wir durchgeschlafen hätten.

Er saß jetzt auf dem Platz meines Vaters, den Molotow-

Kneifer auf der Nase, die Hände beim Kauen gefaltet. Altes Hugenottengeschlecht, lauter Pastoren: Das noch kaum ergraute Haar geölt und sauber gescheitelt. Vorn links eine einzige kleine Welle.
Ab und zu stieß er auf oder transportierte einen Krümel mit dem befeuchteten Ringfinger auf den Teller.
»Das ist ein Gottversuchen!« hatte er gerufen, als die ersten Flugzeuge flogen, hinten auf dem Komposthaufen seines Hauses hatte er gestanden und mit der Faust gedroht. Aber mit 60 hatte er noch Italienisch gelernt und mit 61 Autofahren. Die Polizisten hätten das gar nicht glauben wollen.
»Was, schon 61?«

Die eine lieb ich,
die andre küß ich,
die dritte heirat ich amol . . .

Das Herz in Ordnung noch, die viele frische Luft, Verdauung auch: Vitam-R, Nußmus und Paprikapulver. Paprika, das wurde auf dem ganzen Balkan gegessen, da wurden die Leute ja steinalt.

Daß es zum Kaffee keine Milch gab, das verdroß ihn.
»Keine Milch, mein Grethelein?«
»Leckertähn!« rief meine Mutter, »Milch möcht ich auch gern haben.«

Morgens die Schrotsuppe, die wurde nach Spelzen abgesucht. Die ›Strecke‹ auf dem Tellerrand geordnet. (Seine Zähne, seine Zähne! die schrien nach Brot!) Und mittags: »Die Bohnen sind etwas härtlich?« Die Stirn zum Rechenheft gefaltet und 32 mal gekaut, für jeden Zahn einmal.
Wenn er sich auf die Zunge biß, dann hatte das ein längeres Wiegen des Kopfes zur Folge. Die großen Hände tasteten grobzitternd an die Schläfen, der kleine Finger gichtig eingeknickt.
Es war ja zum Verzweifeln!

Nach dem Essen striegelte er sich mit seiner zur Maus zusammengerollten Serviette mechanisch den Bart, und wenn er fertig war, lehnte er sich nach hinten und sagte: »à!« Dann reinigte er die Zwischenräume seiner Zähne hinter der Hand mit einem kurzen messerartigen Gerät, das in silberner Tula-Scheide an seiner Uhrkette hing. Zuweilen hielt er inne und prüfte ziepschend, ob es so besser sei.

Links neben meinem Großvater hatte die alte Frau Engel Platz gefunden, eine Dänin. Sie war von Gratenhof nach Rostock geflüchtet. Weinend hatte sie auf einer Bank gesessen, eine große dänische Flagge auf der Brust, vorm zerstörten Theater: sie wisse nicht wohin.
»Sie kommen natürlich zu uns.« Dänemark, das war ja klar.
Mord und Dotschlag erzählte sie. »Mit Faust auf Auge«, habe ein Russe sie geschlagen. »Die achten keine Naschonalität.«

»Diese Russen!« rief sie. Das seien ja keine Menschen. »Wenn vorn raus, denn hinten wieder rein.« Und die eignen Tagelöhner wären so frech gewesen. Herr von Bernstorff habe immer wieder gesagt: »Und was wollt ihr *noch?* Und was wollt ihr *noch?*« Die Voltaire-Bände habe er beim Bürgermeister wiedergesehen, im Küchenschrank, ganz zufällig.
In der schlimmsten Zeit hatten sie im Wald gehaust, aber die Tagelöhner, die hätten sie verraten, hätten die Russen hingeführt und sich kurz vorher noch in die Büsche geschlagen, zugekuckt und gegrinst. Alle Koffer hätten die Russen aufgerissen, die schöne chinesische Seide und Frau von Bernstorff übergestiegen ...

Nein, die Russen seien keine Menschen. Die achteten keine Naschonalität. Hier, mit Faust auf Auge geschlagen.
Aber ihren Schmuck, den hätten sie nicht erwischt. (Sie trug ihn in einem Beutel am Korsett). Und daß sie weggegangen sei, das hätten sie auch nicht verhindern können.

Ob die Dänen meine Schwester wieder raussetzten? Was meine sie? Ob alle im Krieg geschlossenen Ehen für ungültig erklärt würden?
Nein, Dänemark strafe keinen. Ihr gutes, gutes Dänemark. Wie sie sich nach Hause sehne! 30 Jahre in Deutschland, das sei genug. O, sie habe Deutschland satt.

Sie wohnte nun schon drei Wochen bei uns. Und einen gesegneten Appetit hatte sie. »Die ist vom Stamme Nimm!« Sobald sie sich nachfüllte, räusperte sich mein Großvater, als ob er ein Auto anläßt.
»Frißt uns noch die Haare vom Kopf, diese Person! Wie so'n Scheunendrescher!«
»Ja, und sie könnte doch wenigstens Anstalten machen, hier wieder wegzukommen.« Das sei doch schon in normalen Zeiten eine Zumutung. »Oder mal einen Ring hergeben oder was.«

Endlich wurde es meinem Großvater zu viel. Er nahm sie unter den Arm, wie es dann später hieß, und »schleifte« sie zur Bahn. Nach Berlin sollte sie fahren, zur dänischen Militärmission.
Briefe an meine Schwester bekam sie mit. Uns gehe es den Umständen entsprechend gut, sie solle sich keine Sorgen machen. (Vielleicht schrie man ihr auf der Straße was nach? ›Deutsche Sau‹?)
»Und grüßen Sie schön und sagen Sie allen Leuten dort, was hier los ist, diese haarsträubenden Zustände.«
Jawoll, das täte sie und tüchtig Pakete schicken, das wollte sie, wenn sie wieder in Jülland wär. Jeden Monat eins, mit Schmalz und Mehl und Wurst.

Meine Mutter hatte den ganzen Tag mit dem Essen zu tun. »Man rennt und tut und macht, man läuft sich um und dumm...«

Gekocht wurde auf einer kleinen »Hexe«, die Arbeiter Krampke von gegenüber für 2 Päckchen Tabak aus Flugzeugblech gefertigt hatte. Dauernd mußte einer daneben stehen und sie füttern, sonst kochte das Essen nie.
Mein Großvater ging regelmäßig in die Trümmer und sammelte Holz. Das zersägte er auf dem Balkon. Manchmal schleppte er so viel heran, daß er zunächst jappend in einen Stuhl fiel. Doch dann raffte er sich wieder auf und ging roboterhaft ans Werk.

Einmal fand er einen Gummibaum im Schutt, den pflanzte er ein und nun warf der mit der üblichen Regelmäßigkeit ein Blatt nach dem andern aus, mal links, mal rechts.
Ich stach manchmal mit einer Nadel hinein. Da quoll milchiger Saft heraus.

Wenn es regnete, setzte sich mein Großvater in die Küche und schärfte die Säge.
»Gott, Vater, das ist ja nicht zum Aushalten!«
»Woas, mein Grethelein?« Und weiter wurde gefeilt, jede Zinke.

Mit Beziehungen war es gelungen, einen halben Schrebergarten zu mieten. Den *ganzen* mußten wir bearbeiten, den *halben* durften wir abernten.
Besitzer war ein Studienrat, ehemals ein scharfer Nazi, der traute sich wohl nicht mehr aus dem Haus.
»Eig'tlich noch schöner, wir machen die Arbeit, und der kassiert.«

Alle Stauden rausreißen und Bohnen legen. Leider verwendete mein Großvater aus Sparsamkeit altes Saatgut, so daß fast nichts aufging.

Während man das Unkraut zupfte, saßen die Russen im Kirschbaum. Einem stieß mein Großvater in einem Anfall

von Jähzorn die Leiter um. Wir dachten schon, jetzt schlägt er uns alle tot.
Der Russe rappelte sich auf und sagte, mein Großvater sei ein alter blutiger Schwanz und ging weg.
»Das mach man nicht wieder, Vater!«

Die Hochstamm-Johannisbeeren wurden von den Russen mit Vorliebe geköpft und im Nachhausegehen abgeerntet. Wie so ein Blumenstrauß.

Bald kam es zu Mißhelligkeiten mit dem Studienrat. Er schrieb uns einen Brief, es sei ja eigenartig, daß die Russen immer nur seine Gartenhälfte ausplünderten...
»Nun wird's Tag!« rief meine Mutter. »Man schuftet, daß einem das Blut unter den Nägeln hervors-prützt, und dieser Mensch macht uns noch Vorwürfe!« Dabei war seine Tochter mit Ulla zur Schule gegangen, ein nettes und begabtes Mädel, und der Sohn mit Robert in der Marine-HJ.
Und bei Kröhls hatte man immer musiziert. Aber in der Not, da lerne man die Menschen kennen. Wie reißende Tiere. Pack.
Oh, die sollten mal kommen, später, wenn alles vorbei wär. Hier – die Tür! Bitte!
Nee.

Kurz darauf wurde der Studienrat »abgeholt«. (»Das hat er nun auch wieder nicht verdient. Der arme Mann.«)
Der Vorsitzende des Schrebergartenvereins kriegte ein Päckchen Tabak, und wir hatten den Garten für uns.

Das Reinmachen bei den Russen war leider vorbei. Die waren weggekommen, zurück nach Rußland, sie hatten sich richtig verabschiedet und sogar den Kanarienvogel wieder abgeliefert.
Auf Wiedersehn und alles Gute.

Die Mädchen waren gar nicht fröhlich gewesen, sie hatten geweint. »Das hätten sie sich doch denken können, daß das nicht immer so weiter geht. Wie die Made im Speck.«

Schade.
All die schönen Reste, das Fleisch manchmal und das Brot. Es war ja ziemlich feucht gewesen, das Brot, denn die Russen *gossen* den Teig ja in Formen, aber aromatisch.

Bäcker Kofahl kriegte nur selten Mehl. Da mußte man hellhörig sein.
»Tante Kempi, schnell, Bäcker Kofahl hat Brot!« Beim Anstehen löste man sich ab, bis zur Drogerie Kotelmann standen die Leute, in Viererreihen.
»Gibt es hier was ›ohne‹?« fragte die alte Frau von Eschersleben.
Stehen wollte man ja gerne, wenn bloß nicht vor der Nase: »Schluß!« war. (Konnten sie nun nicht Nummern ausgeben?)

Kofahl war unfreundlich geworden, richtig frech.
Wenn mal wieder andere Zeiten kämen, würde man nicht mehr bei ihm kaufen. Darin waren sich alle einig. »O, watt Löckers!« und dabei hatte er einem so leidgetan, damals, nach der Katastrophe.

Statt Wechselgeld gab er Briefmarken aus. Das Hartgeld war verschwunden.

Die ersten Lebensmittelkarten sahen anders aus als bei den Nazis. »Alles müssen sie ummodeln.« (Die Falttaschen konnte man wegschmeißen.) Sie waren wesentlich größer, aber es gab fast nichts darauf.
Die Zuteilungsperioden waren in Dekaden eingeteilt, alle 10 Tage wurde aufgerufen. Bei dieser Einteilung sparten sie in den 31ger Monaten 1 Tag. »Dekaden«, das Wort erinnerte an die Französische Revolution.

Mutter und Großvater bekamen die »Hungerkarte«, Nr. V. »Da ist ja so ungefähr nur Kaffee-Ersatz drauf.« Die Butterschälchen aus dem Krieg konnte man wegstellen.
Die Nazis hätten alle Lebensmittelvorräte vernichtet, hieß es. Aber die große Sowjet-Union werde bald Lebensmitteltransporte anrollen lassen. Sonnenblumenöl und was sie sonst so hatten. (»Da luer up.«)
Frau Kröhl erzählte, der neue Bürgermeister habe den Kommandanten gefragt, was er machen soll, die Leute verhungerten!
Den Friedhof erweitern, sei die Antwort gewesen.

Ich kriegte Karte IV. »Zum Leben zu wenig, zum Sterben zu viel.«
Aber hungern brauchten wir nicht: Noch immer waren Kartoffeln im Keller, vom letzten Herbst. Auf dem Dachboden lagerten 3 Kisten Schweinefleisch in Dosen, (erst 3 Büchsen waren verbraucht,) 4 Kanister Speiseöl, die Essigsäure und der Zucker.
Die großen Käseräder mußten alle Woche mit Salzwasser abgerieben werden, sonst trockneten sie ein. Jeden abend gab es davon eine Scheibe.

Wie es mit den Kartoffeln werden würde, im nächsten Jahr, das war noch schleierhaft.
Den Siedler Reppenhagen hatten die Russen getötet, ihn, seine Frau und den alten Großvater. Ausgerechnet jetzt, wo man ihn so nötig hatte. Die andern Bauern sagten natürlich: »Kartoffeln? Wieso? *Wir* haben unsere Kunden.«

Irgendwie kriegte meine Mutter die Adresse eines Flüchtlings: der tauschte Kohl gegen Hausgerät. Also los!
Nach Hohen Weertz waren es 2 Stunden Fußmarsch. Links und rechts die Chausseebäume, einer nach dem andern und sengende Hitze.
Den Wagen hatten wir für 50 Pf die Stunde bei Arbeiter Krampke geliehen.

Und wir waren nicht die einzigen. Wagen hinter Wagen, den Mühlendamm hinunter. Kinderwagen in Stromlinienform, Bollerwagen und sogar eine Sackkarre.

Nun Volk steh auf,
nun Sturm brich los!

»Wenn die alle nach Hohen Weertz wollen«, sagte meine Mutter, »denn Gute Nacht.«
Aber nach und nach bogen die meisten ab. Schließlich liefen wir nur noch allein den Feldweg entlang. Niex, Damm, Reetz und wie die Dörfer alle hießen.
»Wir haben wohl so ziemlich das letzte erwischt.«

Die Leute wohnten im Schloß. (Auf der Diele hatten die Russen Pferde gehabt.) Den Korridor gingen wir entlang und klopften überall. Endlich fanden wir sie, in einer dunklen Stube, alles voll Betten und dann so'n kleiner Herd und oben drüber Wäsche.
Der Mann mit seiner Frau, die alte Mutter, eine Schwester und zwei erwachsene Kinder.
Alle in einer Stube.
Meine Mutter gab ihnen Tassen, Teller und zwei Handtücher von MAGGI. Die konnten das kaum fassen, so ein Reichtum!
Dann ging's zum Acker, wieder 2 km. (»Ich denk, das soll vereinfacht werden?«) Sie hatten gerade Wurzeln geerntet und all den Kleinkram auf einen Haufen geschmissen. Davon konnten wir so viel nehmen, wie wir wollten.
Wir machten immer gleich das Kraut ab und sammelten, was wir konnten.
Im Schloß kriegten wir dann noch eine Tüte Roggen und einen Zentner alte Kartoffeln.
»Besser als gar nichts.«

Wenn wir noch Teller hätten, dann sollten wir sie bringen. Oder vielleicht mal einen Pott? Oder einen Spiegel?
Aber, als wir Milch haben wollten, hieß es: »Haben Sie denn solchen Durst?«

Dann fuhren wir mit dem vollen Ziehwagen zurück, langsam aber stetig bergan, immer in die Speichen fassen. Schließlich blieben wir stehen und reckten uns. »Wenn wir das man schaffen.«
Da kam eine Frau mit zwei kleinen Kindern, die rief: »Ich komm, ich komm!« und half uns schieben. Ob sie was abhaben wolle?
Nein, sie habe genug.

Als wir dann den Berg hinunterfuhren, kam ein besoffner Russe aus dem Gebüsch getorkelt. Wir steuerten mit Volldampf dran vorbei. Er trat mit einem Fuß noch an das Rad.

Am Steintor stand mein Großvater: »Aber Kinder! Es ist schon Viertel nach 7! Um 7 müssen wir doch Abendbrot essen!«

Und dann zerrten wir den ganzen Kram auf den Dachboden. Im Keller wäre alles geklaut worden.
»Einmal und nie wieder!« sagte meine Mutter, aber nächste Woche ging sie dann doch wieder los.

Eines Tages klopfte es an die Etagentür und Sodemann, unser Prokurist, trat ein; eine Högfeldt-Type mit Knubbel-Nase. Immer noch recht gut bei Sache: Früher war er mal sehr dick gewesen.
»Ihre Mutter da?« sagte er und haute seinen Hut auf den Garderobenhaken. (In der Nazizeit hatte er den »Niederdeutschen Beobachter« gehalten, das Organ der NSDAP, und'n ganzen Krieg war er nicht eingezogen worden.)

»Werte Frau Kempowski«, sagte er und kuckte ihr plötzlich direkt ins Gesicht: »Wird ja woll Zeit, daß wir mal schnacken, nich?«

»Treten Sie näher«, antwortete meine Mutter. (»Ich denk' mich laust der Affe.«)

Mein Großvater kam von hinten, tippte ans Barometer und sagte: »Ah, Herr Sodemann! Wie geht's, wie geht's, wie geht's?«
Er strebte in die Wohnstube, gefolgt von dem immer noch Gewichtigen und von meiner Mutter, die vergeblich an ihm vorbeizukommen suchte, (»Hosenbeine, da kann man ja Röcke draus machen.«) Sie wollte schnell noch Briefe wegräumen, die da lagen.
Sodemann ging einmal im Zimmer herum, sagte »aha!« und »ßü!«, ließ sich auf das Sofa fallen und schwang den Arm auf die Rückenlehne. Hätt' nicht viel gefehlt, und er hätte die Beine hochgenommen.

Mein Großvater rückte sich den Sessel zurecht und sagte: »Mein lieber Sodemann, die Firma, die Firma, die Firma. Was soll bloß werden?«
»Tjä«, sagte Sodemann und knöpfte sich die Jacke auf, »watt hier, watt da, Herr de Bohnsack. Nichts Genaues weiß man nicht.«

Das »Komptoar« habe ja ka-ta-stro-phal ausgesehn, unbeschreiblich. Wie die Hottentotten. Ganz allein habe er es aufgeräumt.
Daß *wir* uns da nicht hätten sehen lassen, das nehme er uns »über«.
»Åpen und ihrlich, Frau Kempowski«, das nehme er uns über. Schließlich wär das doch *unser* Geschäft und nicht seins. »Stimmt's, Herr de Bohnsack? Stimmt's oder hab ich recht? Alle Papiere aufpulen und wieder einheften, rumkriechen wie so'n Kuli?«

Ich langte ein Päckchen Tabak aus dem Schirm der ausufernden Eßzimmerlampe, und Sodemann stopfte seine Pfeife, deren Hartgummimundstück mit Leukoplast geflickt war.

Feuer nahm er sich aus einem bombenförmigen Feuerzeug.

Der dicke Sodemann. Früher, auf dem Reitschemel, da hatte sich doch mal ein Lehrling rangeschlichen, sein Jakkett hochgehoben und so getan, als ob er ihm welche auf seinen dicken, überquellenden Hintern geben wollte.
Und: »Sieht man's?« hatte er meinen Vater gefragt, als er mal im Suff ein Bierglas auf den Kopf gekriegt hatte.
Und wenn Boten ins Kontor kamen oder Lehrlinge und die Mütze nicht abnahmen, dann war er aufgestanden, zur Garderobe gegangen, hatte sich den Hut aufgesetzt, den Schal umgelegt und den Jackenkragen hochgeklappt. »Na Herring, was is?«

Tja. Alles allein aufgeräumt, die ganzen Frachtbriefe. Tschungedi.
Und denn immer ab in'n Heizungskeller, wenn wieder einer kam, einer von diesen Brüdern. Denen war ja nicht zu trauen, »nich von hier bitt dor.«

Die Schreibmaschinen waren Gott sei Dank noch vorhanden und die neue Rechenmaschine.
»Fehlt bloß Ihr Gatte, werte Frau Kempowski, denn kann's wieder losgehn. – Wo steckt der eigentlich?«

Hatte man nicht noch irgendwo eine Flasche Wein? »Junge, geh doch mal eben.«
Hm. Das war schon besser.
»Werte Frau Kempowski, auf Ihr Wohl.«

Der »Friedrich« war wohl kaputto. Der hatte vermutlich in der Lübecker Bucht was abgekriegt. Nichts Genaues weiß man nicht. Vielleicht war er ja auch durchgekommen. Ob Denzer noch lebte?
Vorher hätten sie ja noch den Kapitän umgelegt, diese Bande.

»Was?«
»Ja, das wissen Sie nicht? Aber liebe Frau Kempowski, das ist ja eig'tlich stark. Sie wissen nicht, daß Käp'tn Schuhberg erschossen wurde? Mit Krasemann und Lewandowski zusammen, fünf Minuten vor zwölf? Nein? das wissen Sie nicht? Aber Sie müssen sich da doch bißchen um kümmern ... man kann die Karre doch nicht so einfach laufen lassen ...«
Der Kreisleiter sei gekommen und habe verlangt, daß der Kapitän ihn und seine Familie mitnimmt. Aber der – typisch Schuhberg – habe ›nein‹ gesagt. Stur. Und nach einer halben Stunde sei er abgeholt worden, vom Volkssturm und erschossen. Dot. Im Lyzeum erschossen.

»Darf ich zuschenken?« fragte meine Mutter.
»Minne.«
»Ich seh ihn noch wie heute. Der arme, arme Mann. Damals in Stettin. So braungebrannt und freundlich. Wo der eine Matrose noch'n Ring im Ohr hatte. Und als wir seekrank wurden, da hat er noch so gelacht. Und uh! Spiegeleier in Fett schwimmend servieren lassen, in'ner Terrine, das Gelbe schwarz von Pfeffer und dann so gegrinst, als wir uns schüttelten. ›Ruhig kotzen, immerzu! aber wenn so'n kleiner Knubbel kommt, den wieder runterschlucken: dat's de Mors.‹«
Der nun tot!

Das müsse er ihr nicht übelnehmen, daß sie unten nicht aufgeräumt hätte. Schon als junges Mädchen, da habe sie von ihrem Vater gedacht, wenn der ins Geschäft ging, der schaufelt immer das Geld um, damit es nicht schimmelig wird.
So weltfremd erzogen!
Niemals ins Theater gekommen zum Beispiel. »Sonst hat dir dein Mann ja später gar nichts mehr zu bieten«, habe es geheißen. Und nicht mal nach Helgoland. Als Hamburgerin nicht mal nach Helgoland.

Und nun schlage alles über ihr zusammen. Wenn sie bedenke, daß womöglich das Schiff nicht mehr existiere und Denzer. Dann fehlte bloß noch, daß ihr Mann gefallen sei, und Roberding, der kleine Bengel, und sie allein und mittellos, mit leeren Händen...

Na, soweit sei es ja nun noch nicht, sagte Sodemann, machte eine Runde durchs Zimmer und setzte sich wieder. Ja, er nähme gerne noch ein Glas, so jung komme man nicht wieder zusammen. »Minne, besten Dank.«

Das Dritte Reich, das sei ja direkt ein Konkurs gewesen. Das ganze Land kalodermaßen zugerichtet. Immer Befehle ausgegeben, so lange der Vorrat reicht, und wir müßten nun Betahlemann & Söhne machen. 40 Jahre werde es dauern, bis alle Trümmer weggeräumt sind, das habe in der Zeitung gestanden. Dann sei er 110. »Prost!«

Und: »Das kennen Sie doch, Frau Kempowski? Ehrlich, intelligent und Nazi? Immer nur zwei Sachen passen zusammen? Ehrlich und intelligent, dann kein Nazi; intelligent und Nazi, dann nicht ehrlich? Und ehrlich und Nazi, dann nicht intelligent! Hähä.«
Jo.
Jetzt lache man darüber, aber damals, da habe man dauernd Angst gehabt.
Er puffte meine Mutter an die Schulter: »Ihr Mann doch noch, Frau Kempowski, diese Devisengeschichte! Ganz roten Kopf gehabt!« Und er puffte sie wieder: »Knallroten Ballon? Das wissen Sie doch noch?«
(»Eigentlich'n bißchen doll...«)

Oder ausländische Sender hören... BBC. Wie sei das gefährlich gewesen. Immer mit einem Ohr am Lautsprecher, und wenn man weggeht, den Sender verstellen. Seine Frau habe immer gesagt: »Sieh dich bloß vor.« Soldatensender Calais. Daß der Gauleiter so und soviel Tafeln Schokolade im Keller hat.

»Und nu hebben wi gor keen Radio miehr. Aus, mein treuer Vater.«

In Stettin sitze übrigens der Pole. Bis Scheune könne man noch fahren, dann sei Schluß. Das kassierten die alles ab.

Zucker hätten sie auf offnen Lastwagen abgefahren. Und die beschlagnahmten Telefonapparate: mit einer Forke aufgeladen im Hof der Post.

Er stellte sein Glas hin, das er die ganze Zeit in der Hand gehalten hatte.
Tja, und nun? Was mache man nun?
Und er kuckte meiner Mutter plötzlich wieder direkt ins Gesicht.
»Haben Sie noch Geld, Frau Kempowski? Haben Sie noch Geld?«
Meine Mutter stand auf und knipste an der Tradiscantia herum. Die Myrte hatte auch schon wieder angesetzt.
Vielleicht könne man ein Holzgasfahrzeug kaufen? Er habe da was an der Hand? –
»Wieviel haben Sie, Frau Kempowski? Haben Sie viel?«

Als er weg war, saßen wir noch eine Weile in unsern Sesseln.
»Junge, rauch nicht so viel.«
Mein Großvater ließ halblaute Blähungen ab.

8

Ende Juli kehrten Beckers zurück vom Land, die Leute aus der ersten Etage. Die erzählten schlimme Geschichten. Auch Dr. Krause war wieder da. Kopfschüttelnd ging er über den Hof und schloß die Türen. Fenster einzuwerfen – sowas Sinnloses.
Und hier, den Blitzableiter durchgekniffen...
Barbarenpack!

Aber, daß der Weinkeller von Cornelli leer war, das konnte man gebrauchen. Da würde man vielleicht, na, mal sehn.

Auch der Werkmeister war wieder aufgetaucht, den hatten die Russen geohrfeigt, obwohl er doch auch nur Arbeiter war. Er wär Kapitalist, hatten sie gerufen und sein Sofa mitgenommen.

Ich brachte die Bücher zurück, zwei Waschkörbe voll (»Was, Junge, so viel?«), in den Regalen klafften die Löcher.
Meine Mutter ging mit hinüber und berichtete, wie mich die Russen durch die Fabrik gehetzt hätten, immer treppauf, treppab, und die Pistole an die Schläfe gesetzt, nur um Schnaps zu haben. Durch die ganze Fabrik wären sie mit mir gegangen, und alles hätten sie durchwühlt.
»Ja, hat er sie denn nicht irregeleitet?« fragte Dr. Krause.

Wie es eigentlich mit dem Zucker wär, den Zucker wolle er zurückhaben, aus der Limonadenabteilung. Die katholischen Schwestern hätten ihm genau berichtet, wer da alles was weggeholt hat. Wie die Hunnen wär ja alles über seine Fabrik hergefallen, herausgerissen, verschleudert. Und die Wohnung habe ausgesehen (dabei kuckte er mich an). Die

Türen des Bücherschrankes eingedrückt (Kopf geschüttelt und das Schloß probiert, ob es noch schließt), wer mache nun bloß sowas?

»Den Zucker!« rief meine Mutter zu Haus und warf die Schlüssel ins Fach. »Wie widerlich! Wenn *wir* den nicht geholt hätten, denn hätte ihn jemand anders geholt! Keinen Teelöffel bekommt er!«
Und wie ekelhaft von den Nonnen. Am Fenster zu sitzen und sich zu merken, wer da ein- und ausgeht. Die hätten woll sogar 'ne Liste geführt, was? Hinterhältiges Pack.

Herr Cornelli sagte, den Zucker zurückzutragen, das sei nicht ihre Pflicht, nein. Das könne niemand verlangen. Aber vielleicht täte sie gut daran, einen Teil, vielleicht den kleineren, als eine Art Selbstbezwingung auszuliefern, freiwillig. Ein Zeichen der neuen Denkart, die jetzt Platz greifen müsse.

Gleichnis will mir alles scheinen,
was mir je die Sinne rührte ...

Der Gewinn, den sie daraus zöge wär anderer Art, höher, reiner und dauerhafter.

Meine Mutter brachte tatsächlich einen Eimer hinüber.
»Wenn er nun gesagt hätte: ›Sehen Sie mal, Frau Kempowski, mir ist alles genommen worden, leer, mit leeren Händen steh ich da...‹« Gern, o wie gern hätte sie ihm da geholfen. Noch mitgearbeitet vielleicht, Gardinen aufgesteckt. Aber doch nicht so.

Als sie dann zurückkam, winkte sie mich ins Schlafzimmer.
Ob ich ihr denn gar nichts zu beichten hätte?
Ich? Wieso?
Dr. Krause hätte ihr eins von seinen Büchern gezeigt mit *meinem* Namen drin. Groß und breit mein Name. Er wär ganz außer sich gewesen. Ich hätte wohl auf seinen Tod spekuliert? Selbst wenn er nicht wiedergekommen wär:

»Wir haben schließlich Erben ...« Und: »Wir waren doch Freunde, Frau Kempowski ...« und so eisern gekuckt, als sie noch lächeln wollte. Oh, in den Boden wär sie am liebsten versunken, wie Bleiklumpen die Beine.

Ich mußte hinübergehen und mich entschuldigen.
»Ich komm mit«, sagte mein Großvater.
Er lief vor mir her, als werde er gestoßen, roboterhaft, und ich mit sausendem Kopf.

Nachdem ich heiser meine Entschuldigung vorgebracht hatte, sprach Großvater sofort von Wandsbek und von verschiedenen Apfelsorten, und daß ein Hamburger Gärtner in den Vorkriegsjahren seines Wissens Hundekot aus der Türkei importiert habe.
Was ich mir dabei gedacht hätte, bei der Bücherklauerei? wollte Dr. Krause wissen. Und die Widmung herauszureißen, von seinem gefallenen Freunde Kasten?
Der Gärtner hätte den Kot *probiert*, sagte mein Großvater, ob es auch wirklich Hundekot ist! So mit dem Finger ran und dran geschleckt!
»Wir haben doch schließlich Erben ...«
(Die Widmung war nicht von Kasten, sondern von einem Mann namens Roloff gewesen.)

Zu Hause stand ich dann im Schlafzimmer und spielte mit der Schnur vom Rollo. Drüben bei Schlachter Timm, im ersten Stock, da zogen weggejagte Gutsbesitzer ein.
»Mein armer Junge«, sagte meine Mutter, »wie ist das alles widerlich«. Durch dieses Tal müßten wir nun durch, das Rad drehe sich, das gehe vorüber. Und wenn Vati dann wiederkäm, dann würden wir ihm das in aller Ruhe beibringen. Peu à peu. Vor dem dürften wir doch keine Geheimnisse haben, das meinte ich doch auch. »Und, du sosst es sehen, der verzeiht dir.«

Auch andere kehrten zurück. Der Neffe von Frau Kröhl zum Beispiel, der setzte sich aber gleich wieder ab, holte ein paar Sachen und verschwand. Der hatte was mit Peenemünde zu tun gehabt.
Und Blomert mit abgeschnittenen Hosen. Moses zerbricht die Gesetzestafeln. Der war beim Ami gewesen: jeden Tag einen Löffel Rosinen hatten sie bekommen. Meine Mutter gab ihm ein Hemd von mir. Dafür brachte er uns einen Klumpen Butter. (Der Vater war Fuhrunternehmer, und die Mutter hatte eine kleine Landwirtschaft.)
»O Kinder, nee, wie isses schön!« rief meine Mutter. Am liebsten würde sie so mit'm Finger reinkatschen!
Früher, die Grasbutter, die erste im Jahr, die habe auch immer so gut geschmeckt.
Wir umstanden den Tisch, brachen Brot ab und strichen mit dem Brot an der Butter hoch. Blomerts – vielleicht würde man da mal was hamstern können. Immer umschichtig, einmal nach Hohen Weertz und einmal zu Blomerts. Und dann noch eine dritte Stelle suchen.

Eines Tages lag ein Fetzen Packpapier im Briefkasten. »Robert lebt«, stand da drauf.
»Hätte der Schafskopf nicht mal reinkommen können?«

Und als meine Mutter Fenster putzte, sah sie unten bei Schlachter Timm einen zerlumpten Soldaten, der kuckte hoch und winkte!
Was hat der da zu winken? dachte sie, und plötzlich schrie sie durch die Wohnung. »ROBERT!« das klang so wie ein Urton. Und schon kam er die Treppe raufgesprungen: »Nein, wie siehst du aus!« Lappen an den Füßen wie Filchner auf der Tibetexpedition, einen roten Bart, und den Kopf kahlgeschoren.
»Wie 'n Kinderschreck, nicht?« sagte er. Die Altersschätzungen hätten sich unterwegs auf 30–40 belaufen. Aber gesund sei er, alles intakt.

Großvater kam von hinten und rief: »Robert, Robert, Robert, Robert! Das ist ja fa-bel-haft!« Und sie umarmten sich, Kopf auf die Schulter, mal rechts, mal links, und während der Umarmung streifte Robert hinterrücks den Rucksack ab und kuckte auf das Barometer. In dem Sack wären Kartöffelings, sagte er, er hätte unterwegs einem Bauern erzählt, er komme nun nach Haus, ob der nicht 'n paar Kartoffeln für ihn habe. Er wisse ja gar nicht, ob er zu Haus was zu essen kriege.

Nun sei er völlig iben, sagte er dann und: Kameraden sind Schweine, das habe er erfahren. »Tue nichts Gutes, Walter, dann widerfährt dir nichts Böses.« Wenn jetzt noch einmal einer was von ihm wollte, den würd' er die Treppe runterschmeißen.

Dann verschwand er auf Klostermanns Backstuben, um den ganzen Dreck erst einmal abzuwaschen. Fußnägel saubermachen und den Vollbart bürsten. »Den laß ich dran. Oder soll ich ihn abrasieren? Lieber abrasieren, was? Abrasieren. Weg damit.« Aber den Schnurrbart behalten. Wenigstens den.

Meine Mutter machte Bratkartoffeln und wärmte grüne Bohnen auf. Und für hinterher kochte sie einen Grießpudding aus Milchpulver, die große Form, etwas zäh und gummiartig, aber es ging. »Mahlpolzeipott! Fiss biste patzt.« Großvater aß gleich noch einmal mit.

Er sei auf den Bahnschwellen der aufgenommenen Gleise gelaufen, von Schwaan nach Rostock und habe englische Schlager vor sich hingesungen, erzählte er, bei jedem Takt einen Schritt.
Ein Bahnwärter habe ihm eine Scheibe mit Honig gegeben.
Und dann seien die Türme von Rostock aufgetaucht, und da habe er sich erstmal hingesetzt.

Wie sei es denn in der Gefangenschaft gewesen? fragten wir. Habe er einigermaßen zu essen gekriegt?
»Zu essen? Wie bitte, was? Gestatte, daß ich lache.« Seine gefangenen Russen hätten ihm noch eine halbe Speckseite mitgegeben, das wär sein Gewinner gewesen. Und auf dem Marsch habe er mal in einem Schuhgeschäft geschlafen, im »Kellör«, da habe eine Kruke gestanden. Er die Kruke gesehen und gleich geschaltet: Eier! In solche Kruken legt man Eier ein. Und tatsächlich.
Die Verpflegung sei miserabel gewesen. Da sei so mancher abgenippelt, 30 bis 40 jeden Tag.
Und die Behandlung!
Eine ganze Nacht hätten sie in einer Scheune gestanden, und beim Marsch wären sie von vorbeifahrenden Russen mit Steinen geschmissen worden. In Fünferreihen marschieren, quer über die ganze Landstraße. »Po pjad! po pjad!« weil das so gut zu zählen ist. Schscht, eben mal raus, Hose runter, weiter.

Die eigenen Kameraden wären am schlimmsten gewesen. Am allerwiderlichsten die Freies-Deutschland-Leute. Mit einem großen Eichenknüppel wären die durchs Lager gelaufen und hätten ihnen auch den Rest noch weggenommen. Seine Brieftasche zum Beispiel, und die schöne Pfeife, von Vater noch.

In Schivelbein habe er französische Waffen-SS getroffen, die hätten draußen gearbeitet und immer Kartoffeln mitgebracht, am Feuer geröstet. Er habe dann auf ihre Sachen aufgepaßt. Mit denen sei er gut ausgekommen, an die habe er sich gehalten.

Ob er wirklich gesund geblieben sei, die ganze Zeit?
Ja, gut über die Runden gekommen, das müsse er sagen, und völlig gesund. Nur ein schwarzer Fleck, der laufe immerzu mit, im Auge, das sei störend.

Seine Augen überhaupt. Als die Ärztin die Brille gesehen habe, da hätte sie bloß abgewinkt. Nach Haus, nach Haus. Das wär sein Gewinner gewesen.
Narben wären auch nicht schlecht. Magengeschwüre zählten nicht, aber Narben. Hauptsache groß.
Und eigentlich sei er noch gar nicht dran gewesen. Er wär einfach über den Verbindungszaun geklettert und habe sich angestellt. Er sei doch nicht blöd. Sei er blöd?

Nach alter Sitte nahm er von den Pudding-*Trauben* und nicht vom Blattwerk. Soße aus Waldmeisteressenz darüber.
»Dr. Krause ja überhaupt...« sagte meine Mutter.
»Na, das müßt ihr mir nachher mal alles berichten.«

Es wär eigentlich schade gewesen, sagte mein Bruder. Er habe uns überraschen wollen, an der Tür klingeln und plötzlich dastehen.
»Ja«, sagte meine Mutter, »ich denk, den kennst du doch, wer ist das bloß?« und der habe so hochgewinkt. Nun käm Vati gewiß auch bald.
»Bestimmt«, sagte Robert, das habe er so im Urin. Nach seinem Dafürhalten sei das nur eine Frage von Wochen. »Ich bin ja schließlich auch wiedergekommen.«

Kaum hatte er gegessen, da stand er auf und lief durch die ganze Wohnung. Theater, Konzert – er glaubte, er würde auch noch Klavierspielen lernen. Wie er das alles entbehrt habe. Und die Platten. »Weißt du, was wir jetzt machen, Walter? Jetzt gehn wir gleich mal in die Stadt!«
»Aber Junge, ist das nicht zu viel für dich?«
Heute abend könne er ja mal in Ruhe den letzten Brief von Vati lesen, Anfang April geschrieben. So ernst, und es täte ihm leid, daß er oft so gewesen sei, und später da würd's schön.

Auf den Treppenstufen lag ein Feldblumenstrauß, der war von Cornelli.

»Cornelli, das ist doch der verrückte Anthroposoph? Der mit seinen Haaren, dieser uralte Trick, ich bitte dich, dies Sardellenlegen. Logischerweise wachsen die natürlich nach unten, und denn muß er Fixativ nehmen und all so'n Scheißdreck, und sich die auf der Glatze festkleben.«
Milchklappe auf, Blumen reinschmeißen.
»Anthroposophen: sind das nicht diese Leute mit dem Astral-Leib?«

Wir gingen durch den Grünen Weg: WIENER MODEN und Optiker Baudis: »Geht's besser so oder so?« Unverkäufliche Paradestücke in den Fenstern. Durch die zertrümmerte Friedrich-Franzstraße und über den Rosengarten.

Auf dem Rosengarten waren grade Männer dabei, einen Brunnen zu zermeißeln, den die Nazis aufgestellt hatten, einen Jüngling, der mit einem Fisch ringt.
»Und das war recht!« sagte mein Bruder und gab ihnen 5 Mark. »Brav, Leute, sehr brav.«

Ecke Steinstraße der Ritterschaftliche Kreditverein.
Bei Rosinat, nebenan, (»Wir Männer der Wirtschaft«) da habe er sich als Schüler mal Zigaretten gekauft, und da sei der Direktor hereingekommen. Habe ihn wohl gesehen, aber nicht beachtet. »Eig'tlich ganz in Ordning.«

Ob du's kannst – glaub's schon,
ob du's darfst – frakt sick.

Aber die andern Lehrer, das wären doch ziemliche Tölpel gewesen.
›Ha!‹ habe Liesing geschrien, ›Kempowski! Kempowski meldet sich! Kuckt mal alle hin, Kempowski meldet sich.‹ Auf den Maskenball in der Tonhalle wär er mal als gestiefelter Kater gegangen, das habe Mutter ihm erzählt.
Diese Pauker, die immer ihre alten Anzüge auftrügen. Da seien die Schüler oft besser gekleidet gewesen. »Alter Latz, wie geht's dem Vater?« und »Mach's Buch zu, *ich* kann's so.«

Kunstmann zum Beispiel, mit seiner randlosen Brille, immer tadellos in Schale. Aber beim Turnen habe er mal eine Netzunterhose angehabt. Junge, Junge.

»Mensch, hier war doch die Ka-Li-Sonne! Gung-gong-göng! bei jedem Gongschlag eine andre Farbe.« Er schritt die Trümmer ab. »Hier muß der Eingang gewesen sein, hier.«

Swings tanzen verboten

Wann's wohl mal wieder die schönen Filme mit Ralph Arthur Roberts gäb. Meine Tante, deine Tante oder Ehe in Dosen. »Doris, du . . .?«

Was in Ordnungeres als diese Filme gäb's ja überhaupt nicht. »Heidewitzka, wie Vater immer sagte. Heidewitzka, Herr Kapitän.«

Und ob ich wüßte, daß sie Großvater Kempowski mal mit seinem Rollstuhl ins Palast-Theater gehievt hätten? »Watt's ditt?« habe er dauernd gesagt und »Hurregottneeja!« Bis die Zuschauer gezischt hätten.

Das wär'n Original gewesen, sowas gäb's nicht wieder. Großvater de Bonsac wär nichts dagegen. Viel zu pinnenschietrig.

Am Neuen Markt blieb er wie angewurzelt stehn. »Was? Die KPD ist auch wieder da? Walter, ich sage dir, schlimm! Die hab ich mal gesehn, 1930 oder wann, durch die Stampfmüllerstraße, Abschaum! kann ich dir sagen, Abschaum! Mit Weibern dabei und wie!

Licht aus,
Messer raus,
3 Mann zum Blutrühren!

Und einmal mit so einem Saurer-Lastwagen, vollgummibereift, mit eckigem Kühler, Leute mit Knopf auf der Mütze. Alles Werftgegend. – Nichts gegen Arbeiter, brave, biedere Leute; aber eben Arbeiter, nicht?« Die sollten sich um ihre Arbeit kümmern und das Denken den Pferden überlassen.

Junkerland in Bauernhand

»Wenn sie dem Rot wenigstens Gelb beimengen würden. Das häßlichste Rot, was man sich denken kann. Und das soll einen nun anziehen.«

»Sag mal, hier an der Ecke, da war doch das Delikatessengeschäft von Krüger? Der rasierte sich doch immer nicht? Und die Säcke mit Walnüssen hat er auf die Straße gestellt, und die Hunde haben dagegengepinkelt ...«
Der sei nachher pleite gegangen, weil er ›Einnahmen‹ mit ›Verdienst‹ verwechselt habe »›Privat entnommen‹, schlimm, Walter, schlimm.«

Und die Warnemünder Fischfrauen: »Greun Hiering, Maischollen un Dösch!« mit dunkelblauen Strohhüten und dann die zappelnden Fische mit zwei Fingern gepackt und geschlachtet und die Schuppen abgekratzt. »Und wie Vater zeitweilig dauernd Fisch mit nach Haus brachte? Bis Mutter drauf kam, daß da 'ne ganz junge Fischfrau steht?«

Wir gingen die Blutstraße runter. »Mensch hier, Driebusch, auch dichtgemacht? Da gab's doch immer so zatzige Zukunftsromane? ›Dünn, wie eine Eierschale‹. Mal wieder richtig lesen – Gogol: der preißelbeerfarbene Frack mit helleren Pünktchen. Und Thomas Mann, was von dem wohl noch so alles kommt. Die Buddenbrooks. Da soll er man noch was von schreiben. Der hätte den Hanno man leben lassen sollen. Und dann irgendeine verrückte Liebesgeschichte erfinden mit tadellosen Typen. Oder Inzest, Walter, Inzest!«

Wir setzten uns am Blücherplatz auf eine Bank. Hier hatte immer der Bus nach Warnemünde gestanden, und die Droschkenkutscher mit lackierten Zylindern. Und die Dienstmänner. »Mensch, ich weiß noch, mit roten Mützen und Messingschildern.« Dem einen hatte man immer ›Schin dobri!‹ nachgerufen. Mit weißem Schnurrbart, hochgewichst. »Wo die jetzt wohl alle sind.«

Hinter uns die Universität.

»Glat barberet og pent friseret kommer han ned til morgenmaden« Das habe er alles im Kopf, hier, primig. Englisch, Französisch und Schwedisch. »Euch laß ich nicht verfaulen, Kerls wie Gardegrenadiere!« Deshalb habe er sich mit den Franzosen auch so gut unterhalten können. Schwedisch, das wär unsere Zukunft. Tüchtig Schwedisch lernen.

Und: »Studien treiben, Walter, das wollen wir. All die blödsinnigen Typen ankucken.« In Schivelbein, der eine Franzose zum Beispiel, der habe einen Wolfsrachen gehabt. Donnerwetter, das habe sich aber angehört!

> Er saß an ihres Bettes Rand
> und spielt' mit ihren Flechten.
> Das tat er mit der linken Hand,
> was tat er mit der rechten?

Ihm wär es ja noch gut gegangen, mit abgeklemmten Hacken davon abgekommen. Nur der schwarze Fleck im Auge, der störe ihn.

Dem andern Wachtmann, dem hätten sie ganz schön welche in die Fresse gehauen, bei der Gefangennahme, der habe Hitlerbriefmarken bei sich gehabt.

»Sieh mal, die dicke Veddel! Hasch mich, ich bin der Frühling, was?«

Und: »Die da, kuck mal, die läuft ja woll mit einem Russen? Das gibt's also auch. Und wie der geht! Als ob er'n Arsch offen hat.«

Mit Vater hätt mal ein Mann im Abteil gesessen, der habe ihn immer so angekuckt, so mißbilligend, und mit dem Kopf geschüttelt. Vater habe gar nicht gewußt, was das soll. Schließlich habe der Mann gesagt: »Mein Herr, Ihr Beinkleid ist offen.«

Ein Russenauto fuhr vorüber, hinten links Plattfuß. »Wie kann man nur. Aber so haben die den Krieg gewonnen. – Ich hab in diesem Krieg keinen Schuß abgegeben, Walter, kein nichts, kein gar nichts«, das hätte er dem Vernehmungsoffizier auch gesagt. (Von dem noch 'ne Zigarre gekriegt.) Das Gewehr habe er an einen Baum gestellt, so ein belgisches Beutegewehr, und dann den Gefangenen beim Sägen geholfen. »Bin ich denn blöd?« – Und sein Frühstücksbrot habe er jeden Tag mit ihnen geteilt. »Sonst hauen sie einem noch eins auf'n Deckel.« Man habe ja gesehen, wo der Hase lang läuft.

Bei der Gefangennahme, da hätte ihn der eine Russe bald umgelegt, so eine finstere Gestalt, so'n ganz Fanatischer, aber die andern hätten ihn begöscht. »Der Kelch ist an mir vorübergegangen, Walter, ich sage dir: und grausig gutzt der Goltz.«

Bei den Nazis, da hätt's aber auch Typen gegeben! Die Leute vom Arbeitsdienst, Arsch mit Griff, das Laub aus'm Wald geharkt und wieder reingetragen. »Und Motor-SA-Standarte, die sahen ja vorsintflutlich aus.«

Hitler habe den Hausbesitzern höhere und den Mietern niedrigere Mieten versprochen. »Das konnte ja nicht gut gehn.« Und diesen Judenschaapschiet, den hätten sie man lassen sollen, diesen Klimbim mit den Juden. ›Nordische Besohlanstalt‹, unter dieser Bezeichnung hätte ein Jude mal ein Geschäft aufgemacht. Was für ein Name!

Studien treiben. Und dann: alte Zeitungen, aus der Weimarer Zeit, so wie Vater das gemacht habe. »Kornfrank im Gegensatz zu Kathreiner, die hatten sich, glaub ich, dauernd in der Wolle.«
Er sei der letzte gewesen, der Vati gesehen habe, in Stettin. Und sein Chef habe ihm nur *eine* Stunde freigegeben, dieses Schwein.

14 Tage später hatte ich ihm über Seiboldt eine Arbeit besorgt, beim Elektrizitätswerk, als Schreiber. 150 Reichsmark bekam er, nicht viel, »aber der Mensch freut sich.«
Und als er sein erstes Gehalt bekommen hatte, hielten wir Familienrat, in der Wohnstube, zum erstenmal wieder im Schein der Tischlampe – Strom! – die schönen Bilder an der Wand, der Flügel.

»Urgemütlich« und »wie müssen wir dankbar sein.«

100 RM wolle er gut und gerne abgeben, sagte Robert, und meine Mutter stand auf und holte Papier, um das alles mal ganz genau aufzuschreiben. Sie bekam 400 RM an Mieten für das Geschäftshaus, und mein Großvater legte 150 RM dazu, »für Kost und Logis, mein Grethelein.«
Strich: also gute 650 Mark pro Monat. Dazu kämen noch 20 Mark von Walterli, 670.– also. Ja, das müßte reichen.
Vielleicht könne man davon sogar noch Kapital bilden. Kalt Blut und warm Untergewand?
Jeden Monat etwas zurücklegen, 10 Mark, das machten im Jahr 120. Oder besser 15, dann wären das schon 180. »Kleinvieh macht auch Mist.«

Mein Großvater mit seinem Molotow-Kneifer, der holte das Notizbuch heraus und kuckte überkopf auf den Zettel meiner Mutter. Die Zahlen, die wollte er sich mal eben aufschreiben.
In Hamburg ja überhaupt, der Garten und das Grundstück, wenn man bloß mal richtig Nachricht kriegte. Das ganze Obst, das könnte man doch auch verkaufen. Die Gute Luise allein, fast 7 Zentner jedes Jahr!
Alles verkaufen und das Geld schicken lassen.

Aus Hamburg war ein Brief gekommen, ein Einschreibbrief mit 300 Mark. Bergner, der Bankier, sein guter, guter Bergner, sagte Großvater, der hatte das ermöglicht. Vielleicht würde er sogar regelmäßig etwas schicken können, hatte er geschrieben. Wenn's nicht unterwegs verloren gehe. Es komme auf einen Versuch an, man müsse das mal sehen. Und Richard vielleicht 20 oder 30 Mark? Und Hertha 10? Dann würde man über die Runden kommen. Die mutmaßlichen Einnahmen mit dem in Gold gefaßten Bleistift, der ebenfalls an der Uhrkette hing, in eine gesonderte Spalte eintragen.

Lieber kein Geld hinlegen. Bloß nicht sparen, was?
Vielleicht Briefmarken kaufen, bei Mandelkow, Altdeutschland. Vatis Album vervollständigen. Der würde sich dann freuen, wenn er wiederkommt: »Was? Den Satz auch voll? Damit habt Ihr mir aber eine große Freude gemacht.« Die würden vermutlich wahnsinnig wertvoll später. So wie die Trachtenmarken, damals, die mit den Knödeln auf'm Kopf oder das General-Gouvernement. Vor lauter Aufdruck konnte man nicht sehen, was darunter ist.

Die neuen Mecklenburgischen Briefmarken sahen aus wie Rabattmarken, alles schief und krumm. So häßlich wie's überhaupt nur ging. Da waren die aus Thüringen schon besser: Goethe, Schiller, grüne Tanne. »Und dann gleich so dicke Sondermarken herauszugeben«, sagte mein Bruder, »diese riesen Dinger. Breitscheid und Klausener. Und Thälmann, das war doch dieser Arbeiterheini.« – Dann sollten sie auch eine Briefmarke von Stauffenberg herausbringen, das wäre doch der einzige, der wirklich was gemacht hat.

Geldanlage: Die Juden, die seien ja nach einer ganz bestimmten Regel vorgegangen: Ein Drittel Grund, ein Drittel Gold und ein Drittel Wertpapiere. Wenn der Boden enteignet wird, hat man das Gold und die Papiere. Wenn die Papiere verbrennen, dann hat man immer noch das Gold.

Und bei Gelegenheit das Geschäft wieder flott machen, mit

Verve drangehn, »ohne Rücksicht auf Verluste«. Prokurist Sodemann hatte zwar woanders eine Stellung angenommen, das konnte man nun auch nicht ändern, aber der habe wenigstens noch alles aufgeräumt. Es müsse doch mit'm Deubel zugehen, wenn da nicht noch was drin wär. Die Russen, die hätten doch kein Interesse an einem toten Land. Mit einer Leiche – da müßten sie am Ende noch zubuttern. Nee, dumm wären die nicht. Die wüßten Privatinitiative zu schätzen. Und mit ihrem Kommunismus hätten sie im eignen Land genug zu tun.

Kurz vorm Zusammenbruch hatte meine Mutter 5000 Mark von der Bank geholt, grade noch rechtzeitig vorm »Einfrieren«. Das lag unter der Glasplatte der Frisiertoilette. Wenn Dr. Krause ein bißchen freundlicher gewesen wär, dann hätte man das Geld vielleicht bei ihm arbeiten lassen. Aber so – nee. Da behalte man es lieber selber. Das hatte man vermutlich auch nötig, denn es wurde was gemunkelt von Steuernachzahlung für das erste Quartal 1945. »Eigentlich unerhört. Die Konten frieren sie ein, aber Steuern wollen sie haben. Dann können sie die Gelder doch gleich davon nehmen.«

Über kurz oder lang würde ja auch Ulla was schicken können, die gute Deern. Wie's der wohl geht. Schmalz mal oder Speck. Und das könne man dann verkaufen, wenn man genug hat. Das würde sich bald herauskristallisieren. »Knurz und gut«, man würde über die Runden kommen.

Am schönsten wär ja noch, wenn Denzer wieder auftauchte, in Hamburg oder wo. Was Definitives habe man ja noch nicht gehört. (»Quatsch nicht Krause« – »Quatschen Sie nicht, Krause!«) Warum sollte der nun grade tot sein?
Der könne die Lage dann sondieren und so richtig auskalfatern, und wenn's hier nicht klappt, drüben das Terrain bereiten.

Wenn alle Stränge rissen, dann könne man auch Zimmer vermieten, an Studenten, sagte meine Mutter. Das sei noch eine stille Reserve. Wie sei das immer schön gewesen, noch in der alten Wohnung mit Tati Wendt, wie die mit ihrer Doktorarbeit nicht zurandekam, damals 1930. Die sei immer in die Küche gekommen und habe »Tante Kempi« gesagt. Mit dem Unterkiefer irgendwas, ein Modell gebaut, die Hebelwirkung oder wie.

Nein, wenn man es heute so bedenke, das sei 'ne schöne Zeit gewesen.

9

Abends von sechs bis sieben trafen wir uns im Lesecafé, jeden Tag. Das war ein sogenanntes »Dienstmädchenlokal«, ein langes, schmales Handtuch.

Juden unerwünscht!

dies Schild war abgeschraubt. (Zum Klo ging es nach unten.)

Hanning, Dick Ewers, Kutti, die Schomaker und Eberhard Subjella. »Horridoh!« und allemann hintendurch, an den großen Tisch, und wenn da einer saß, dazu rangesetzt und so laut erzählt und gedrängelt, bis der abzog. (»Setzt sich hier an *unseren* Tisch!«)

Gisela ging neuerdings mit Hanning; Kutti, die Type mit den pißfarbenen Haaren, war abgemeiert. Das sei nichts gewesen, sagte sie.

Subjella war die Hauptperson. Beim Zusammenbruch hatte er sich 100 l reinen Alkohol beiseitegeschafft, und jetzt kostete die Flasche Schnaps 600 Mark.
Wichtigstes Requisit: eine lila Sonnenbrille. Mit der ging er sogar ins Kino.
Vorm Militärdienst hatte ihn die Kinderlähmung bewahrt. Mit Sonnenbrille und stapfendem linkem Bein war er den ganzen Krieg über in Rostock herumgelaufen. Als ob er dauernd über Balken stieg. Schuhe trug er aus zweierlei Leder, und einen weißen Schlips hatte er vorm schwarzen Hemd.

»Wie geht es dir?« fragte man. »Na, zeitgemäß«, wurde geantwortet oder: »Panta rei, alles fließt«, wenn man erkältet war. Oder: »Man kann nicht genug klagen«, oder: »Das Leben ist schwierig, aber es übt ungemein.«

Manchmal erschienen Zaungäste, ein Einarmiger zum Beispiel, der mit seiner linken Hand besser Klavier spielte, als ich mit beiden. »Boxer«, wurde der genannt.
Gisela Schomaker brachte ihre Freundin Rita mit. Die roch nach Puder. Wegen ihrer Zähne hieß sie »Fletcher Henderson« bei uns. Vater Fabrikant.

Als ich das erste Mal mit Robert erschien, gab's großes Hallo: »Robbi ist wieder da!«
Vom Oberkellner Lehmann, der wegen seines Schiefhalses ›Großdeutschlands zweitbester Stehgeiger‹ genannt wurde, ließ Subjella Schnaps in Kaffeetassen bringen – es war »schwarzer«, niemand durfte das wissen. Eine Aktive kreiste.
Die Schnäpse kosteten 5 RM und die Aktive 20. Lucky Strike.

»Wie war's denn so, Zempi?« fragte Subjella und nahm Robert den Hut vom Kopf und strich ihm – »o watt Lökkers!« – über die Glatze. Er solle Honig essen, das treibt und Hühnerscheiße draufschmieren, das zieht.
»Eine richtige Posse war das«, sagte mein Bruder. »Am Arsche des Propheten! Aus dem sehr einfachen Grunde, weil die ja gar nicht wußten, was sie mit uns machen sollten.«
Er sei übern Zaun gestiegen und habe sich einfach in die Entlassungsuntersuchung eingeschmuggelt.
Das Nachhausekommen sei natürlich eine glückhafte Angelegenheit gewesen, das habe ihn für alles entschädigt. »Mit brandrotem Bart, ein rechter Kinderschreck.«

> Äpfel, Birnen und Apfelsinen
> ha'm die döllsten Vitaminen.

Warnemünde: Ob er noch wisse – »Zempi« – wie er der dicken Frau *absichtlich* auf den Fuß getreten habe, im Zug, »hoffentlich kommt heut Fliegeralarm«, habe die gesagt, »dann kann ich den Pullover noch zu Ende strik-

ken...« Mit Absicht auf den Fuß getreten und »o, Entschuldigung!« gesagt.
(»Da war er ja gar nicht dabei.«)
Und Wumma? Wie der die Fahne bekotzt habe bei der SS-Trauung seiner Schwester?
(»Stimmt ja gar nicht, alles gelogen.«)
Und zu uns: RSBB, Rostocker Swing Band Boys, das wär ein Klub gewesen, der hätte immer Hausfeste veranstaltet und jeden Tag gesoffen.
(»Da hat er ja gar nicht dazugehört.«)

Hier wär es ganz schön rundgegangen. Er wohne Gott sei Dank im 3. Stock. Dahin seien die Russen nicht gekommen. »Stellt euch mal vor, der ganze Alkohol!«
Wenn sich draußen auf der Straße was getan habe, dann habe er das Fenster aufgerissen und »Telefon - Kommandant!« gerufen. Da reagierten die manchmal drauf. »Telefon – Kommandant!« die hauten dann ab.
Aber einmal – wir sollten mal zuhören, pssst! einmal, nachts, was war da an der Tür? unten? kratzend, raschelnd? Eine junge Frau: die habe gewimmert: laßt mich doch rein...
Das gehe ihm heute noch nach, daß er den Schlüssel nicht umgedreht habe und sie reingezogen.
Aber: was hatte die schließlich nachts auf der Straße zu suchen, nicht? Damit mußte die doch rechnen. Und: die Mädchen, jetzt jammerten sie, »Die hätten sich doch denken können, daß es so kommt, die hätten *uns* man vorher ranlassen sollen. Aber nee.«

Diese Russen, das sei wirklich das letzte, sagte Dick Ewers. Er habe gedacht: zwei, drei Wochen plündern – schön und gut. Aber jetzt sei der Zappen bei ihm endgültig duster. Jetzt gingen sie ja direkt systematisch vor! Da müsse man doch was dagegen tun! Die Ölmühle, von Ritas Vater zum Beispiel, grade aus den Trümmern zusammengekratzt: abgebaut! Und von Heinemann die kleine Druckerei. Und

den letzten intakten Lastwagen, von der Universitätsklinik, den hätten sie einkassiert, als er mit einer Rote-Kreuz-Flagge über Land gefahren sei, um Lebensmittel für das Krankenhaus zu holen. Das wäre keine Rache mehr und keine Wut, das wär organisierte Vernichtung.
Die beschlagnahmten ja sogar die alten Kanonen vom Wall! Die Vorderlader! Auf denen wir als Kinder geritten hätten!

Und grausam. Im Keller der Kommandantur – da hätten sie extra große Wassertonnen gemauert, zum Unterdükern – da schrien die Gefangenen. Da würde fürchterlich gefoltert!
»Da mußt du mal vorbeigehen, Robbi. Bei dreimal vorbeigehen hört man mindestens zweimal einen schreien.«

Naja, sie haben den Krieg gewonnen, vae victis! das wär eine alte Sache. Aber dann sollten sie doch ehrlich sein und das zugeben!
Den Krieg hätten sie übrigens nur gewonnen, weil ihre Frauen Benzinfässer von Dorf zu Dorf gerollt hätten. Und weil der Ami ihnen geholfen habe. Über Murmansk, ein Schiff nach dem andern. Laß doch zehn, zwanzig untergehen. Zack! dreißig neue. Immer fünf mehr als untergehen, eiskalt kalkuliert. Liberty-Schiffe, wie Würstchen vom Stapel gelassen. »So schnell konnten wir ja gar nicht torpedieren. Prien, Kretschmar und alle diese Leute.« Am Periskop hatten sie gehangen und sich die Augen aus dem Kopf geglotzt. Mütz' verkehrt rum. Alles nichts genützt.

Miss Otis regrets,
she's unable to lunch today...

Boxer, wo der eigentlich seinen Arm verloren habe? »Oder magst du nicht davon sprechen?«

Die armen Holländer, sagte Hanning. Denen sei es noch am dreckigsten gegangen, die täten ihm leid. Die hätten fast nur Rote Beete zu essen gekriegt.

Er hatte seinen Arm um Gisela gelegt, und die knabberte an seinem Zeigefingerknöchel.
Da wären die Dänen schlauer gewesen. Die hätten sich gar nicht erst gewehrt. Dafür sei ihnen den ganzen Krieg über die Schlagsahne nicht ausgegangen.
Und den Norwegern hätten wir wenigstens noch die Eismeerbahn gebaut, darüber seien die vermutlich noch froh. Und die Frauen, daß die endlich mal wieder gebumst worden wären. Die eigenen Männer dauernd besoffen. – Ihr bester Dichter wär übrigens über Berlin abgestürzt, Nordahl Grieg, ein ganz junger Kerl. »Und von uns Boerner«, sagte Subjella, auch ein Dichter, der sei bei Stalingrad gefallen, das hebe sich quasi auf. Was wir glaubten, wie schlecht das jetzt mit der deutschen Dichtung aussieht! Vielleicht lebe irgendwo in der Heide ein »Alfons Schmidt« oder so, vielleicht ganz große Klasse. Aber »Ursula«, die Novelle von Boerner, da habe schon alles dringelegen, die ganze Meisterschaft.
Und was da sonst noch alles für Leute gefallen wären, spätere Musiker, Maler, Erfinder...

Bei uns gehe es ja noch, bei uns wären wenigstens die Idioten mit gefallen, nicht nur die Geistesakrobaten, wie bei den Engländern und Amerikanern. Die ganzen Bomberbesatzungen, alles Akademiker, das wirke sich bei denen wie eine negative Auslese aus und würde sich später gewiß bemerkbar machen. Dreißig Bomber abgeschossen – 150 Hochschulabsolventen im Eimer.

Daß sie uns hier bombardiert hätten, das könne er verstehen, sagte Kutti, aber warum Montgomery der deutschen Delegation die Hand nicht gegeben hat – das nehme er ihnen übel.
Keitel habe nach der Unterschrift so rumgekuckt, gar nicht schlecht, ganz würdig. Den Marschallstab (Feldausführung) in der Hand und alle Orden noch an.

Nach dem ersten Krieg hätten die Deutschen immer vom Bürgersteig runtergemußt, wenn da einer ankam.
Aber von Brokdorff-Rantzau habe nach dem Unterzeichnen die Handschuhe liegengelassen. Gut! Erst unterschrieben und dann die Handschuh ausgezogen. Als ob ihm das eklig wär.
»Das hätt ich auch gemacht.«

Hähä! Und die ganze Flotte versenkt, 1919, da hätten die Engländer schön gekuckt. Und noch dazwischengeschossen, auf die Matrosen, die da mit weißen Fahnen angerudert kamen. Weiß nicht wieviel Tote.

Die Franzosen wären vermutlich glücklich, daß wir den Krieg angefangen haben, da könnten sie sich jetzt das Saargebiet nehmen – »Sarre« – und Elsaß-Lothringen. Seinetwegen könnten sie sich das Straßburger Münster an'n Arsch klatschen, immer zu. »Wir haben schließlich genug gotische Kirchen.«

Was meinten wir, ob wir den Krieg noch hätten gewinnen können?
Ja, wenn Hitler nicht mit Rußland angefangen hätte. Gar nicht erst mit Rußland anfangen, Amerika nicht den Krieg erklären und die V-Waffen eher.

Si, si, si
schenke mir einen Penny ...

Und nach dem Krieg zweimal die Woche SA, was? Oder Wache schieben in Narvik, Mantelkragen hoch.

Si, si, si
sing ich dir das Penny-Lied.

Besser so. Aber doch irgendwie schade.

Dick Ewers meinte, sein Onkel habe immer gesagt: Hitler? Ein Mann mit hellem Jackett und dunkler Hose? völlig unmöglich. Was will dieser Mann überhaupt? Immer so heiser zu schreien ...
»Und seinen Fotograf hat er zum Professor gemacht.«

NSDAP = *N*ur *s*olange *d*ie *A*ffen *p*arieren. In der Roonstraße wohne einer, der sei seiner Hinrichtung nur dadurch entgangen, daß er Hitler immer wieder neu beleidigt habe. (Der besaß von sich im Knast ein Foto.) Jedesmal, wenn sie ihn zum Erschießen führen wollten oder zum Aufhängen oder was nun grade, dann habe er gerufen: »These dirty Hitler-clothes!« Rumms, in die Zelle zurück, ein neues Verfahren. – Da muß erstmal einer drauf kommen! –

Dick Ewers wollte von der Potsdamer Konferenz anfangen, aber keiner hörte zu. Die Teheraner Sittenkonferenz wär interessanter. Larsen Rinström aus Schweden, Karl Strammsack aus Deutschland. Dazu Jack Tripper mit seinen Syphilisten.

Und schon kam Großdeutschlands zweitbester Stehgeiger mit 8 Kaffeetassen. »Alles auf meine Rechnung!« rief Subjella. »Prost!« Und wieder wurde Roberts Hut gelüftet und über die Glatze gestrichen. Bums, Hut auf und oben draufgehauen.
Und Robert zog sich den Hut noch weiter runter, so daß er auf den Ohren saß, machte den Oberkellner nach und spielte Geige wie Barnabas von Gezy.
Und weil wir schon so ziemlich die Hacken voll hatten, lachten wir wie toll, und die andern Leute standen auf und kuckten.

Rhythm is our business
business-show is well.

»Warum kommt ihr immer so spät?« fragte meine Mutter und nahm den Deckel vom dampfenden Topf. Die Hexe zog wieder mal nicht. »Man hütet hier mit dem Essen herum und keiner läßt sich blicken.« Großvater sei schon ganz ungeduldig. »Müßt ihr denn da immer hin? Jeden Tag?«

Dieser Subjella, sie wisse nicht, der sei immer mit dem Schneefoot zusammengewesen, Vati sähe es bes-timmt nicht gern, daß wir da dauernd hinliefen. »Warum müßt ihr da nur immer hin?«
Nun, sagte Robert, das sei dort annehmbar, »solange der was hat, saufen wir natürlich mit, blöde Hunde werden nicht fett«, und außerdem trage er mit seinen Schnäcken manchmal zur allgemeinen Erheiterung bei.
Aus der Westentasche zog er zwei Ami-»Kipfen« – dicke Hugos – mit jeder Hand einen und präsentierte sie. Das sei doch auch nicht zu verachten.

Es klopfte: Cornelli kam: Wir gäben uns wohl dionysischen Wonnen hin? Mit Weinlaub bekränzt, trunkenen Blickes über den Kelch dahin?
Er setzte sich in einen Korbsessel und sah zu, wie wir die Suppe löffelten. (Nein danke, er habe schon gegessen.)
Er denke an das Bild von Fritz von Uhde, wenn er uns so sitzen sehe: Komm, Herr Jesu, sei unser Gast. Das sei zwar mehr im bäuerlichen Milieu angesiedelt, und wir mehr im bürgerlichen, gut-bürgerlichen, wie man so sage, doch die Geisteshaltung sei die gleiche.

Mit seiner Gesamt-Bibellesung war er jetzt bei den Königen angekommen.

> Da floh Joab in die Hütte des
> Herrn und faßte die Hörner des Altars.

Über diese Stelle meditiere er gerade. Joab sucht Schutz am Altar und wird trotzdem erschlagen.
Mein Großvater streute Paprikapulver über die Suppe. Das werde auf dem ganzen Balkan gegessen, sagte er, und da würden die Leute ja steinalt.
»Heiß, mein Grethelein?« fragte er.
»Auf Feuer gekocht!!«
»Soso, soso, soso . . .« und ließ eine halblaute Blähung ab.

Hinterher gab's für jeden 2 Scheiben Brot, 1 Scheibe Käse

und eine halbe Gurke. Eigene Ernte, aus dem Schrebergarten. Zwar kein Nährwert, aber Vitamine.

»Immer mit diesem Subjella zusammen«, sagte meine Mutter, »Sie kennen ihn vielleicht, Herr Cornelli, Parkstraße, Vater Tennislehrer. Die Mutter eine Nichte von Oberst Böttcher. Das war der, der sich die Pauke lieh, vom Rostocker Stadttheater, als über ihm dauernd Klavier geübt wurde.«
Schon als Junge habe Subjella die Steinpfosten vom Finanzamt mit Petroleum begossen und angezündet. Alle Finanzbeamten seien am Fenster erschienen! Eigentlich ja rasend komisch, aber was soll das.
Und so schrecklich äußerlich, immer diese Allüren. Aber, sie sage: »solange die Jungen lustig sind und ihren Spaß haben ... die Zeit ist heute so trist.«

»Tennislehrer?« sagte Cornelli. Ein Tennislehrer? – Wie könne man denn wissen, ob der nicht mehr tue für die Menschen als – um ein Beispiel zu nennen – ein Weinhändler wie er.
(Obwohl er darüber so seine eigenen Gedanken habe.) Rein und weiß, mit kräftig-kräftigenden Schlägen ...
Das Leben komme ihm zuweilen vor wie ein Tennisspielen über eine hohe Mauer. Den Gegenspieler kennt man nicht. Da kommen nur immer die Bälle, und die muß man parieren, so oder so. Harte, weiche, schmutzige und nagelneue.

Ja, sagte meine Mutter. Sie wär auch kein Kind von Traurigkeit gewesen, damals als Jungverheiratete, sie habe immer rasend gern getanzt, bei Dahlbusch oder Baumeister Schlie. Wie hätten sie da immer gefeiert! Da wär kein Auge trocken geblieben: Schlaumeister Bie. Einmal hätten die ganzen Lampions an Bindfäden gehangen, die wären alle durchgesengt. »O Himmel, was war *das* für ein Fest!«
Schnapsorgeln auf der Kredenz; und Schall-Platten:

Was macht denn der Herr Mayer
auf dem Himalaya?

und wie sie alle hießen.

Und in August Menz sei sie damals so verliebt gewesen. Der wär dann ja nach Bodenhagen gegangen, auf sein Gut. Aus und vorbei.

Weh, daß wir scheiden müssen,
laß dich noch einmal küssen.

Das wär das Lied, sie wüßt es noch.

Fahr wohl, fahr wohl mein teures Lieb!

»Menz?« sagte Herr Cornelli, »August Menz, der Sohn von Konsul Menz? In Bodenhagen? Das wissen Sie doch wohl?« Der habe mit der ganzen Familie Selbstmord begangen. Erst die Kinder erschossen und die Frau, dann sich.
Nein, meine Mutter wußte das nicht.
Der arme Mann. Aber gut. Wenn der die Bodenreform miterlebt hätte und all das.
Innerhalb von einer Stunde seinen Hof verlassen zu müssen und innerhalb von 24 Stunden den Kreis. Und als Mann womöglich nach Neubrandenburg geschickt zu werden.

Bodenreform, warum nun bloß? Das waren doch alles nette Leute gewesen, diese Gutsbesitzer, wenn die so im Winter mit ihren Klingelschlitten in die Stadt kamen, Geidtmann zum Beispiel, mit dem grünen Mantel, immer hatte man »Geizmann« gesagt, das war doch noch so rasend komisch gewesen.

Und die gute Tante Basta. Von ihrem eigenen Bruder ausgezahlt und vom Hof gejagt. Und dann die Inflation und alles im Eimer. Wie's der überhaupt gehe...

Mein Bruder drieselte die »Kipfen« auf und wickelte sie in Durchschlagpapier. Jeder bekam zwei Züge. Dabei wurde einem schwindelig.

Ja, sagte mein Bruder. Er verstünde die Bodenreform auch nicht. 10 000 ha gingen allein durch neue Wege verloren. Und die Neusiedler kriegten nur 5, das lohne sich doch überhaupt nicht. Und wir sollten doch mal an den 20. Juli denken! Die Gutsbesitzer, das wären doch die einzigen gewesen, die wirklich und wahrhaftig versucht hätten, Hitler umzubringen. Und das müßte man ihnen doch danken!

Und irgendsoeiner von diesen Leuten habe doch auch den Scheibenwischer erfunden. Den Scheibenwischer am Auto. Was da so alles auf den Gütern ausgeheckt worden sei. Politiker, wenn die irgendwie bei irgendeiner Sache nicht weiterkämen, Diplomaten, dann lüden die sich gegenseitig auf ihre Güter ein. Mal eben ein bißchen zusammensitzen, und schon klappt der Laden. Das sei nun alles aus!

Und dieser Lebensstil. Graf Haubach zum Beispiel, mit seinen Rennwagen. Auf der Diele zwei Rennwagen aufgebockt. Warum er Kisten gelagert habe statt Flüchtlinge aufzunehmen? habe ihn Vater mal gefragt. »Kisten fressen keine Hühner«, sei die Antwort gewesen. »Kisten fressen keine Hühner.« Und er selbst, er habe mit eigenen Augen gesehen, auch in Vaters Bezirk, wie die Gräfin Sowieso echte Havanna-Zigarren zerbrochen habe, gegen die Läuse auf ihren Blattpflanzen. Und dann 'ne Bernhardiner-Zucht. »Ich kann euch aber sagen.«

Ne, diese Güter, herrlich! die könnten sich's doch auch leisten, monatelang Künstler zu beherbergen. Durch schmale Fenstertüren hinausgehen, ein Büchlein zwischen den Fingern, die weitgeschwungene Treppe hinunter, Hände auf dem Rücken, auf und ab. Wer könne denn wissen, was da alles schon herangereift sei, und was uns nun entgehe. Das werde sich bestimmt erst in Jahrzehnten zeigen.

»Daß Menz nun auch tot ist«, sagte meine Mutter. Wie täte ihr das leid.
Sie habe so unter dem Mistel-Zweig gestanden. »Wissen Sie, daß ich Sie küssen darf?« – »Bitte nicht«, habe sie gesagt, sie Schafskopf. Anstatt: Ja! Los! Immer zu!

»Sie müssen entzückend ausgesehen haben, damals«, sagte Cornelli.
Er selbst habe übrigens in Frankreich, 1940 auch so manchen guten Tropfen geleert. Durch brennende Dörfer sei er gezogen. Eine alte Frau habe im Straßengraben gesessen und »La troisième fois ...« gesagt und so hinter sich gezeigt, auf ihr brennendes Haus: »Das ist das dritte Mal.« Und später habe er dann tüchtig eingekauft, waggonweise; nun sei ja alles weg, leider.
Die Weinbauern hätten versucht, ihre Kellereien zu verheimlichen. Die Tür da, da wär nichts dahinter, der Schlüssel außerdem weg. Und dann seien da die schönsten Weine gewesen.
(»Und uns hat er'n Surius verkauft, zu Ullas Hochzeit.«)

Mein Großvater sagte: »Häm!« und kaute weiter. Das sollte bedeuten, er wolle, wenn er ausgekaut hat, was sagen. Runterschlucken, mit Pfefferminztee den Mund ausspülen und räuspern. So, jetzt würde es gehen. Einen versonnenen Zug im Gesicht begann er: »Bonum bono, Herr Cornelßen«, davon seien sie übrigens adelig geworden. Er heiße de Bonsac (»Ich weiß, ich weiß ...«). Dem Guten, das Gute. Weil sein Vorfahr als Mundschenk so geschwind guten von schlechtem Wein habe unterscheiden können.

»Hier ist der letzte Brief von Vati«, sagte meine Mutter zu Robert, »den mußt du auch noch lesen. Ich leg ihn dir hier hin.«
»Wenn Mutter den Menz geheiratet hätte, dann lebten wir jetzt alle nicht mehr«, sagte er zu mir.

Ende September war ein Hausfest bei Subjella. Mein dänischer Anzug, einreihig, mit breiten Revers war mir inzwischen zu klein geworden. Aber wenn ich die Arme einzog, dann ging's.

Wir steckten ein Päckchen Tabak ein, als Mitbringsel, ich holte es aus der Eßzimmerlampe.
»Kommt bloß nicht so spät nach Hause«, sagte meine Mutter. »Oder bleibt da. Bleibt am besten da, sonst passiert euch noch was auf der Straße.« Neulich erst hätten sie dem Sohn von Herrn Sowieso das und das getan.

Subjellas wohnten in der Parkstraße. Eine moderne Wohnung mit niedrigen Zimmern.
Die Mutter sagte kurz Guten Tag. »Tach, Walting.« Auch die Oma kuckte eben durch die Ritze. Dann verschwanden sie in der Küche.
Die Wohnzimmereinrichtung bestand im wesentlichen aus einem Tisch mit einem riesen Radio darauf, man war ja ausgebombt. Eßzimmerstühle und ein Wäschekorb.
Auf dem Tisch eine große Schale, in die mußten alle Uhren gelegt werden. Die wurden weggeschlossen. »Dem Glücklichen schlägt keine Stunde.«

Dick Ewers brachte ein Mädchen namens Daisy mit. Die mimte was Durchgeistigtes. Sie kam gerade aus Dänemark zurück, war dahin geflüchtet. (»So doof möchte ich auch mal sein. Ist in Dänemark und kommt zurück!«)
Die Engländer hätten dort dieselben Verpflegungssätze angeordnet wie im KZ.

»Und ich komm aus russischer Gefangenschaft«, sagte mein Bruder. In Schivelbein hätten sie mal wegen der dünnen Suppe gestreikt. Aber nur einen Tag. Ganz schnell wieder aufgehört damit. Hier (er lüftete den Hut, den er auch im Zimmer nicht absetzte) alles kahl.

Kutti mit Rita, Hanning mit Gisela und Boxer mit einem Mädchen aus der Borwinstraße. (»Mindere Sorte, was? Ist mal mit Russen gegangen.«) Sie hatte eine Flasche grünen Pfefferminzlikör im Arm. Und er sagte: »Was ist looser?« Das sprach er englisch aus.

Robert wurde gefragt, weshalb er kein Mädchen mithabe. »Ich? Bin ich denn blöd? Hunden und Frauen ist der Zutritt zu meinem Hause strengstens untersagt.« Subjella schlug ihm auf die Schulter: »Hinter der Maske eines Biedermannes verbirgt sich ein notorischer Wüstling!«

Subjellas Freundin brachte ein braunes Quadux mit, die kuckte, als könne sie's nicht glauben. Braunes Gesicht, braunes Kostüm, braune Schuhe – alles braun. Die Seidenstrümpfe warfen Falten, die hatte sie wohl von ihrer Mutter. Vom Rock hingen Fäden herunter. Nach Walderde oder Pilzen roch sie.

Als alles beisammen war, holte Subjella einen Glas-Kolben aus der Küche und ging damit ins Eßzimmer. »Ahhh!« machten alle, als er zurückkam, das Gefäß war mit reinem Alkohol gefüllt. Dann mischte er den Alkohol mit Wasser (»Schade!«) und tröpfelte aus einem Fläschchen Kümmelöl dazu, viel zu viel, das verfärbte sich milchig, und strenger Kümmelgeruch zog durch das Zimmer.
Das schmecke gar nicht schlecht, eben mal »pröben«, hieß es, o ja. Und nochmal pröben, ob man sich nicht geirrt hat. Und den Pfefferminzlikör auch pröben. Links den Pfefferminzlikör und rechts den Kümmel.

»Ich kann keinen Alkohol vertragen«, sagte Dick Ewers. »Da wirst du besoffen von, was?«

Der 6-Röhren-Telefunken wurde auf AFN eingestellt. Dixiland, wie mit Autohupen gespielt und »In the mood«. Dauernd denkt man, es ist zu Ende, aber immer geht es weiter.

Hannings Hose war auf Schlag genäht, ein Keil eingesetzt aus ähnlichem, aber dünnerem Stoff. Nun schlackerte die Sache.

Er tanzte mit Gisela den Zitterswing, das war was Neues, da kuckte man verwundert zu.
Mein Bruder tanzte vorwiegend allein und machte dazu die Instrumente nach, die grade gespielt wurden. Er nahm seinen Taschentuchzipfel in den Mund und zog daran wie an einer Posaune.
Manchmal war er auch Dirigent. Da kontrollierte er die Big Band bis ins letzte. Oder er nahm einen Löffel als Mikrophon als sei er der Sänger.

Gonna take
a sentimental journey...

Je mehr er trank, desto besser ging es, und Subjella mit seiner Sonnenbrille kniete sich hin und tat so, als filme er ihn.
»Wie zu alten Zeiten, was Robbi? Wie mit Wumma und Bubi.«

Ich nahm das braune Quadux und tanzte 08/15: eins, zwei – stehn; eins, zwei – stehn. Beim Slow mit einem Zwischenschritt.
Wie sie die Musik fände? – Geht so.
Wo sie arbeite? – Bei die Drogerie am Hopfenmarkt.

Nach 3 Pfefferminzlikören und 3 Kümmeln ging das Küssen los. Ihre Lippen waren zwei schmale feuchte Striche und der Kopf knochig und alles andere auch.

»Als ich noch in russischer Gefangenschaft war«, hörte ich meinen Bruder sagen, und Subjella sang:

Bin ich auch nicht Clark Gable
Und du nicht Myrna Loy,
So hab ich doch ein Faible...

weiter wußte er nicht. Dann sagte er jedesmal: »Wer hat noch eine Stabbel für mich?«

Gisela lag ihm quer auf dem Schoß und kippte einen Kümmel nach dem andern runter, und er beschrieb ihr die Werke von Hans Heinz Ewers, den »Gekreuzigten Tannhäuser« und »Alraune«.

Die Ameisen kämen außerhalb ihres normalen Arbeitstages hin und wieder mal zusammen und betrillerten sich, tausende von Ameisen, Wissenschaftler glaubten, sie hielten eine Besprechung ab, wenn nicht gar so etwas wie einen Gottesdienst. Gisela hatte sich Silberpapierstückchen aufs Augenlid geklebt. Das blitzte dauernd auf. Sie grinste und nahm sich die Leute aufs Korn.

Jedes Mädchen küßte jeden, Gisela konnte es am besten. Auf dem Flur kriegte sie mich zu fassen. Mich hätte sie ja noch nie geküßt, sagte sie, jetzt müßte ich mal tüchtig was abhaben.
Mit der Zunge fuhr sie mir in den Mund, daß es die Bakken aushöhlte.
(Im Klo stöhnte Dick Ewers.)

Das Licht wurde gelöscht, bis auf die Skala des Telefunken. Das »Nachtlager zu Granada« begann. Es war kühl, man kuschelte sich zusammen. Glucksendes Quieken, und ich hatte wieder mein Quadux.

Plötzlich stand Robert auf. »*Ich* gehe nun nach Haus!« Er stieg über die Leiber.
Es mochte 4 Uhr sein, die Ausgangssperre war noch lange nicht zu Ende.
Was sei das hier für eine Wooling? *Er* gehe nun nach Haus. Aber etwas müsse er noch mitnehmen, einen Schnabus noch. »Diesen Schnabus nehme ich noch eben mit.« Und noch einen.
Und einen Kipfen steckte er sich auch noch in die Westentasche.

Dick Ewers kam auch hoch. Daisy würde morgen früh allein gehn können.
Die Uhren ließen wir zurück.

Subjella schloß die Haustür auf. Nach links und rechts kucken. Lauschen: »Ich glaub, es geht.«
Zurückkommen gäb's aber nicht. Da würde er nicht aufmachen, sagte Subjella, so sehr wir auch bettelten und flehten, darüber müßten wir uns klarsein.

Bis zum Saarplatz gingen wir ganz vorsichtig, dann unbekümmerter. Schließlich pfeifend: Sherokee:

Ob ich dich liebe,
das ist die Frage...
Liebe und Treue
sind mir egal.

Der Mittelteil schwierig.
»Wenn hier nun einer aufwacht, dann merkt der, daß draußen einer geht, der das besonders gut pfeift.«

»100 Liter reinen Alkohol, mein lieber Mann. Das ist ja ein Vermögen. Eine Flasche Schnaps 600 Mark, 200 Flaschen kriegt er raus, das macht gut und gerne seine 120 000.«

Gisela wär ganz schön flott, was?
»Hinter einer schönen Larve verbirgt sich oft Dummheit, Dick, laß dir das sagen«, sagte Robert.
Ich hätte mich ja mit der kleinen Braunen ganz schön amüsiert. *Er* sähe *alles*.
Die Schwarzhaarigen stänken immer etwas, das störe ihn.
»Mein Herr, Ihr Beinkleid ist offen.«

Dick Ewers machte mit dem Mund nach, wie sich das Mäuschen der Mädchen beim Tanzen bewegt. Hierbei unterschied er Rumba, Walzer und Boogie Woogie. (»Butschi-Wutschi«, sagte er.) Das war ja furchtbar komisch.

Er hob sie in den Damensattel,
sie zeigt ihm ihre Samendattel.

Lachen, als ob man sich verschluckt hat.
Pssst! – Och war das komisch. – Psst! War da nicht was?
Wir stellten uns in einen Hauseingang und lauschten. Da hinten? Nein, nichts.

Los weiter, immer weiter. Erstmal »pinken« und dann weiter.

Unter den Linden des Alten Friedhofs gab es Schutz. Und wenn ein Russe käme, würde man Umwege machen können.

Und dann stand doch plötzlich einer vor uns, an der Katholischen Kirche. Ein einzelner Russe, schwankend, also duhn.
»Karascho – Kamerad?«
»Ja, karascho.«
Ob wir Dokumente hätten? (Damit meinte er unsere Ausweise).
Ganz vorsichtig zog er eine Pistole aus der Hosentasche, als ob sie losgeht, wenn er sich zu schnell bewegt, lachte dazu sehr freundlich. (»Telefon – Kommandant?«) Wir würden wohl in Unterhosen nach Hause gehen müssen.
Ob der Krieg karascho wär? Nein, der Krieg wär nicht karascho und Hitler auch nicht.
»Hitler nix gutt.«

Da setzte sich Dick Ewers plötzlich in Trab. Erst langsam, dann immer schneller. Der Russe schoß auf das Pflaster, Funken sprühten.
Dick Ewers fiel hin, vor Schreck, und da lief der Russe auch weg, der dachte vielleicht, er hätte ihn getroffen.

Den Rest des Weges wurde also besprochen, was Dick Ewers für ein Held ist. Einfach wegzulaufen, das traue sich so leicht keiner.
»Hier geht's lang.«
Eventuell hätte man auch bei den katholischen Pfaffen klopfen können. Die wären ja verpflichtet zu helfen: der barmherzige Samariter. »Was die wohl immer für'n Schiß haben.«

Wir brachten den Ewers noch ein Stück, es ging am Bahnhof vorbei.

Die Hitler kommen und gehen,
aber das deutsche Volk bleibt bestehen.

Den Hitler waren wir doch gerade los, sollte denn noch einer kommen?

Eben mal in den Bahnhof kucken? Elend besichtigen? ›Däse forchbare Äländ‹?
Das Hakenkreuz über dem Eingang hatten sie weggemeißelt. Drei der Türen waren natürlich abgeschlossen, aber die vierte war offen.

Die Halle war mit Umsiedlern vollgestopft. Auch eine Art Nachtlager zu Granada. Graue Wellen auf dem Fußboden: Säcke und Menschen. Die Frauen mit Kopftüchern.
Ein Plakat an der Wand:

Kennt ihr euch überhaupt?

Gegen die Verbreitung von Geschlechtskrankheiten.

»Wenn man da nun einen rauspickte und mit nach Hause nähme . . .«
»Schicksal spielen, was?«
»Nee, lieber nicht. Der hat denn 'ne Oma und Kinder, und die will er natürlich mitnehmen, und denn wird man sie nicht wieder los.«
»Ja, die verderben sich alles selbst.«
»Tue nichts Gutes, dann widerfährt dir nichts Böses.«

Zu Haus stand meine Mutter mit aufgelöstem Haar in der Tür. »Kommt ihr aber spät! Ich dachte schon, ich seh euch überhaupt nicht wieder. War's schön?«
Ja, aber jetzt wären wir ganz schön iben.

10

Im Oktober wurde die Schule wieder geöffnet. Alle Oberschulen wurden zusammengetan, nur die Lyzeen blieben separat.

Halbkatz überzwerg
mit knapp zweidrittel Aplomb.

Die Geschlechtergrenze blieb erhalten. Die Oberrealschule mit ihrem mehr aufs Praktische gerichteten Lehrstoff; das Gymnasium: mit den zukünftigen Akademikern. Und das Realgymnasium, die »Schule bei den sieben Linden« (eigentlich waren es bloß sechs), dieses Mittelding mit Latein *und* Englisch. Schön abgesichert: wenn doch noch einer Jura studieren will...

Ich sollt mal sehn, sagte meine Mutter, nach all dem, was passiert wär, ginge das jetzt wie geschmiert. Ich sei ja viel vernünftiger geworden, die schweren Erlebnisse, reifer und verständiger. Und bis zum Studium, bis das raus wär, hätten wir sicher auch die Gelder, die dann nötig sind. – Wenn sie noch an *ihre* Schulzeit dächte, immer nur Reformation. Aber sie hätten einen so netten Lehrer gehabt! Die Unterschrift hätten sie ausgeschnitten und aufgegessen und die Türklinke geküßt.

Ob ich nicht auch das Klavierspiel wiederaufnehmen wollte? »Wer weiß wozu's gut ist?«
Frau Kröhl, die grade da war, sagte: »O ja, das tät ich auch – dann können wir mal musizieren, das wollten wir doch immer noch.« Und in der Schule sollt ich mal ein bißchen aufpassen, ob da schlimme Nazi-Jungen sind, ich könnt ihr die Namen sagen, und sie würde sie einer Bekannten geben, die Beziehungen zur Kommandantur hat. Es gebe nämlich immer noch solche Werwölfe in Rostock, die hätten gedroht, sie wollten auf die Russen schießen.

Und wenn das geschehe, sie glaubte, die Russen würden die ganze Stadt abbrennen. Ich brauchte den Zettel nur hier hinzulegen, sie würde ihn sich wegnehmen.
Oder ihr in den Briefkasten stecken, irgendwo rausreißen, aus einem x-beliebigen Notizbuch und mit Bleistift schreiben. Vielleicht genügten die Anfangsbuchstaben oder die Häuser, wo die wohnten.
Das wär kein Verrat. Alle anständigen Leute würden mir dafür noch danken.

Blomert mit meinem Hemd, Manfred und auch Dicker Krahl. Alle waren wieder da.
Hanning, Kutti und Dick Ewers.
»Na, du Sack?«
Mein Hut sehe ja aus wie ein weichgekochter Stahlhelm. Und: ich hätt' ein Loch im Strumpf. »Na, oben, wo du reinsteigst.«
Dicker Krahl hatte sich die Überfallhose der HJ wie Knikkerbocker hochgeschnallt: Kaprisco, Caprivi, Kapernaum. Vielleicht merkt's keiner.

Ob das schwer sei, über die Grenze zu gehen? Nein, ganz einfach: durch die Braunkohlenhalden bei Schöningen, 10 km von Helmstedt entfernt.
»Wenn die Russen dich schnappen, lassen sie dich nach 24 Stunden wieder laufen. Einfach sagen, daß man in den Osten will, wenn man geschnappt wird.« – »Und bloß nicht gleich in die amerikanische Zone gehn, die schicken dich zurück.«

Drüben wär es auch nicht grade rosig. Die Polen zum Beispiel, auf dem Lande, die plünderten und mordeten, da wären sogar die Engländer machtlos.

Kein Engländer dürfe einem Deutschen die Hand geben: Fraternisierungsverbot.

»So verrückt sind ja noch nicht einmal die Russen!« Ja, aber mit den Engländern kann man sich wenigstens verständigen. Wenn die einen festnehmen und einlochen wollen, da kann man: »Irrtum«, sagen oder: »Was sind die Engländer doch für nette Leute ...« Denn lassen sie einen laufen und beschäftigen einen womöglich noch als Dolmetscher bei Haussuchungen, wie sollten die sonst mitkriegen, was die deutschen Leutchen sich da noch schnell zuflüstern.
Prima Weißbrot. Und CRAVEN A, wahnsinnig fest ge stopft.

In einer Ecke standen die HJ-Führer.

> Was müssen das für Bäume sein,
> wo die großen
> Elefanten spazierengehn,
> ohne sich zu stoßen.

Bestätigte und unbestätigte.
Sie standen ziemlich eng beieinander. Eckhoff: Unwahrscheinlich arisch. Ob er noch an jenen Abend dachte, an dem er mir die Haare geschnitten hatte? Den Mund hatte er mir zugehalten, als ich schreien wollte, und mit einer Nähkastenschere hatte er drauflosgeschnibbelt.

Ob die sich wohl nachts trafen? Im Keller oder auf dem Dachboden? Pläne schmieden, wie Deutschland zu retten ist? »O daß uns doch ein neuer Schill entstehen möge«? Vielleicht eine Landsknechtstrommel aufstellen und aus Trotz nicht rauchen?

> Wer ein Volk retten will,
> kann nur heroisch denken.

Da kam ja auch Stammführer Menge. Schillerkragen und weiße Kniestrümpfe mit Troddeln, wie zu Zeiten des Uniformverbots.
»Den müßte man mal prügeln.« Aber keiner tat es, denn der wiegte sich noch immer in den Hüften. Die Keule hatte er von einer Seite des Schulhofes zur andern geworfen.

Am ersten Tag versammelte man uns in der Aula des Gymnasiums, am Rosengarten. Der Lehrkörper zog durch die Mitte ein.

In dieser Aula war vor dem Krieg mal eine Zinnsoldatenausstellung gewesen. Mein Vater war mit mir hingegangen, sonntags, auf dem Weg zum Postholen.
Ringsherum, an den Wänden, hatte eine riesen Parade gestanden, auf Tapeziertischen, in 20er-Reihen, ich weiß nicht, wieviel Stück, und in der Mitte eine Landsknechtsschlacht.

... a la mi presente
al vostra signori ...

Drei Carrés des hommes, dazwischen einige wenige Reiter. Grade rüsteten sie zum Sturm, vor der Front die Feuerschützen mit kurzen Halbhacken, (noch ohne Gabel), mehr Ladende als Schießende, weil das Laden damals immer so lange dauerte.

Herr Wirlitz, Mitglied der örtlichen KLIO-Gruppe, war herumgeschwirrt und hatte immer wieder Sand über seine Figuren gesiebt, hier noch ein wenig und dort noch ein wenig, damit die Sockel der Figuren davon bedeckt wären (getrockneter Kaffeesatz wirke wie Acker, Hoffmanns Reisstärke wie Eis). »Den Gegner müssen Sie sich *hier* denken.«

Die Spießer vorn hatten ihre Spieße waagerecht. Weiter hinten schräg, dann steiler: Das war diese igelartige Begrenzung eines Gewalthaufens! »Wunderbar.«

In dieser Aula also hielt Matthes, der vorläufige Direktor, seine Rede. Er hatte seine Doktorarbeit über die Grenzstreitigkeiten von Equador und Kolumbien geschrieben, vor Jahren mal Pflaumen in Lugano gegessen und auf der Elisabethwiese zu Nazis Zeiten immerhin mal ein lebendes Schachspiel dirigieren dürfen. Schwarz zieht nach B 4, aber

das war ihm jetzt wohl nicht mehr anzulasten, denn die ganze Nazizeit über hatte er von Nachhilfestunden gelebt, wegen seiner jüdischen Frau.
Verlockende Angebote hatte er bekommen, schwer zu entscheiden. Direktor der neuen Oberschule oder Leiter des Kulturinstituts? Erstmal Direktor werden, das andere kann man dann immer noch machen. Und dann hat man gleich eine ganz andere Ausgangsposition.
Ein Streichquartett spielte da vorn ziemlich gniedelig. In der Naziecke wurde hämisch gegrinst: »Nicht mal *das* können sie.«
Eckhoff, der hatte damals gut gespielt, den Bogen nach Zigeunerart hüpfen lassen. Mit Gina Quade zusammen. Sie hatten sich gegenseitig mit dem Bogen auf die Noten getippt: »Da sind wir jetzt.«

Rechts vom Rednerpult saßen die Lehrer, mager und zerknittert. »Heb das Papier da mal auf.«
Sie waren es, die widerstanden hatten. Von Schindoleit, dem Danziger, von dem wußte man das nicht so genau. Alt war man geworden und grau.

Einige vertraute Gesichter suchte man vergeblich. »Geene Ohnung hodder Gerl«, den kleinen spitzbärtigen Dr. Hirl, der im Nu die Tafel mit Formeln und Zeichnungen bedeckt, dann sich triumphierend die Kreide von den Fingern gestaubt und auf den Zehen wippend in der Klasse herumgeschaut hatte, als wollte er krähen: »D'r Gembowske hott vom Bet'ngofer noch nie wos geheert.«

Auch Dr. Benkelsänger fehlte, Haare wie ein winziges Kornfeld. Wenn herauskam, daß er die Klasse im nächsten Jahr übernehmen sollte, hatte es Beifallsstürme gegeben, die auch durch stieres Anblicken nicht zu dämpfen gewesen waren.
Dr. Benkelsänger nämlich hatte keine Disziplin halten können. Seine Geschichtsvorträge wurden von den Schülern unausgesetzt und laut kommentiert. Auch hörte man im

Hintergrund Hunde bellen oder Hennen gackern. Den Kopf hoch erhoben, als höre er das alles nicht, ging er in der Klasse umher, während sich seine Jackentaschen mit Zetteln füllten auf denen »Arsch« stand oder »Pfeife.« Er war gesonnen, ein Maximum zu ertragen.

Wenn er so unsere Reihen entlangblicke, sagte Matthes: so mancher ehemalige Soldat und so mancher, der geirrt habe. Das sei nun erledigt, aber, er sei fest entschlossen, nicht die allergeringste Verfehlung ungeahndet zu lassen. Dem Nazispuk müsse ein für alle Mal ein Ende gemacht werden. Im Ausland spielten sie jetzt Mozart nicht mehr, das müßten wir uns mal vorstellen! Und warum? »Können Sie sich das denken?« Der Rattenfänger aus Braunau, der habe uns in der Welt stinkend gemacht.

Führer befiehl,
wir folgen dir!

habe es geheißen.
Und:

Heute gehört uns Deutschland
und morgen die ganze Welt.

Dieses Lied, das hätte auch uns stutzig machen müssen. Sogar uns, obwohl wir noch halbe Kinder gewesen seien.
So und so oft habe er das Lied gehört, daß seine Frau schon gesagt habe: »Nun mach doch bloß das Fenster zu«, aber das hätte er lieber nicht getan, sonst wären die da draußen aufmerksam geworden und hätten womöglich »Juda verrecke!« geschrien.
(Klaus Greif flüsterte mir zu »... *da* hört uns Deutschland und morgen die ganze Welt. *Da*, nicht *ge.*«)
Es hätten einfach alle ›nein‹ sagen sollen, dann wäre Hitler machtlos gewesen. Und dann hätte er in dem Mauseloch verschwinden müssen, aus dem er herausgekrochen sei. Ins Obdachlosenasyl, zu all dem lichtscheuen Gesindel.

Alle hätten ›nein‹ sagen sollen. Mangel an sogenannter Zivilcourage. Besonders die Intellektuellen hätten da versagt – die Lehrer nickten, ja, das stimmt – bei den Arbeitern hätte es schon eher mal Widerstand gegeben. Die tapferen Kommunisten zum Beispiel: im Keller hätten sie Flugblätter gedruckt und Propagandaschriften unter dem Titel: Wie lerne ich schwimmen? – Die nichtsahnenden Käufer dieser kleinen gelben Bändchen hätten sich bestimmt gewundert: Oh, wie schön, ein Schwimm-Buch, das kann ich gebrauchen, und dann dies Kuckucksei.

Bei den Intellektuellen kämen Hemmungen materieller Art dazu. Die wollten die schöne Wohnung nicht verlieren, und dem Sohn die Karriere nicht vermasseln.

Ein Volk von Ja-Sagern. Woher das komme, daß niemand ›nein‹ gesagt hat oder doch nur wenige? Matthes blickte sich fragend um. Wollte er es von uns wissen?
Draußen hörte man: »Leberwurst! Leberwurst!« eine Abteilung Russen vorbeimarschieren. Matthes hob den Kopf. Es war, als wolle er halb triumphierend nicken: da seht ihr's, so mußte es ja kommen.

Hitler sei nur das letzte, freilich armseligste Glied in einer langen Kette gewesen. Das Unrecht reiche noch weiter zurück in die Geschichte. Über Kaiser Wilhelm und Bismarck – »diese unsinnige Flottenpolitik! Wozu brauchte Deutschland eine Flotte? Hat die Sowjetunion etwa eine?« – bis zu Friedrich dem Großen oder sogar zu Hermann dem Cherusker, der, anstatt die Römer im Lande zu lassen und von ihnen Kultur und Sitte zu lernen, sie hinterrücks und feige aus sumpfigem Wald heraus überfallen hat.
Und Friedrich II.?
Er stehe nicht an, ihn als einen Vorläufer der Nazis zu bezeichnen. Wir sollten mal darüber nachdenken. »Friedrich der Große«, diese Bezeichnung möchte er in einer von ihm geleiteten Schule nicht mehr hören. (Dabei wendete er sich an den Lehrkörper, und der Lehrkörper nickte.) Friedrich

der Mörder, das wäre eine angemessenere Bezeichnung oder Friedrich der Totengräber.

Geschichtsbetrachtungen wären bisher immer nur von preußischer Warte aus angestellt worden. Wenn wir mal ein österreichisches Buch zur Hand nehmen würden, dann würden uns die Augen aufgehen. (Viel zu wenig je die Argumente des Nachbarn berücksichtigt!) Die schlesischen Kriege seien Raubkriege reinsten Wassers gewesen. Und die noch zu verherrlichen! Er würde sich nicht wundern, wenn nach diesem Krieg Schlesien wieder an Österreich komme. Warum nicht?
Der Geschichte wohne eine lange nachwirkende Logik inne, ganz ohne unser Zutun, im Bösen wie im Guten.

Maria Theresia, so eine feine Frau. Das rührende Bild, wo sie so mit ihrem lieben Mann und ihren vielen Kindern dasitzt. Und die Österreicher ein so freundliches Volk. Komm ich heut nicht, komm ich morgen. Im Kaffeehaus sitzen, Zeitung lesen. Höchstens arbeiten, um zu leben, aber doch nicht leben, um zu arbeiten! Nicht so tierisch ernst wie wir. Aufgeschlossen und tolerant.

Die Meinung des andern müsse man dulden. Warum nicht? Das Richtige wird sich schon durchsetzen. Da brauche man keine Angst zu haben.

Preußen – er hasse dieses Land mit seinem Kadavergehorsam und den krummen Beamtenbuckeln. Die braunen Pharaonen hätten das genutzt und eine ganze Nation, wollte sagen Volk, wie ein Heer von Sklaven Felsen schleppen lassen.

Im Lagebuschturm – jetzt so romantisch – da sei im Jahre 1491 der Handwerkerführer Hans Runge hingerichtet worden. Darüber sollten wir mal nachdenken, wenn wir da bei herrlichem Sonnenschein, nachmittags mal vorbeigingen.

Mal tief nachdenklich werden. Hingerichtet. Warum wohl?
Nun, er hoffe, daß diese schmerzliche Lücke in unserm Wissen bald ausgefüllt sei. Und er kuckte in den Lehrkörper hinein, wer dafür wohl in Frage komme. Und der Lehrkörper kuckte sich untereinander an, ja, wer unterfängt's?

Jetzt wär Gelegenheit zur Umkehr. Majakowski und Gorki, an jedem Zeitungsstand zu haben, in preiswerten Ausgaben. Majakowski insbesondere, auch in formaler Hinsicht durchaus revolutionär. Wir sollten das kaufen und lesen.
»Lest das!«
Zu gegebener Zeit werde er darauf zurückkommen.

In der Buchhandlung von Leopold habe er sogar das Kommunistische Manifest gesehen. Das wär eine ihn tief berührende Entdeckung gewesen. Ein weißer Umschlag mit dem eingeprägten geliebten Kopf von Marx. Wer dieses Buch besessen hätte, wär vor einem halben Jahr noch todeswürdig gewesen. Vor ein Hinrichtungspeloton gestellt oder erwürgt.
Diese so humane Schrift. Als junger Student habe er sie gelesen, mit glühenden Wangen.

Über unserm armen, verwüsteten Land gehe jetzt die Sonne auf. Eine Zeit der Umkehr stehe bevor. Eine Zeit des Besinnens auch und eine Zeit des Umdenkens auf allen Ebenen. Und es sei schon losgegangen. Wir sollten mal an die Bodenreform denken. Manchem vielleicht schmerzlich, aber: schlagt sie auf die Köpfe, das habe Lenin gesagt. Ihr müßt sie auf die Köpfe schlagen. Wenn man eine Warze an der Hand habe, oder zwei, dann schnibble man da ja auch nicht nur so eben dran herum oder laufe zum Apotheker, ob er vielleicht einen Einreibstift vorrätig hat, der dann doch nicht hilft. Morgens, mittags und abends, womöglich noch massieren, damit sie schön kräftig wird.

Nein. Ausbrennen mit glühendem Draht! Bis in die Wurzel.

Vielleicht könne man nun auch eine andere, seit Jahrhunderten anstehende Reform durchführen: die Rechtschreibreform? »klavierspielen« zusammen und klein, »Rad fahren« auseinander und groß?
Ihm komme es so vor, als würden diese Hürden von der Intelligenz nur deshalb aufrechterhalten, weil man Arbeiterkindern das Lernen so schwer wie möglich machen will.
Neulich erst, was sei es für ein Wort gewesen ... Na, wir selbst wüßten gewiß Hunderte von Beispielen.

Und eine vereinfachte Schrift. »V« in »F« ändern, und das »ie« wegfallen lassen. VIEH, so ein Monstrum von Wort. »Fi«, das gehe doch auch.
Auf die Rechtschreibreform sei seine ganz persönliche Hoffnung gerichtet. Das könne auch ein Thema sein für eine Konferenz, meine Herren, ja? Eliminierung des Großschreibens etwa?
Na, man werde sehn.
Anstöße geben, das sei wichtig. Initiative ergreifen, nicht immer bloß gottergeben nicken und warten, daß einem die gebratenen Tauben ins Maul fliegen.

Ansonsten – was sei *noch* zu sagen? Eine Synthese von sozialistischen und humanistischen Gedanken? Das schwebe ihm so vor? Mit vielleicht einer winzigen Prise Christentum, was das Ethische angehe? Und er würde sich freuen, wenn das in der von ihm geleiteten Anstalt Wirklichkeit werde?

Und wenn wieder Unrecht geschehe, undemokratisches Wesen sein Haupt erhebe: dann einfach alle ›nein‹ sagen. Alle gleichzeitig ›nein‹ sagen.

Statt der alten Nationalhymne wurde »Ich hab mich ergeben« gesungen. Matthes stimmte an, leider wesentlich zu hoch. Das quetschte uns unter die Decke. Mit schiefen Köpfen vollbrachten wir es fistelnd.

Mein Herz ist entglommen,
dir treu zugewandt,
du Land der Frei'n und Frommen,
du herrlich Hermannsland!

Den Text hatte er sich vorher wohl nicht angesehen.

Vorn rechts, der Lehrkörper, der nickte immer noch. Erst hatten sie dem Direktor zugenickt, jetzt nickten sie sich gegenseitig zu. Umkehren, aufbauen. Ärmel aufkrempeln.

Der alte Besch hatte sich hinübergerettet mit all seinem: »Diesmal kriegst du noch'ne 3 in Klammern.« Der war beim Einmarsch mit einem falschen Bart herumgelaufen, obwohl er gar nichts verbrochen hatte. Lediglich im Roten Kreuz war er gewesen, da allerdings leitend.

Jetzt hatte er es sich in den Kopf gesetzt, uns aufzuklären. Was man auf dem Lokus macht, das wollte er dringend wissen.
Na, urinieren und exkrementieren.
Aber so sagten wir doch nicht, »exkrementieren«? Wie sagten wir? Na?
Koten.
»Aber nein! Doch nicht ›koten‹, sprechen Sie doch, wie Ihnen der Schnabel gewachsen ist.«
»Kacken.«
»Na also! Und?«
»Pissen!«
»Fein.«
Von dem ging er aus, dies Grundwissen nutzte er.
(»Das ist ja merkwürdig, mein Junge«, sagte meine Mutter, »ein merkwürdiger Unterricht.«)

In seiner Aufklärungsarbeit klaffte eine Lücke. Von der recht ausführlichen Beschreibung des männlichen Geschlechtsapparates sprang er nämlich zur Gebärmutter über. Wie der Samen da hineinrenne, und auf das Blutpolster falle wie auf ein rotes Sofa, ausgehungert und sogleich zu saugen und zu schmausen beginne, sich wohlig strecke, oh, es gäbe eine Ahnung in uns auch an jene Zeit.
Vorher werde jedes Spermakörperchen mit einer Schutzschicht umgeben, jedes einzelne, Millionen!
Für die Entwicklung des Menschengeschlechts müßten die Mütter den Preis zahlen, beim Gebären. Was wir glaubten, wie schwer so ein Quadratschädel durch die Scheide gehe!
Mischlinge, übrigens die erbten von jeder Rasse nur die schlechten Eigenschaften. Das sei erwiesen. Vorsicht bei Mulatten! Neger seien harmlos, aber Mulatten!

Einmal sagte er in einer der oberen Klassen, es regne draußen Judenbengels. Das kam heraus, er wurde verwarnt. Als er dann mal rief: das sei ja ein Lärm wie in einer Judenschule! und zwar auf dem Flur, dröhnend laut, da wurde er entfernt. Das konnte nicht geduldet werden. So gehe es los mit der Volksverhetzung. Den Anfängen müsse man wehren. (»Der arme Mann, ob der nun Pension kriegt?«)

Bei Matthes hatten wir Latein. Locus, loci = Ort, Platz, Stelle.
»Eigenartig«, sagte Matthes, »diese Vokabel können sich immer alle Schüler merken.«
Desgleichen mors, mortis, der Tod.

»Hitler, geb. 1889 in Braunau am Inn, Vater Zollbeamter...« Damit konnte man nun nichts mehr gewinnen. Das war unverwertbares Spezialwissen.
Jetzt ging's mit velle, nolle, malle los und ob es Kikero oder

Zizero heißt. Kikero und Käsar, diese alte Geschichte, daß die beiden Käse aßen.
Wie »Eisenbahn« auf Lateinisch heißt, das hatte er sich in den langen Jahren seiner Pensionierung ausgeknobelt, und eine neue Übersetzung von »Rührmichnichtan.« Statt Noli me tangere, sagte er: »Ne me tetigeris.« Daß du mich nicht berühren mögest. Ne mit dem Konjunktiv. Sorum gehe es auch.

Eine Bescheinigung über meine Haarschneideaktion wollte er mir nicht geben.
»Einen recht herzlichen Gruß von meiner Mutter«, hatte ich gesagt.
Den Gruß glaube er mir nicht. »Grüß sie man wieder.« Wozu ich denn dieses Papier haben wollte. Ich hätte wohl vor, aus meiner Frisur Kapital zu schlagen, was? Widerstand gegen die Nazis?
»Nein, mein Lieber, das schlag dir man aus dem Kopf.«
Wie denn überhaupt – er ging um mich herum – mein Haarschnitt reichlich friseurlehrlingshaft anmute. So Künstlerallüren, wenn einer will und nicht kann. Das täte doch nun auch nicht nötig. Nett, frisch, adrett.

In einer seiner Stunden kamen wir auf die Wörter »Gemahl« und »vermählen«.
Ich sagte, das sei so ähnlich wie »Gatte« und »begatten«.
Da rannte er zu meiner Mutter. Ich entfernte mich vom Ethos, sei am Abrutschen und so weiter. Und als meine Mutter das bezweifelte, schimpfte er sie ein inobjektives Weib. Seine Frau sei auch inobjektiv. Alle Frauen seien inobjektiv.
(»Aber Ulla hat er immer die Sterne zeigen wollen, bei Fliegeralarm!«)

Ich meldete mich ab und nahm statt dessen Französisch. Dreihut hieß der Lehrer, aus Stettin. Der sprach, wie es hieß, 16 Sprachen.

»Albalberne Triballer«, nannte er uns. Ohne Bücher kam er, lief zwischen unsern Bänken umher und erzählte Geschichten.
Daß man nicht sagen dürfe: Seife ist, wenn man so macht... Das sei keine gültige Definition. Und daß die Römer sich den Hintern mit Tonscherben gewischt haben. (Sowas gehöre schließlich auch zur allgemeinen Bildung.)

Wer übrigens die Kartoffel in Deutschland heimisch gemacht habe? Vielleicht Iwan Suppkartoff? Na, er wolle es man lassen. Genug, genug, schon gut. Finger runter, albalberne Triballer. – Er denke manchmal so bei sich, was wohl aus uns allen werden sollte, wenn wir keine Kartoffeln hätten. Insbesondere jetzt.

Er entwickelte seinen Unterricht aus einer Geschichte.

Deux petits garçons trouvent une noix...

so fing die an und dauernd mußte man das umstellen.

Wer findet die Nuß?
Wieviel Knaben sind es?
Was finden die Knaben?

Mein Großvater zu Hause freute sich. »Ah! Französisch? Fa-bel-haft, qu'est-ce que c'est que ça...« das habe er noch im Gedächtnis.

Robert sagte: »La plume de ma tante«, was?
Und meine Mutter meinte, sie sei so glücklich, daß das nun vorangehe mit mir. »Wie würde Vati sich freuen.« Französisch, was das für eine elegante Sprache sei. Dans un coin est un papier à la papière. Wie das klinge. Sie hätte selbst Lust, das Buch noch mal zur Hand zu nehmen. Wer weiß, vielleicht wetteifere sie eines Tages noch mit mir.

Der Turnlehrer kam aus Danzig, Schindoleit. »Der nichtgeschundene Mensch wird nicht erzogen«, sagte er.

Bei dem durfte man nicht »immer« sagen. »Der stößt mich immer.« Dann fragte er: »Immer?«

Bei gutem Wetter spielten wir Schlagball auf dem Hof. Nicht sehr begeistert. »Asthma gegen Rheuma eins zu eins. Wie die Verpflegung, so die Bewegung.«

In der Halle machten wir Seilklettern: die andern hangelten dran in die Höhe wie die Affen. Ich klammerte mich unten an den Knoten und schwang ein bißchen hin und her.
»Los, Sie müde Type.«
Rätselhaft, wie die das schafften.

Keulenwerfen und Speerwerfen war verboten. Das sei militaristisch. Judo und Jiu-Jitsu sonderbarerweise nicht. »Jitsu-Jitsu«, wie Blomert sagte.
Das brachte Schindoleit uns bei. Wenn mal einer käm, na, wir wüßten schon, wen er da meine, nachts, beim Nachhausegehn: einfach anfassen und sich fallen lassen und ihn mit sich ziehen und über den Kopf schleudern.
Er setzte sich, um Feind zu markieren, einen Schlapphut auf und schob die Zunge unter die Unterlippe: Untermensch.
Ein HJ-Brocken durfte ihn angreifen, und schon lag er unten. Aber: »Sieh mal, wo mein Knie jetzt hinpaßt«, sagte Schindoleit, und da mußte der HJ-Mensch aufgeben.

Judo und Jiu-Jitsu lehre er uns nur zur Verteidigung, sagte Schindoleit. »Wie gesagt«, wenn einer das zum Angriff benutze, also der sei in seinen Augen, also das wär ganz übel. Der mache alles kaputt, die ganze Verständigung und den humanistischen Gedanken mit dem sozialistischen Einschlag.
Seine Tochter, übrigens, die würde es mit manchem von uns aufnehmen. Vielleicht bringe er sie mal mit.
(»Ist sie hübsch?«)
Er selbst war Inhaber des schwarzen Gürtels.

Sein Kurs ging systematisch los. Vorher erstmal alle aufs Klo.
Die Sextanerblasen und Büchsenballerer. Bis wir alle wieder in der Halle waren, war die Stunde fast zuende. Dann Inspektion der Fuß- und Fingernägel, sowie des Haarschnitts. Die Haare müßten natürlich ab, bei diesem Sport, wenn wir da zu Pott kommen wollten. Die dürften nicht über die Augen hängen.

Lockerungsgymnastik: Liegestütze vorlings; Kniebeuge, Übungen in Bankhalte. Sodann Fallübungen, vorwärts, rückwärts, mit und ohne Abrollen. Dann das Brechen des Gleichgewichts durch gleichzeitiges Heben und Ziehen: Übungen, bei denen man sich unversehens auf der Matte wiederfand.
Schwitzkasten von vorn, Schwitzkasten von hinten.

Mit den HJ-Führern wollte man nicht zusammen üben, die machten es unter sich. Sonst schmissen die einen womöglich jetzt noch, nach dem Krieg, aufs Kreuz.

In der Pause gingen wir auf dem Rosengarten spazieren. Trocken Brot mit Vitam-R. Dazu einen Apfel.

> Stell dir vor, wir hätten was zu rauchen,
> eine Schachtel Chesterfield ...

Da drüben das Kriegerdenkmal mit Pingel-Topp und hier, hier hatte mal eine Trinkhalle gestanden, »Fliegerbier« hatte es da gegeben, Golddollar und Dr. Hillers Pfefferminzpastillen.
Mit Manfred ging ich auf und ab, die Hände auf dem Rücken. »So sind wir hintenrum doch noch Gymnasiasten geworden«, sagte er. Aber keine Mädchen in Sicht. Wenn man es so nehme, hätten wir uns sogar verschlechtert. Komisch wär ihm der Gedanke, daß Mädchen auch scheißen. Er frage sich, ob das nicht abstoßend sei. Er könne sich vorstellen, daß ihn das störe.

Warum es an den Kiosken eigentlich keine englischen und amerikanischen Bücher gäbe? Vielleicht kämen die noch. Vielleicht gäbe es drüben keine russischen.

Und Friedrich der Große ein Nazi? Ob der auch Heil Hitler gesagt habe? Nächstens wär das noch zurückzuverfolgen bis Adam und Eva, was? Eva in der Frauenschaft und Adam Kreisleiter. »Die ganze Geschichte machen sie uns kaputt.«

Die Ruderklubs konferierten, ob man sich zusammentun solle in einen RCO? Ruderclub der Oberschulen? Die Realgymnasiasten und Oberrealschüler wollten schon, die Gymnasiasten weniger. Die kuckten zur Seite, wenn man sie danach fragte.
»Erstmal warten bis das wieder so weit ist. Das ist ja noch gar nicht spruchreif.« Die Boote waren ja außerdem geklaut, da konnte man sowieso nichts machen.

Mit den Schülermützen gab es Schwierigkeiten. Einige hatten schon wieder angefangen damit, aber Matthes hatte es verboten.
Sonst war er so gegen die Nazis gewesen, und *die* hatten die Schülermützen doch abgeschafft?

Unverständlich blieb ihm alles dort
vom ersten bis zum letzten Wort

Ein Warnemünder erzählte, im Mai und Juni habe »das Meer seine Toten wiederhergegeben«, Tag und Nacht wären die Ertrunkenen an den Strand getrieben worden. Frauen und Kinder, aber auch Matrosen und Feldgraue; Verwundete, deren Verbände sich in der Flut gelöst hätten und »wie bleicher Tang lose um die Leiber hingen«.
Er habe noch nie eine Leiche gesehen, sagte Manfred. Komisch, nicht?

Schwer wog die Meldung, Heinz Rühmann sei mit dem

Flugzeug tödlich abgestürzt. »7 Jahre Pech«. Jungejunge, das war vielleicht ein Film gewesen. Ganz zum Schluß schmeißt er *noch* einen Spiegel kaputt, weil er denkt, der ist schon kaputt.

Marika Rökk habe bei einem »Terrohr«-Angriff einen Fuß gebrochen, sie könne nie wieder tanzen.

Schau nicht links, schau nicht rechts,
schau nur gradeaus!
Mach dir nichts daraus...

Hier trennten sich die Meinungen in solche, die das bedauerlich fanden und andere, denen das egal war.

Wie Goebbels beim Einmarsch der Russen den Gullideckel aufreißt und ruft: »Wir haben doch gesiegt!« klack wieder zu. Das wurde auch erzählt. Oder, welche Nazischlagworte für den Geschlechtsverkehr zu verwenden wären:

Schönheit der Arbeit von 20—30 Jahren
Kraft durch Freude von 30—40 Jahren
Triumph der Technik von 40 bis 50 Jahren

Plötzlich roch es nach Pflaumen und Honig. Einer hatte sich eine Camel angesteckt. So kurz vor Beginn der Stunde noch? Das war ja reinste Verschwendung.
Studienrat Schulze reckte sich und schnüffelte, Kotz Mohren Element: »Sofort die Zigarette aus!« Mit seinem steifen Bein stapfte er heran. »Sonst schlag ich sie dir aus'm Mund! Lümmel! Daß wir jetzt 'ne andere Zeit haben, heißt doch nicht, daß ihr machen könnt, wassa wollt!«
Die Zigarette wurde nur widerwillig und zögernd ausgedrückt. Einem Frontkämpfer konnte man das Rauchen doch nicht verbieten! Zwei Jahre in der Scheiße gelegen! »Und dahinten sofort aufhören!« schrie Schulze. Da wurden Judo-Griffe geübt. »Völlig verroht.« Und dabei waren das doch so'ne Art Schularbeiten.

Einmal wurde ein gefesselter Mann vorübergeführt, unra-

siert, mit geschorenem Kopf. Vier Russen mit Balalaika um ihn herum, wie die Fünf auf einem Würfel.
Sie gingen auf dem Fahrdamm. Er kuckte uns ernst an.

In der darauffolgenden Stunde ließ Matthes herumfragen, wer von uns den Russen: »Schweine!« zugerufen habe. Der solle sich melden, dem passiere nichts.

Von Ulli Prüter hörten wir, daß er Fleckfieber habe. Ich machte mich auf den Weg, ihn zu besuchen. (»Sieh dich vor, mein Junge? Hörst du? Sieh dich vor?«)
Den Mühlendamm entlang, es war recht weit.

Frau Prüter öffnete mir weinend. Ob ich nach oben dürfe?
Eben mal ihren Mann fragen. Die alten Prüters aus Fredersdorf wohnten ja jetzt auch mit im Haus. Das Gut war enteignet. Früher hatte ich mal Gravensteiner dort gegessen und Schinkenbrote in der dunklen, kühlen, mit Backsteinen gepflasterten Diele.
Kalte Milch.
Und der Frau hatte ich aus Spaß die Hand geküßt. Hoffentlich käme sie jetzt nicht raus, dann müßte ich das womöglich noch einmal machen. Und wenn ich es nicht machte, dann würde sie denken: aha, auch so'n Opportunist, auch so einer von der neuen Zeit.

Der Bruder nahm mich mit nach oben. Ulli lag in einem Nischenbett. Auf dem Tisch ein Haufen Bücher und Schallplatten. Neben dem Bett die Kniebank zum Beten. Er wälzte sich hin und her und hechelte.
»Kempi ist gekommen, hast du ihn gesehen?«
»Eben grade ...«, sagte er.
Die Augen rasten unter den halboffnen Lidern und mit dem Finger zeigte er mehrmals krampfig auf den Nachttisch. Da stand ein Wasserglas.

»Er hat Durst.«
Der Bruder tauchte einen Teelöffel ein und fuhr ihm damit über die Lippen.
»Die Blumen weg«, sagte Ulli noch. Da waren aber gar keine.

Ich ließ eine Flasche Rotwein und Puddingpulver da. Auf dem Rückweg kam ich durch den Wald, in dem wir damals auf Liebespaarjagd gegangen waren. Ich nahm einen Ast auf die Schulter: Feuerholz. (»Fein mein Junge.«) Sollte ich diesen nehmen oder lieber den?
Der andere wär doch besser gewesen.

Dann starb Ulli.

Deine Liebe ist mir wie ein Rätsel,
und ich weiß nicht was ich davon halten soll –

»Afgået ved døden«, sagte mein Bruder.
»Der arme Junge«, sagte meine Mutter. »Der spielte doch immer so nett Klavier«.

Schwer und eingesunken lag er da. Die Hände über der Brust gefaltet. Die Kinnlade nach oben gebunden mit einem Taschentuch.
In der Presse bei Tante Anna war er gewesen. Biologie, Erdkunde, alles hatte er auswendig gelernt, Teilung der Amöben. Das DJL gemacht und so gern Straßenbahn gefahren.
Rechtes Bein rausbaumeln lassen, lässig abspringen, ein paar Schritte nachtänzeln und dann zur Ruhe kommen.

Kleine schwarze Fliegen krochen über das Laken. Ich berührte seine Hand mit dem Zeigefinger. Wie fühlt sich ein Toter an?
Hart.

Zur Beerdigung allemann hin. Immer allemann. Auch Gisela Schomaker, obwohl sie Ulli gar nicht gekannt hatte.

Im Konfirmationskleid, ein goldenes Kreuzchen um den Hals.
Auf dem Kopf den Hut mit dem Hut.
»Wie war er denn so?« wollte sie wissen.

Eine katholische Beerdigung hatte ich noch nie erlebt. Irgendwie hatte ich an ein unterirdisches Labyrinth gedacht, mit hallenden Gesängen. Fackeln über den Gesichtern der Beter.
Die Andacht fand im Gang der Leichenhalle statt. Auf der andern Seite eine evangelische Trauergemeinde: »Wenn ich einmal soll scheiden ...« sang die.
2000 Fleckfieber-Tote in einem Monat. Statt Särge braune Tüten.

Ein kleiner Junge ging dann vorneweg, das Kruzifix auf einem Eichenstab, am Chorhemd Spitzen. Feierlich, aber in einer gewissen Hast.

Am Grab die immergrünen Lebensbäume des ungepflegten Familiengrabes. Hanning warf einen Rosenstrauß ins Loch.

> Flieg ab! flieg ab von meinem Baum!
> – Ach, Lieb' und Treu' ist wie ein Traum ...

Und Dr. Prüter fragte mich: »Woher kommen bloß all die jungen Leute?«
Ich sagte, wir hätten uns vorgenommen, Freunde fürs ganze Leben zu werden, das sei nun auf wunderbare Weise in Erfüllung gegangen. Ein Lastwagen ratterte vorbei, da mußte ich das noch einmal sagen.

Mit der Straßenbahn ging's zurück. Die 11 stand schon da, der Fahrer vertrat sich die Füße. (Immer mit der Ruhe. Der wartet.)
Wir stiegen hinten ein, damit wir nicht mit den Prüters zusammenkämen.

Gisela zeigte uns Briefe, die Subjella ihr grade geschrieben

hatte, jeden Tag einen, 12 bis 15 Seiten und dann noch an'n Rand.
»Bianca Maria«, fingen die an, obwohl sie doch Gisela hieß und allenfalls Giesing genannt wurde. Und oben rechts: Gedanken eines Irren um 12 Uhr nachts.

II

Im Dezember wurde es dann sehr kalt.
»Nun geht das wieder los mit dem Brille-Beschlagen«, sagte mein Bruder. Der Schnee lag wie ein Wall an beiden Straßenseiten. Man sah nur schleppende Menschen, mit dicken Taschen, vermummt, Ziehwagen hinter sich voll Holz oder gestohlenen Briketts. Dampf vor der Nase. Ab und zu blieben sie stehen, kuckten sich an und schüttelten den Kopf: »Wo is't mœglich!«

So einen Winter hätten wir ja ewig nicht gehabt, hieß es. »1929, als Walterli geboren wurde, war es auch so kalt. Zu Fuß konnte man nach Dänemark laufen. Und die jungen Mädchen erkälteten sich den Unterleib, mit ihren seidenen Strümpfen.«
Vati war ja noch auf die Mole gegangen, die Eisschollen ankucken, die sich da so übereinandertürmten. Und sie habe noch gesagt: »Karl, laß das. Sieh dich vor!« Aber nein. Die ganze Haut entzündet, alles geeitert. O Kinder nee. Der Mann sei derartig verbunden gewesen, daß nur noch die Nasenspitze rauskuckte. Sie mit'm dicken Bauch, Walterli drin, Roberding mit geschwollenen Mandeln... »Das war ein Jahr!«

Im ungeheizten Wohnzimmer glitzerte Eis an der Tapete, und der Flügel knackte.
Drei Raummeter Holz hatten wir noch einnehmen können – stundenlang hatten wir nach dem Schein anstehen müssen, nun wo Sauf-Müller nicht mehr da war; und kein Fuhrmann war zu kriegen gewesen. All das Trümmerholz auf dem Balkon, das kam einem jetzt zugute.

Dr. Krause hatte die beiden Fahnenstangen kappen lassen.

Die Abstützungen des Luftschutzkellers aber nur mit Bedenken entfernt: es komme ja doch bald wieder Krieg. Amerika gegen Rußland.
Das wurde alles zersägt und an die Mieter verteilt.

Wir saßen den ganzen Tag in der Küche. Abends war natürlich Stromsperre. »Grad wenn man das Licht am nötigsten braucht. Wie isses nun zu fassen.« Eine Petroleumlampe stand auf dem Tisch. Zylinder: das war »angriepsche Wor.« Wenn der kaputtsprang, dann gute Nacht. – Den Blechspiegel blank putzen, dann ist es heller.

Meester, soll ich beede Beene
mit der heeßen Beeze beezen?

Ob man das Bild von Konsul Discher in die Küche hängte? Oder das Herbstbild mit dem kleinen Fehler? Nein. Es würde ja auch mal wieder warm, und dann genieße man das vorne doppelt.

Mein Großvater saß mit Mantel da, in der »Glocke« wie meine Mutter den nannte, einen Schal um den Hals. Auf dem Bauch hielt er einen Beutel mit angewärmten Kirschkernen, und die Füße steckten in Strohschuhen, die Vater aus Baranowice mitgebracht hatte.
Außerdem wickelte er sich das Plaid um die Beine, das Plaid aus Italien, damals, als die Geschäfte mit den Italienern losgingen.
So mochte es auszuhalten sein. Aber: Eben saß man, äch! da mußte man sich schon wieder auswickeln: Wasser lassen, das viele Wasser. Das Herz! daß das das schaffte.

Wieder einpacken und jappen. Nee, das war nix, in dieser Zeit so alt zu sein. So gern möcht er heimgehn zu seiner guten Martha, sososo gern...
»Pfui!« rief meine Mutter. »Du bist doch noch gesund und rüstig!« Er solle mal an andere denken, Gallensteine womöglich oder Tbc. Da gehe es uns doch noch gold! ›Unter

sich kucken!‹ habe ihr holder Gatte immer gesagt. Wo der jetzt wohl stecke.
Das Plaid: »Italieeenischer Himmel...« Wie war das immer schön gewesen. Wegen der Geschäfte hatte er extra noch italienisch gelernt. Und so warm!

»O sole mio«, der dumme Witz, ob wir den kennten, sagte mein Bruder. Wenn einer zum Schuster kommt: »O sole mio« sagen.
»Wie?« sagte mein Großvater und legte die Hand hinters Ohr.
»Sole mio sagen, wenn man zum Schuster geht!!« schrie mein Bruder, er wisse, daß der nicht berühmt sei, der Witz.
Aber mein Großvater lachte doch.

Immer wurde überlegt, was man dem Großvater noch alles anziehen könnte. In der Mahagoni-Kommode fand sich ein Pullover, das »Rebhuhn« genannt. Damit war mein Vater früher mal rodeln gegangen, ganz geheim, hatte sich mit Frau Dr. Jäger getroffen, am Schweizerhaus, und war den Kartoffelberg hinuntergerodelt.
Meine Mutter war hinterhergelaufen, was die da treiben, und hatte grad gesehen, wie er sie da so vor sich auf den Schlitten nimmt.

Als Großvater sich das Rebhuhn zum ersten Mal überzog, blieb er mit dem Kopf im Rollkragen stecken, konnte nicht vor und nicht zurück, ruderte mit den Armen und mummelte da im Kragen was herum, das war gar nicht zu verstehn. Wie in so'ner Ritterrüstung.
Vom Schimpfen wurde es ja auch nicht besser.

Nun saß er mit dem Beutel Kirschkernen auf dem Bauch, das noch immer kaum ergraute Haar sorgfältig gescheitelt, vorn die einzige winzige Welle. Der schöne schmale Kopf, de Bonsac, jaja, man weiß es, uraltes Pastorengeschlecht,

dann irgendwie Kaufleute geworden, keine Ahnung warum. Bibel, Testament und Spruchbuch hatte er neben sich auf dem Tisch. Und das Notizbuch: 6 Pfennig für Diverses. Nochmal aufstehen und Fritz Reuter holen? Er stemmte sich im Sessel hoch und pupte.
»Aber Vater!«

Wir lasen, und meine Mutter nähte Füßlinge an unsere Strümpfe. Dann und wann das Zischen des überkochenden Wassers.
Wie schön hatte man es. »Wir könnten ja auch abgebrannt sein oder, denkt mal: die Flüchtlinge!«

Vor das Fenster wurde eine grüne Decke gehakt, mittels kleiner Ösen. Wenn einer die Tür offenließ, dann wurde gerufen: »Raus oder rein!« oder »Bist du im Zirkus geboren?«
Die grüne Decke hatte früher, in der alten Wohnung noch, unterm Tannenbaum gelegen, die verdeckte dann den gußeisernen Fuß. Wachsspuren waren noch da drauf. 1937, die kleine Feldküche, mit den Lineol-Pferden zum richtig Einspannen, mit einem Reiter, der einen Dorn im Hintern hatte. Auf dem Teppich hatte ich damit gespielt und Vaters Schuh war plötzlich groß daneben aufgetaucht: »Isser nicht süß?«

Vatis Klavierspiel, wann würde man das mal wieder hören.

> Vater, Mutter, Bruder, Schwester
> hab ich auf der Welt nicht mehr ...

oder

> Ich bin ja nur ein armer Wandergesell
> Gute Nacht, liebes Mädel, gut Nacht!

Dauernd ›Gute Nacht‹.

Wie war man arm geworden?!
Aber früher habe es ja auch arme Leute gegeben. Tante

Du-bist-es zum Beispiel, die dauernd Bruchholz sammelte, in ihrem schwarzen Umhang damals schon, auf der Reiferbahn. Die hatte Walterli angestoßen und: »Du bist es!« gerufen. »Nein, du bist es!« hatte der geantwortet.

Die schöne Seifenlauge hatte sie geklaut. »Ich denk, wo ist denn der Eimer mit der Seifenlauge? Ich wollt' doch noch die Strümpfe darin waschen ...« Weg.

Oder die Armeleutekinder bei Wertheim, mit langen schwarzen Strümpfen:

Hampelmann fif Penning!
Hampelmann tein Penning!

Die Ärmel blank vor Rotze. (»Kind komm weiter, es wird kalt.«)
»Die Leuchtreklamen denn, wie die sich so im nassen Pflaster spiegelten, und die Autos so schön, dies Rauschen, oh, im Ohr noch, im Ohr.«

Vom Herd kamen Steckrübenschwaden.
Im Keller lagerten 10 Zentner Kartoffeln, 2 Zentner Mohrrüben, in Sand eingeschlagen und 15 Glas Brechbohnen, noch von 44!
Und viele Steckrüben. Am ersten Tag süß-sauer, am zweiten Tag wie Teltower Rübchen, am dritten Tag gestampft, am vierten Tag mit Kartoffeln als Suppe. Manchmal wurden sie auch geraspelt und in der Pfanne gebraten.
»Nun, wie schmeckt es?«
»Besser als erwartet.«
Voll war man, nicht satt.
Und diese Blähungen. Praktisch dauernd.

Zwei Scheiben Brot gab es zu jeder Mahlzeit. Die Spelzen wurden in die Gegend gespuckt. Am Sonntag mal eine Büchse Schweinefleisch, aus den Plündervorräten. Die wurde in die Woche reingezogen. Stundenlang stieß man danach noch angenehm auf.

»Kaut das bloß gut Kinder, sonst geht alles wieder hinten raus.«

Oder Gemüsepaste. Fiß biste patzt. Die frequentierte man nicht so gern, wie mein Bruder sagte. Von Dr. Krause, das Glas zu 4 Mark. »Das zerreißt einem ja den Darm«. Und jedesmal: »Nuntio« vorweg.
»Lasses, mein Junge, lasses jetzt. Dieses ekelhafte lateinische Wort.«

Manchmal wurde das Brot bloß an der Hexe geröstet, Salz drauf gestreut.
»Keine Butter? meine Herta?«
»Grethe! Ich heiß Grethe!«
In russischer Gefangenschaft, sagte Robert, da wär man, da hätt man, da sei man ja glücklich gewesen, hätte man sich ja gepriesen, wie'n König, wenn man sich das Brot mal hätte rösten können.

Robert drehte sich die Zigaretten und zündete sie an der Hexe an. Streichhölzer sparen.
Auch der Tabak wurde allmählich Knappmannsdörfer, wenn zwei rauchten, das zog hin. Die Päckchen auf dem Büfett verminderten sich auf geheimnisvolle Weise, obwohl ich sehr aufpaßte.

»Mein armer Bruder Hans«, sagte mein Großvater, »wann sehe ich den mal wieder?« Ob man mal bei der Kommandantur um einen Interzonenpaß einkomme?
Als Junge sei der Hans einmal unter den Tisch gekrochen und habe seine Schenkel liebkost. Merkwürdig.
Er fühle das noch heute.

Onkel Hans hatte ja einen Frackmantel gehabt. Die Zigarette hatte er sich an der roten Majolika-Lampe angezündet, in einer langen Bambusspitze, ein schöner Anblick, mit

seinem markanten Profil, so rot beschienen von dem seidnen Schirm, ein Lebemann.
»Meine reichen Brüder«, hatte er immer gesagt, etwas süffisant, aber herzensgut.
Als jüngster Sohn hatte er nicht so viel geerbt wie die andern, war aber doch noch hochgekommen.

»Das war ja noch zu Kaisers Zeiten«, sagte meine Mutter, »vor dem ersten Krieg.«
In Wandsbek da waren die ja immer zum Rennen gefahren. Auguste Victoria, ein Hut wie ein Wagenrad, mit so Pleureusen dran.

Der Kronprinz sei ja ein Windhund gewesen. Hätte der nun nicht 'n bißchen solider sein können? Immer so Frauengeschichten. »Und die Kronprinzessin Cäcilie – eine Mecklenburgerin, so hübsch, so dunkelhaarig«; die hatte auch ein Regiment gehabt als Kommandeuse. Auf'm Pferd gesessen, Damensattel, das Kleid so weit hinter sich. Und einen Helm auf dem Dutt. Viel Kummer habe die gehabt mit ihrem Mann.

Und dieses Foto von dem Kaiser mit all seinen Söhnen, wie sie da die Front abschreiten, in Potsdam oder wo, oh, ein Bild, ein Bild. Federbüsche am Hut und einer wohl sogar als Admiral. Wie hießen sie man noch?

August-Wilhelm, genannt: Au-Wi, der war ja Nazi gewesen, in der SA. Der hatte sich wohl für die Familie geopfert. Staatsräson, wie das denn hieß.

Der Kaiser selbst hatte ja Tischler gelernt. Mit dem kaputten Arm mußte das ja auch nicht gerade einfach gewesen sein. Schwere Erziehung. Immer vom Pferd war er gefallen, hatte aber nicht locker gelassen.
In Doorn hatte er dann wie ein einfacher Mann Holz gehackt. »Was macht mein Deutschland?« hatte er immer die

Besucher gefragt und so traurig gekuckt. »Grüßen Sie mein Deutschland.«
»Ick weet ja nich: Immerhin 40 Jahre Frieden gehalten. Das soll ihm erstmal einer nachmachen.«

Die Traagik des deutschen Volkes, an diesen Vortrag erinnerte sich nun mein Großvater wieder. »Danke, mein Junge«, er nahm den Reuter zur Hand. Warum mußte Friedrich III. nun auch Kehlkopfkrepps kriegen? »Ich versteh das nicht«. Und dann lauter englische Ärzte, wo wir Virchow und all diese Leute hatten. Falsch behandelt natürlich.
Wenn der nicht so früh gestorben wäre, dann hätt's wohl auch keinen Krieg gegeben, 14/18.

Er sah über den Molotow-Kneifer hinweg. Ob er nun wohl endlich anfangen könne mit Vorlesen, ja? Wir schickten die Augen zur Decke: In Gottes Namen denn.
Robert hielt sich die Ohren zu, denn Großvater las die Fußnoten mit und das Vorwort zur 22. Auflage und das Nachwort des Herausgebers: »Reuters Humor.«
Und zwischendurch hob er sich – »Prost!« – oder ziepschte mit den Zähnen. Da hinten war doch noch was? Eine Spelze? und zog das messerartige Gerät mühselig unter dem Plaid hervor und reinigte sich Zahn für Zahn. Ha! wie strengte das an. Da mußte man ja wieder jappen.
Ich würde doch nach Jena gehn!
Hanne Nüte und de lütte Pudel.

Wenn das Licht kam, gingen wir zu Bett. Für die Nacht gab's Wärmflaschen. Unterbett, Oberbett, Plumeau. – Auf das Ausziehen wurde weitgehend verzichtet.
»Wenn uns hier mal einer sieht, der denkt, wir sind alle verrückt geworden«, sagte mein Bruder. Und: nun werde ihm auch klar, weshalb die Leute früher Nachtmützen getragen hätten.

Meine Mutter stand noch eine Weile am Fußende und erzählte. Ihre Großmutter, oh, sie wüßt es noch, die habe im Bett immer so kleine Nachthäubchen getragen und auf ihrem Kopfkissen hätten zwei kleine Seitenkissen gelegen, sogenannte Ohrenkissen. Und wenn ihr Mann erkältet gewesen wär, dann wär ein großer Paravant in die Ritze zwischen die beiden Betten gestellt worden.
Ihre Großmutter überhaupt, so dünn und zierlich, immer mehrere Unterröcke übereinander und einen verkehrtrum, damit es nicht durch den Schlitz zieht. Die »kleine Marie«. Sie hatte immer »Mein Willem« gesagt und stets und ständig ein Bild von ihm mit sich herumgetragen.

Dann hieß es: »Schlaft schön, Kinder, und lest nicht mehr so lange.« Ihr Vater habe immer gesagt: Steck die Nase ins Kissen. Sie habe nie gewußt, wie sie das machen soll. Da könne man ja gar nicht atmen.

Leis auf zarten Füßen naht es
vor dem Schlafen wie ein Fächeln...

Was Antje wohl machte, oder Gina, die mit ihren sonderbaren Augen. Aber Antje war besser, die hatte sich immer so aufs Fahrrad geschwungen, den Sattel unter den Rock.

Ich hatte mir ein Lesegestell gebastelt, aus Stabilbaukästen, das ermöglichte es mir zu lesen, ohne die Hände unter der Decke hervorzuziehen.
Robert las saugend und bohrte beharrlich in der Nase. Auch wenn man nicht hinübersah, bemerkte man es. (»Hast du den letzten Brief von Vati schon gelesen?«) Früher die Bücher von Lok Miler oder C. V. Rock. Jetzt immer mal wieder die Buddenbrooks.
Christian, das wär ja 'ne dolle Type. Und: ›Geh zum Deifi, Saulud'r dreckats!‹ Damit endete die zweite Ehe. So lakonisch. Das sei höchste Kunst.

Zu Weihnachten wurde einmal kräftig durchgeheizt. Auf 16 Grad kletterte das Thermometer. Die schönen Zimmer vorne mal wieder, »man lebt ja wie ein Höhlenmensch«.

Cornelli hatte einen kleinen Tannenbaum besorgt, der stand auf dem Rauchtisch.
»Ein rüh-ren-der Mann.«
»Wir müssen noch enger zusammenrücken, Frau Kempowski«, hatte er gesagt.
Sechs kleine Kerzen steckten am Baum und der rosa Wachsengel mit den vergoldeten Flügeln, ein lichtblaues Gewand um die Hüften. Der Fuß war angesengt, damals, als Ulla den Julklapp geworfen hatte.
»Julklapp! was ein Blödsinn.«
Wie's der wohl ging.

»Kucken Sie mal, das Engel«, hätte ich gesagt, zu Tante Silbi, damals, als noch alles in Ordnung war. Nachher hatte sie ja Stühle durch die Gegend geschmissen.
(»Woas, mein Grethelein?«)
Das war noch so süß gewesen. »Kucken Sie mal, das Engel.«
Und ich sei immer so ärgerlich geworden, wenn ein anderer den Adventskalender geöffnet hätte. »Der süße kleine Purzel.«
(»Wie?«)
Und im Weihnachtsmärchen hätte ich nicht mitspielen wollen, die Rolle des Däumlings: »Kommt nicht in Frage, denn lachen sie womöglich alle über mich.«
(»Ich verstehe keinen Ton. Ihr müßt deutlich und ak-zen-tu-iert sprechen.«)

Eine Tasse *echten* Tee für jeden. Der war schon etwas alt, hatte kein rechtes Aroma mehr, aber anregend.
»Ohne Zucker, mein Herta?«
»Grethe heiß ich! Grethe. – Zucker sosst du haben.« Was nütze das schlechte Leben, so oder so kaputt.
In der Kredenz, der Kasten auf dem Petit Beurres stand, da war ja Zucker drin.

Statt Nüsse gab es geröstete Haferflocken. Mit drei Fingern wurden sie vom Teller gestippt. Gar nicht so übel. Sowas würde man im Frieden vielleicht auch essen.
Aber – man hatte ja Frieden.
Frieden? Nein. Mehr so Waffenstillstand oder wie. Ein bißchen anders als erwartet.

Mutter las immer mal wieder die Lukas-Stelle. Und ich spielte die alten Weihnachtslieder. »Wie früher Vati, mein Jung.«

Christ, der Retter, ist da.

Mit Vor- und Nachspiel. Großvater wiegte dazu den Kopf, hob sich allerdings von Zeit zu Zeit, was meine Mutter dann mit »Aber Vater!« oder »Prost!« bedachte.
»Woas, mein Grethelein?«

Früher hatte er immer gesagt: »Wir haben *doch* den schönsten Baum.« Am ersten Weihnachtsfeiertag, wenn er bei seinen Brüdern gewesen war, in Wandsbek. Er hatte sich höchst befriedigt an den Tisch gesetzt, das Tranchiermesser gewetzt und gesagt: »Wir haben doch den schönsten Baum.«
»Oh, das war ja eine Wissenschaft. Ich weiß es noch wie heute, den Baum aussuchen.«

Die schöne alte Krippe war auch mit verbrannt. Asche, Asche, Asche, Staub, Dreck. Extra Moos hatte er gesammelt und die Hirten dann so in Moospolster hineingestellt, mit Schafen und Kamelen.

Wir kuckten einen Moment weg, denn: Es hatte sich doch noch was angefunden. Wo das bloß immer herkam. »Eine ganze Kleinigkeit«, sagte meine Mutter, ohne die wär's, dächt sie, doch zu trist.
Für jeden einen Apfel, für Großvater Fausthandschuhe und Pulswärmer, für mich ein Taschenmesser und für Robert einen karierten Schal.

»Ihr seid nun schon so groß, aber daß ihr *mir* mal was schenkt, irgend eine kleine Aufmerksamkeit, nee, da luer upp.«
Als Clou eine Schachtel Zigaretten. Damit hätte er ja nun nicht gerechnet, sagte Robert. Das sei wirklich primig.
Er wisse immer nicht, was er ihr schenken soll, sie habe ja im Grunde alles.

Die schönen Lichter, nun könne ruhig Stromsperre kommen. (Wer da wohl immer den Schalter umlegt, und was der dann wohl denkt.)
Und die wärmten! Eigenartig, wie die wärmten.

Ob wir nachher noch mal ein bißchen zu Subjella gingen, was hielte ich davon?
»Nun heute doch nicht, Kinder!« rief meine Mutter. Wir sollten man hier bleiben, sonst wär es doch zu und zu trostlos. Außerdem säße der gewiß jetzt auch bei seiner Mutter und leiste ihr Gesellschaft. In dieser schweren Zeit. Weihnachten sei doch das Fest der Familie.

Ob Vati wohl einen Tannenbaum habe? In Rußland? Was meinten wir? – Und ob er wohl Vorteile habe von seiner Freimaurerei? Mit ihren Geheimzeichen, Händedruck und auf besondere Weise klopfen. Die hatten doch immer nur das Gute gewollt. Sicher gäb's davon auch welche in Rußland. Kommunismus und Freimaurerei, das hatten doch die Nazis immer gesagt, das hinge zusammen.

»Boche«, das hätt ihm immer direkt wehgetan, im ersten Krieg, wenn die Franzosen »boches« sagten, »Schweine«. Wir hätten »Tommies« und »Franzmann« gesagt, nett und harmlos, und die hätten mit »Schweine« geantwortet. Typisch.
Und dann mit Senegal-Negern angegriffen, Messer zwischen den Zähnen und »Hurrä!« geschrien.

Schwarze einzusetzen in Europa!

»Ich tendiere dahin«, sagte mein Bruder, »daß Vater gut und trocken in irgendeiner Baracke sitzt.« Vermutlich müsse er arbeiten, aber das könne er ja auch, er sei ja an sich kräftig. »Was hab ich von Vater für Ohrfeigen gekriegt: ›Knirsch nicht so mit den Zähnen!‹«
Er erinnere sich, Fotos gesehen zu haben, von russischen Gefangenenlagern, mit Birkenzäunen und Laienaufführungen. Von Bunten Abenden: Soldaten als Frauen verkleidet.

Die Kerzen wurden ausgepustet. Dann könne man sie noch wieder anmachen.
Augenblick mal rauskucken.
»Ich bleib hier sitzen, Kinder«, sagte mein Großvater und langte sich den Reuter. Nachher könne er ja noch ein bißchen vorlesen, nicht?

Eben die Gardinen beiseiteschieben und ein Loch hauchen. All die vielen, vielen Menschen, sagte meine Mutter, die feierten jetzt auch Weihnachten. Komischer Gedanke. Da hinten, Krause, seine Frau nun schon Jahre tot. Und der Sohn in La Rochelle.
Eigentlich ein netter Mann, der Dr. Krause. Aber manchmal auch so merkwürdig. Die Menschen, die Menschen. Auseinandergerissen und zerstreut.

Der große und der kleine Bär.
Hinten fünfmal verlängern, dann hat man den Polarstern
»Da isser. Seht ihr ihn?«
Im Krieg die Scheinwerfer und die Leuchtgeschosse: »Gott sei Dank, daß das vorüber ist«.

Die Stelle im Märchen, daß es so kalt gewesen sei, daß die Vögel wie Steine vom Himmel fielen, daran müsse sie immer denken, sagte meine Mutter.
Und die vielen vielen Flüchtlinge. Daß Gott nicht mal ein Einsehen habe. Sie vers-tünde das nicht.

12

Im neuen Jahr gab's dann die erste Post von Ulla. »Immer noch die gleichen Briefmarken! *Das* ist Tradition!«
Und das schöne Briefpapier, so dick. Dieser dumme Krieg, diese Nazischeiße, das könnten wir nun auch alles haben.

In ihrer großen klaren Schrift schrieb Ulla, daß es ihr gut gehe. Sie sehe grade die Sommerkleider durch, so manches müsse genäht und ausgebessert werden. Auch dem Pudel Peter gehe es gut, man habe sich so an ihn gewöhnt. Wenn der mal nicht mehr sei!

Sven habe wieder sein olles Rheuma in der Schulter. Das habe er ja jedes Jahr.
Sie wär ganz unruhig, wie's uns wohl geht. In Dänemark säßen eine Menge Flüchtlinge, die erzählten schlimme Sachen. Aber, wir sollten um Gottes willen zu Hause bleiben! Als Flüchtlinge würden wir uns in das Elend nach Deutschland zurücksehnen, glaube sie.

Sie bewohnten jetzt ein hübsches kleines Haus an der Ostsee, mit einem Streifen eignem Strand. Im Sommer könnten sie morgens gleich in'n Teich hüpfen. Und drüben die Küste von Schweden.
In der Nachbarschaft säßen so nette Freunde. Høsebjergs, mit denen spielten sie Bridge.

Und, das hätte sie beinahe vergessen! Nachwuchs habe sich eingestellt, eine kleine Nette.
Nette? Nein, »Mette«, das war der Name und den hatten wir noch nie gehört.
»Denn bin ich ja Großmutter!« rief meine Mutter. »Denn fallen mir bestimmt auch bald die Zähne aus. Wie schade, daß man das Vati nicht schreiben kann, wie würde der sich

freuen!« Vati habe in seinem letzten Brief noch geschrieben, wie sehr er alle bösen Worte bereue, die er Sven zunächst gegeben habe, und die Schwierigkeiten, das tät ihm leid. Er habe sie noch extra herzlich gegrüßt, so ganz ernst.

Die Nachbarn sagten: »Da gratulier ich aber.« Und Dr. Krause sagte: »Wie? *Wie* heißt das Kind?« So einen Namen habe er noch nie gehört. »Wie kann man sein Kind bloß ›Mette‹ nennen.«
Aber Herr Cornelli sagte: »Mette! Wie aus H. C. Andersen. Wie das Märchen von den Streichhölzern.« Das bedeute Mete oder Meta, und das wieder hänge, wenn ihn nicht alles täusche, mit Margarethe zusammen. »Eine Aufmerksamkeit an die Großmutter also, liebe, sehr verehrte gnädige Frau.«
Wer weiß, wann sie mal nach Dänemark komme, sagte meine Mutter, und dann könne sie ihr eigenes Enkelkind womöglich nicht verstehen. Ihr blute das Herz, wenn sie daran denke.

Ein allgemeines Briefgeschreibe setzte ein. Von Vati sei immer noch keine Nachricht, schrieb meine Mutter, und mit Großvater sei es oft nicht leicht. Der denke immer, er müsse verhungern, und dabei hätten wir doch immer noch satt zu essen. Und dann so pessimistisch! Dauernd das Gestöhne!
Hauptsache sei doch, man behalte den Mut, den man eisern hüte. Sonst könne man sich ja gleich einen Strick nehmen.
Beim Russeneinmarsch seien wir beschützt worden. Gott habe seine gütige Hand über uns gehalten. Behütet und beschützt.
Aber vorm Frühjahr graue ihr. Die schlimmste Hungersnot komme erst noch. Wenn die Kartoffeln alle sind und die neuen noch nicht da.

Sorg, aber sorge nicht zu viel,
Es geht ja doch wie Gott es will.

Wir hätten es bisher geschafft, und wir würden's auch noch weiter schaffen.

Ulla müsse ihr versprechen, der Kleinen einen dicken Kuß zu geben. Wie seien sie eigentlich auf den Namen gekommen? Sei der in Dänemark häufig? Ob Margarethe nicht einfacher gewesen wär?
Der Kanarienvogel, übrigens, Hänschen, der sei tot. Eines Tages habe er tot im Bauer gelegen.

Robert berichtete über seine Gefangenschaft. Von Woldenberg und Schivelbein. Jede Hauswand sei ihm zum Erschossen-Werden gut erschienen, jeder Wassertümpel zum Ersäufen.
Der Fürsprache eines Russen habe er es zu danken gehabt, daß er mit ein paar Fußtritten davongekommen sei. Wenn sie noch irgendwelche Fragen hätten, betr. Gefangenschaft, wolle er gern Auskunft erteilen. P. S.: Im Lager Woldenberg Sterbeziffer pro Tag 15 Mann, und in Landsberg 24. Bei ihm seien Begriffe wie Kameradschaft, Mitleid, Hilfsbereitschaft und dergleichen Unsinn erstmal ausgelöscht. (Ord'liches Dings hinknallen, damit das Ausland weiß, was hier gespielt wird.) »Der Brief geht sicher von Hand zu Hand.«

Meine Mutter schrieb drunter, Robert sei verbittert, aber das gebe sich bestimmt. Ob sich eine Frau Engel mal gemeldet habe?
Und Großvater schrieb an den Rand, sie solle Schmalz und Wurst schicken!
»Erstmal nicht«, quetschte meine Mutter überkopf dazu, »wenn's nötig ist, dann melden wir uns schon.« Aber vielleicht etwas Stopftwist. Das wär schön.

Auch mein Großvater hatte seine Korrespondenz. »M. lb. Rchd.!« schrieb er. »Dk. f. D. lb. Brf. v. 10/I/46!« Er habe »geschw.« Beine, das Herz wolle nicht mehr so recht. Und

Hunger, Hunger, Hunger, Hunger. Und diese Kälte. Keine Kohle, kein Holz, kein Brikett, kein nichts, kein gar nichts.
Weihnachten habe man wenigstens einen Pferdebraten gehabt, davon gäb's das doppelte. Und hinterher Migetti-Suppe in Apfelsaft. Aber sonst, sonst, sonst.
Grethe koche ja fabelhaft. Wenn er die nicht hätte. »M. lb. Gr.!«

Briefe mußten wegen der Zensur in lateinischer Schrift geschrieben werden. Auf seine alten Tage noch lateinisch schreiben lernen!

Denzer meldete sich, er sei jetzt in Hamburg. (»Unkraut vergeht nicht!«) 50 Mark lagen in dem Umschlag. Der Dampfer sei hinter dem allgemeinen Geleit hergedampft und dadurch der Versenkung entgangen. Nun hätten ihn die Amerikaner beschlagnahmt.
Poststempel: Nie wieder Krieg: 32 Millionen Tote!

Onkel Richard war beim Engländer untergekrochen (»uns geht es hier auch nicht viel besser als euch«). Vergeblich hatte er versucht, mit Ulla in Dänemark Verbindung herzustellen. (»Die Engländer sind in der Erfüllung privater Wünsche sehr zurückhaltend.«) Auch sie hätten am Christfest genug zu essen gehabt. Rita habe Weihnachtslieder gespielt und eine Ballade vorgetragen.
Er sei aber sehr herabgestimmt, sein deutsches Volk, was mache es nur, was mache es nur. Jeder denke nur an sich. Vom Führerhauptquartier hatte er sich noch rechtzeitig absetzen können, aber »kill him! kill him!« habe ein amerikanischer Soldat geschrien, wegen seiner roten Biesen.

August, der jüngste Sohn, sei zurückgekommen, aber sein Ältester! Zuletzt in Brick an der Arr sei er eingesetzt worden, infanteristisch, und da habe es große Verluste gegeben. Alle zerrieben! Von der feindlichen Übermacht zerrieben!

Wir hätten unsern Karl und sie ihren Hartmut.
Die höchste Weisheit sei immer noch Ruhe und Gelassenheit, gepaart mit tiefem unbeirrbarem Gottvertrauen.

> Aus vollem Herzen tönen tief die Fragen,
> warum die Zeit für uns so bitter hart,
> warum wir müssen all das Schwere tragen,
> und warum dies und warum jenes ward.

Er schreibe jetzt öfter mal Verse. Je weniger man körperlich hat, desto mehr müsse man das Geistige pflegen.
»Deine Füße sind wohl von der Kälte etwas geschwollen. Du mußt sie frottieren und hochlegen. Alle diese Dinge gehen vorüber.«
Sein Gewicht belaufe sich übrigens auf 68 kg (Normal-Schalenwaage).

Tante Silbi schrieb, sie sei in Schleswig-Holstein gelandet, arm wie eine Kirchenmaus.

> O lilala
> O lulala
> O Leila!

Sie überlege immer noch, ob sie nicht doch nach Rostock komme (»Gott bewahre!«) die Polen machten die Gegend dort unsicher, die Russen seien gewiß kulanter. (»Hat die'ne Ahnung.«)

Allewelt schrieb. Auch von Herrn Wirlitz kam ein Brief. Nach einer wahren Odyssee sei er nun in Hamburg gelandet. Was die Nazis angehe:

> Den Teufel spürt das Völkchen nie,
> und wenn er sie beim Kragen hätte.

Oder, vielleicht noch treffender:

> Und auf vorgeschriebenen Bahnen
> Zieht die Menge durch die Flur;
> Den entrollten Lügenfahnen
> Folgen alle. – Schafsnatur.

Das Volk habe eine rechte Schafsnatur. Da müsse er Goethe recht geben. Wie habe man sich so irreleiten lassen können!

»Ich erinnere mich noch, wie Sie, sehr verehrte gnädige Frau, gesagt haben: Oh! Lauter Ascheimerleute.«
Er sei am liebsten rausgeplatzt, damals.

Ich sammelte die Briefmarken. Die verrücktesten Dinger. Behelfsmäßige, die aussahen wie Einmach-Etiketten, und welche mit Spargummi. Vorzugsweise pflügende Bauern waren darauf dargestellt und aufgehende Sonnen. Und, obwohl sich nirgends ein Maurer sehen ließ, Neubaugerüste und Richtkronen.

Von Mecklenburg-Vorpommern war fast jedes Exemplar eine Abart. »Die werden später bestimmt wahnsinnig wertvoll.« Was die Kataloghersteller wohl schimpften!

Manche Postverwaltung hatte die Hitlermarken mit einem Stempel unkenntlich gemacht. Oder DEUTSCHLANDS VERDERBER draufgedruckt.

Schade, daß wir keine Verwandten in der französischen Zone hätten, sagte mein Bruder. Da gäb es so wunderschöne Marken. Herrliche Wappen. Darin liege schon der ganze Unterschied zwischen West und Ost. Hier sei alles so trist.

Sollte ich die Sammlung mit Roberts zusammenschmeißen? Der brächte die alten ein, und ich kaufte die neuen? »Erstmal noch nicht, du Schleef.« Vielleicht gewinne er ja auch Geschmack daran, und dann müsse man sie wieder auseinanderkriegen, und dann käm Zwist in die Familie. Außerdem: Welches Album? Sein Schaubeck möchte er nicht missen. Was sei dagegen Ka-Be. »Ka-Be ... ich bitte dich.« Das könne ja ebensogut Pe-Te heißen oder wie. Unter »Schaubeck« könne man sich jedenfalls was vorstellen.

Zwei Pinzetten hatte ich. Die eine verwendete ich selten, weil uns damit, als Kindern, die Würmer entfernt worden waren.

Bei Briefmarkenhändler Mandelkow in der Blutstraße gab es den kleinen Glauchau-Satz. 4 Werte zu 80 Mark. Ich stellte mich in die lange Schlange: Geld anlegen. Dann überlegte ich es mir aber doch. Erstens froren mir die Füße, und zweitens kam mir die Sache nicht geheuer vor. Die Schlange war sehr lang und der Vorrat unerschöpflich.

Als ich nach Hause kam und die Treppenstufen hinaufsprang, traf ich auf meinen Großvater. Ich wollte ihm ausweichen, aber er stellte sich mir in den Weg. Das Geländer war blau-rot gestrichen, und er hielt mich fest, mit seinen knochigen Armen. »Dein Vater ist tooot«, flüsterte er und stieß mich sachte von sich. Und noch einmal: »Tooot!?«
Ein böses und ein gutes Auge.

Ein Brief sei gekommen, eine Woche vor Kriegsschluß wär er noch gefallen, auf der Frischen Nehrung.

Meine Mutter stand in der Küche und rührte im Topf. »Hast du dir die Schuhe abgetreten! – Und mach die Türe zu. Rein oder raus.«
Beim Arzt im Wartezimmer hatte sie den Brief geöffnet, der Boden sei ihr weggesackt.

Robert hackte Holz auf dem Balkon. Wenn der Betonfußboden das man aushalte, so dick sei er ja auch wieder nicht.
Was meinte ich, ob er das aushalte?
Die Axt mal wieder schärfen, gegen all die Knorren kam man ja nicht an.

Daß Vater noch einen verplättet gekriegt habe, mit seinen 47 Jahren, das hätte er nicht gedacht, sagte er. Typisch sei das, typisch.

Und dann: eine Woche vor Kriegsschluß! Das sei noch das Schönste. Und, wenn er richtig rechne, 14 Tage vor der Silberhochzeit.

In der Wilhelmsburg spielte ein 9-Mann-Orchester. Die hatten sich in der Kriegsgefangenschaft getroffen.

Ich bei dir gewesen,
du nicht dagewesen,
wo denn du gewesen,
ganze Nacht?

Das POW noch auf dem Rücken. Am Klavier Jürgen Haut, immer so elegante Läufe, wenn's grade ganz still ist.
Einer der Saxophonisten mit Poposcheitel. »Was ein Segen, daß die nicht in französischer Gefangenschaft gewesen sind,« sagte mein Bruder. »Sonst wären die hier womöglich mit Musette-Musik angekommen.«

Boogie-Woogie spielten sie. Die Korpulenten und die Versehrten konnten das am besten tanzen. Mit eins-zwei-stehn! kam man da nicht klar. Und »In the mood«. Immer denkt man, es ist zu Ende, aber dann geht's doch noch weiter. Bis sie am Schluß noch mal so richtig aufdrehen: rra-dah!

Mein Bruder trug den Frack meines Vaters (»der sitzt ja wie angegossen«). Er tanzte, wie immer, allein. »Mit Liebe bleib mir vom Acker.«
Manchmal tanzte er wie Matthes auf der Eisbahn, Achten einschneiden, manchmal aber auch zappelnd und flatternd wie ein Fisch. Durch seine dicken Brillengläser kuckte er dabei ganz ruhig um sich rum.

Die Wilhelmsburg war ein Kegelbahnlokal, ein »Schuppen«, wie gesagt wurde. »Links Schlips abgeben und rechts Gummiknüppel empfangen.«

Wasserbier gab's an der Theke. »Das schmeckt ja wie Laternenpfahl ganz unten.« Und Schnäpse, das Stück zu 5 Mark. Wenn man drei getrunken hatte, wurden einem die Wangen taub, »ich geb einen aus!«

Ich trug den umgeschneiderten Stahlhelmer-Rock meines Vaters. Der dänische Anzug war hin. Immer alles mitmachen, warum nicht? Über den Schuhen Hundedeckchen, die hielten warm.

Gina Quade war nirgends zu sehen. Daß die nie zu sowas kam. Auch Heidi Kleßmann nicht. Die war doch nun schon älter.
Aber der Klub: immer allemann. Subjella, der spendierte. Kutti mit seinem Totenkopfring (»für 2.40 bei Wertheim«) Vater kleiner Beamter. Dick Ewers und die andern. Immer allemann.
»Du machst 'ne gute Figur, Zempi. – Dein alter Herr ist gefallen, nicht?«

Aber auch Lander, neuerdings. Der hatte Geld. Er saß in einer Ecke, und man wußte: der hat Geld.
Seine eigene Todesanzeige trug er mit sich herum, von 1944, mit Eisernem Kreuz in der linken Ecke. »Nun lebst du bestimmt noch ewig.«
Heute würde er irgendwann ein ganzes Bierglas voll Schnaps trinken. Aber jetzt war es noch nicht so weit.
Die Schomaker hatte sich bei ihm eingehakt. Er nahm sich ab und zu einen ihrer phantastischen Küsse. Jeder wußte: der hat Geld wie Heu. Und: Wann er den Schnaps wohl trinkt?

Dick Ewers ging immer noch mit Daisy. »Das scheint 'ne ganz feste Sache zu sein.« und Hanning mit Fletcher Henderson, »Vater Ölmühle, auch nicht zu verachten.« Ich tanzte mal mit ihr, aber die wollte immer anders als ich.

Ich hatte das Quadux beim Wickel. Nach Walderde oder Pilzen roch sie. Beim Küssen kriegte sie die Lippen nicht auseinander, und in den Mundwinkeln saßen salzige Krümel.

»Mit ›Liebe‹ und so, da bin ich viel zu kaltschnäuzig und real eingestellt«, sagte mein Bruder.

It's only a papermoon,
he is hanging on the balkon...

Schlagbaß nachmachen, alle Instrumente nachmachen, immer das, was grade gespielt wird. Aber der Baß ging ihm am besten von der Hand.
Die schönen Frackhemdknöpfe, Rotgold mit Rubinen. Daß die der Russe nicht mitgenommen hatte? So ein Idiot.

Die Universität war eröffnet worden. Am Nebentisch saßen Jurastudenten aus Magdeburg. Der Rektor habe keine Strümpfe angehabt bei der Immatrikulationsfeier, barfuß in den Schuhen.
Der eine hatte seine Mutter mitgebracht, die saß neben ihm und lächelte.
Warum auch nicht? »Warum soll ich meine Mutter nicht mitbringen?« – Und immer wieder erklärte er, warum man seine Mutter ruhig mitbringen kann.

Studenten: »Doktoranden aus Rostock und Greifswald höfl. verbeten«, so hatte es früher ja wohl geheißen. Die hatten immerzu gesoffen, und im Sommer waren sie nach Warnemünde gefahren.
Damals war ja auch noch gepaukt worden. »Obotritia sei's Panier.« Oder: »Mein Herr, Sie haben meine Dame fixiert.« Drüben in Gehlsdorf.

Wörter, wie »relativ« und »objektiv«, spielten eine Rolle, und die Magdeburger sprachen vom Kausal-Zusammenhang und davon, daß man Ursache und Wirkung nicht verwechseln darf.

Jura habe so eine ordnende Funktion, da würde alles so klar und deutlich. Auch das Definieren mache Spaß. Die Mutter nickte.
Warum sollte man nicht seine Mutter mitbringen zu sowas, nicht?

Robert kuckte stier in eine Ecke. Was denn sei? Ob er an seinen Vater denke? Nein, er habe einen schwarzen Fleck im Auge, der wandere immer mit.
Ob er einen Schnaps wolle?
»Eh' ich mich schlagen lasse ...«
Und schon machte er wieder Schlagbaß nach: wenn die so die hohen Töne zupfen und dann wieder runter, und Klarinette: als ob man an einer Wurzel lutscht. Wir klatschten dazu den Takt, und Subjella kniete sich immer mal wieder hin, als müsse er die ganze Chose filmen.

Symphony –
Symphony of love ...

Unendlich langsam spielte das die Kapelle, und alle sangen mit. Auch Daisy, die sonst immer sowas Geistiges mimte. Und wer den Text nicht kannte, machte so la-la-lu-wa-la ... Das fiel nicht weiter auf. Die Amis, die Amis! O Amerika. Das war ein klarer Fall.
Im Krieg: Bloß nicht die eigene Haut hinhalten. Erstmal zehntausend Bomben druff – vorsichtig ein bißchen mit'm Panzer ran – was, da rührt sich noch einer? – zack, nochmal zehntausend Bomben druff.

Mein Bruder zog die goldene Uhr meines Großvaters aus der Tasche, steckte sie aber schnell wieder ein, denn ein Russe kam angerudert und setzte sich an unsern Tisch.
Wir seien gutt Kameradd, meinte er. Den Kellner rief er: »Tschelowiek!« das heißt »Mensch«.
»Du Soldat?« fragt er Subjella.
»Nee.«
»Du nicht Soldat?«

»Nee, nicht Soldat.«
»Was dann?«
»Heimat, Schlafen, Pennen.«
»O nix gutt. Nix Kameradd.«

Die ehemaligen Soldaten mußten: »Deitje mnje adin Papyrossa« sagen, dann kriegten sie eine Zigarette in den Mund gesteckt. Er ließ nicht ab, bis sie es alle gesagt hatten.

Wir verschwanden nach und nach und suchten uns einen andern Tisch. »Hoffentlich kommt er nicht hinter uns her.« Subjella mußte am längsten bleiben. Immer wieder wollte der Russe wissen: »Warum du nicht Soldat?« Schließlich stand Subjella auf und machte vor, wie er geht: Immer über Balken rüber. »Und der Arm zu dünn, du verstehn? Kinderlähmigung.«
Da küßte ihn der Russe. Die lila Brille rutschte halb herunter. Nein, darauf bestand der Russe, die Brille wolle er ihm wieder aufsetzen, ei-gen-hän-dig.
Eben selbst mal aufprobieren, Mensch, die ist ja so duster! Und damit läufst du den ganzen Tag herum? Und schon ging er mit der Brille durch den Saal, und Subjella stapfte hinter ihm her, mit seinem schmalen, spitzen Grinsen und hatte zu tun, daß er die Brille wiederkriegte.

Dann drängte sich eine Frau mit Sammelbüchse durch die Menge. Für die »Opfer des Faschismusses« sammle sie.
(»Wer weiß, ob sie das überhaupt abliefert.«)
Die Sammelbüchse war noch dieselbe wie zu Hitlers Zeiten, bloß Pappe drumgeklebt.
(»Bei den Nazis gab's wenigstens Abzeichen!«)
»*Denen* sollen wir was geben?« sagte ich, was mir als Heldentat angerechnet wurde, obwohl ich gemeint hatte, die hätten jetzt doch alles. Hätten die jetzt nicht mehr als wir?

In den Ecken Schmusepaare, die schleckten sich die Mandeln ab.
Hanning gab Daisy, seiner Freundin, sogenannte Zigeunerküsse, wobei man raucht, und der Rauch dem andern aus der Nase rauskommt.

Auf der Pinkulative wurde man von Besoffenen angehalten, die sagten, daß man ein prächtiger Kerl ist. Von Bäcker Roß zum Beispiel, früher »Baggerrass« genannt, dick, mit feuchten Augen. Der weinte. Er könne keine Gummibäume mehr ab! Bei Gummibäumen müsse er immer an Rußland denken.

Lander kuckte sein Schnapsglas an. Noch war es nicht so weit: gleich würde er es austrinken und auf einen Zug.

»Allemann an die Bar!« wurde gerufen: »Charly Ball versäuft die Edelsteinsammlung seines Vaters!« Der war doch schon älter, der war doch schon 40 oder was? Tatsächlich, auf der Theke sitzend, Schnäpse verteilend. Das Eisenwarengeschäft und die Villa.
»Pssst! alle mal ruhig! Seid doch da hinten mal ruhig! Der will'ne Rede halten!«
Drei Dinge mit F dürfe man nicht verleihen, sagte Charly lispelnd: Frau, Ferd und F-Zahnbürste.
Und dann kam ein langer Witz, in dem das Wort »Puffmutter« drin vorkam.

Gegen Morgen wurde die Musik volkstümlicher.

> Und – kommt – der – Frühling in das Tal,
> Grüß – mir – die – Lore noch einmal...

Da habe Goebbels immer so schön mit'm Klumpfuß den Takt schlagen können, sagte Robert.
Ich sollte mal die Tänzer ansehen. »Studien treiben, Walter, Studien treiben!« und immer wieder stieß er mich an. Das komme ja nie wieder, das wäre ja einmalig.

Frauen tanzten miteinander (»Die müssen jetzt sehen, daß sie'n Mann kriegen, jetzt sind *wir* am Baß«) und Stadtkommandant Krilow mit seinem Sohn, Krakowiak. Wir sollten das auch versuchen und alle gutt Freund sein! rief er.
»Sowas kriegen auch bloß die Russen fertig, völlig bescheuert.«
Mit den Füßen habe er getrampelt, wie so'n kleines Kind, Krilow, und gerufen: »Ich will nicht, daß Ihr Angst vor mir habt!«
»Und sowas will nun Stadtkommandant sein.«

»Los komm!«
Tante Hedwig, Tante Hedwig,
deine Nähmaschine näht nicht...
Jetzt gab's so'ne Art Polonaise. Alle faßten sich auf die Schultern und trampelten wie Elefanten hintereinander her.
In der Kapelle standen die Trompeten auf und die Posaunen, wer grade dran war, und der Chef machte ein Gesicht wie das Männlein von der Berg- und Talbahn. Die Dicken und die Dünnen. Leute mit einem Bein, Subjella immer über Balken und der Magdeburger mit seiner Mutter.
Mein Bruder, wahrhaftig, im Frack und Woller, von Getreide-Woller, ein übler Konkurrent, und Lügen-Krüger mit seiner dicken Nase und der Baggerrass mit der Schomaker Huckepack.
Und immer dazwischen mein Bruder im Frack.
Charly Ball lag mit Weinkrämpfen in einer Ecke.

Dann fielen Frauen kreischend in Garderobenständer, Gläser flogen durch die Gegend. Ein Tisch wurde umgeschubst, und Nase bei Nase standen sich zwei gegenüber: Bloß keine Bewegung, sonst geht's los, das Bolzen.

Ein Russe hielt sich den blutenden Schädel: »Ich lieben das nicht«, sagte er.
Besser weg von hier, besser wieder auf die andere Seite gehn.

Am Nebentisch saß einer, der sich von seiner Freundin unterm Tisch einen runterholen ließ. Man sah es nicht genau, aber es war anzunehmen, daß sie's tat.
»Jetzt gleich! Mensch, wie der glotzt! Jetzt isses gleich so weit!«
Der kuckte ja so ähnlich wie Lander, der das Glas mit Schnaps tatsächlich ausgetrunken hatte. »Junge, Junge, hier ist vielleicht was los. Am besten alles vollkotzen und in die Ecke scheißen.«

Als ich nach Hause wollte, sagte mein Bruder, der sich grade damit beschäftigte, die Tische umzuwerfen, einen nach dem andern: »Reize mich nicht zum Zorn.« Wie spät es ist, das sei ihm völlig Piepenhagen. »Pape ist mir piepe, ich pupe auf Pape.« Und bums! lag wieder ein Tisch.

Er begab sich auf die Suche nach einem Kipfen. Er kuckte auf dem Fußboden herum, kurzsichtig wie er war, ob da wohl einer liegt.
Eine Zigarrenkiste voll Kippentabak hätt einer mal gehabt, in Stettin noch.

Götter, was mach ich,
Träum oder wach ich?

Die hätte er jetzt gern.
Und einer habe ihm in Stettin mal absichtlich einen falschen Weg gezeigt. Absichtlich! Das müsse man sich mal vorstellen.

Und den ganzen Nachhauseweg über sagte er: »Pape ist mir piepe, ich pupe auf Pape.«
Vielleicht lebe Vater ja noch, was? Vielleicht lebe er ja doch noch. Er glaube, das sei noch nicht de-fi-ni-tiv. Er glaube, das sei noch nicht definitiv.

13

Im März wurden die Hitlerjugendführer »abgeholt.« (»An den Horizont marsch-marsch!«)
Es hieß, sie seien ins Lager Neubrandenburg gekommen.

Ich setzte mich rasch auf einen freigewordenen Fensterplatz. Da konnte man in der Pause immer so schön nach draußen kucken.

Schüler abgeholt und nach Neubrandenburg geschickt? Dr. Möhle, der Mathematiklehrer, wollte gar nicht darauf eingehen. Er kuckte so zur Seite, mit seiner langen Nase, die vom vielen Zupfen schon ganz ausgefranst war.
»Diese Jungs ...«, sagte er. »Was die nun wohl verbrochen haben. Die sind doch irgendwie Idealisten gewesen, verhetzt.«
Aber, daß die verhaftet worden sind, das wär vielleicht ganz gut. Die hätten ja die ganze Schule verpestet. Nicht? Irgendwie? Was meinten wir? Hätten die nicht gestört?
Es sei vielleicht ganz gut, daß die für ein paar Wochen oder Monate aus dem Verkehr gezogen würden. Wir könnten hier inzwischen unser demokratisches Bewußtsein festigen, von unsern Rechten und Pflichten. Und ihnen werde man dort vermutlich in Ruhe und mit Einfühlungsvermögen neue Wege weisen. Sie würden Gelegenheit bekommen, sich zu bewähren.

Die Mathematikstunden ließen sich mit interessiertem Gesicht durchstehen. Wenn er was fragte, schnell das Taschentuch herausholen und ausschnauben. Und wenn eine Klassenarbeit nahte, fehlen. Magenschmerzen: O der Druck, der Druck.

Kraft mal Kraftarm = Last mal Lastarm.
Bei Möhle hatten wir auch Physik.
Die Induktionsspule: Einer mußte sich auf einen Schemel stellen. »Sind Sie herzkrank?« Wenn der da anfaßte, kamen Funken heraus.

Glas wär ein bedeutender Werkstoff, sagte er und zeigte uns ein Glasrohr, das mit einem Diamanten in Wendeltreppenform geschnitten war.
Glas sei sogar dehnbar. Es war es auch, ging aber natürlich kaputt.

Anwendungsgebiete der schiefen Ebene: Die Luftschraube. Leiter und Halbleiter.
Und: »Wo ein Körper ist, kann kein zweiter sein.«

Dr. Möhle nahm mich beiseite und sagte, meine Leistungen würden einheitlich im Deutschen Reich mit einer 5 bedacht. Ob ich mich dazu mal äußern wollte? Vor den Zeugnissen war er immerhin so freundlich, mir in seinem »Wahrsager« die Fünfen zu zeigen. Mir wurde eine letzte Chance gegeben.

Der Spitzname der Deutschlehrerin war Minna Schwungbein.

> Ich hab es getragen sieben Jahr,
> (»Inner Unterbüx«)
> Und ich kann es nicht tragen mehr!
> (»Inner Unterbüx«)

»Es herrscht Unruhe in der Klasse. In der Ecke liegt ein zerbrochener Stuhl«, schrieb sie ins Klassenbuch.

Wortschatzübungen. Einen Stein im Brett haben. Wie kann man da noch sagen? »Schinken im Salz« – das fiel niemandem ein.
»Tja, meine Herren, man muß auf seiner Sprache spielen wie auf einem Instrument.«

Zum Beispiel »rascheln«. Wann sagt man »rascheln«? Wann »knistern« und wann »knacken«?
»Kacken?« fragte Blomert laut.

Sie gehe in ihrem Beruf auf und unter, hieß es. Und: man könne ihr die Jungfernschaft direkt am Gesicht ablesen.

Im ersten Aufsatz: Gesellschaft – Kameradschaft – Freundschaft, konnte ich immerhin noch eine Vier verbuchen. Ich hatte mich zu »Freundschaft« enthusiastisch geäußert.
»Freundschaft, wieviele Definitionen haben unsere Dichter zu diesem Begriff erdacht und ihn doch nicht ausgeschöpft ...«
Sie hielt mein Heft einen Augenblick in der Hand, ob sie's vorlesen soll.
Weiter oben hatte ich geschrieben: »Kameradschaft existiert für mich nicht«, und dabei an die Hitlerjugend und an die russische Gefangenschaft meines Bruders gedacht. Da stand »banal!« am Rande.

Das Thema »Warum treibe ich Sport?« änderte ich eigenmächtig um in: »Warum treibe ich *nicht* Sport«. »6« stand drunter und »Thema«. (»Wo kommen wir da hin«)
Für Blomert war ich ein Held. Daß ich mich sowas traute ... Moses zerbricht die Gesetzestafeln.

Französisch wurde zugunsten von Russisch abgesetzt.
»Was sollen wir denn mit Russisch anfangen! Soweit kommt das noch!« das rief Greif und warf das Buch auf den Tisch. Englisch, Französisch ja, aber doch nicht Russisch. Das tangiere uns doch überhaupt nicht. Wenn die Russen eines Tages abzögen, krähe doch kein Hahn nach denen.
Keinen Handschlag, das sei klar. Er wolle später in den diplomatischen Dienst eintreten, und da brauche er Französisch, sonst nichts. Nicht den kleinen Finger!
Und die andern sagten auch: keinen Handschlag, nicht den kleinen Finger.

Diese Russen! Ob er mal in einen russischen LKW hineingekuckt habe? Statt Knöpfe für Licht und so weiter, vorn am Amaturenbrett, alles bloß herunterhängende Drähte! Die müsse man dann so zusammenhalten.
Und einen Eimer mit Wasser hinten drauf. Alle 10 km Wasser in den Kühler gießen.
Und diese komischen Rechenmaschinen! Wie so Kinderdinger; und von denen sollten *wir* was lernen?

Alles sei anders bei den Russen, alles verrückt. Andere Schrift, andere Spur und die Redner beklatschten sich selbst, wenn sie fertig sind.
Kyrillisch, als ob sie zwischen die normalen Buchstaben fremde gemixt haben. Warum bloß?
Sogar einen anderen Kalender hätten sie, alles 13 Tage später als bei uns. Von wegen »Oktoberrevolution«. Im November feierten sie die.
Und dieses Abgeknutsche zwischen den Männern. Die küßten sich ja dauernd.
Und in den Kirchen nicht mal Orgeln. Soweit es überhaupt noch Kirchen gäb. Die meisten seien ja zu Schnapsfabriken umgebaut.

Früher habe man noch Sympathie gehabt für die Russen – so eine gewisse Urwüchsigkeit: T 34, nicht dotzukriegen und Tschaikowski, 6 Sinfonien. Der komme ja bald an die Deutschen ran. (Immerhin zwei mehr als Brahms) Beethoven neun, Bruckner neun und Mahler sogar zehn.
(»Wer ist denn Mahler?«)

Aber Kultur, *das* sei doch längst vorbei. Er solle sich bloß mal die Kommandantur ankucken, am Hindenburgplatz, all die bunten Glühbirnen, wie Zirkus Sarasani.

»Kultur?« sagte Dreihut und kuckte so, als ob er nichts versteht: »Tolstoi, denken Sie mal, und Dostojewski...«

»Ja, die alten Russen. Die sind ja auch mehr in Deutschland gewesen als in ihrem eignen Land. Haben in Baden-Baden herumgesessen und gesoffen.«

Nein. Schuhe mit Leinenschäften, Hundewagen für die Tornister. In der ganzen Welt gäb's das nicht.
Die sollten Deutsch lernen. Basta.
Los, Resolution abfassen contra Russisch, pro Französisch. Alle unterschreiben. (Nach dem Abc, damit sie sich nicht den ersten greifen.) Kempowski, das war schön mittendrin.
»Machen Sie das bitte in der Pause. Ich habe nichts gesehen und gehört.«

Dreihut ging sehr ökonomisch vor. Auf die russischen Kraftausdrücke, die wir bereits fließend beherrschten, ging er allerdings nicht ein.

Dwa malinkij maltschika
naidut arech.

Zu Deutsch:

Zwei kleine Jungen
finden eine Nuß.

Wieviel Jungen das sind, wieviel Nüsse sie finden und so weiter.

Dann war vom »gastinitza ›Tourist‹« die Rede. Wo der Weg da hingeht, zum gastinitza »Tourist«, links, rechts und gradeaus, und was es da zu essen gibt.
Ferner lernten wir den Satz: »Der Genosse Petrow sitzt im Klub und hört Radio.«
»Das ist wohl *unser* Radio, das sie uns geklaut haben, was?«

Russisch, eine Sprache wie ein ungewaschener Hals. Eine zerlumpte Sprache.
Wie klinge denn das: »tschetürje« statt »vier« oder

»kuschatj« für »essen«. Da fehle an der Kuhscheiße ja nicht mehr viel.

Schtschi da kascha,
Pischtscha nascha!

Ja, das gebe er zu, sagte Dreihut, schön sei sie nicht. Aber: »lunnüßwet«, der Mondschein, »lunnüßwet, lunnüßwet...« er wisse nicht, so einen gewissen Reiz habe diese Sprache doch.
Oder: »schug«, der Käfer. Das klinge doch wie Französisch. »Le schug, nicht? Könnte man doch denken.«

Cinque cento cinquanta cinque: Italienisch. Die schönste und sangbarste Sprache der Welt, die habe immer und überall den ersten Preis bekommen. Cinque cento cinquanta cinque... und das wär doch auch nicht grade erbaulich.

Als schönste Sprache würde er eher das Estnische bezeichnen. Die Zahl 10 heiße beispielsweise »kümme«.
»Und Estland haben sie jetzt auch einkassiert. Die ganze Welt kassieren sie ein! Passen Sie mal auf: SOWJETREPUBLIK DEUTSCHLAND, so heißt das eines Tages noch.«
»Nana, mal langsam, langsam, albalberne Triballer.«

In der russischen Sprache entdeckte er zahllose deutsche Wörter: »Buttjerbrot«, »Buchgalter«, »Parikmacher«. Das erheiterte uns. Ein Beweis, daß Kultur sich immer nach Westen orientiert, denn im deutschen gebe es kein einziges russisches Wort.
Die Russen und Polen orientierten sich an den Deutschen, die Deutschen an den Franzosen. Zum Beispiel die französischen Ausdrücke in der deutschen Wehrmacht: Leutnant, General, Armee. Aber das dürfe man ja nicht mehr laut sagen, was? Kriege führen, das sei ja wohl 'ne Spezialität der Deutschen.

Ein andermal bedeckte er die Tafel mit wohl 20 verschiede-

nen Versionen des Wortes »Mutter«. Mater, mother, mere, mor... Sogar auf Indisch wußte er es: mātar oder mã, »denkt mal an, ist das nicht merkwürdig?« Da stutzten wir gewiß? Eine einzige große Familie sei die ganze Menschheit.
»Und nun passen Sie mal ganz genau auf: im Russischen, da heißt es...« und er schrieb es langsam an die Tafel: »matj«.
Da brach Gelächter aus. Auch wieder so ein Beweis: matj, das klinge ja wie Matjeshering.

Auf die Resolution kam lange keine Antwort. Dann fegte Matthes plötzlich in die Klasse, kuckte uns stier an und rief: Auf solche Faxen hätten wir uns man in der Nazizeit besinnen sollen. Da wären wir samt und sonders zum Dienst gegangen, ohne zu mucken. Keiner habe da eine Resolution verfaßt. »Juda verrecke!« hätten wir immerfort gerufen und ausgerechnet vor seiner Tür.
Damals hätten wir man Resolutionen verfassen sollen, das hätte uns besser angestanden als heute über das tapfere russische Volk uns zu erheben, das so Unsagbares erlitten hat. Verbrannte Erde, jeden Telegrafenmast gesprengt, und einen Schwellenreißer erfunden und was nicht alles. Da hätten wir man »nein« sagen sollen.

Für diesmal wolle er die Sache noch auf sich beruhen lassen und nicht nach Rädelsführern fahnden, obwohl er sich schon denken könne, wer das eingerührt habe. Für diesmal gehe es noch so ab. Aber das nächste Mal werde er unnachsichtig durchgreifen. Dies faschistische Wesen, das würde an seiner Anstalt ausgebrannt, mit Stumpf und Stiel.

Gott sei Dank sei er ja nicht mehr lange, Gott sei Dank gehe er ja demnächst wohl... Und er zog sich mit Dreihut auf den Gang zurück und nuschelte da herum. »Ja natürlich, aber sicher...« hörten wir Dreihut sagen, »klar.«
(»Seife ist, wenn man ›so‹ macht«!)

Obwohl die anderen immer wieder versicherten, sie täten keinen Strich, kamen sie doch gut voran.
»Kak jella?« sagten sie schon morgens, statt: »Wie geht's?«

Mich bezeichnete Dreihut als einen Saisonarbeiter. Ein albalberner Triballer sei ich. »Stimmt's?«
Ich hätte lieber französisch gelernt, sagte ich, wir stammten nämlich von den Fransosen ab, de Bonsac...
»So? Das habe ich ja gar nicht gewußt?«
Wenn er sich so meinen Namen ankucke, sagte er, dann falle ihm was anderes ein. Aber – ich sei jetzt verbittert... Und er legte seine Hand auf meine Schulter und knetete an meinem Schlüsselbein herum. (Über der Tafel das Hünengrabbild.) Ich sei jetzt verbittert, das könne er verstehen, mein Vater tot usw. Ihm falle das alles ja auch nicht leicht. Aber, der Appetit komme beim Essen, nur Mut, ich solle einfach zufassen.
Wetten, daß ich noch der Erste würde?

Ich besann mich immer häufiger auf meine Magenschmerzen und meldete mich schließlich regelmäßig nach der ersten Stunde ab.
»Herr Doktor, ich habe wieder meine Magenschmerzen.«
(O der Druck, der Druck!)
»So? Na, denn geh man nach Hause.«

Am Geländer festhalten, wenn man runtergeht (kleine Knubben drauf, damit man es nicht als Rutschbahn benutzt.) Zwischendurch stehenbleiben, als ob man nicht mehr richtig atmen kann.
»Kempi hat wieder seine Magenschmerzen.«

Am nächsten Tag bei einem andern Lehrer abmelden, bei Schindoleit aus Danzig, der hielt einen sowieso für eine Flasche.

Am dritten Tag regulär fehlen, so als ob das noch zum zweiten Tag dazugehört.
(»Ich hatte mich doch abgemeldet, Herr Doktor!«) Am vierten Tag Erdkunde und Zeichnen, da konnte man dableiben, Kirchen konstruieren und Kinos.
Am fünften und am sechsten Tag dann wieder abmelden.
»Herr Doktor, ich habe wieder meine Magenschmerzen.«
»Soso. Na, denn geh man nach Haus.«

Und ab und zu mal dableiben, bei Möhle oder bei Dreihut, dann waren die ganz verblüfft.
Dreihut legte dann die Hand über die Augen, als ob er über's Meer kuckt und ein Schiff kommen sieht.

Wenn ich drankam, sagte ich: »Ich habe ja gefehlt, ich muß erst wieder reinkommen, Herr Doktor.«
»Meinswegen. Aber im Leben später können Sie dann auch nicht sagen: ich hab' grad gefehlt...«

»Mensch, Kempi, der Direktor hat sich schon nach dir erkundigt.«

Auf dem Rosengarten standen Lattenbänke. Da setzte ich mich erstmal hin. Der kaputte Nazibrunnen, wann sie da wohl einen neuen hinsetzten. Bis dahin hätten sie ihn ja auch stehenlassen können.

Drüben die Schule, der verwaschene gelbe Bau.
VOLK ANS GEWEHR
mit Teer übermalt.
Links daneben das Loch, wo früher mal das Schwaansche Tor gestanden hatte und rechts die Trümmer der gotischen Post.

Postschließfach 210. Das war die Regimentsnummer mei-

nes Vaters gewesen. Sogar sonntags hatte er Post in Stapeln geholt.
»An den Arbeiter Kempowski« hatte mal auf einem Brief gestanden. (»Wohl verrückt geworden!«)

Auf dem Unterwall schwamm der einzige Schwan, der noch übriggeblieben war, ein zerrupfter.

> ... und trunken von Küssen
> tunkt ihr das Haupt ins
> heilig-nüchterne Wasser ...

Überall lag Papier herum und Dreck.

Der alt-bekannte Weg, an »Pingel-Topp« vorbei. Singdrosseln und glucksende Amseln im Gebüsch und Schneeglöckchen.

Die große Trauerweide, deren Zweige ins Wasser hingen.
Ein uriger Zaun aus Baumstämmen, blankgewetzt von all den Kindern, die hier Enten gefüttert hatten.
Drüben die dicke Villa von Kaufhaus Zeeck mit der häßlichen Privatbrücke über den Wallgraben. Einen spanischen Reiter links und rechts neben der Pforte, damit da keiner rüberklettert.

Serpentinen hinauf zum Mittelwall, mit quer eingelassenen Hölzern im Weg.
Hier zu stürmen, mußte auch kein Vergnügen gewesen sein.
In voller Ausrüstung bergan zu klettern, mit Eisenharnisch und Helm auf und einem Mordschwert.
Und dabei noch beschossen zu werden von den Bürgern.

Das Kröpeliner Tor war gut erhalten. Auf alten Stichen war noch der Wehrgang unter den Schildgiebeln zu sehen. Von da hatten sie kochendes Wasser hinuntergeschüttet. Der wilhelminische Vorbau, von einem Gotiker errichtet, etwas verrutscht und mitgenommen, aber noch immer repräsentativ.

Die Stadtmauer daneben, efeubewachsen, mit Knackerbüschen davor und einem grünen Schuppen für Gerät.
Schießscharten: innen breit und außen schmal, daß der Schütze es sich schön bequem machen konnte.

Auf der Fischerbastion müßte ein Caféhaus gebaut werden, bei der Aussicht, dachte ich mir. Die Warnow so breit und hinten die Werft mit den blauen Blitzen der Schweißer und dem Tuckern der Nietmaschinen. Ab und zu ein Fischer, im Boot stehend, mit nur *einem* Riemen und drüben Gehlsdorf. All die Segelboote früher. Ansegeln. So bald würde nicht wieder Ansegeln sein.

Rückweg über den Oberwall, am alten Wasserturm vorbei. Die Teufelskuhle, ein runder Teich. »Wenn man da reinfällt, kommt man in Warnemünde wieder raus«, hatte das Dienstmädchen gesagt.

> Ierst fängt hei di,
> dann brat hei di,
> tauletzt frät hei di fein upp.

Da lägen Schätze auf dem Grund. Noch niemand habe das erforscht.
Wer da wohl alles seine Hitlerbilder reingeschmissen hatte.

Dann mußte man vorsichtig sein, daß man keinem Lehrer begegnete, oder daß nicht grade Pause war.
»Ist das nicht Kempowski da hinten? Wo kommt *der* denn her?«
Aber: Pause, das hörte man ja.

Briefmarkenhändler Mandelkow kam mir mal entgegen, grade aus dem Gefängnis entlassen, wegen Verkaufs von Hitlerbriefmarken. Quittegelb, geschorenes Haar.

(»Der hat 14 Tage im Gefängnis gesessen, stellt euch das mal vor! Wie kann man das bloß aushalten!«)
Hand aus der Tasche nehmen, sonst denkt er, daß man ein Stiesel ist. »*Das* soll ein Sohn von Körling sein?«

Typen.
Hansing, ein Mensch mit Zuckungen, der machte Parademarsch, wenn man »Hansing!« rief. Er war wohl mal verschüttet gewesen, im 1. Krieg. Vor Ypern trommelt der Tod. Ledergamaschen trug er wie mein Vater.

Endlich sah ich auch mal Tante Erna. Nie war mir das geglückt. Straßenjungen liefen hinter ihr her und riefen: »Tante Äna!« Mit der Handtasche schlug sie um sich, das kleine lederne Weib. Sie wolle sich beim Jugendamt beschweren, rief sie. Aber das hatte sie schon oft gesagt. Außerdem: Jugendamt? Gab's das überhaupt noch? War das nicht eine Nazi-Sache?

Wenn es regnete, ging ich ins Café Drude. DRUDE, das war das erste Wort, was ich hatte lesen können, als Abc-Schütze. Im Schaufenster verstaubte Gips-Eisbomben. Die standen da schon jahrelang.
In den 20ger Jahren hatte Drude wohl mal einen Dekorationskurs mitgemacht, das sah man dem Caféhaus an.

Der erste Tisch, gleich am Fenster, das war mein Stammplatz.
»Einmal Heißgetränk.«
Im Caféhaus sitzen und Zeitung lesen, das hatte Matthes doch immer gesagt, das wär so schön und so erstrebenswert. Wie die Franzosen, eine Kippe im Mundwinkel. – Die Deutschen lebten um zu arbeiten, das sei falsch. Man müsse grade so viel arbeiten, daß man ohne Sorgen leben kann. Das sei die rechte Lebensart. Sich unterhalten, Kontakt pflegen und aufmerksam die Politik verfolgen, ob sie nicht falsche Wege einschlägt.

Und ab und zu eine Partie Schach mit Gleichgesinnten.

Im Caféhaus sitzen, das durfte man ja jetzt wieder. Schön, daß die Nazischeiße vorbei war. Wenn der Streifendienst dann reinkam: Ausweis zeigen! Was man da herumzusitzen hat. »Die Soldaten verbluten an der Front, und du sitzt hier herum!« Und hinterher hatte es eine »Aufforderung« gegeben. Und bei drei Aufforderungen Wochenendkarzer. Das Gras zwischen den Pflastersteinen herauspolken oder Holz hacken.

In der ersten Nische war mein Stammplatz. Wenn meine Mutter draußen vorbeiging, lehnte ich mich zurück. In ihrem blauen Pelerinenkleid, drei Quetschfalten auf der Brust.
»Dr. Möhle ist krank«, hätte ich gesagt, oder: »Heut ist Konferenz.«

Später blieb ich aufrecht sitzen und kuckte sie starr an, wenn sie mit Cornelli vor dem Fenster stand und klönte. Wenn ich lauschte, konnte ich sogar verstehen, was meine Mutter draußen sagte: »Wie isses nun zu glauben ...« Und Herr Cornelli: Die Dinge seien ärmer geworden, weil die Menschen, die sie liebten weniger geworden sind. Anders sei das mit der Natur.

Die Ros ist ohn' Warum,
sie blühet, weil sie blühet ...

Wovon der lebte, war ein Rätsel. Ein Wanderer, der sich selbst nicht Findung ward.

Drüben, bei Rubins Theatergaragen ging Frau von Lossow vorüber. Ihr Erich hatte sich gefangen. »Mutti«, habe er gesagt, »die Schule, das schaff' ich schon.« Eigentlich sei doch alles ganz interessant. Einfach fleißig sein, das wär das Rezept. Einfach was tun.

Das war wohl bloß ein Tief gewesen mit dem, vielleicht das Wachstum oder, daß der Vater weg war.

Der Bahnhofsbunker sollte gesprengt werden. Das konnte man sich doch nicht entgehen lassen! Ich stand da stundenlang herum.
Unter den Zuschauern traf ich Manfred. Er trug einen weißen Seidenschal, als ob er ins Theater wollte.

Manfred ging überhaupt nicht mehr zur Schule. Und ich hatte gedacht, er sei an Typhus erkrankt.
»Wenn schon fehlen, denn schon.« Das andere sei doch Kleckerkram, hier mal eine Stunde, da mal eine Stunde. »Und wenn man wochenlang schwänzt, kommt keiner auf die Idee, einen Entschuldigungszettel zu verlangen.«

Wir hatten einen guten Platz. Die neuen Polizisten trugen Wehrmachtsklamotten und eine weiße Armbinde auf der K 5 stand, sie schücherten uns zurück. Wenn sie dann weitergingen, um auch die andern zurückzuschüchern, rückten wir wieder vor. Nichtmal eine Pistole hatten sie, denen trauten die eignen Russen nicht. »Pistole tragen? Soweit ist es noch nicht.«

Endlich wurde gezündet – wir hatten schon kalte Füße (»bei den Nazis wäre es schneller gegangen«). Deutlich konnten wir sehen, wie die dicken Mauern auf die Straße klappten. Das Haus von Palast-Discher blieb heil. Aber da wohnten ja jetzt andere drin.

Auch die Sprengung des Jakobi-Bunkers nahmen wir mit. Die notdürftig wiederhergestellte Kirche sackte in sich zusammen. Englische Gotik. Daß ich da nie drin gewesen war, das fuchste mich noch immer. Nun war sie endgültig kaputt.
Alle Leute schüttelten den Kopf. So ein Quatsch. In dem Bunker hätten sie doch eine Pilzzucht einrichten können, oder Notquartiere für Umsiedler.

> Der Nachtwindhund weint wie ein Kind,
> dieweil sein Fell von Regen rinnt.

Gut, daß Hannes tot war, der hätte sich ja furchtbar geärgert.

Manfreds Vater war jetzt auch tot. Der hatte einen Herzschlag gekriegt. Seine Mutter arbeitete in den Rostocker Industriewerken. Aus Stahlhelmen Kochtöpfe machen: Als Frau eines aktiven Offiziers, das müsse man sich mal vorstellen.
»Ich bin ja so heilig«, hatte sie zu ihrem Dackel gesagt, »Frauchen ist ja so heilig«, und ihren Sohn zur Strafe durchgekitzelt.
In Manfreds Zimmer zu kommen, war gar nicht so einfach, die Nachbarn lagen auf der Lauer. Schön vorsichtig, und die Stellen beachten auf der Treppe, wo's knarrt.

Manfreds Zimmer war klein.
An der Wand eine Mandoline.

Hast du im Himmel viel Englein bei dir...

Die hatte er sich gegen Tabak rangetauscht. Vielleicht komme einem das bei Russens mal zugute. Die Russen hatten doch alle möglichen Zupfinstrumente, in ihren sibirischen Elendsdörfern, Balalaika usw. Und wenn er schon Mandoline könne, dann wär er ja an Balalaika dicht dran.

Neben der Mandoline hing die Afrika-Karte: zwei große rote Placken, und oben links zwei kleinere. Das waren die ehemaligen deutschen Kolonien.
»Laß das bloß keinen sehn.«
Und hier Fernando-Po, wo sie damals hingeflohen waren, von Kamerun aus. 14 Tage nach Kriegsausbruch schon. Drei Wochen hätten sie sich doch wenigstens halten können.
In Ostafrika hatte es ja länger gedauert. Lettow-Vorbeck. Den hatten ja sogar die putschenden Kommunisten bewundert, als er in Berlin einzog, 1919.
War der Zeppelin mit den Waffen damals eigentlich durchgekommen?

Diese komischen Hüte, Krempe an einer Seite hoch. Und die Askaris.

Heia Safari!

Einen gelben Zylinder ohne Rand.

»Windhuk«, sagte Manfred und kuckte die Karte an. Auf der Veranda sitzen, dem Zirpen der Zikaden lauschen und vom Boy Whisky bringen lassen. Mit der Reitgerte unheildrohend tändeln, wenig Gutes verheißend, unnachsichtig. Sich die Sandflöhe unter dem Nagel des Großen Zehs herauspulen lassen. Das konnten die ja so gut. (Fußtritt, wenn es wehtut). »Massa«, oder wie die einen denn nennten, von unten so raufgekuckt und triumphierend den Sandfloh gezeigt, auf ein Hölzchen gespießt.

Diese Neger. Richtige Kinder. Die tranken ja Kölnisch Wasser wie Schnaps. Und hier – »warte mal« – ein Buch, in dem – wo ist es denn noch – steht, daß eine Negerin einen Nachttopf als Hut benützt hätte. – Wo war das man noch? In Köhlers Kolonialkalender?

So'n bißchen wie die Russen, die Neger, nicht?

Wir spielten Wehrschach. 100 Felder statt 64, zehn x zehn. Da kam man überhaupt nicht klar.

Ob es auch Kolonialschach gebe, fragte er sich.

Im Bücherschrank seines Vaters stand die Jubiläumsausgabe von 1001 Nacht mit dollen Bildern. Nackte Mädchen über gefesselten Männern.

Wenn er solche Bilder sehe, dann könne er mit seinem Schwanz Heil Hitler sagen.

Bei Frank Thieß kam Geschwisterliebe vor und einer, der den Mädchen Höschen klaut. Wenn sie im Parterre feierten, schlich er nach oben und wühlte in den Schlafzimmern herum.

»Was machen *Sie* denn hier?«

Bei Gottfried Keller stand auch was drin. Was Anrüchiges. Ich lieh ihm die sieben Legenden. Die Jungfrau als Ritter. Als ich das Buch zurückbekam, lagen Schamhaare drin.

Zola: die Sünde des Abbé Mouret. Wie der da nachts in die Kirche geht und denkt, die Madonna ist lebendig. Und dann wird er verrückt und spielt im Garten mit einem kleinen Mädchen.

Für das Onanieren habe er sich eine Gummiunterlage angeschafft, sagte Manfred. »Dann gibt es keine Flecke.«

Statt Landkarten sammelte er jetzt KZ-Beschreibungen. Die schnitt er aus der Zeitung aus.
Buchenwald, daß die da eine Walze ziehen mußten, mit einer Egge dahinter.
Oder den Hut in die Feuerzone schmeißen: »Los, hol ihn dir, du Schwein.«
Oder: Wenn einer geflohen ist, das ganze Lager niederknien lassen und beten, daß er wieder eingefangen wird.

Bilder von gehenkten Partisanen, in Unterhosen, aber mit Stiefeln an. Auch eine Frau dabei.
Genickschuß? Er habe immer gedacht, daß sei eine GPU-Sache.

Kunstdrucke befanden sich auch in der Bildermappe. Judith mit dem Haupt des Holofernes.
Was macht ein Geköpfter für ein Gesicht? – Buch umdrehen, damit man das sehen kann.
Und die Marter des Heiligen Laurentius. »Wendet mich doch einmal auf die andere Seite«, sollte der ja wohl gesagt haben, als er da gebraten wurde.

Einem Märtyrer kurbelten sie gerade die Gedärme heraus,

wie auf eine Kabeltrommel. Wie lang das wohl war, das Gedärm, sieben Meter? acht Meter?

Schade, daß wir nicht in einer katholischen Gegend wohnten. In den Darstellungen der Leidensstationen sei auch manchmal was drin. Oder die Viten-Bücher der Heiligen. Die könne man da kaufen.

Manfred hatte noch reichlich Tabak. »Bediene dich«, sagte er. Der gehöre ja halb mir. Wenn er rausging, stopfte ich mir schnell die Taschen voll.

Manchmal ging meine Mutter um Fünf schon über Land. Radieschen ergattern oder mal ein bißchen grünen Salat. Man giere ja nach Grünem.
Oder Roggen. Den konnte man umtauschen in Brot.
Ich blieb dann im Bett.
Robert mußte auch früh raus, er hatte einen neuen Bezirk gekriegt.
»Wir haben heute die erste Stunde frei«, sagte ich zu ihm.
»Na, denn freu dich.« Oder: »Hast du's gut.«

Die Sonne schien in die Mansarde. Die Zeitungsbilder an der Wand.
Wie konntest du, Veronika?
Theo Lingen mit Glatze und ein gebratenes Huhn.

Ich lag ohne mich zu rühren, »festgekuckt«, mit den Augen auseinanderschielend.
Wenn die Zimmerdecke der Fußboden wär, dann könnte man auf der Dachschräge schön mit kleinen Autos spielen. Die eingemauerten Rohre als Verladerampen benutzen. Wo waren die Märklinautos eigentlich geblieben? Und die Halmasteine? Die grünen und die gelben?

Nicht lesen, nicht schreiben. Die geblümten Gardinen. Blind sein und taub. Einschrumpfen wie Dörrobst, immer kleiner werden. Daumesdick auf dem Hutrand eines Riesen.

Gegen Neun kuckte ich aus dem Fenster, da kam Uschi Bremer vorbei. Die schritt so merkwürdig. Um Elf kam sie wieder zurück.

Gina mit ihrem umhäkelten Taschentuch und Gretha von Germitz. Wie die mich damals noch antelefoniert hatte von ihrem Gut aus, eine Woche, bevor der Russe kam.

Walterlein
hat Scheiß am Bein.

Im Hintergrund gelacht.

Tot? Vielleicht waren sie auch entkommen.
Vielleicht wohnten sie am Bodensee, da hatten die ja auch noch was. Oder im Hannöverschen.
Vielleicht könnte man da hin? Als Tagelöhner arbeiten, oder in der Obstplantage: unter den Bäumen Netze spannen und im Tropfenfall mit Blut düngen.
»So gute Äpfel haben wir ja noch nie gehabt.«
Als Tagelöhner anfangen, gar nicht erst auf Beziehungen pochen, still und unauffällig. Bloß mal kurz aufkucken, wenn sie vorüberreitet. Bis sie dann sagt: »Der Kempowski, der macht sich.« Und vielleicht ist dann die Ehe zerrüttet. Und still steht man bereit.
Und dann die ganze Sache übernehmen. Schweigend, verbissen. Nie ein Lächeln auf den Lippen. »Der hat viel erlebt.«

Das Quadux. Die hatte so eine flache Zunge, so großporig.
Da war die Schomaker ein anderer Schnack. Eine Zunge wie ein Kistenheber. Die müßte man mal besuchen. Hingehen und »Guten Tag!« sagen. »Hast du Zeit?« Die kannte man ja. »Was liest du grade?« fragen oder: »Was liegt an?« Oder: »Was ist looser?«

Vielleicht entwickelte sich was daraus.

Die kleine hübsche Antje.

Antje, Antje,
hörst du nicht von ferne das Schifferklavier...

Einmal hatte sie mich ja gegrüßt, aus Versehen, als ich ihr mal so halb zugenickt hatte. Man hätte stehenbleiben sollen, sie festnageln, nicht lockerlassen.
(Wenn man nichts mehr zu sagen weiß, dann fällt ihr vielleicht was ein.)
»Warum hast Du mich nicht längst schon mal angesprochen?« sagte sie dann vielleicht. Dann kriegte man obendrein noch Vorwürfe.

Antje.
Sie hatte sich sogar noch nach mir umgedreht, das war am Schatten zu sehen gewesen, auf dem Pflaster. Deutlicher ging's ja überhaupt nicht. Vielleicht weil ihr klargeworden war, was sie da für einen Quatsch macht, mich zu grüßen: »Den kennst du ja überhaupt nicht...«
Oder weil ich Schlag bei ihr hatte?
Vermutlich letzteres.

Eine kleine Wohnung haben, düster. Sie sitzt am Nähtisch ihrer Urgroßmutter, Mahagoni. Draußen reiben sich schwarze Novemberbäume die Zweige. Und man tritt ein. Bringt Kälte mit. Der dünne, aber echte Teppich. Die kleine Bronzeuhr unter dem Glassturz: »pink!«
»Jetzt kommst du erst, ich habe schon so lange gewartet.«
»Wollen wir Licht machen?« – »Ach laß, es ist besser so.«
Und sich dazusetzen und schweigen. Die feinen weißen Hände und das Nadelkissen mit der Brokatkordel.

Gegen Mittag stand ich meistens erst auf, rollte mein Bett zu Würsten und zwängte es in die Bezüge.

Auf dem Dachboden herumschnüffeln. Da mußten doch noch irgendwo die französischen Magazine meines Bruders liegen. Die Nutte mit der nackten Brust, die da einen toten Fisch ankuckt.
Unters Mikroskop legen? 250 fach vergrößern? Schade, daß man kein Französisch kann.

Hinter der zusammengeklappten spanischen Wand (ausgeblichene grüne Bespannung) entdeckte ich ein Schiffsbild aus dem Jahre 1825. Daß das hier so vergammelte.

Vorsichtig ging ich hinunter. Lauschen, ob die Mutter schon da ist. *Wenn* sie da ist, einfach so tun, als ob man von unten kommt. »Wir haben heute wieder nichts auf!«

Der Schlüssel lag in der Milchklappe. Horchen: Großvater drehte wieder einmal Knochen durch die Mühle.
In der Garderobe die Kosmosbändchen. »Streifzüge unter Wasser.«
Rechts die Eßzimmertür. Die hatte offen gestanden, wenn mein Vater klavierspielte.

Jahre des Lebens,
alles vergebens ...

Immer die Pausen dazwischen, wenn er umblätterte. Und immer an derselben Stelle kleine Fehler.

Wann werden wir uns einmal wiedersehn ...

Ich strich in der Wohnung herum. Ultima latet. Im Schreibtisch rechts die Hochzeitsbilder, echt Worpswede. Wie mein Vater seine Grethe einfängt mit der Angelschnur.
Vom Küssen kriege sie ein Kind, habe sie gedacht, 1913 in Graal.

Horchen: Nun ging der Alte die Treppe runter. Der wollte wohl die Knochenmühle wegbringen?
Schnell in die Speisekammer kucken. Aber der Brotkasten

war abgeschlossen. Eine halbe Kartoffel nehmen, das fällt nicht so auf. (Es kann ja auch der Alte gewesen sein.) Einen Liter Wasser trinken, das füllt den Magen.
Zurück ins Bett. »Es hat ja alles keinen Zweck.«

Dann kriegten wir Sudetendeutsche. Das Zimmer oben mußte geräumt werden. »Sudetengauner«, wie sie genannt wurden.
Anfangs sollte noch ein zweites Zimmer beschlagnahmt werden. Aber in andern Wohnungen, drüben bei Matthes und nebenan bei Merkels, war ja noch 'ne Masse frei. (»Kucken Sie doch *da* mal nach...«)

Watt'n Uppstand,
Watt 'ne Katerie!

»Heute bleibst Du mal zu Haus, mein Junge, und hilfst uns räumen. Ich schreib dir einen Entschuldigungszettel.«

Meine Mutter zog nach hinten in die Mädchenkammer, und Robert und ich bekamen das Elternschlafzimmer. Die Ehebetten: Dauernd den Kleiderschrank ankucken. Und die Frisiertoilette mit den 3 Spiegeln, wie ein unendliches Kabinett, allmählich immer grüner werdend: der Stolper-Jungchen-Effekt.

Alle Kino-Bilder mußten natürlich abgemacht werden.
Da glippten einem die Fingernägel um. Und die Umsiedler standen auf dem Flur und warteten.

Die Luftschutzbetten wurden hinaufgetragen, ein alter Tisch und die Balkonmöbel. Die konnten wir sowieso nicht stellen.

Die Umsiedler stammten aus Böhmen.

Trau, schau wem,
bloß keinem Böhm'.

Er war ein ganz Langer, Hagerer, mit zweigeteilter Stirn und Querfalten im Nacken. Und sie so eine Kleine. Wie ein kleines Spätzchen sah sie aus.
Auf einer Moldau-Insel hatten sie gewohnt, und sie kannten noch kein elektrisch Licht und auch kein Gas. Sie kuckten immer, wo das herkäm'. Nein, den Schalter, den wollten sie nicht anfassen.

Sie hätten sich ihre Lichte selbst gedreht, erzählte die Frau. Und an den Wänden, die alle halbe Jahr gekalkt worden wären, da wären Träger gewesen. Und in die Träger hätten sie Fackeln gesteckt, dadurch wären die Wände sehr schnell schwarz geworden.

Der Mann ging spazieren über Land und bettelte sich Tabaksblätter. Die trocknete er nicht etwa, die stopfte er so in seine Pfeife. Das roch wie Tischlerleim.

Das Haar der Frau konnte man nie sehen, sie ging immer mit einem Kopftuch. Selbstgewebte Tücher mit breiten bunten Kanten und Fransen. Und wenn sie sonntags zur Messe ging, dann trug sie kleine schwarze Pantöffelchen und rote Strümpfe.
Die schwarzen Röcke reichten nur bis zum Knie. Vier, fünf Unterröcke, das stand so ab, und eine schwarze seidene Schürze. Das größte Kopftuch war beige, auch selbst gewebt, mit einer Rosenborte. Das schlug sie so rüber, wie die Russen das machen.
»Frau Kleinstüber, wie sehen Sie schön aus!« sagte meine Mutter.
Das sei noch gar nichts. Das gute Zeug hätten ihr die Tschechen geklaut.
Sie hatte sieben kleine Henkelpöttchen, wie Emaillebecher, die mußten auf dem Gas jongliert und um die Hexe herumgestellt werden. In den Pötten war Wasser, und dann war da ein bißchen Kohl reingeschnibbelt, das schwamm

darin herum. Und in den andern hatte sie Haferflocken oder Roggenschrot.
Grüne Bohnen hatte sie noch nie gesehen.

Da ich zu Hause nicht bleiben konnte, ging ich jeden Morgen nach Sildemow. Das war eine Stunde zu Fuß. An einem stillgelegten Bahndamm entlang, durch Schrebergärten; rostige Büchsen im Brennesselgraben und ein von Brombeeren überranktes Bettgestell.
Mit dem Fahrrad fuhr ich lieber nicht. Man konnte nicht wissen, wer einem hier begegnete.

In Sildemow wohnte ein Student:

> O Tod, ich kenn's –
> das ist mein Famulus ...

der hatte ein mittelalterliches Gesicht.
In seiner freien Zeit las er den Gallischen Krieg auf Lateinisch, und zwar auf der Straße, im Gehen. Die Passanten wichen ihm aus, weil er dabei gestikulierte und ab und zu in Tränen ausbrach.

In allen Fächern hatte er immer eine Eins gehabt, nur im Turnen nicht. Nachts mußte er wegen seiner Rückgratverkrümmung in einem Gipsbett schlafen.
Caesar sei Epileptiker gewesen, und Alexander habe einen Schiefhals gehabt, sagte er, und alle Leute des macedonischen Hofes hätten infolgedessen den Kopf schiefgehalten.

Jochen Dieckmann, so hieß er, wohnte bei seiner Mutter in einer Villa mit Freitreppe. Ausgeblühte Fliederbüsche über dem Zaun und leichtbemooste Sandsteinfaune.
Sonderbar, so weit außerhalb der Stadt ein solches Haus?

In der Diele hatte eine große Waffensammlung gehangen.

Alle Arten von Äxten und Messern. Die Haken waren noch da und auch die Silhouetten.

Ich wurde der Mutter vorgestellt, die trotz ihrer Fünfzig noch eine jugendliche Innenrolle trug.
»Dies ist *meine* Mutter«, sagte sie, als eine ältere Frau ins Zimmer trat. Und die sagte: »Dies ist *meine* Mutter«, als noch eine kam.
Jede etwas kleiner als die andere und schwärzer gekleidet.

Der Vater war bei Nacht und Nebel in den Westen gegangen. Morgens hatte man ihm den Kaffee bringen wollen, da war er weg gewesen. Auf und davon.
Er müsse erstmal alle Brücken hinter sich abbrechen, hatte er auf einen Zettel geschrieben. Zu neuen Ufern lockt ein neuer Tag. Er hole die Familie irgendwann nach. Sie sollten sich nicht wundern, wenn sie nichts von ihm hörten.

Das Haus war verzwickt gebaut, man fand sich nicht darin zurecht. Lange dunkle Flure mit Schränken und Treppenstufen von einem Zimmer ins andere.
Im Klo *zwei* Türen. Man dachte dauernd: Hast du da auch abgeschlossen?

Oben mußte ich immer erst in einen abgedunkelten Raum. Beim ersten Mal dachte ich, es wär Spaß.
Stumm kauerten wir uns auf den Boden. Von einer Ewigen Lampe rot beleuchtet lagen auf einem niedrigen Tisch ein Totenkopf, die Bibel, ein kleiner Buddha, Goethes Faust; Kohle, Bernstein und eine Kugel aus Stahl.
»Om mani padme hum ...« rief Jochen Dieckmann und bekreuzigte sich. Dann murmelte er irgendetwas vor sich hin. »Endra pomei promusa« oder so ähnlich.

Sein Zimmer, das dahinter lag, war ein sechseckiges Turmzimmer mit einem dem Grundriß angepaßten Tisch.
Rechts das Bett, in dem das Gipsbett lag.

Vier Fenster mit Blick über Land. – Im Osten drei Pappeln. Quadratische Karpfenteiche daneben.
»Im Gebirge würde ich es nicht aushalten«, sagte er, da stoße sich das Auge.

In diesem Zimmer wurden Studien getrieben. Erst die Hände abspülen in einem versilberten Becken, das zwischen all den Büchern stand.
Das Wasser über die Hände laufen lassen und jedem Tropfen nachsinnen.
Klares Wasser. Freundlich Element.

Krumm saß Jochen in seinem Sessel. Sollte er dieses Buch jetzt öffnen? War man ganzen Herzens bereit?
Und: Hatte es denn Zweck? War man in der richtigen Verfassung? – Es war ein Kunstbuch, das er öffnete.

Die Hände ringend erklärte er mir den Unterschied zwischen Münster, Dom und Kathedrale. Was Dienste sind, Fischblasen und Vierung. Und daß die Basilika ursprünglich eine Markthalle gewesen sei, und erst später zum sakralen Raum sich entwickelt habe. Karolingischer Stil.

Mittelschiff, Querschiff, Seitenschiffe. Meistens drei, manchmal fünf.
Und die Zisterzienserkirchen stets ohne Turm. (Eine Landkarte mit schwarzen Punkten: so hatten sie sich ausgebreitet, nach Osten, quasi gesprenkelt. An einer Stelle mehr, an anderer weniger.)

»Doberan!« Er krümmte sich zusammen, bog die Daumen zu Haken, und wahrhaftig, er greinte, »den Kreuzgang als Steinbruch zu benutzen!« Was ist *das* für eine Zeit, was ist das für ein Geschlecht! Rosetten als Schweinetröge, Grabsteine zur Pflasterung!

Gotik? Überwindung der Materie durch Geist. Tausende

von Plastiken, ein wahrer Heilskosmos, von niemandem erfaßt.

Am Straßburger Münster seien die Waagerechten noch sehr betont. (Auf dem Turmstumpf ein Café!) Wenn auch Türmchen weit in die Rosette hineinstießen, fast obszön. In Freiburg gehe dagegen alles ohne Aufenthalt nach oben.
Standartengotik!
Sieghaft jauchzend schnellen die
Senkrechten empor.
Immer weiter, weiter. Nur den einen, einzigen Gedanken: Huldigung, Gebet, Versenkung, Ruhm, Lob, eins sein mit Gott.

Er sehe die Beter durch die dunklen Gassen gehn. Die Flagellanten auch, rhythmisches Klatschen, in sich selbst versunken. Durch Abtötung des Fleisches dem Geist zum Siege zu verhelfen.
Welch ein wönniglich Gefühl
durchströmet meinen Körper!
Eine Gerte sollte man sich anschaffen oder eine Geißel. Auch diesen Erfahrungsbereich ausschöpfen, zur Gänze. Wer könne es wissen? Vielleicht eröffneten sich da neue unvorstellbare Aspekte?
Oder sich mal einschließen lassen, ein paar Tage, in den Keller. Eine feuchte, weiß gekalkte Gruft. Stroh als Lagerstatt und einen Krug mit Wasser. »O ihr Menschen...«

Dorische, jonische und korinthische Säulen bei den alten Griechen. Klarheit. Gelb gegen den blauen Himmel. Karyathiden. (Er machte vor, wie sie stehen, die Hände an der Hosennaht.) Jahrtausende so stehen, ungerührt. Auch im Umfallen noch unbeweglich. Als sei das Umfallen ein Teil des Stehens, als sei man zum Umfallen gestellt.
Hier übrigens – »siehst du das?« – waren sie abgestützt von Eisenträgern.
»Wie bei Friseur Fahnert, die Balkonträger, über dem Ein-

gang«, sagte ich. »So Titanen oder Atlasse: gegenüber von Hugo Gosch, Gemüse en gros, in der Altstadt, Gerberbruch.«
Das war zu viel für Jochen Dieckmann. Er schlug die Hände vors Gesicht. Nein, o nein. Das halte man jetzt nicht mehr aus. Ob ihm mal ein Mensch sagen könne, wie er das aushalten soll?
Schnell die Finger waschen und die Ohren benetzen, auslöschen das Furchtbare. Aber vorsichtig, daß nichts auf die Bücher fällt.
Vielleicht noch ausräuchern das ganze Zimmer oder, ob ich einverstanden bin, daß er mir mit der Fliegenklatsche aufs Maul schlägt?

Als Meisterstück hätte in der Antike das Zuhauen eines Säulenstücks gegolten. Kanneluren! Die Ecksäulen der Tempel etwas dicker, weil sie mehr Licht schlucken. Eine unvorstellbare Exaktheit. Und die Deckenbalken innen, in der Mitte höher als an den Enden, damit es nicht so aussieht, als bögen sie sich durch.

Und Praxiteles: der Diskuswerfer, die klassische Haltung...
»Wo ist er denn, wo hab ich ihn denn?« Na, ich wisse schon. So: diesen köstlichen Moment des körperlichen und seelischen Gleichgewichts, der vor großen Taten liegt.
Er nahm eine Untertasse in die Hand und balancierte auf einem Bein. Der runtergerutschte Socken und das ausgebeulte Jackett.

> Ihr stellt des Leids Gebärde dar,
> ihr meine Kinder ohne Leid...

Den Augenblick vorm Wurf, diese Zehntelsekunde zwischen Anspannung der Muskeln und Loswerfen. Nicht etwa den Wurf selber, auf so einen Gedanken könne ja nur ein Verrückter kommen. Dies Zwischenstück von Idee und Tat. Vielleicht ein bißchen mehr zur Tat hin, zwei Drittel etwa.

Die mittelalterliche Plastik sei dem gegenüber ja direkt ein Rückschritt. Keinerlei Verständnis, keine Proportionen: riesen Köpfe, winzige Gliedmaßen. Wie Gnomenvolk, verhutzelt und verschrumpft.
Ebenmaß und Harmonie – alles in Vergessenheit geraten. Das hätten sie – in der Plastik wohlgemerkt – erst später wieder rausgekriegt: Christus, wie sich die Beinstellung des Korpus ändert. Erst nebeneinander, dann ein Bein vorgebeugt. Die Hüften eingeknickt, das Haupt geneigt: Es ist vollbracht.

Er legte mir Bilder von Kruzifixen vor, und ich mußte raten, welches älter und welches jünger ist. Ordnen. »Falsch!«

Vor den Klappaltären hätten damals flackernde Kerzen gestanden, eine ganz andere Wirkung als heute. Düstere Kirchen mit glitzernden Goldaltären.
Dazu Gregorianik, von Mönchen gesungen, auch wenn keiner in der Kirche ist. Ein Wehn im Gott. Und ein schluchzender Kranker vorm Altar des Hl. Rochus. Das Pestglöckchen am andern Ende der Stadt. Bim-bim. Und Bum: die große dagegen an. Die tiefste.

Gott ist groß,
wir sind die Seinen.

Ein Schatten, dunkle Vögel.

Der Bamberger Reiter. Klarer Fall. Darüber brauche man nicht zu reden.
Andererseits, er begreife nicht, was die Leute an der Uta im Naumburger Dom fänden. Die Reglindis wär doch psychologisch viel interessanter. Lustig und mit beiden Beinen auf der Welt.
Hier, die Postkarte, die schenke er mir, da sei sie drauf. »Schmeißt du wohl gleich weg, was? Denkst: laß ihn man quatschen. Oh! Diese Roheit, dies Brutale.«

Walther von der Vogelweide. Er machte vor, wie der da gesessen hat, auf einem Stein, irgendwo am Wegesrand. »Ich saß so ben bei bene«, oder wie.
Übrigens ein Namensvetter von mir. Walther von der Vogelweide. Aber von dem hätte ich wohl nicht sehr viel geerbt.

Verloren ist das sluzzelin.

In meinem Kopf existiere ein Hohlraum, so komme ihm das vor, er denke schon die ganze Zeit darüber nach. Ein Stück unbelebter Materie, ein weißer Fleck wie unerforschtes Land.
Es müßte doch eine Lust sein, das zu durchqueren, die sonderbarsten Bilder zu schauen, es zu betasten, wie es sich dann mit Sprüngen durchsetzt, das weiße Stück Materie da.

Plötzlich wollte er wissen, wie die andere Seite des Stephansdomes aussieht, das überfiel ihn direkt.
Alle Kunstgeschichten blätterte er durch. Keine einzige Abbildung. Er glaube, so ein runder Stumpf sei das. Was meinte ich?
Winkte ab, ach ich. Und ließ den Kopf auf seine Bücher sinken.

Dahin, dahin,
Welt, Ehr und Treu...

Nun könne er die ganze Nacht nicht schlafen und keine Aussicht, je Gewißheit zu erlangen.

Ein Sakramentshäuschen zeigte er mir, oben schief, dem Gewölbe angepaßt. Originell, witzig, zum Lachen. »Warum lachst du nicht?«
Und in Gelnhausen auch lauter Witze. Die Bogen falsch berechnet und einfach einen Mann hingemalt, der sie zusammenschiebt.
»Tja, Witz, mein Lieber, das ist Verstand auf Rädern.«

Diogenes zum Beispiel, der habe bei der Belagerung von Troja das Faß hin- und hergerollt: »Wenn alle tätig sind, dann will ich auch nicht untätig sein.« Witz und Weisheit, das liege dicht beisammen. Bei Tage mit einer Lampe herumlaufen und sagen: »Ich suche Menschen.« Ob wir nicht auch mal mit einer Taschenlampe durch Rostock laufen wollten? Weiß Gott, er suche Menschen. »Wo sind sie denn, die Menschen, wo?«

Daß ich wußte, was ein Dansker ist, das freute ihn. Dann sei ja doch nicht alles Stroh, in meinem Kopf. Er hätte mich – um's ehrlich zu sagen – für einen trocknen Schleicher gehalten. Nichtssagend und dümmlich. Allmählich machte ich mich.
Ihm hier mit den Gipsfiguren von Fahnert zu kommen, dem Friseur. Ich solle mal selbst sagen. Das sei ein Schlag gewesen, der ihm durch alle Glieder gegangen sei.
Vielleicht sollten wir, als ein Bannendes, diesen weißen Fleck in meinem Kopf mit Kohle auf ein Stück Papier zeichnen? Und an die Wand hängen?
Zu beobachten, wie das von allen Seiten angeknabbert wird, kleiner und kleiner wird, plastisch sich erhebt, grün und gold – ein Berg wie der Turm zu Babel, mit tausend Kammern, spiralenförmig und jede der Millionen Kammern Kleinodien enthaltend aus der Menschheit Wissen.

Das 20. Jahrhundert sei das Zeitalter des Leichtmetalls. Ich sollte mich mal dazu äußern. »Nun los, äußere dich! Hier sind Bilder. Dir wird doch wohl was einfallen?«
Lange wartete er. Stand auf und kuckte aus dem Fenster. Drei Pappeln und die Karpfenteiche. Gott sei Dank kein Berg, sonst würde sich der Blick dran stoßen.
Er stand, als ob er probieren wollte, wielange er warten kann.

Ich sähe ja selbst, es habe keinen Zweck, sagte er dann. Er verplempere seine Zeit, und ich säß da wie'n Wechselbalg... Ob ich denn gar nichts spürte? Ob ich wirklich so tot und so erloschen sei?

Ideen. Tja! Ideen. *Sein* Kopf quelle über von Ideen. Wenn er zum Beispiel malen könnte, würde er einen riesen Hochspannungsmast mit dem Gekreuzigten dran malen. Das wäre was, das würde ihn wohl reizen.

Wenn er auf die Nazis zu sprechen kam, dann weinte er vor Wut: Die Frauenkirche in Dresden.
In einer englischen Zeitung hatte er ein Bild gesehen: der tote Himmler. The dead face of the butcher. Früher habe es Nachttöpfe mit dem Gesicht Napoleons gegeben, im vorigen Jahrhundert. Kreatürlicher Haß! Dahin müßten wir wieder kommen.

In der Kellerküche errichtete er einen Scheiterhaufen und verbrannte unter fortwährendem Gemurmel Postkarten von Hitler, Göring und auch Stalin.
Die Asche! Was machte man mit der Asche?
Wir stiegen die Kellertreppe hinauf, in den Hof und von da aufs Feld. Weiter, immer weiter. Dann hob er die Arme mit dem Weckglas wie ein Priester und ließ die Asche in den Wind gleiten. Ein großes Fragezeichen flog da weg.

Einmal nahm ich ihn mit zu uns.
»Der ist wohl ein bißchen überkandidelt?« fragte meine Mutter. (»Halt dich grade, Jung.«)

Eines Tages wurde ich zu Hause höhnisch empfangen. Ob die Schule Spaß gemacht hat, ja?
Mein Großvater kam von hinten und räusperte sich wie ein Auto, das nicht anspringt.
Ich legte die Schultasche neben den offnen Schrank und kämmte mir die Haare vorm Spiegel.
Mecklenburgs Helden im Weltkrieg
Ganz schön lang schon wieder. Über dem Kragen die Genickschußbremse.

»Schämst du dich denn nicht? Mich anzulügen? Deine Mutter? Wochenlang?« Es sei ja nicht zu sagen. »Wenn Vati das erlebt hätte!«

Matthes war bei meiner Mutter gewesen und hatte sich nach mir erkundigt, und alles war herausgekommen. »Dafür hätten Sie aber sorgen müssen«, hatte er gesagt. Das sei sie meinem Vater doch schuldig. »So ein junger Mensch braucht Führung und eine feste Hand.«

Drei Tage später bekam ich das Consilium abeundi. »Merito, würde ich sagen«, sagte mein Bruder. Auf dem Eßzimmertisch, da lag es, ein vorgedrucktes Formular mit Lückentext. Nichtzutreffendes ist zu streichen, und tatsächlich in einem blauen Briefumschlag.

»Ditt is ja 'ne schöne Geschichte, herrlich, wunderbar«, sagte meine Mutter.
Und Robert sagte: »Dummheit muß bestraft werden. Altes Faultier. So mach man weiter, dann wirst du schon sehen, was du davon hast. Du endest noch im Straßengraben, da können wir direkt drauf warten. – Mein Gott, wenn ich an die russische Gefangenschaft denke ... Das Leben, Walter, da geht das nicht. Da kann man nicht einfach den lieben Gott einen guten Mann sein lassen. Da muß man sich ein bißchen nach der Decke strecken.«
Das sei ja wie bei Tante Silbi, das Polnische. Den ganzen Tag habe die im Bett gelegen und so weiter und so fort. Zu faul um aufs Klo zu gehn, einen Eimer neben dem Bett. Und sich nie gewaschen. Er wisse noch, wie es in der Wohnung gestunken habe. Und die Kinder zum Bahnhof geschickt, für 3 Mark einen Kasten Pralinen kaufen. Und denn sich weiter geräkelt.

Und noch nach Stunden schüttelte er den Kopf. Kaum merklich zwar aber dennoch deutlich sichtbar. Und dann kam er wieder an und sagte: »Ich meine ... solange Geld da ist im

Haus ect. pp., und alles ist in Ordnung, da geht das, da kann man mal so pi-pa-po alle fünfe grade sein lassen. Aber jetzt doch nicht, wo uns das Wasser bis zum Halse steht. Was meinst Du, was aus mir geworden wäre, in der russischen Gefangenschaft? Verreckt wär ich! Aus!« Ich müsse doch mal ein bißchen überlegen, hier, den Kopf, was meinte ich wohl, wozu ich den hätte. – Er für seine Person schicke sich an, in die Firma zu gehen, das E-Werk sausen zu lassen und brauche weiß Gott Rückenfreiheit. Und nun müsse er sich auch noch um seinen Bruder kümmern, der ja immer so klug und weise sei.

Meine Mutter konnte das alles nicht vers-tehen. Ich hätte doch mal zu ihr kommen können, mein Herz ausschütten und mir alles von der Seele reden... Sie wär doch die letzte, die mir den Kopf abrisse, weiß Gott. »Wenn Du nun ein Dummkopf wärst, zu beschränkt zum Lernen«, aber, ich wär doch intelligent und gewitzt und das alles.
Abitur machen, studieren. Das wär doch Vatis ganzer Wunsch gewesen. Kinderarzt oder Rechtsanwalt. Wie habe er sich das immer ausgemalt. Sie wüßt es nicht...
»Daß immer alles so schwierig sein muß!«

Und das ganze Geld für die Nachhilfestunden, alles aus dem Fenster geworfen, das wär noch das Schönste. Jahrelang geblecht und alles umsonst.
»Kuck nicht noch so frech!« Es sei ja zum Rasendwerden, zum Verzweifeln. »Was hast du bloß die ganze Zeit gemacht??«

Aber: »Es hätte ja auch mal einer der Herren kommen können, nun wo Vati gefallen ist. Einen Wink mit'm Zaunpfahl.« Alle hätten immer so freundlich gegrüßt, wie geht's, wie steht's, hinten und vorn, aber wenn's drauf ankommt, sei keiner da. »Wir helfen Ihnen, Frau Kempowski«, ja, da luer upp. Diese Muschpoke. Aus, verratzt, im Eimer.

Matthes zum Beispiel, in der Nazizeit da habe er immer bei uns im Luftschutzkeller gesessen, gut und trocken, obwohl es ja eigentlich nicht statthaft gewesen war. Und bei Vati habe er sich immer nach der politischen Lage erkundigt, nachmittags, wenn sie eben dachten, nun sitzen wir gemütlich am Kaffeetisch.

Sie selbst habe es ja auch nicht weit gebracht in der Schule. Sie sei immer so durcheinander gewesen. Einmal wär sie mit offnen Schuhen von zu Hause losgerannt. Und beim Kämmen habe sie Vokabeln aufsagen müssen, und denn habe ihre Mutter sie immer mit dem Kamm geschlagen, wenn sie was nicht wußte.
Und dauernd Luther. Immerlos Reformation. 1517 oder wann das man noch gewesen sei.

Im Grunde könne sie mich verstehen. Sie sei auch oft so mutlos, alles dunkel, was soll bloß werden. Mit Vati das und mit dem Geschäft.
»Sosst sehen, mein Jung, das Rad dreht sich, du kommst auch noch wieder auf die Beine. Du wirst bestimmt noch mal ein guter Kaufmann.« Aber, ich zöge den Mund so schief, wie Vati, das sei nicht schön. Das sollt ich mir mal abgewöhnen.

Eben denke sie, warum sei ich denn nicht sitzengeblieben. Warum hätten die Herren mich nicht sitzengelassen? Das wär doch nun wohl mindestens der erste Schritt. Eine Verfehlung könne ja schließlich mal vorkommen oder schlechte Leistungen; dann schmeiße man doch ein Kind nicht gleich so auf die Straße!
Aber mit dem Russisch, das habe Matthes noch gesagt, da hätte ich ja irgendwas unterschrieben, daß mir das widerlich ist. Die Herren hätten den Eindruck, daß ich noch ein Hitlerjunge sei.
Hätte ich denn da wirklich was unterschrieben? Wär ich wirklich so dumm gewesen?

Vielleicht sollte man mich mal untersuchen lassen. Die Magenschmerzen, vielleicht sei da ja doch was dran. Ich sähe ja immer so jammervoll aus.
Vielleicht zu schnell gewachsen. Diese Ränder unter den Augen und so hohl...
Mein Bruder ließ die Zeitung sinken und sagte: »Ach was! Spaten in die Hand nehmen und denn ran.«

Dr. Kleesaat mit seiner Hebammentasche kam. Früher Alldeutscher Verband. Er klopfte meiner Mutter auf den Hintern und sagte: »Brauchst Geld?«
Ihr Peterpump sei krank, sagte sie, so und so; das und das wär passiert.
»In der Kriegszeit hat er ja auch schon was gehabt. Bei Kaufmann Paeper hat er nicht weitergehen können, solche Schmerzen. Und vom Militär isser sogar zurückgestellt worden deswegen und vom Arbeitsdienst. – Alles skruvulös.«
Vielleicht könne er ja ein Attest ausschreiben, und denn gehe sie damit zur Schule, und denn komme das vielleicht doch noch in Ordnung.

»Scheue Recht und tue nie was, he?« sagte Dr. Kleesaat zu mir. Er fresse einen Besen, wenn ich krank wär. Ein bißchen nervös und blutarm, aber doch nicht krank. »Reiß dich zusammen und hilf deiner Mutter, hörst du?« Und das Schmöcken lassen. »Hastu 'ne Freundin?«

14

Nach einer Woche sagte mein Großvater: »So, mein lieber Junge, nun zieh dich an, nun wollen wir dir mal Arbeit besorgen.«
Er sah nach, wie spät es ist, setzte seine englische Reisemütze auf, putzte die Nase ein für alle Mal und striegelte sich mit dem zur Maus gerollten Taschentuch rasch und mechanisch den Bart.
Körper straffen. Bis auf eine Luftblase im Auge war alles gut in Schuß. Nur die schönen Mako-Unterhosen und Brehms Tierleben verbrannt, verbrannt, verbrannt.

Auf dem Arbeitsamt hatte man mich vorgemerkt, Seiboldt der nette Mensch: »Wenn was ist, melden wir uns.« Aber es konnte ja nicht schaden, wenn man sich mal selbst bemühte.
Ob ich nicht aufs Land wollte, hatte Seiboldt gefragt, da werde heutzutage jede Hand gebraucht. Frische Luft und gutes Essen.

Erstmal zu Gebr. Leopold, Universitätsbuchhandlung, gegründet 1840.

Hier sehen Sie allwöchentlich
das Neuste aus unserm Antiquariat.

Ein herrliches Geschäft, das erste Haus am Platze. Wir hatten immer da gekauft, zu Weihnachten und außer der Reihe. Auch für Kindergeburtstage (»Aber nicht teurer als 1 Mark, mein Junge.«): »Paul vom Zirkus Serpentini.«

Im Krieg hatte bei Leopold mal ein ganzes Schaufenster voll »Der verratene Sozialismus« gestanden. Hoffentlich wußte das jetzt keiner mehr.
Und das Eckfenster war mal mit lauter schönen alten Bü-

chern über Rostock dekoriert worden. »Die 4 Parochialkirchen«. Alles war reingegangen und hatte diese schönen alten Bücher kaufen wollen, aber es waren nur Ausstellungsstücke, ein Jubiläum oder was. Die Sachen waren unverkäuflich.
Im Schaukasten hatte auch mal die Broschüre über die »Als-ob-Philosophie« gelegen, die sich mein Vater dann doch gekauft hatte. (»Was ein Quatsch: ›als ob‹ ... Hier, der Tisch, kann ich da vielleicht nicht draufhauen?«)

Eine schöne Buchhandlung. Und so solide. Links Reisen und Geographie und in der Mitte ein Grabbeltisch. »Die Sünde wider das Blut« von Arthur Dinter und »Die Dinte wider das Blut« von Arthur Sünder. Eine Parodie.
Oben die Abteilung für Technik.

Seefahrt tut not!
Da hatte es auch Wiking-Modelle gegeben.
Jetzt waren alle Regale leer.

»Mein Name ist de Bonsac«, sagte mein Großvater zu der jungen Frau Babendererde. Dem Guten das Gute, seit Jahrhunderten immer nur Pastoren. – Hier wär ein Junge, sein Enkelsohn, der Vater grad gefallen, eine Woche vor Kriegsschluß, denken Sie mal an. »Karl Kempowski, den kennen Sie doch sicher, am Hafen unten, die Reederei ...«
Nein, sie wüßt es im Augenblick nicht, aber es könne schon sein.
Ich sei ein aufgeweckter Junge. In Hamburg schon, da wär ich immerlos in die Kunsthalle gegangen und »Junge, hast du nicht selbst schon mal was geschrieben?« Kurz, ob sie einen Lehrling brauchten?
»Das tut mir aber leid«, sagte Frau Babendererde, »grade haben wir einen eingestellt. Wenn Sie eine Woche früher

gekommen wären!« Vielleicht in zwei Jahren? Dann wär wieder einer fällig.
»Kommen Sie man in zwei Jahren«, dann wäre ja vielleicht ihr Schwiegervater auch schon wieder da, der sitze nämlich in Buchenwald, »Sie wissen doch, in dem KZ.«
»Immer noch?« fragte mein Großvater. »Sind die denn immer noch nicht aufgelöst?«

Es täte ja auch eine kleinere Buchhandlung, sagte er zu mir beim Rausgehen. Das wär vielleicht gar nicht so schlecht, da habe man eine bessere Übersicht. Die einzelnen Abteilungen, das wär im Prinzip ja das gleiche.

Schräg gegenüber von Leopold, neben dem Spanischen Garten, einer Südfruchthandlung, deren Schaufenster in Friedenszeiten mit Apfelsinen und Nüssen vollgepfropft war, da war so eine.
»Später, mein Junge, wirst du dann darüber lachen, daß du in einer so kleinen Buchhandlung angefangen hast, wenn du selbstständig bist und eigene Lehrlinge einstellst.«

Kling-klung-klöng.
»Ein Sohn von Körling?« sagte die Treuhänderin, nein, einen Lehrling brauche sie nicht. Im Buchhandel wär ja gar nichts los. Alles tot. Es würde ja nichts gedruckt (sie brachte uns an die Tür), »das bißchen Majakowski, Gorki und all diese Sachen, wer will die denn, die liegen hier herum«.

Dreiunddreißig Admirale
fielen um,
als ein Muschkote schiß

»Ich hab ein junges Mädchen, damit kommen wir erstmal lang. – Aber kucken Sie ruhig mal wieder rein.«

Kling-klung-klöng.
Vielleicht ganz gut, denn wenn man bei Leuten unterkriecht, die einen kennen, dann ist das auch nicht grad das

Richtige. Man will ja nicht vorgezogen werden oder eine Extrawurst gebraten haben. Ganz neutral, wie jeder andere.

In der dritten Buchhandlung saß ein Mann mit halber Brille und Zigarrenstummel. Er tüterte grade ein Zeitungspaket auf und sagte: »Nur Antiquariat, und das mach ich selbst«. Früher habe er ja noch die Staatl. Lotterie und die Wettannahme gehabt, da wär's manchmal ein bißchen drunter und drüber gegangen.

Mein Großvater lief vor mir her, als würde er gestoßen. »Das kriegen wir schon, mein Junge. Bloß nicht nachlassen. Ende gut, alles gut oder: wer zuletzt lacht, lacht am besten.«
Ob ich das junge Mädchen gesehen hätte, mit den wundervollen Augen?
Am Blücherdenkmal hob er hinten den Mantel hoch: Eben mal die Hämorrhoiden reindrücken. Irgendein Leiden hat ja jeder.

Auch die andern Buchhandlungen hatten keinen Platz für mich. Die Tragik des Deutschen Volkes. Jappend ließ mein Großvater sich in seinen Sessel fallen. »Ich versteh das nicht...« die grobzitternden Hände über der Lehne hängend. »Wie sauer Bier bietet man den Jungen an... hat man nun selbst Lehrling über Lehrling gehabt... ich meine, wenn wir asozial oder windig wären aber doch aus erstklassiger Familie.«
Und Grethe, die war auch nicht da, und man war so hungerig.

Robert ging früh aus dem Haus und kam spät abends wieder. Manchmal sehr spät.

Das kannst du nicht ahnen,
du munteres Rehlein, du...

»Uppstahneque!« Morgens hob meine Mutter seine Bettdecke und pustete: »Eine kalte Hand auf den warmen Leib gebracht, hat alles wieder gut gemacht«, sagte sie dann.

Den Bart hatte er sich abrasiert. »Weißt du, Mutti, das sieht irgendwie seriöser aus.« Kerner von der Deutschen Bank, diesen Leuten gegenüber helfe solcher Mummenschanz wohl kaum.
Im E-Werk wär ihm das egal gewesen, Schlünz aus der Altstadt. Aber hier, in eigener Regie...

Die Geschäfte der Firma ließen sich gut an. Sodemann hatte vorschnell gekündigt. (»Den sind wir los.«) Seit 1905 war er in der Firma gewesen, und nun saß er außen vor. Als Laufbursche hatte er angefangen: mehrmals am Tag war er zum Kanonsberg gelaufen und hatte gekuckt, ob Schiffe kommen. Später hatte er dann mit seinem dicken Hintern auf dem Reitschemel gesessen: und gegen Abend war er so halb unter das Stehpult gekrochen: »Hanning, ich komm heut'n bißchen später, ich hab so viel zu tun«. Er wollte natürlich einen supen gehn. Skylla und Charybdis, zu Alfons Köpke (links) oder zu Frau Meyer (rechts). Oder in den »Kettenkasten.«
»Ich komm aber noch bei Dunski vorbei und bring 'ne Gurke mit.«

Er hatte ja auch immer die Bauchbinde umgelassen, beim Zigarrerauchen, »Helsinski« gesagt und »Gydnia« statt »Gdynia«.

Es gab allerhandlei zu tun. Reparationsgüter mußten verladen werden. Robert machte alles allein. Einmal fertigte er 12 Schiffe an einem Tag ab. Das war eine ganze Armada. Das letzte der Schiffe beharkten die Russen in Warnemünde aus Spaß mit der MP.
Wie Sylvester Schäffer komme er sich vor, sagte Robert, der hatte radgefahren, Zeitung gelesen und ein Glas Wasser getrunken, alles zu gleicher Zeit.

Stundenlange Telefongespräche mit Berlin, Manifestpositionen vorlesen, jeden Tag.
Manchmal kamen auch Chefs aus dem Landesinneren. Ein Herr aus Sachsen, der Wild-Woodbine-Zigaretten bei sich hatte. Der wollte mal nach dem Rechten sehn und Geschäftsbeziehungen anknüpfen.
»Kann man mal was in den Westen schaffen?« fragte er. Nein, das konnte man natürlich nicht. Hausstand auflösen, was? Das hat man gerne. Das könnte dem so passen.

Für MORFLOT und SOWFLOT wurden alle möglichen Schiffe gechartert, meist Finnen.
Deutsche setzten das Flaggenzeichen »Windhund«, denn eine deutsche Fahne gab es noch nicht wieder. Schiffe aus der Elbgegend waren das, aus Stade und aus Wedel, 400 bis 500 t groß. Das kleinste hatte nur 90 t, und das größte war ein kleiner Dampfer von 800 t, Kapt. Lorenz.

Manchmal brachten die Kapitäne frische Bücklinge mit. Auf See hatten sie verbotenerweise gefischt, und den Fang in einer alten Tonne mit Tauwerk geräuchert. (»Schön, mein Junge, herrlich.«) So saftig und so aromatisch.

Auch russische Schiffe kamen. Eins mit weiblichem Steuermann, das erregte Aufsehen. Schaulustige fanden sich ein, die wollten den weiblichen Steuermann sehen.

Die Durchschriften der Frachtbriefe studierten wir zu Haus. Das war ganz interessant.
»Zuerst haben sie weggeschafft was in Rostock ist, nun machen sie die ganze Zone leer.«
Kinderhemden, Drehbänke, Schuhe, Teppichballen und Werkzeuge. Alles nagelneu.
»Ich dacht, das wär alles kaputt...« sagte meine Mutter.

Ein Eisenbahnzug Kupferplatten. Soldaten schmissen sie aus den Waggons, und schlaue Leute sammelten hinterher die Splitter auf und verhökerten die.

Was tags geladen wurde, wurde nachts gestohlen. Ein Schiff wurde überhaupt nicht voll, ein Gummischiff.
Der Wirtschaftsoffizier der Kommandantur kam zu meinem Bruder und zerschlug vor Wut eine Flasche auf dem Schreibtisch.

Ein anderes Schiff wurde mit Lackfässern vollgestopft, immer gib ihm! immer oben drauf. Die untersten platzten. Mit Hammer und Meißel mußten sie den Lack wieder herausstemmen.
Und ein Transport Nähmaschinen.
»Ist ja eigentlich doll«, sagte meine Mutter. »Die Flüchtlinge und Umsiedler haben nichts, und die Russen holen alles, aber auch alles raus.« Ob das eigentlich aufgeschrieben werde für einen späteren Friedensvertrag, oder ob dann das Bezahlen von neuem losgehe?
Sie vers-tünde das nicht. Das wär ja unreell.

»Man müßte in jeden Sack Zucker eine Handvoll Sand reintun«, schlug mein Bruder vor. Wie die sich dann wohl freuten, in Leningrad oder in Moskau.
Die Frachtbriefe bewahrte man wohl besser auf. »Was meint ihr?«
Wer weiß, wozu's gut ist.

Vielleicht konnte man Robert etwas helfen? Nachmittags ließ ich mich mal unten sehn.
Robert saß am Schreibtisch meines Großvaters – der hatte von da aus durch Glasscheiben das ganze Kontor überblikken können – einen Anker als Briefbeschwerer und ein bronzenes Hirschgeweih zum Drauflegen von Bleistiften.
Über sich hatte er das Foto von »Röbbing« (»Du bist ok so'n oll Morslock!«) Sobald es gehe, wolle er ein Foto von Vater daneben hängen, sagte Robert und biß die Zigarre an. Tradition, das wär unser Gewinner. Ein Foto von Vater

daneben: als ob der angekommen sei, so käm ihm das vor, im Ziel.
Schade, daß man von dem alten Padderatz nichts hatte, kein nichts, kein gar nichts. Der mußte ja wahnsinnig tüchtig gewesen sein. Die Geldrollen im Schrank: von hinten hatte er sie weggenommen, damit die Bauern dachten, alles Geld ist noch da.

Ob wir nicht auch Bilder von Kapt. Schuhberg aufhängen wollten, den die Nazis erschossen hatten, und von dem Maschinisten, der mit dem Konsul untergegangen war, 1939? fragte ich.
»Wieso denn das? Wir können hier ja schließlich keine Ahnengalerie anbaumeln. Von Urgroßvater Kempowski, in Königsberg, die Segelschiffe, die sind doch auch alle, samt und sonders, mit Mann und Maus untergegangen.« Da hätt er ja viel zu tun, all die Bilder aufzuhängen. Außerdem: *Haben* vor Lachen. – Meine Güte. (Er schüttelte den Kopf.)

Ich las immer erst die Zeitungen, die waren für die Kapitäne ausgelegt. »Der Morgen«, »Neue Zeit«, »Neues Deutschland«, »Freier Bauer«: sehr optimistische Namen.
Die Russen wären die ersten überall gewesen, das ging daraus hervor. »Russisches Licht«, so habe man früher elektrische Lampen genannt.
Und die Zukunft läg strahlend vor uns. Nur Initiative brauchten wir. »Initiative« – dieses Wort kam häufig vor.

Die Besatzungsmacht habe Thomas Mann die Wartburg angeboten. »Thomas Mann – kommen Sie nach Deutschland!«

Der alte Eckschrank und die Kapitänsbank. Und alle Räume holzgetäfelt. Weshalb hier wohl keine Schiffsmodelle standen, die konnte man doch bei jedem Trödler kaufen.

Dafür hatte die Firma bisher keinen Sinn gehabt, aber das würde anders werden, sagte Robert. Die Kapitäne müßten sich so richtig wohlfühlen. Genever aus'm Eckschrank anbieten. So börsenartig, und dann denen zuhören. Und die Geschichten alle aufschreiben.
Vor allem Zeit haben, viel Zeit und sie ausquatschen lassen. Und wenn sie dann wiederkämen, mit'm Namen anreden, so als ob man die schon Jahre kennt. Und möglichst auch den Namen der Frau wissen und wieviel Kinder der hat. (Vielleicht 'ne Kartei anlegen? Na, mal sehn.) Und die erinnerten sich dann: Rostock? Da ist doch dieser gemütliche, fixe Makler, wo's den guten Genever gibt...

Die Kapitäne luden uns manchmal zum Trinken ein. »Komm man auch mit«, sagte mein Bruder, »alter Delph.« (»Das ist mein Bruder Walter, ein ganz großer Übelmann.«) Zu Alfons Köpke in die Fröhliche Teekanne ging es.

Kapitän Lüpke von Arn VII: Besitzer eines schnellbootartigen Motorseglers, der noch 1944 in Holland fertiggeworden war.
Alfons Köpke kam mit einem Tablett voll Schnaps vorbei, der wurde an die Jacke gefaßt, der mußte das gleich dalassen, alles Doppelstöckige.
»Nun wird's gleich besser, Herring«, sagte Alfons Köpke, »gleich wird's besser.« Das sagte er immer, das hatte er schon vor 30 Jahren gesagt. Und gebückt ging er weg, so als könne er sich nicht aufrichten.

Die »Fröhliche Teekanne« war ein Kapitänsklub, hinten gab es eine extra Stube, düster, mit rundem Tisch. Da tagten früher die Mitglieder des Klubs, 675 waren es, und nicht nur Kapitäne, sondern auch Makler, Clerks und Händler, und für jeden war eine kleine silberne Plakette an den Tisch genagelt.

Wenn die da soffen, kreiste eine kupferne Teekanne, da taten sie Geld hinein für Schiffbrüchige.

La paloma ohee!
Meine Braut ist die See!

Zu Weihnachten wurde traditionell aus langen Tonpfeifen geraucht, wozu man Songs und Shanties sang. Und jeder brachte was mit von seinen Reisen, das wurde aufgestellt. Waffen und Jagdtrophäen aus Übersee. Schilde, Speere. Und Muscheln in jeder Größe.

Major von Bülow hatte seine Stadtführungen meistens in der F.T.K. enden lassen, und zwar mit einem fröhlichen Umtrunk. Das war dann so der letzte Clou. Wenn keine Damen dabei waren, wurde der versteinerte Arsch einer Südseeinsulanerin gezeigt. Oder das Besteck, das der Kapitän zu Wasser und das, das er zu Lande braucht. Letzteres war eine Elfenbeinschnitzerei, die sich zusammenschob, wenn man den Kasten öffnete.

Bloß nicht den Löwen am Schwanz ziehen, der über dem Tisch hing, der knurrte dann, das hieß: eine Lokalrunde ist fällig.

Bevor es richtig losging mit Trinken, kam ein Buckliger, mit übermäßig langen Beinen, der hatte an der Theke gesessen, ob wir ein Auge auf sein Fahrrad haben könnten, das stehe unter unserm Fenster.
»Hier?«
»Ja, da.«

Wie's denn so gehe, fragte Lüpke (das Schnapsglas verschwand in seiner Hand), Camel-Zigaretten, davon hatte er die ganze Tasche voll. Wie es denn so gehe, hier im Osten. Unsern Schreibmaschinenreiniger hätten sie zum Bürgermeister gemacht, sagte mein Bruder. Da erübrige sich wohl

jeder Kommentar. Sicher ein braver, biederer Mann, aber, eben, Schreibmaschinen gereinigt, nicht? – Er würde auf seinem Schiff doch auch nicht jeden x-beliebigen zum Steuermann machen, oder?
»Ne!«
»Na, also.«
Diese Leute hätten doch gar nicht die Übersicht. Und *wir* wunderten uns, daß wir keinen Anzug und kein nichts kein gar nichts kriegten. 40 Jahre dauere es, bis man wieder einen Anzug bekommt, das habe einer ausgerechnet.

Kapitän Lüpke sagte jaja und wollte wissen, was es sonst so Neues gibt.
»Öh! Ich glaub da ist einer an deinem Fahrrad!«
Den Männer-Turn- und Sportverein von 1860 zu verbieten, sagte mein Bruder, nicht, daß *er* hier anfangen wolle zu hüpfen und zu springen, aber da könne man doch schon am Namen hören, daß das harmlos ist. Sonst hätten ihn die Nazis doch bestimmt schon dichtgemacht. Längst! – Wenn der Amerikaner hier nicht bald was unternähme, dann könnten wir man einpacken.

»Prost!«
»Mein's auch so.«

»Es steht in der Wüste, hat zwei Beine und ist schwarz«, sagte Lüpke, ob wir wüßten, was das ist?
»Nee«, sagte mein Bruder. »Und dieses Scheiß-Geld, das neue, die nudeln das einfach aus der Presse raus.« Hielten sich den Deubel was an ausgemachte Quoten. »Das gibt 'ne Inflation, daß das nur so raucht.«

»Prost!«
»Mein's auch so.«
Er habe in seinem Leben schon so viel Schnaps gesoffen, sagte Lüpke, er glaube, da könnten sich zwölf Pfadfinder drin freischwimmen. Nee – er wolle nicht übertreiben, zehn.

»Steht in der Wüste und ist schwarz...«

»Den Ufa-Palast in Defa-Palast umbenennen«, sagte mein Bruder, »das können sie. Defa-Palast, völlig blödsinnig, Lüpke, sag mal selbst, was soll das überhaupt heißen?« Und die Straßenbahnhaltestellen wieder an die alten Stellen pflanzen. Als ob die Seligkeit davon abhängt. »Eine neue Ölpresse wird beschafft, wer baut sie aus? Der Russe. Schön, nicht? Man kann doch eine Kuh, die man melken will, nicht schlachten. Kann man die schlachten, Lüpke? Und die Apotheken verstaatlichen und die Kinos, einfach raussetzen die Besitzer, kann man das?«
Daß sie die Kuh melken wollten, dagegen habe man ja nichts, dafür hätten sie den Krieg schließlich gewonnen, das sei ihr gutes Recht. Aber dann bleibe die Kuh jedenfalls am Leben.

Lüpke kratzte sich den graumelierten Spitzbart und sagte: »Jo!«
Ob wir den, wie heißt er man noch, der Kierl, ob wir den kennten?
»Prost!«
»Mein's auch so.«
Und wieder holte er eine frische Packung aus der Tasche. (Zigaretten immer bloß halb rauchen und die Kippen einstecken!)

Er habe sich neulich den Arsch vollgesoffen, sagte Lüpke, da sei das Ende von weggewesen. »Hast du nicht 'n Schkatblatt da?« Und er stand auf und schielte am Fenster runter, als ob da einer am Fahrrad rumfummelt, und mein Bruder kuckte auch raus, und der Bucklige rutschte vom Schemel runter.
»Bliev man sitten, dat iss noch dor.«
»Prost!«
»Mein's auch so.«

Und: »Reparationen!« sagte mein Bruder, »eine Ladung Zement nach Leningrad, einfach auf'n Kai geschüttet und denn Regen drauf – alles im Eimer. Und den Zement hätten wir hier gut gebrauchen können. Sehr gut, Lüpke! Die Häuser, die hier nach dem Krieg Zement gesehen haben, die kann man zählen. – Geh mir doch weg! – Leck mich doch am Arsch.«
Die ganzen Maschinen, die sie hier so ausbauten, die landeten gewiß auf irgendeinem Schrotthaufen. »Da braucht ja bloß eine einzige Kiste verschütt zu gehen, denn ist doch alles für die Katz. Oder glaubst du, Lüpke, daß die mit den Numerierungen klarkommen?«
Lüpke kratzte sich an seinem Bart und kuckte sich um. Was? Nee, das glaubte er auch nicht.
»Prost!«
»Mein's auch so.«
»Iss schwarz und hat *drei* Beine und steht in der Wüste...«
Das wär'n drei Neger, jeder 1 Bein hoch.

Im vorigen Jahrhundert war ja wohl in einer Ladung Zukker aus Kuba ein toter Neger gefunden worden, ein Sklave oder was. Richtig kandiert. Greulich und abscheulich.
»Watt? 'n Schklave? Een, twee, dree, hei lücht!«
»Wenn ich dir das sage, Lüpke...«
Sklaverei wär ja auch un-mög-lich. Oder Leibeigenschaft, hier auf den Gütern. Jus primae noctis. Dafür sei er auch nicht zu haben. »Wenn einer in seine Hose scheißt, Lüpke, denn muß er die auch selber wieder saubermachen, stimmt's, Lüpke? Stimmt das? –«
»Unser Führer Adolf Hitler, Sieg Heil!«

Alfons Köpke kam wieder und wieder. »Gleich wird's besser, gleich wird's gut.« Die Segelschiffsmodelle, die da von der Decke hingen in all dem Qualm. Camel und Eigenbau vereinigten sich. Und das Fahrrad war immer noch da.

Johlend brachten wir Lüpke ans Schiff. Dem russischen Posten wurde eine Zigarette in den Mund gesteckt.
»Tschüß, Lüpke! Und grüß die da drüben alle!«
»Jo! måkt wi!« Destewegen sollten wir uns man keine Gedanken machen.

Und dann ging's durch die Straßen.

Be - sure - it's - true,
when I say:
I love you!

»Wieviel Kipfen hast du? Verfluchte Tat, so viel?« Da komme er nicht mit. »Steht am Arsch, hat drei Beine und iss bekloppt. – Ich sag dir, Walter, ich habe nichts gegen Arbeiter. Brave, biedere Leute, gar nichts. Aber doch nicht so. Freie Bahn dem Tüchtigen, Angebot und Nachfrage. Klar. Aber doch nicht so.«

»Kinder, ist das nicht'n bißchen doll?« sagte meine Mutter. Und Großvater kam von hinten herangeschlurft und kuckte das Barometer an.

Morgens kam man schwer hoch.
»Wie du siehst, bin ich gleich fertig.«
Eine Tasse Apfelschalentee und zwei Scheiben Brot mit Sirup. Manchmal auch Kürbismarmelade oder Marmelade aus Roten Beeten mit Mohrrüben gemixt. Wenn man nicht aufpaßte, dann gärte das.
Die Meißner Schale auf der Anrichte, war die eigentlich kitschig? Eine Porzellangruppe würde man sich jedenfalls nicht hinstellen.

Zeitweilig gab es Hefeaufstrich, falsche Leberwurst oder falsches Gänseschmalz aus Grieß mit Majoran. Wir brauchten nie »Karo einfach« zu essen, »belegt mit Daumen und

Zeigefinger.« Aufstrich war immer da. »Ein Rätsel, wo das immer herkommt.«

Wie die alten Leute das machten, das war auch ein Rätsel. Tante Basta, die arme. Nun war auch noch die Rente gekürzt von dem bißchen, das sie sowieso nur kriegte. Die gute Alte. Sie hatte so geweint. Und sie hatte doch auch bessere Zeiten gesehen.

»Ich meine, daß sie den Reichen alles wegnehmen, den Gutsbesitzern, das kann man noch verstehn.«

»Von *ihrer* Warte aus«, sagte mein Bruder, »aber nur von ihrer.«

»Ja, Aber doch nicht dieser armen Alten.«

Das wär ja wie ein Vernichtungsfeldzug. Die könnten sich doch an 'n fünf Fingern abzählen, daß die alle eingingen.

»Dem Russen ist es noch nie auf Menschen angekommen, Mutter, noch nie. Der geht über Leichen. Das hat man ja in der Gefangenschaft gesehen.«

Als Füllsel gab es hin und wieder einen Teller Roggenschrotsuppe mit einem Schuß Waldmeisteressenz. Bloß den Dachboden gut abschließen, sonst wird da noch geklaut. Sesam öffne dich. Diese Muschpoke da unten, Flüchtlinge aus Allenstein, die war ja zu allem fähig. Der Koks wurde auch weniger. Kleinstübers, denen traute man das nicht zu.

Ins Kontor ging ich bald nicht mehr. »Zwei in einer Firma, Walter, das ist noch nie gut gegangen«, sagte mein Bruder. Er wolle sich lieber 'n bißchen mehr abrackern als Streit in der Familie haben. Womöglich dann alles auseinanderreißen, den Schreibtisch kriegst du, und die Maschine behalt ich oder wie.

Ich half meinem Großvater Holz sammeln in den Trümmern. Aber da lag nicht mehr viel. Das grasten die Flüchtlinge ab.

Zeitweilig gruben wir die Zaunpfähle eines verlassenen Gartens aus. Bis da ein Schild stand: »Diebe«.

Reisig sammeln wie Tante Du-bist-es, auf der Reiferbahn, möglichst dicht an Antjes Haus. Kreise ziehn. Vielleicht kuckte sie ja aus dem Fenster. Aber dann dachte sie womöglich: »So arm sind die?«

Melde pflücken. »Hoffentlich haben keine Hunde dran gepinkelt.« Brennesseln und Sauerampfer.

Einmal geriet ich in eine Arbeitsfalle. Mehl wurde abgeladen. Mein Großvater ging einfach weiter, aber mich kriegten sie zu fassen. Ich stellte mich breitbeinig vor den Lastwagen, ließ mir einen Sack auf den Rücken legen, schwankte hin und her und setzte mich klacks! auf den Hintern.
Da lachten die Russen, gaben mir ein Brot und schickten mich nach Haus.

Mutter arbeitete im Schrebergarten. Die Saat war nur dünn aufgegangen, es war lange nicht mehr gedüngt worden. Am besten schleppte man die eigne Scheiße im Eimer mit hinaus. Aber wer will dann die Wurzeln essen.
Und wieder hatte Großvater altes Saatgut genommen.
»Man bittet, man fleht, aber nein. – Großvater wird doch jetzt sehr alt.«
Chrysanthemum. Blödsinnig, in dieser Zeit noch Blumen anzusäen.

»Tante Kempi! An der Goethe-Schule stehen Waggons mit Brikett!« wurde gerufen.
Schnell hin.
Meine Mutter nahm den blaß-lila Kinderwagen, der einen Porzellan-Handgriff hatte.

Jeder sonnt sich heute so gern.
Sie feiern die Auferstehung des Herrn ...

Scharen von allen Seiten. Die Posten scheuchten die Leute wild zurück. Aber, wenn sie vorn kuckten, dann klauten sie hinten.

»In einer Stunde kommt Verstärkung«, hieß es, »von der Kommandantur. Los! Beeilung!«

»Aufpassen wie'n Schießhund, mein Jung«, sagte meine Mutter. »Du springst auf, und ich sammel ein.«

Sieh nur sieh! Wie behend sich die Menge
Durch die Gärten und Felder zerschlägt ...

Wir pendelten am Bahnübergang so umher, immer ein bißchen näher und näher und gemütlich nach dem Himmel kucken. Und als wir schon dachten: Gott sei Dank, nun sind wir gleich dran: kiii – peng, ging ein Schuß ganz in unserer Nähe vorbei. Ein Russe rief: stoi, stoi! Und wir liefen, was wir konnten immer kreuz und quer, vielleicht verfolgte er uns ja.

»Nie wieder mach ich sowas«, sagte meine Mutter. »Nicht auszudenken, wenn der uns getroffen hätte.«

Einen Tag später ging alles mit Beutel und Tasche an den Hafen, da lagen Kartoffeln auf der Straße. Obwohl das uralte verkeimte Dinger waren, wurden sie wie wild geklaut.

Wir warteten in einem Hauseingang, bis die Luft rein war. Kaum drehte der Posten den Rücken, stürzten wir los.

Ich hatte schon mehrere Körbe in die Firma geschafft, Klappe auf, wo der Bierkeller vorher gewesen war, reinschütten, später wegholen, da hat der Posten meine Mutter am Schlafittchen. (Großvater stand daneben, ein kleines und ein großes Auge, die Stirn zum Rechenheft gefaltet.)

Meine Mutter sagte: »Kuck mal, mein alter Vater, der hat Hunger, laß mich doch laufen ... Wir schütten auch alle

Kartoffeln wieder hin ... wir tun's bestimmt nicht wieder ...« Hinten sammelten die andern Frauen ruhig weiter.
»Gute Stiefel«, sagte der Russe und zeigte auf die Schaftstiefel meiner Mutter.
»Ja«, sagte meine Mutter und tätschelte ihn am Arm, »die bring ich morgen her, morgen um 10 bring ich die Stiefel her.«
Da ließ er sie gehn.
»Morgen um 10?«
»Ja, morgen, Daemelklaas.«

Im Kontor ruhten wir uns aus. Das war noch einmal gutgegangen.
»Warum macht ihr auch sowas«, sagte mein Bruder. Dann kletterten wir in den Bierkeller und kuckten uns an, wieviel das war. Na, das ging ja, das hatte sich ja gelohnt.

Dann wieder aufs Land, hamstern. »Wenn ich an den Winter denk, dann graust mir«, sagte meine Mutter, die Wandertasche und die Schuhe von Salamander. Die Grasmükken im Gebüsch, die konnte man schon bald nicht mehr hören.
Essigsäure als Tauschobjekt half nicht mehr viel. »Und wenn Sie uns silberne Löffel bringen.« Die Bauern hatten selbst nichts mehr.

Jämmerlich die ausgebrannten Herrenhäuser. Heidtorf, das hatten sie angesteckt. Denkmäler der Unterdrückung seien das. So weiß und vornehm hinter den großen Bäumen. Nun schwarze Schatten von den Flammen.

Schließlich gingen wir zu Blomerts. Denen hatten wir doch damals Zeug gegeben, aus freien Stücken. »Das hätten wir ja auch bleiben lassen können.«
Frau Blomert ließ uns nicht mal rein, sie sagte kaum guten Tag.

»Können wir nicht wenigstens ein bißchen Salat haben?« sagte meine Mutter.
»Nee, denn hew ick ja gor nix miehr för mine Gössel«, sagte Frau Blomert und schücherte uns weg.
(»In der Not, da lernt man die Menschen kennen. Aber die sollen mir noch einmal kommen. Hier, die Tür.«)

Saatkartoffeln wurden ausgebuddelt. »Die werden schön kucken, wenn da gar nichts rauskommt.« In Roggentin hatten die Bauern eine Wache organisiert, mit Hunden. Aber die Städter hatten sich zu Klau-Trupps zusammengeschlossen, mit Knüppeln. Es gab regelrechte Gefechte.
Der Pastor in Kavelstorf hatte auf der Tenne einen Haufen Kartoffeln liegen, von der Gemeinde gestiftet. Jeder Hamsterer bekam eine Schaufel voll. Eines Tages wurde bei ihm eingebrochen und alle Wäsche gestohlen.

Auf dem Mühlendamm mußte man sich am Posten vorbeischmuggeln, das war jedesmal ein Angstakt. Russen mit deutscher Polizei. Alles ausschütten: »Das kommt ins Altersheim.«
(»Wer's glaubt, wird selig.«)

Und immer dalli, dalli, denn zu Haus ging Großvater inzwischen ans Brot. Jeder durfte ja nur so und soviel Scheiben essen.
»Gott, Vater, bist du wieder ans Brot gegangen?«
»Mein Kind, ich habe doch solchen Hunger.«

Daß man wenigstens die Karten von Frau Warkentin hatte! Die war in den Westen gegangen und hatte sich nicht abgemeldet.

Zu Mittag gab es Stielmus. Das schmeckte wie Holunderbeerbusch.
»Voll ist man, aber nicht satt.«

Hinterher Wasser trinken, da hatte man dann nicht mehr das Hungergefühl. Und wenn der ganze Schnee verbrennt, die Asche bleibt uns doch.
Suppe aus Vogelfutter, warum nicht?
Oder Kartoffeln mit Dextrin-Soße, das roch nach Kastanien, und man aß es mit langen Zähnen. Früher waren damit die Fotos ins Album geklebt worden.
Reis aus dem Kinderkaufmannsladen.

Einmal ergatterten wir Kuheuter beim Schlachter. »Frauenstolz« hieß das. Der wurde zerhackt und schwamm dann in der Suppe oben auf.

Wenn bloß erst die neue Ernte da wär, hieß es. Wie sich die Leute im 30jährigen Krieg wohl danach gesehnt hatten!
»Wir fressen noch mal den Kitt von den Fenstern!« Hätte man damals bloß einen Sack Apfelschalen geholt, bei Krause.

Hilferufe gingen in alle Richtungen. Ulla konnte ja noch immer nichts schicken. Und Frau Engel, (»dieses Miststück«) ließ auch nichts von sich hören.
Aus Hamburg kam ein Beutel Dörrgemüse. Und Cornelli brachte mal drei Aalquabben, die gab's am Sonntag in Mehlsoße. Aber: »Nee«, sagten wir und ließen sie stehn, die waren so schleimig, bestanden ja fast nur aus Kiemen, wie die Unterseite von Pilzen.
Großvater aß alles auf. Der lutschte sogar die Augen ab.

Eine gewisse Logik der Entwicklung sei es, daß es uns auch einmal wieder besser gehen müsse, sagte mein Bruder. Er habe das so im Urin. Er meine, wenn's runtergehe, dann gehe es doch auch mal wieder rauf. Frage sich nur, wann.
Unter diesen Umständen, er wisse es nicht, müsse man fast froh sein, daß Vater nicht mehr lebt. Ob der sich da reingefunden hätte, das wär sehr zu bezweifeln. Und – wun-

dern könne er sich über diese Hungerei nicht im geringsten. Wenn man einen Schreibmaschinenreiniger zum Bürgermeister mache, und wenn man die großen Anbauflächen der Güter zerstöre, dann wär dies eben das Ergebnis. Von nichts komme nichts.

Und der Westen? Der hatte ja selbst zu kämpfen. Amerika werde nur im Fall einer Hungersnot Lebensmittel nach Deutschland schicken.
Da war das kleine Irland zu bewundern. Das spendete Zukker für Tbc-Kranke. Und die Schweden. Das werde man denen nie vergessen.

In der Zeitung stand was von Volkssolidarität. Wenn einer sieht, daß der andere Not leidet, dann soll er ihm helfen. Initiative und Volkssolidarität. Viele Reserven seien ja noch gar nicht ausgeschöpft. Die Quecken zum Beispiel, im Garten, ja nicht wegwerfen, die enthielten wertvolles Eiweiß.
Böses Blut machte das Gerücht, daß die Russen immer noch Kartoffeln zu Schnaps verarbeiteten.
Und die Sache mit der Butter, das war ja auch 'n dolles Ding. Die hatten sie extra ranzig werden lassen und zu Seife verarbeitet.

Mein Großvater meinte, ob das ganze Elend wohl davon komme, daß sich das deutsche Volk unter den Nazis von Gott abgewandt habe? Reihenweise seien die Leute aus der Kirche ausgetreten, »gottgläubig«, und »Jugendweihe«.
Er besuchte Vertiefungsvorträge von einem Pastor de Bor über das Vaterunser in der Klosterkirche abends, und meine Mutter ging mit trotz aller Lauferei.
»Ein fa-bel-haf-ter Mann«, sagte mein Großvater. Die Freiübungen hatte er eingestellt.

Mein Bruder ging auch mal mit. Der Bachchor umrahmte die Vorträge mit Motetten. »Warum nicht?« Aber als er dann wiederkam, sagte er, das sei nichts gewesen. Der Dirigent habe ja immer mitgesungen, das habe ihn gestört. Und »Ich – ich, ich, ich, ich...« oder was. Die kämen ja gar nicht zu Pott.

Mir faulte das Zahnfleisch. Die Ränder wurden weiß, und da drunter stank es.
»Alles Vitaminmangel, mein Junge.«
Paradentose.
»Wie geht's dem Vater?« sagte der Zahnarzt, als er mich hochtrat. Dann nahm er einen Draht und ätzte das abgefaulte Zahnfleisch mit Höllenstein weg.

Ich bummelte durch die Stadt. »Herumspijöken«, nannte meine Mutter das. (»Komm nicht so spät zu Tisch.«)
Die Tauschläden hatten es mir angetan. Was da alles angeboten wurde, unser alter Radioapparat zum Beispiel, den wir 1945 korrekt abgegeben hatten, und eine Rechenmaschine, die mir sehr bekannt vorkam.
Jede Menge alter Schuhe und Kleider. Und unter der Decke hingen Musikinstrumente, von denen allerdings nur die Schifferklaviere absetzbar waren. 120 Bässe. Die Fenster der Tauschläden waren mit dicken Gittern versehen, wie Juweliergeschäfte.

Schiebkarren ziehen oder Zigarren schieben, das war die Frage. Ich entschied mich für letzteres. Was ausbaldowern, looky-looky machen und schinschen.

Direkt unter den Augen der Polizei standen die Schwarzhändler, am Neuen Markt, bei Fanter.
KAMPF ALLEN KRIEGSBRANDSTIFTERN
Kleine Zigarettenfritzen oder auch Typen, von denen man alles kriegen konnte. Vom Päckchen Machorka bis zur Perlenkette.

Radioröhren waren sehr gesucht.

Auch Frauen standen da und Leute, die man früher im Foyer des Theaters gesehen hatte.
Eine alte Frau, die ein bißchen braunen Zucker verkaufen wollte, entkam nur mit knapper Not einer Razzia. Als sie zu Haus ihre Einkaufstasche öffnet, findet sie genau 36 000 Mark da drin. Die hatte ihr ein Schieber reingesteckt.

Mein erstes Geschäft: (»Da sieh dich man vor, daß du da nicht reinfällst – das ist nicht solide.«) Die Ikarette meiner Eltern gegen 1 Pfund Kakao und 5 Päckchen Zigaretten eintauschen. Für die Zigaretten kaufte ich Brot und Butter.
»Herrlich, Kinder«, sagte meine Mutter. »Fettlebe, nicht?«
Alle erstmal richtig sattessen und den Rest wegschließen.

Der Kakao wurde gegen ein Paar Schaftstiefel vertauscht. Ich ließ sie mit dem Leder meiner Schultasche besohlen.

Bei Uhren wurde gefragt: »Wieviel Steine?« Schwarzes Zifferblatt war besonders gefragt.

Butter kostete 200 Mark das Pfund und war jederzeit erhältlich und in jeder Menge. – Ein Anzugsstoff 1000 Mark. Vom Anzugsstoff 1 m abschneiden und den Rest als Kostümstoff verkaufen, für 900. Bei vier Kostümstoffen hatte man einen Anzugsstoff übrig. Der Haken war lediglich, daß Kostümstoffe sich nicht so leicht absetzen ließen.

»500 Mark – bis wann?« hieß es. Und: »Erst das Geld und dann die Ware.«
Urkapitalistische Erfahrung: Da braucht man ja gar nichts zu tun?! Und an jeder Hand bleibt was kleben. Wer war eigentlich der Angeschissene?

Den Sextanten verkaufte ich bei meinem Bruder im Kontor

an einen schwedischen Kapitän. Vorher hatte ich ihn schön geputzt.
»Ich geh solange weg, ich will mit deinen schmierigen Geschäften nichts zu tun haben«, sagte mein Bruder. 2000 Mark in Sachwerten sollte er bringen. In den Hosenbeinen hatte der Kapitän Strümpfe mit Zucker hängen, um den Bauch Kakaopackungen und Kaffee und Zigaretten.
Alles wurde kleinweis nach Hause getragen und mit Gewinn weiter verkauft. Eine Transaktion, die mich tagelang beschäftigte.
»Sag mal, schämst du dich nicht?« sagte mein Bruder. Ich wär ja ein Schieber, wie er im Buche steht. Wie in der russischen Gefangenschaft die Freies-Deutschland-Leute, die hätten ihm seine schöne Pfeife weggenommen.
Am Ende blieben 1200.– Mark übrig, ich hatte keine Ahnung, wo die herkamen. Tagelang ließ ich sie im Kleiderschrank liegen, ich dachte immer, vielleicht kommt einer, der noch was kriegt. Kein Zweifel, das war der »Gewinn«.

Ich sollte man keine Menkenke machen, sagte Lander zu mir, sonst würde er Tacheles mit mir reden. Er hatte sich das Nachtglas von Frau Kröhl, um das es ging, »unter die Vorhaut geschoben«, angeblich war Polizei dazwischengekommen, ich könnte froh sein, daß sie meinen Namen nicht rausgekriegt hätten. 6000 Mark hatte es bringen sollen.
»Wenn ich so dumm wär, wie du aussiehst...«, sagte er. Und: Ich wär ganz schön braun, aber nicht von der Sonne.
Immer wieder ging ich hin, ich ließ nicht locker. In der Neuen Werderstraße wohnte er, einer widerlichen Gegend, das Haus war von Sprengbombeneinschlägen quasi gar gekocht, grad daß die Mauern noch hielten. Übern Hof mußte man gehen, da hauste er in einer mit Teppichen ausgeschlagenen Garage. Wenn man klopfte, ging drinnen das Licht aus.

Schließlich steckte ich mich hinter Gisela Schomaker, die

mit ihm verlobt war, und da gab er mir dann sechs falsche Hundertmarkscheine. »Und nun hau ab und laß dich hier nicht wieder blicken.«

Die Scheine waren an sich echt, nur daß sie hinten keine Nummer trugen.
Ich ging auf die Post, suchte mir die gutmütigste Beamtin aus und zahlte das Geld auf mich selber ein, mit falschem Absender. (»Das ist doch Betrug, Walter!«)
Und als mir das Geld gebracht wurde, paßte ich höllisch auf.

Und dann hin zu Frau Kröhl und ihr beibringen, wieso sie nur so wenig kriegt.

Glücklich ist,
wer vergißt,
was nicht mehr zu ändern ist.

Sie stand am Ofen und sagte immer wieder: »Das hätte ich nicht von dir gedacht.« Wo sie doch meine Eltern so gut kennt, und immer so schön musiziert. Das einzige, was sie noch von ihrem Neffen besessen hätte. Pfui. Ohne einen Funken Anstand im Leib.
Ich saß auf dem Sofa und mußte mir das die ganze Zeit anhören.
Mein Vater, wenn sie an den dächte, ob das wohl seiner würdig wär?

In den Läden gab es Beinfarbe als Strumpfersatz, Tabasol zum Fermentieren von Eigenbau – ein Mittel, das, wie sich später herausstellte, keinerlei veredelnde Wirkung auf Tabak ausübte – und Pfeifen mit Holzmundstück.
Später dann Füllfederhalter aus Glas und aus Eisen, und wundervolle Taschensonnenuhren von Rüther. Aber das wirklich Wichtige gab's nicht. Täkse zum Beispiel, diese kleinen appetitlichen Holzstifte, die jeder Schuster braucht. Die Frage nach Täksen gehörte zu jedem Schwarzhändlergespräch.

»Hast du nicht 'ne Leica?«
Leicas, das waren Geschäfte für Profis. Die fuhren damit nach Berlin und kamen mit einem Koffer voll Zigaretten wieder zurück.
Lander konnte sowas. Drei Ringe am Finger und ein Bambusstöckchen in der Hand. Das war das Zeichen seiner Würde. Wir waren kleines Gehutsch für ihn. »Mach dich weg.«

Gisela trug einen Rock nach der neusten amerikanischen Mode, halblang, aus erstklassigem Stoff. Halblange Kleider seien weiblicher, fraulicher, stand in der Zeitung, dadurch würde die »Lagermode« abgelöst. Aber die Frauen schimpften. »Ausgerechnet jetzt länger, wo man keinen Stoff hat.«

Gisela machte einen verschüchterten Eindruck. Und Lander ging neben ihr her, so lauernd und abschätzend, ob nicht mal was angeschwommen kommt.

Fallschirmseide war auch begehrt, das Beste, was es überhaupt gab. Die Mädchen machten sich Blusen daraus.

HIER REISSEN!

stand dann hinten drauf.

Weniger begehrt war der alte Brockhaus, den mir Frau von Eschersleben anbot. Ich traute mich nicht, nach ihrem Schmuck zu fragen, die Ringe mit den altfarbenen Steinen. Auch mit der kleinen goldenen Uhr, die sie um den Hals trug, wär was zu machen gewesen.
Meine Mutter war nicht gut auf sie zu sprechen. Frau von Eschersleben kaufte nämlich im Konsum. Das konnte man doch nicht machen. Die kriegten doch bessere Zuteilungen als die gewöhnlichen Kaufleute, und die gingen nun kaputt. »Keinen Instinkt hat diese Frau«.
Kaufmann Paeper hatte sein Geschäft schon dichtmachen müssen. Eine Pappe hatte er ins Fenster gestellt: »Auf Wiedersehn.« Der war in den Westen gegangen.

Ich schnüffelte auf dem Dachboden herum. Das schöne Schiffsbild stand noch da. Das müßte man mal aufhängen. Der Fußball von Tante Hanni brachte 150 Mark. Seit 1939 lag er da, nie hatte ich damit gespielt. Rollschuh mit Doppelkugellager, der Uniformrock meines Vaters.
Die Kuckucksuhr erwies sich als unverkäuflich. Die gaben wir der Neidbäuerin.

Philip Morris, Camel, Chesterfield, Lucky-Strike: Die Zigarettenwährung war stabil, weil sie sich selbst aufbrauchte und ständig ergänzte. So ähnlich wie das Salzgeld der Neger in Afrika. Allerdings fielen die Preise allmählich. Die Amis landeten schließlich bei 8 Mark und zeitweilig sogar bei 6.–
Deutsche Zigaretten, Marke »Sondermischung«, gab es bald für 1 Mark das Stück, bei gleichbleibender Qualität. Bei den Amis war die Qualität gleichbleibend gut, bei den Deutschen gleichbleibend schlecht.

Ein Rätsel, woher Robert seine Zigaretten hatte.

Subjella hatte sich auf das Schieben mit Arzneimitteln spezialisiert. Er betrieb eine Art Praxis. »Asche-Verband«: Achsel-Schulter-Ellbogen, den hatte er im Feldscherfähnlein gelernt. Und den »Kornährenverband.« Durch sein Leiden war er wohl prädestiniert fürs Arztspielen. »Wenn ich schon Äther rieche.«

Mit seinem lahmen Bein stapfte er zum Intourist, früher Hotel Nordland, und behandelte geschlechtskranke Russen. Wüste Geschichten. Ein weißer Mantel und ein Stirnreflektor waren Hauptrequisiten. Der Stirnreflektor war besonders wichtig. Ohne den ging's nicht. Eleudron und Albucid.
Salvarsan.
Ein Russe ließ ihn mal holen, und als er ins Hotelzimmer

kam, saß da einer, den er vorher mal beschissen hatte, ein gestreiftes Turnhemd an, ein Mensch wie ein Schrank.
Ich verschaffte Subjella dann ein neues Brillengestell, die Gläser waren gottlob heil geblieben.

Auch Abtreibungen wurden versucht, d. h. sie wurden vorgetäuscht. Hanning machte die Narkose. Einer dicken Frau wurde Evipan gespritzt, aber das Zeug war wohl nicht echt, das wirkte kaum. Subjella fummelte ihr da unten mit einem weißlackierten Schuhanzieher herum.
Als sie dann aus ihrem kurzen Schlummer erwachte, wollte sie unbedingt das Kind sehen. Subjella hielt ihr ein mit Jod bekleckertes Zellstoffknäuel unter die Nase.
Der Mann verlangte es in Spiritus. Der wollte sich den »Flötus« in Ruhe ansehen. Also schlachtete Hanning ein Kaninchen. Die Niere mußte herhalten.

Subjella machte alles. Bei echtem Bohnenkaffee, in den er sich noch kristallines Coffein schüttete, erzählte er mir davon.
Der machte sogar die Letzte Ölung, wenn's drauf ankam.

Auf meiner Suche nach Tauschpartnern erinnerte ich mich eines Tages an Cornelli. Der war doch Weinhändler, der mußte doch noch Wein haben.
100 bis 150 Mark kostete die Flasche Wein auf dem Schwarzen Markt. Vielleicht würde man ihm 20 Mark abhandeln können? Vielleicht war er ganz froh, daß man sich seiner Sache annahm? Der saß vielleicht und grübelte, wie er an den Schwarzen Markt herankommen kann.

Das Zimmer, in dem er hauste, war schlecht gelüftet. Rechts neben dem Eingang stand ein Waschtisch mit Steingutschüssel und Krug. Links das Bett, auf dem er lag.

Mühsam und hustend erhob er sich.
»Setz dich doch, mein guter Junge, willst du denn nicht ablegen?«
Keine Zeit, keine Zeit. Nur eben mal kurz was fragen.
»Keine Zeit?« Das kam ihm sonderbar vor. »Ist dir eine Frist gesetzt? Siehst du irgendeine Barriere?« Ich sollte der Sache doch mal auf den Grund gehen, das könne er mir anempfehlen. Das sei doch ungewöhnlich, ein junger Mensch und – keine Zeit.
Selbst er, der er doch nun schon an der Wende stehe, habe Zeit, oder habe jedenfalls ein Bewußtsein von Zeit, über den Tod und über die Geburt hinaus, oder besser gesagt zurück. Das sei jetzt grade sein Denk-Problem. Präexistenz nenne man das wohl. Der Gedanke, im Raum zu schweben als eine Möglichkeit, Jahrtausende als Möglichkeit im Meer von Millionen Brüdern und Schwestern. Dann eingefangen zu werden: Dich nehmen wir jetzt. Du wirst realisiert.
(Hier liege auch ein Ansatz zum Verständnis dessen, was man Gnade nennt...)
Und nach dem Tod wieder zurückzukehren in den Kreis der wie Meeresleuchten phosphoreszierenden Monaden, da draußen, raunend von Menschenfreud' und Menschenleid. Wie ein Kreisabschnitt die Zeit, die wir verbringen. Und wer dran denkt, daß sie sich fortsetzt, für den sei Zeit nicht existent oder eben grade.

»Und wenn du sagst, mein lieber Junge, keine Zeit, keine Zeit, so ist das doch ein Nach-Denkfehler.«

»Sieh mal«, sagte er, stand mühsam auf und holte aus einer Lade Schere und Papier, »wenn man die Unrast in sich aufkommen spürt, dann muß man sie in Zeichen fassen«, und er begann aus dem Papier eine unregelmäßige Spirale zu schneiden. Sie hing herunter wie eine kleine Achterbahn. Dann ließ er sie fallen und ordnete sie, bis sie glatt und zur Ruhe gebracht als Blatt Papier auf dem Tische lag.

So tritt man abends an den Rand
Des Brunnens, wenn die Sonne sinkt.
Und schöpft sich mit gewölbter Hand
Und trinkt und trinkt –

»*Das* ist Zeit«, sagte er. »Willst du es auch probieren?«

»Wein?« Ja, Wein habe er noch. Er sah mich an, ob es denn sein müsse? Dieser schönen Stunde Gut. Dies schmerzliche Direkte.

Aber auch Verständnis hatte er, die Jugend, wer feurig geißelt das Gespann der Pferde, wie wird sie hin und hergezerrt, die Jugend, wie irrt sie, und wie muß sie kämpfen.

Er ließ sich auf ein Knie und grabbelte unter den Schrank und zog da tatsächlich eine Flasche hervor. Er rieb sie ab und fragte, ob er sie mir einschlagen solle?

»Acht Mark und fünfzig, möglichst klein.« Dann brachte er mich zur Tür und sagte: »Ruhe, mein Junge, Ruhe und – Wärme, nicht wahr? Wärme.«

15

Im September 1946 bekam ich endlich eine Lehrstelle. Arthur Lewin hieß die Firma, Druckerei und Büroorganisation, kurz ARLE-DRUCK und ARLE-ORG genannt. Mein Bruder hatte sie mir besorgt.
»Siehst du mal«, sagte er, »mein Walter, manus manum lavat. *Du* hast mir eine Stelle im E-Werk besorgt, und *ich* besorg dir eine im Druckgewerbe, wenn auch cum grano salis, denn Lehrjahre sind keine Herrenjahre, Walter, das weißt du doch wohl? Weißt du das, mein Walter? Du denkst immer, ich will dich schurigeln, dabei meine ich es doch gut mit dir.«

Wenn ich mal etwas auf dem Herzen hätte – er wär immer für mich da.

Mein Großvater kam von hinten und sagte: »Gottes Segen, mein lieber Junge. Wieviel verdienst du da?«
Und meine Mutter sagte, wenn ich später als Buchhändler auch Druckereikaufmann wär, das sei gewiß ein Vorteil. Denn hätt ich ja quasi von der Pieke auf gelernt. Es sei doch ein Unterschied, ob man ein Buch einfach so verkauft, oder obendrein noch weiß, wie es hergestellt wird. An so eine Überlegenheit könne man ruhig was drangeben. Lernen habe noch niemandem geschadet.

Arthur Lewin hatte im KZ gesessen und war von den Russen befreit worden.
Jeden Brief fing er an mit den Worten: Ich war so und so lange im KZ und bin Funktionär der SED. Und nie konnte er sich entscheiden, ob er das SED – oder das OdF-Abzeichen anstecken sollte.
Schade sei es eigentlich, daß die gute alte KPD nicht mehr

besteht. So wie Kaiser Wilhelm, der habe ja auch bedauert, daß er bloß noch in zweiter Linie König von Preußen ist.
Lewin saß mit seiner ARLE-DRUCK in einer schönen Villa. Die hatte Prof. Böttner gehört, der in der Partei gewesen war und da rausgemußt hatte.
Tagelang entwarf er Briefköpfe für ARLE-DRUCK und ARLE-ORG in die er Koggen einbezog. Stilisierte Spruchbänder im Himmel, nach Art alter Topographien, mit ARLE-ORG darin und mit Fähnchen am Besan-Mast: ARLE-DRUCK. Und die Koggen hießen alle A. Lewin.

Addi, sein Sohn, hielt den Betrieb in Gang.
»Du warst min Geschäftsführer!« sagte er am ersten Tag und faßte mir in die Rocktasche, ob ich nicht was zu rauchen für ihn hab.
»Kempowski iss jetzt bei uns, von der Reederei der, kennst du doch«, sagte er am Telefon. Und: »Geben Sie Gedankenfreiheit!« schrie er, denn er war Schauspielschüler gewesen in den Jahren der Nürnberger Gesetze, und dann stieg er wie ein ruinierter Geschäftsmann mit letzter Kraft die Treppe hoch und fiel hinunter. Dazu wurde gellend geschrien, »ach!« und »och!« und wie der Geschäftsmann macht, wenn er sich nicht richtig getroffen hat, matt daliegen und mit versagender Kraft nach dem Revolver tasten.

Wenn der Briefträger wieder einmal einen Zahlungsbefehl brachte, wurde durch das Haus geschrien und die herzkranke Mutter, die nur im Sitzen schlafen konnte, mußte aus dem Küchenbüfett das Hausstandsportemonnaie herauskramen: »Ich hab sieben Mark fuffzig!« und die Töchter nahmen die Handtasche vor.
Einmal wurde auch gesagt: »Mein Vater ist grade nicht da«, und der stand hinter der Tür und legte den Finger auf die Lippen.

Die Mutter hockte sich manchmal auf die Treppe und beobachtete uns durch zwei Stäbe des Geländers, wobei sie

sich am Strumpf kratzte. Man hatte dann so ein komisches Gefühl im Nacken, als ob's zieht, und dann wußte man: aha! die hockt wieder auf der Treppe und beobachtet dich.
Hinterher schob sie behutsam die Glastür zum Zimmer ihres Mannes auf und flüsterte.
»So?« hörten wir ihn sagen.

Als Buchhalter war ein Schwager untergekrochen, Karl Ahne, der sah auch so aus. Er war »Piginelli« gewesen und hätte eigentlich Trümmer schippen müssen.

Addis Schwestern machten die Korrespondenz, den Rest der Arbeit besorgten drei weibliche Lehrlinge.

Meine erste Arbeit war Tinte abfüllen. Für ARLE-ORG hatte der Alte ein Faß gekauft, und ich mußte sie mit einem Gartenschlauch in Gläschen füllen.
Ich machte das auf dem Hof. Wenn was vorbeifloß, klopfte Arthur Lewin ans Fenster und machte die Geldzählbewegung. Das wär alles sein Geld, was ich da vergeude. Und einen Stock höher kuckte die Frau aus dem Klofenster und schüttelte den Kopf.

Das Entrosten eines ausgeglühten Drucktiegels. Man hatte ihn aus den Trümmern geborgen. Ich nahm ihn auseinander, reinigte jedes Rädchen und setzte alles wieder zusammen. Ein Mechaniker brachte das Ding dann tatsächlich wieder in Gang.
Das war die erste Maschine der ARLE-DRUCK. Bald kamen größere Schnellpressen dazu, auch ausgeglüht und rostig. Wenn man sah, wie verrottet diese Apparate waren und wie gut sie nachher liefen, mit dem Schwungrad und dem Ausleger, klick-klick-klick, das war schon ein Gefühl. Beim Abladen mußte man aufpassen, daß man nichts verliert.

Dann kam ich in den Materialkeller, ja nicht den Perlleim rausgeben, der mußte gespart werden, wenn's wieder richtig losgeht.
In den Regalen lagen Heftgaze, Leinen, Kunstleder in allen Farben. Das roch gut.
Ich fertigte eine Kartei an, die allen sehr gefiel. Als ich aber dann mal aus Versehen Kunstleder statt Leinen herausgab, da wurde ich gefragt, ob ich'n paar hinter die Löffel haben will. In die Ecke mußte ich mich stellen.
»Alle mal herkommen!«
Ich wär so dumm wie gelbe Pavianscheiße, sagte Addi. Sie sollten mich mal ankucken, völlig degeneriert, nicht? Dies Profil? Ein Prototyp der Degeneration. Sohn eines »königlichen Kaufmanns«. Ich hätte allenfalls Ahnung vom Tennisspielen und Reiten, das würd ihn nicht wundern, aber ein Kaufmann würde nie aus mir. Ob's vielleicht schon einen Bluter in unserer Familie gäb?

Die drei weiblichen Lehrlinge waren nicht sehr reizvoll. Die eine dick und triefäugig, die zweite wie ein BDM-Mädchen, das grade Blockflöte spielt, die dritte ganz nett, aber immer so amtlich. Wichtig ging sie von einem Zimmer ins andere. Außerdem stammte sie aus Stettin.
In Stettin, da gäb's doch lauter Straßen, die auf Plätze führten, von denen wieder lauter Straßen abgingen? fragte ich sie.
In Stettin habe mal einer meinem Bruder absichtlich den falschen Weg gezeigt.
Daß ich auch bloß Lehrling war, das wunderte sie. Sie habe extra noch mal auf meiner Lohnsteuerkarte nachgekuckt, ich redete ja immer so klug.
Engelbrecht hieß sie. Ich nannte sie Engelborn. Ein sonderbar kompaktes Mädchen.
Eigentlich ganz nett.

Beim Tippen kam mir mein Abschreiben von Morgenstern-Gedichten zugute. Vier-Finger-System, das ging ganz flott.

»Hier*mit* teile ich Ihnen *mit*...« Wenn man so angefangen hatte, dann konnte man den Brief gleich wegschmeißen.
Den richtigen Abstand vom Rand. ›Unser Zeichen – Ihr Zeichen‹. »Ke« oder »ski«?
»Titl.«, wenn man nicht weiß, ob der Adressat Frau oder Fräulein ist, das lernte ich, und was ›betr.‹ und ›bez.‹ heißt.

Der Piginelli sagte: »*Mit* den Wölfen muß man heulen, Herr Kempowski.« Es tät ihm leid um mich, daß ich so verblendet wär und überall meine Meinung sagte. (»Unser kleiner Idealist«.)
»Sie werden schon sehen, was Sie davon haben.« In Zeitungspapier brachte er gekochte Kartoffeln mit, als Frühstücksbrot.

»Ich geh eben mal los.« Das war Freiheit. Auf meinen abgetretenen Holzschuhen ging das quasi immer bergauf, denn die Absätze waren weg.
Mal eben in die Stadt gehen und stundenlang nicht wieder an den Laden kommen.
Zur Post oder zur Bank.

Auf der Bank hielt mich Herr Kerner an: »Sie sind jetzt bei ARLE-DRUCK, Herr Kempowski? Lewin? Was ist das eigentlich für einer? Wo kommt der her?«

Oder zum Kulturbund. Was früher die NSV war, das war jetzt der Kulturbund, da konnte man ohne weiteres beitreten, das war nicht kompromittierend.

Abendlüftchen im zarten Laube säuseln...

Ich mußte dort mal den Entwurf einer Geschichte der Arbeiterschaft Rostocks abholen. Ob es dafür Papier geben würde, stand noch dahin. Aber die Buchstaben konnte man ja schon mal auszählen.

Am Schillerplatz saß der Kulturbund, schräg gegenüber vom Konservatorium, in der grünen Villa des Fabrikanten Samuel, auf dessen Rasen zerbrochene Schallplatten gelegen hatten, 1938.
Im Treppenhaus hing ein Bild von Alt-Rostock, weidende Kühe vor dem Kröpeliner Tor. Das war eine Leihgabe des Museums.
Matthes, der jetzt hier Direktor war, kam aus einem Zimmer heraus mit Ludolf Fiesel vom Museum. Sie tuschelten zusammen und Fiesel sagte: »Nach Schwerin kommen Sie jetzt? Ans Ministerium?« Das freue ihn. Nein, das freue ihn aber sehr.

Der Springbrunnen in der Mitte des dreieckigen Platzes war noch immer abgestellt. Ich setzte mich auf eine Bank, die von einer verwilderten Ligusterhecke umgeben war und blätterte in der Geschichte der Arbeiterschaft. (Eine Schreibmaschine ohne großes Ä.)
Der Tod des Handwerkerführers Runge spielte da eine große Rolle und: Im Hause Koßfelderstraße 30 seien in den ersten Maitagen des Jahres 1945 Rostocker Antifaschisten mit sowjetischen Offizieren zusammengetroffen, um zu beraten, wie die Karre aus dem Dreck zu ziehen ist. Die harten Arbeiterfäuste hätten dann zugepackt und mit Hilfe der sowjetischen Besatzungsmacht sei der Wiederaufbau eingeleitet worden.
Zuklappen und die letzte Herbstsonne genießen. Heidi Kleßmann und Gina Quade. – Und Eckhoff, dieses Mistvieh.

»*Jetzt* kommst du erst wieder?« schrie Addi. »Wo bist du gewesen?« und ich mußte eine Liste aufstellen, wo ich überall gewesen bin, mit Uhrzeit, ganz genau. Die Liste war kurz.
»Von 9.30 Uhr bis 10 Uhr im Kulturbund und dann Kommandantur.«
Die Kommandantur war ein gutes Alibi. Jede Visitenkarte,

die gedruckt werden sollte, mußte nämlich zur Kommandantur getragen und genehmigt werden. Und das war mein Ressort.
›Nach Zirkus Sarasani gehen‹, hieß das, bunte Glühbirnen an der Fassade. Und zwischen den Fenstern Bilder von Stalin, Lenin und von Marx.
(Man könne doch keine Philosophie zur Staatsdoktrin machen, hieß es, was würden die Leute sagen, wenn wir plötzlich alle nach Kant oder Schelling leben wollten, oder was weiß ich nach wem.)
Die Ankersteinbaukasten-Architektur des Wilhelminischen Baues paßte gut dazu.

Vor der Kommandantur stand ein Lautsprecher. Ob's regnete oder hagelte, oder ob die Sonne schien, das Dings tönte unaufhörlich. Ruhmestaten der Sowjets wurden in die Gegend geschrien (auf Russisch), und dann kamen Triumphmärsche.
»Die armen Leute, die in dieser Gegend wohnen. Die können sich ja 'n Strick nehmen.«

Früher war das hier mal eine ganz stille Ecke gewesen, mit Krokussen im März und mit einem Denkmal des Afrikaforschers Pogge.

Den Eingang der Kommandantur versperrte ein Posten, mit einer Balalaika umgekehrt vorm Bauch, den Lauf nach unten. Mit Händen und Füßen mußte man reden, bis er einen reinließ.

Auf dem Korridor mußte man dann lange warten. Ich wandte die Döstechnik an, dann ging das.

Der Zensurbeamte war ein älterer Offizier, der hatte gepflegte Hände, silbergraues Haar und einen wundervollen Schnurrbart. Wie aus der Zarenzeit sah er aus. Immer wie-

der ging er knirschend den mit Kokosläufern belegten Gang hinunter.
Dann wieder zurück, nein, er sah mich nicht, auch wenn ich den Finger hob oder mich ihm näherte. Es war noch nicht so weit.

Das Zensieren machte er sehr akkurat. Er setzte eine Nikkelbrille auf dazu, tunkte den Federhalter ein. Stahlfeder, Marke Ly, und die Tinte war aufgelöster Kopierstift.
Schwung holen in der Luft und dann mit dem Federhalter zur Landung ansetzen.

Alles mußte genehmigt werden. Sogar Kassenbons. Da war der Zensurvermerk unten drauf länger als der ganze Text.
In ein großes Buch wurde das eingetragen und nochmal nachgekuckt, ob alles stimmt: Die Nummer? hatte man sich nicht geirrt? Schnurrbartzwirbeln, alles klar.

Einmal stürzte mir ein Herr entgegen, als ich grade in die Kommandantur hineinging. Der sprang die Treppe hinunter, der Hut flog ihm vom Kopf, er lief, was er laufen konnte. Matrosen und andere Soldaten hinter ihm her. Einer schoß in die Luft, ich sah Funken aus dem Lauf sprühen.
Wo hier wohl die Wasserbehälter waren, zum Foltern.

Abends ging ich mit meinem Bruder zur LDP. Subjella war auch da und Hanning und Dick Ewers, immer allemann. Handgeben nach Friseurart, niemals »wenn« sagen (Wenn meine Tante Räder hätte ...) und daß Artie Shaw manchmal eine ganze Nacht lang klassisch spielt.

> Bin ich auch nicht Clark Gable
> und du nicht Myrna Loy,
> so hab ich doch ein Faible ...

»Wer gibt mir eben mal'ne Stabbel?«

Das Allerneuste: Charly Ball war bei der Stoltera in die Ostsee gegangen, immer weiter rein. Der hatte wohl keine Lust mehr gehabt. Die ganze Nazizeit über sei er immer dagegen gewesen, irgendwie halbarisch oder viertelarisch, und nun hätten sie ihm die Lagerhallen beschlagnahmt und die Maschinen abmontiert. Der hatte gedacht: Gott sei Dank den Krieg überstanden, nun kann's richtig losgehn, und dann war alles aus. Das war nun der Dank dafür!

Wir saßen auf den Schreibtischen und zählten immer wieder auf, was der Russe alles Schlimmes macht, und daß was geschehen muß. Da hätte man die Nazis ja auch ebensogut behalten können.
»Wer in die SED eintritt, der kriegt ein Radio.«
Das wär ja Korruption oder Begünstigung. Was der Westen wohl dazu sagte. Das müßte drüben mal einer erzählen. Mit Kurier einen Brief rüberschicken?
»Wer ist dafür, daß wir einen Kurier rüberschicken?«
»Wer ist dagegen?«
»Stimmenthaltungen?«

An sich habe man gar nichts gegen sozialistische Ideen, in Grenzen wohlgemerkt, in Grenzen. Aber die Russen machten den Fehler, *ihr* System *uns* aufzuzwingen. »Was für die richtig sein mag, muß für uns noch lange nicht gelten.« Zum Beispiel diese häßlichen Spruchbänder, widerlich, die verschandelten ja die ganze Stadt.

Mein Bruder spuckte Tabak aus und hielt ein Referat über Reparationsentnahmen 1918 und 1945. »Ein Vergleich.« A: Die moralische Berechtigung und zweitens: »Aber doch nicht so!« Man werde ja direkt ausgepowert. »Da ist Versailles noch ein Waisenknabe gegen.«
Damals wär wenigstens alles aufgeschrieben worden, ordnungsgemäß, die Deutschen selbst hätten anliefern können und denn abhaken. Jetzt wär das ja reinstes Räubertum. Aber, ruhig Blut! Er habe Sorge getragen, die würden sich

wundern. Beim Friedensvertrag würde er sich plötzlich melden (»Gentlemen, hier bin ich«): »Bitte, meine Herren, überzeugen Sie sich selbst...« und dann die Unterlagen vorlegen. Noch und nöcher rausgeholt.
Bei ihm stehe jede Stecknadel zu Buch, die den Rostocker Hafen verlassen hat.
Ob er allerdings auch ferner einen Einblick habe, das stehe dahin, denn eben tue sich eine Berliner Firma auf, die den ganzen Kram übernehmen soll. Und dann wär der Ofen bei ihm aus.

Ein andermal wurde über die CDU diskutiert. Wer war da überhaupt drin? »Die führt so'n richtiges Schattendasein.« Vielleicht wühlte die hinter den Kulissen und komme dann plötzlich als strahlender Sieger hinter dem Vorhang hervor. Intrigiere hier gegen uns und biedere sich beim Russen an? »Das kommt noch so weit, daß wir uns gegenseitig bekämpfen, paßt mal auf! Wie in der Mostrich-Republik. Begeifern uns und bewerfen uns mit Unflat, und der Russe reibt sich die Hände.«

Ja, die »Reichsbananen«, sagte Robert, an die erinnere er sich noch, und an die Völkischen und was nicht alles. ›Rumpelstilzchen‹, der habe das so gut beschrieben, diese grünen Bände, und: »Die Ziets und andere« von A. – Da müsse man gleich einen Riegel vorschieben, das dürfe sich nicht wiederholen.
»Wer geht mal zur CDU? Kontakt aufnehmen.«
»Wer ist dafür?«
»Dagegen?«
»Stimmenthaltungen?«

Zur Verkündigung der Nürnberger Urteile saßen wir um den Radioapparat herum, wie auf dem Bild: »Der Führer spricht«.
(Seyß-Inquart, was war das eigentlich für einer?) Hans Zilinski kommentierte. »Death by hanging«.

»Gut«, sagte Subjella, »ich geb 'ne Runde aus.«
»Ja, gut«, sagten wir alle. »Prost!« und schade, daß Göring ihnen entwischt ist. Diese dicke Sau. »Ich hör ihn noch: Meyer will ich heißen, wenn ein feindliches Flugzeug die deutsche Grenze überfliegt.«
Und »Karinhall«, sowas müsse man sich mal vorstellen. »Reichsjägermeister«, mit einem Lederkoller und Pumpärmeln. Wie ein Landsknecht aus dem Mittelalter. Oder in weißer Uniform, Ritterkreuz, Großkreuz und Pour le mérite, drei Halsorden, sortiert wie ein Skatblatt. »Was der sich wohl geärgert hat, daß der Blücherstern nicht wieder aufgelegt worden ist.«

Nein, der Nürnberger Prozeß war richtig. Aber, die Leute aufzuhängen! Eine Kugel, das wär doch fairer gewesen. Keitel – »Lakeitel« – mag er nun gewesen sein, wie er will. Offiziere hängt man nicht.
Schlageter zum Beispiel, den hätten die Franzosen doch auch erschossen, und die ließen sich doch keine Gelegenheit entgehen, uns zu demütigen.
Warum sie wohl keine Bilder zeigten von dem Galgen? Ob der tatsächlich aus Holz war? Mit einer Fallklappe im Podest? Sowas interessiert einen doch.

Und Rudenko – mitten in einer Gerichtsverhandlung Göring anzuschießen! »Ein deutscher Offizier hätte getroffen.« Naja, der Polenkrieg, das mußte ihnen ja auch peinlich sein.
Und Jackson? Die Angeklagten immer nicht ausreden zu lassen? »Halten Sie den Mund!« Bald wie Freisler, nicht?
Völlig unverständlich. Und die wollten uns Humanität und Rechtsstaatlichkeit beibringen. Wer wohl die ganzen Verbrecher von der Anders-Armee vor Gericht zieht und Katyn!
Ein Jura-Student erklärte, daß der Nürnberger Prozeß eigentlich gar nicht geht, weil die Gesetze, auf denen die Urteile fußten, ja erst hinterher gemacht seien. Rückwir-

kend könne man doch eigentlich keinen bestrafen. Nulla poena sine lege. Dann wär einfach umlegen schon ehrlicher.

»Das ist nicht unser Bier«, sagte Robert. Seinswegen wär das in Ordning. Aber Heß, daß sie den einsperrten, das wurme ihn. Der sei doch schließlich nach England geflohen, um Frieden zu machen. Wenn's mal wieder Krieg gibt, traute sich ja niemand mehr, was dagegen zu unternehmen. Mit seinen Reparationszahlen zum Beispiel, das würde ja bedeuten, daß ihm die eigne deutsche Regierung eines Tages, hinterher, wenn er sie aufgedeckt hat, und alles ist klarer Fall, daß die ihm hinterher noch den Prozeß macht wegen Indiskretion oder was.
In diesem Sinne wolle er sich das noch einmal überlegen mit den ganzen Zahlen, ob er die nicht vielleicht doch wegschmeißt, sonst hat man am Ende nur Scherereien davon. Was?

Ribbentrop, der Sektvertreter: den englischen König mit erhobener Hand zu grüßen, so ein Idiot.
Und Baldrian von Riecharsch nur 20 Jahre Zuchthaus. »Glück gehabt, würde ich sagen«.
Wie sie wohl grade auf 20 Jahre gekommen wären. Es hätten doch auch 19 oder 21 sein können. »Wie die das wohl ausrechnen.«
20 Jahre, das war ja zackig lange. »Wenn er jetzt 40 ist, denn ist er dann 60. Aber er kriegt bestimmt Bücher und Zeitungen. Vielleicht auch Radio.«
»Ich würde mich lieber gleich dotschießen lassen.«
Was war Axmann eigentlich für einer gewesen? Wo der wohl steckte. »Der hatte doch'n Holz-Arm, nicht?«

Wo wohl die andern alle steckten. Oberlindober, diese Existenz. Das klang ja wie »ob er aber über Oberammergau« und die Scholz-Klink, die Frauenführerin. Ihre Frauenregimenter könne er nicht gebrauchen, habe Göring gesagt, »da machen meine Flieger ja lauter Bauchlandungen«.

(Das war ein Witz.)
Und Tschammer-Osten. Auch'n doller Name.

Und Schacht freigesprochen, dieser alte Fuchs, das war eigentlich ein dolles Ding, dem gönnte man das. Der hatte immer so patzige Antworten gegeben. »Und damals die Inflation abgeschafft.«

Ob Hitler noch lebe?
»Das soll meinen Arsch nicht kratzen.«

Im Wahlkampf zogen wir nachts los, Plakate kleben. Kleister aus Mehl, das schwarz besorgt wurde. »Bei mir könnt ihr das ganze Schaufenster zukleben«, sagte ein Geschäftsmann am Hopfenmarkt. Als wir es dann taten, lief er zum Rechtsanwalt.
Die SED (»Ich kam von links, und du, Genosse, kamst von rechts«) habe 100 t Papier bekommen, für den Wahlkampf und LDP und CDU zusammen nur 10 t, hieß es. Die SED sei eine Massenpartei, deshalb müsse sie mehr haben.
Und 3 Zentner Einkellerungskartoffeln wurden versprochen, falls die Bevölkerung SED wählt. (»Bloß den Russen nicht verärgern, und ja die frühere KPD wählen!«) »Sowas nenn' ich Demagogie reinsten Wassers.«

Sie hatten Schläger in ihren Klebekolonnen. Mit dem Pinsel wurde losgedroschen. Ich hielt mich zurück.

Külz kam aus Berlin und sprach im DEFA-Palast und Lemmer kam für die CDU, der sprach einen Sonntag drauf. Wenn man die 10 Gebote beherzigt hätte, dann wären die Nazis nicht ans Ruder gekommen, sagte er und rechtfertigte damit das C.
Unser Parteivorsitzender meinte, die LDP wäre eine wunderbare Partei. Naumann zum Beispiel, das sei einer gewe-

sen! In Weimar. In einer Zeit, wo so alles drunter und drüber ging, da sei er so pfeifend hinter einer Litfaßsäule hervorgekommen, er sehe ihn noch vor sich. Die Hände in der Tasche und pfeifend. Und er schickte sich an, es vorzumachen, wie Naumann da hinter der Litfaßsäule hervorgekommen ist.

Leider hatten wir einen älteren Herren in der Ortsgruppe, der fühlte sich dauernd übergangen. In den Parteiversammlungen schrie er fortwährend: »Unzulässig! Nicht erlaubt!«
Man kam überhaupt nicht zu Wort.
Welche in die Schnauze schlagen, ginge nicht, weil wir liberal wären, wurde gesagt. Schade.
Und rausschmeißen?
»Wer ist dafür?«
»Dagegen?«
»Stimmenthaltungen?«

Bei der LDP lernte ich Fritz Legeune kennen. Der trug runtergerutschte weiche Schaftstiefel, eine Pelzmütze und einen schwarzen Umhang. Fritz Legeune.
»Was hat er für lustige Augen«, sagte meine Mutter. »Das ist mal ein sympathischer Junge.«
Und mein Bruder sagte: »Den halt dir man warm.« Schade, daß *er* keine Freunde habe, die seien alle im Eimer.

Wir waren bald jeden Abend beisammen. Er besuchte mich und ich ihn. Wir hatten eine Straße abgemacht, die wir immer gingen, und meistens sah man sich schon von weitem.

Siehe da, die Hütte
Gottes bei den Menschen!

Dann wedelte man mit den Armen. Das war der Entgegenkommeweg.

Er wohnte in der Blutstraße bei seinen Eltern. Sein Vater war Haut- und Geschlechtsarzt.
»Herr Doktor, kommen Sie bitte mal schnell, ein alter Mann kann kein Wasser lassen!«

Es tut mir Simoleiten,
daß ich Jugnaten
nicht mit einer Flasche Wein
aufwarten kann.
Pojegen kann ich Ihnen
ein Bier anbieten.

Diese Art Witze machte er.
Ein Atlas mit Fotos von Wachspräparaten erkrankter Geschlechtsorgane stand in seiner Bibliothek. »Die Gefährlichkeit des Trippers für die Ehefrau. Ein Mahnwort.« Das war der Titel eines Aufsatzes. Zahnarzt habe er nicht werden wollen, sagte er, andern Leuten in den Mund zu kucken...

Sehr viel Geld hatte er aus Königsberg mitgebracht. (»Königsberg, unser Paradies!«) Da es keine Möbel gab, kaufte er sich Antiquitäten. Ein Biedermeiersofa und einen Barockschrank.
Neben dem Erkerfenster stand ein zierlicher Sekretär, dessen Mittelfach Fritz mit einer Sicherheitsnadel öffnete. Dort war nämlich der Tabak, den Dr. Legeune von Russen für illegale Behandlungen bekam.
Zwei Fingerspitzen, das genügte. Das tat er in sein Etui aus Tula-Silber, und schön wieder abschließen das Schränkchen, und alles wieder richtig hinlegen.
»Hier scheint es Mäuse zu geben«, hatte der Vater mal gesagt.

Fritzens Zimmer war lang und schmal. Von seinem Fenster aus konnte man auf die Straßenbahn hinunterkucken. Die sah wie ein Brikett aus.
Fritz Legeune. Einen Brillanten hatte er am kleinen Finger, und damit ritzte er das Wappen seiner Familie in die Fensterscheibe.

Der Ofen bollerte, er wurde mit Papiersäcken gespeist, das wärmte ganz gut. Die Lampe knipsten wir aus, nur die Skala des Radioapparates war erleuchtet. Und drüben die glimmende Zigarette des andern. AFN: »The Vocal Touch«, diese Sendung hörten wir am liebsten. Sie begann mit dem Walzer »Out Of My Dreams.« Glenn Miller und Frank Sinatra oder »One Sunday Morning«, ein Schlager, in dem Glocken geläutet wurden.
Big Bands: Trompeten im Fistelton. Phantastisch diszipliniert. Unverständlich, warum die Amis nicht endlich die Atombombe auf Moskau warfen.

War nichts im Radio, dann nahm Fritz seine Querflöte von der Wand und spielte das Thema Friedrichs des Großen aus dem berühmten Flötenkonzert. Seine wohlgeformten Finger mit dem runden, in Silber gefaßten Amethyst, »der Nachtring«, den er nur trug, wenn's dunkel wurde.

Oder er erzählte von Ostpreußen, von Onkel Benjamin, der nicht ganz richtig gewesen war. »Wenn wider Erwarten ein Patient kommen sollte – ich bin im Ratskellör.« Eine ganze Schildersammlung hatte man in seinem Schreibtisch gefunden: »Bin gleich wieder da«, »Bitte warten«.

Oder von Onkel Joseph, einem Windhund. »Ströme von Gold werden sich über mich ergießen«, hatte er gesagt, als er sich verheiratete.

Sommerferien auf dem Gut von Onkel Paul. »Möchte der gnädige Herr ausreiten?« so war das gewesen. Hoch zu Roß die Felder inspiziert. Und die Arbeiter nahmen die Mützen ab, und Onkel Paul sprach Platt, und der Vorarbeiter versuchte Hochdeutsch zu sprechen.
»Und 1918, als die Bauern neue Touren einführen wollten, da ist er in sie hineingeritten und hat mit der Reitpeitsche dazwischengewichst.«

Oder ich erzählte von meinem Großvater: »Ditmal betahl ick noch so ...« Oder von meinem Vater: »Das ist natürlich wieder alles falsch.«
Manchmal auch von Tante Silbi, die meinen Eltern mit ihren Eskapaden die Friedenszeit vergällt hatte. »Ich bin doch nicht euer Popanz!« und »du Hund!« Ausgespuckt hatte sie.

Fritz machte ein Gedicht:

> Ob sich die Straße düster neigt,
> ob sie im Staube aufwärts steigt,
> im Mondlicht blinket weiß und rein:
> ein Meilenstein.

Darüber schrieb er: DU.
Damit meinte er mich.
Und er malte mich auf grauem Papier, im Hintergrund Bücher, auf deren Rücken man »Faust« und »Morgenstern« entziffern konnte. Walter de Bonsac, 1946, Fritz Legeune pinxit.

»Walter de Bonsac« stand auch auf dem von ihm entworfenen Exlibris, das wir uns bei ARLE-Druck machen ließen. Auf seinem stand Frédéric Legeune. Und zwei Flamingos waren da drauf, seiner rechts und meiner links herum. Mit Rankenwerk.
Später einmal, wenn wir längst tot sind, so stellten wir uns vor, wenn dann einer im Antiquariat zwei Bücher entdeckt, mit zwei Flamingos, einer rechts und einer links herum, das müßte den doch sonderbar berühren. »Das sind zwei Freunde gewesen«, würde er sagen und vielleicht eine Novelle darüber schreiben.

Spät wurde es.

> Ich habe meine Kerze ausgelöscht ...

Wir lagen und hörten unter Rückkopplungsgeräuschen und Schwund Musik von Drüben. »All The Things You Are.« Für ihn, den Arztsohn, gab es in Rostock kaum eine Chan-

ce. »Arbeiter- und Bauernfakultät«, wenn man das schon hörte.
Auswandern? Weggehen? Aber wohin? Der Ami schickte einen womöglich zurück. Man war eben Deutscher.

Er brachte mich nach Hause und ich ihn, und er wieder mich. Einmal fiel Schnee und dann die matterleuchteten Fenster. Das Kloster der Brüder zum Gemeinsamen Leben und gleich daneben das Gefängnis. Das mußte doch kalt sein, da drin? Ob die wohl hungerten?

Schrank. Weshalb heiße es überhaupt ›Schrank‹. Oder ›Weg‹. Wieso ›Weg‹? fragten wir uns. Daran allein schon könne man die Sinnlosigkeit des Lebens erkennen.

> Wollt ich geboren sein?
> Ich wurde nicht gefragt...

Am besten, man ginge in die SED und werde Funktionär, oder – man nehme sich das Leben.

Manchmal saßen wir auch bei uns, im eiskalten Wohnzimmer. Meine Mutter machte uns Plinsen aus Fegemehl, sie hatte Frostbeulen an den Händen. »Und hier ist noch ein Stückchen Kaffeetorte!«
Ob wir sonst noch etwas brauchten?

Ich spielte Klavier, immer dieselbe Akkordfolge, immer wieder und wieder.

> Der silberweiße Reiher,
> ist er nicht vielleicht
> nur
> Schneegestöber?

Schade, daß ich nicht den Walzer aus »Illusion« spielen konnte, der hätte gepaßt.

> Graue Bilder hängen wie Gespenster,
> In den Büchern brüten Irrsinn oder Dung.
> Ach, ein Trieb zwingt mich zum offnen Fenster:
> Einmal, weiß ich, tue ich den Sprung!

Oder lieber Rattengift? Aber dann kotzte man womöglich alles aus. Und dann geht das wieder von vorn los.
»Wird Selbstmord eigentlich bestraft?«

Wozu Abitur, fragte er sich, es sei ja doch alles umsonst. Nie würde er studieren können, aussichtslos. Diese Russenscheiße, die stehe wie eine Wand vor einem, da gäb's kein Entrinnen.
Und noch'ne Zigarette. »Eine hab ich noch.«

Ein schwarzes Samttuch müsse man auf den Tisch legen und Kugeln aus Bernstein oder Elfenbein ausrollen lassen, wie sie zueinander stehen, die Konstellation. Und eine aus Stahl dazwischen oder aus Glas.

»Ihr sitzt da und spinnt und spinnt«, sagte mein Bruder, »ihr seid mir so Sophisten.« Das wär genauso wie mit der Als-ob-Philosophie. Der Tisch hier, sei der vielleicht nicht da?
Selbstmord? Das komme für ihn auf gar keinen Fall in Frage. Er sei doch kein Feigling.

Aber Fritz tat es dann doch. Frédéric Legeune – der Feldwebel hatte immer Le-ge-une gesagt –, ein Flamingo im Exlibris, den Nachtring an der wohlgeformten Hand. Er schluckte 27 Schlaftabletten. Die hatte er sich nach und nach von seinem Vater für den alten Herrn de Bonsac geben lassen, der schlafe immer so schlecht.

Als ich ihn am nächsten Abend abholen wollte, kam er mir nicht entgegen, und hinter der Wohnungstür schluchzte die Mutter. (»Aschinger! Einmal noch nach Berlin, wo das Leben brandet!«)
Der Vater holte mich in seine Praxis, durch das Wartezimmer hindurch, in dem die Huren saßen. Wir wären ihm die rechten Streuselkuchenkavaliere.
Diesmal komme Fritz noch wieder auf.

Meine Mutter sagte: »Ja, mein Jung. Da mußt du nun durch.« O, sie wüßt es noch, als Mädchen, da hätte sie mal alle 9 Sinfonien von Beethoven in einer Woche gehört, jeden Tag zwei.
Und Weltschmerz, immer habe sie Weltschmerz gehabt. Alles habe ihr so bevorgestanden, und sie habe sich immer so schwach und mutlos gefühlt.
Auch jetzt. Ihr Herz blute, wenn sie an Vati denke, der habe oft so gar kein Verständnis gehabt, sei oft so sonderbar gewesen, der gute arme Mann. Wie sollte er auch sein. »Bei dem Elternhaus.«
Da müsse ich nun durch.

Und an Ulla schrieb sie, ihr Peterpump mache ihr solche Sorge, er sei so sensibel, nähme sich alles so zu Herzen. »Gedanken hat er ja überhaupt, da muß man staunen... Ein Jammer daß er die Schule nicht zu Ende gemacht hat...«
Langaufgeschossen sei ich und so durchsichtig. Wenn's irgend ginge, ob sie nicht doch mal was schicken könne? Über Hamburg? Talg? Speck? Butter? Oder vielleicht Nährmittel? Spaghetti oder Haferflocken?
Man sei so ausgelaugt, nie Fleisch und oft trocken Brot. Großvater kucke in alle Tüten und Pötte, werde nie satt, sie könne es ja auch nicht ändern. 16 Ztr. Kartoffeln habe sie glücklich im Keller und 2 Ztr. Kohl, aber Fett! Fett! Fett!
Überall würden jetzt Tanten und Onkels im Ausland ausgegraben, denen würde liebevoll geschrieben. Es gehe eben ums Überleben.
Und Stopftwist. Eine Rolle 60 Mark!
Sie habe die Hüte der beiden Jungen zum Reinigen gebracht und habe 2 Brikett dafür abgeben müssen.

16

Kurz vor Weihnachten kamen neun Päckchen aus Dänemark. Sie waren wie Münchhausens Enten aneinandergebunden. Mein Bruder packte sie im Kontor schnell mal eben aus und wieder ein. Wir sollten die Überraschung auch auskosten.
Im ersten Päckchen war eine Wurst, so groß wie eine Granate. Leider sehr salzig.
»Wurst können die Dänen eben nicht machen.«
Dann Butter mit den bekannten Luren drauf und Mehl und Grieß und Eipulver.
»Die gute Deern. Und so lieb eingepackt.« (Das schöne Packpapier und der gottvolle Bindfaden!) Und immer kam noch was zum Vorschein. Stopfnadeln. Herrlich, alles Kostbarkeiten.
Eines der Päckchen war angebohrt. Da waren sie auf Haferflocken gestoßen und hatten es bleiben lassen.

Abends Treffen in der Küche: Kann man noch eine Scheibe Brot?
»Ja, mit dänischer Butter, mein Jung.«

Einen Tag später kam wie ein Wunder eine riesige Büchse Schweineschmalz aus Chikago. Großvater hatte dort Verwandte ausgegraben.
Gleich noch einmal hinschreiben? Vielleicht konnten die jeden Monat eine Sendung dieser Art loslassen? Mutter schloß das alles erstmal weg.

Das Thermometer sank auf minus 15 Grad. Ein weißer Pullover wurde vermißt. »Vielleicht hab ich den unter«, sagte mein Bruder.

Großvater lag bis mittags im Bett. »Ich werde überhaupt nicht mehr warm, mein Hertha. Eiskalte Füße.«
Blutergüsse von gebrochenen Adern und alle zwei Stunden Wasser lassen, Tag und Nacht.
Keine Lust mehr, keine Lust, keine Lust, keine Lust. (Decrescendo!) Er möchte nun doch gerne heimkehren zu seiner guten Martha, sagte er.
Meine Mutter lief zum Bezirksältesten. Ob sie eine Genehmigung für den Elektroofen kriegen könne, ihr alter Vater fröre so.
Nein.

Hin und wieder sah man ihn noch in der Küche, dick eingepackt, und auf dem Kopf die erbsengrüne Reisemütze. Manchmal schälte er Kartoffeln oder putzte Gemüse. Ab und zu steckte er dann ein Stück in den Mund und kaute es mümmelnd, und wenn er sich biß, war es, als ob er ein Wiegenlied summte. *Entweder* Butter *oder* Marmelade hatte es in seinem Hause immer nur gegeben.

Der Kopf sackte ihm weg, er dusselte ein. Meine Mutter stieß mich an: »Der gute Alte«.
»Was ist? mein Hertha?« sagte er und kuckte uns lange und traurig von unten herauf an.

Gemäht sind die Felder,
der Stoppelwind weht...

Die schönen Vertiefungsvorträge im letzten Herbst. »Des Menschen Hoheit« und »des Menschen Elend«. Man hatte viel mit sich abzumachen, die letzte Zeit. Die Gedanken wanderten und wanderten. Ob man wohl alles richtig gemacht habe?

Er müsse nicht so viel grübeln, sagte meine Mutter. »Unter sich kucken, Vater, unter sich kucken!« Das habe ihr Mann immer gesagt. »Geh doch mal spazieren! Genieß die Sonne!« Die kalte Luft sei oft sehr gesund. Mal richtig durchatmen.

Und dann lag er eines Tages quer über dem Bett und lallte.
Die Neidbäuerin wurde geholt, die half ihn umbetten, der große Mann, die Gesichtshaut gelb, zurückgestrafft, wie ein alter Tibetaner.
Zu Sylvester hatte er noch sein Punschglas erhoben »allround, allround!« gerufen und von Afrika erzählt. Von den Negern, die ihn im Jahre 1885 an Land getragen hatten, auf den Schultern, »weil's da ja keinen Hafen gibt«. Der Mond so hell, daß man Zeitung lesen kann. So schön, so schön, so schön.
Und das gelbe Fieber, das ihn dann vor dem Krieg bewahrte. Alles Gottes Fügung.
Nun hörte man sein Röcheln durch die ganze Wohnung.

»Kinder«, sagte meine Mutter, »ich glaub, das ist das Ende.« Sie fühle direkt, wie der Tod sich in der Wohnung aufhalte. »Daß nun mal ein Mensch kommt und sich erkundigt: ›Wie geht's Ihrem Vater‹, nein.«
Dahlbuschens waren jetzt auch im Westen, und Kröhls – »das ist natürlich wieder alles falsch« – die reinste Völkerwanderung.
Und Dr. Krause hatte zu tun mit seiner Fabrik, dem wollten sie an den Kragen. ›Volkseigen‹, weil er Offizier gewesen war.

Nur Cornelli, der Treue.
»Meine liebe Frau Kempowski...« Das Körperliche, dem sei er jetzt auf der Spur. Vielleicht die einzige Möglichkeit, der Einsamkeit zu entrinnen. Sich dem ›Du‹ nähern, es berühren.
O die Kälte, die Kälte. Die Weltraumkälte. Einsam.

Vierzehn Tage lag mein Großvater, dann starb er und zwar in der Nacht auf seinen Geburtstag. Genau 80 war er geworden. Ausgereckt lag er da, mit offnem Mund und spitzer Nase, das noch kaum ergraute Haar sorgfältig gescheitelt, vorn die eine kleine Welle.

Nach zwei Tagen kamen Männer, steckten ihn in eine Papiertüte und trugen ihn nach vorn. Das Barometer, an das er so oft geklopft hatte.
Cornelli hielt meine Mutter im Arm.
»So gibt man seinen Vater nun hin. Der arme, arme Mann.«
»Hauptsache, wir haben auch Feuerung genug, daß die Verbrennung überhaupt stattfinden kann«, sagten die Männer. Dann um die Ecke mit dem großen Körper. Beckers, unten, machten die Türe zu.
»Auf deinen Großvater kannst du stolz sein«, hatten meine Freunde immer gesagt.

Pastor Knesel predigte vom Verenden und Vollenden, den Unterschied machte er uns klar. Militärstiefel hatte er an und Pulswärmer trug er unter dem Talar. Daß jeder seinen Weg geht. »Was wir hier sind – kann dort ein Gott ergänzen...« Hölderlin ja überhaupt: »Ich bin nichts mehr, ich lebe nicht mehr gerne.« Daran müsse er in letzter Zeit oft denken.
Aber: »Hinscheiden« zu sagen, statt »Tod«, das kritisierte er. Alle möglichen Wörter verwendeten die Menschen, nur nicht: tot. Dies einfache deutsche Wort: tot.

Was sollte man nun mit dem Nasenspülapparat aus Celloloid anfangen, der in der Badestube lag? und mit dem messerartigen Gerät zum Zahnstochern?
Den Molotow-Kneifer verleibte ich meiner OPTIK-Sammlung ein.
Die goldene Uhr mit Kette würde Onkel Richard irgendwann übergeben werden müssen. Und die Urne. Aber wie, das war die Frage.

Endlich konnte man den Gummibaum wegschmeißen, der fiel immer um.

Januar: »Uh! Der olle Schnee!« sagte meine Mutter und holte neues Holz vom Balkon, »widerlich. Aber, die Tage werden ja schon wieder länger, es geht ja auf den Frühling zu.«
Vor dem nächsten Winter graue ihr. Die Hände blau vor Frost, wenn die Beulen aufplatzten, das heilte so schlecht.
Ihr Herz sei so schwer, nun wo Großvater nicht mehr lebe, sie sei oft so in Ans-pruch genommen gewesen, habe oft nicht Liebe und Geduld gehabt mit dem guten Alten, das gehe ihr so nach.

Bei großer Kälte wurde ich von Addi ins Erzgebirge geschickt, Papier einkaufen. »Watt kiekst mi an?« 2 Brote und 40 Kartoffeln gab mir meine Mutter mit. Und »ein Handtuch für unten, mein Jung hier, das bunte... Und sieh zu, daß du bald wiederkommst.«

Morgens um 4.30 Uhr sollte der Zug fahren. Um 5 Uhr war noch nichts zu sehn. Dann kam er, langsam, als wisse er was ihm bevorsteht.
Die Menschen standen dichtgedrängt und schweigend auf dem eisigen Bahnsteig, der Wind fauchte in sie hinein, die sonderbarsten Vermummungen, Rucksäcke, Koffer, Taschen. Und jeder wollte möglichst weit vorn stehn.
Ich blieb hinter der Menge und wartete, bis der Zug hielt. Dann preßte ich mich mit Schneidetechnik in die Traube. In einem Zweiter-Klasse-Wagen mit herausgerissenen Polstern bekam ich einen Sitzplatz. Sonst hätte ich mich auf den Koffer gesetzt. Immer voller wurde es, die von hinten drängten nach, bis keiner sich mehr rühren konnte, alles war total ineinander verkeilt.

Die Stehenden unterhielten sich über junge Knochen und alte Knochen, und wer's Sitzen nötiger hat. Da müsse die HJ wieder ran und diesen Schnöseln Benimm beibringen.
»Sagen Sie das nicht!« rief ein Herr. »Die Jugend muß heute auch was aushalten.«

Auf dem Gang hockten zwei in Lumpen gehüllte Soldaten, den Löffel hatten sie im Knopfloch. Der eine war quallenartig aufgedunsen, der andere sah aus wie Barlachs Bettler.
Des Menschen Hoheit und des Menschen Elend. Sie hatten einen Topf mit Sirup in der Hand und tunkten Brot hinein. Mal der eine, mal der andere. Niemand kümmerte sich um sie.
Vielleicht hätte man sie fragen sollen, wie's ihnen da ergangen ist.
Doppelte Norm beim Holzeinschlag vermutlich und soundso viele Tote pro Tag.

Vor Notbrücken bremste der Zug. Einmal wurde er auf ein Abstellgleis rangiert. Ein Zug mit Reparationskisten kam uns entgegen, alle Strecken waren ja eingleisig.
Nur gut, daß so viele Menschen im Abteil standen, die wärmten sich gegenseitig, sonst wäre man wohl erfroren.
Und dann, das Gerede von Banditen! Wenn Züge hielten, würden sie gestürmt, und wer sich widersetze, würde totgeschlagen.

Über Stralsund nach Berlin.
Ich las mit klammen Fingern ein Heft der »Neuen Auslese«. Geschichten aus Amerika. Daß ein alter Farmer eine lange Mauer auf seinem Acker baut, damit später noch mal einer an ihn denkt: »Diese verrückte Mauer hat der alte Sowieso gebaut.«
Und was Zivilcourage ist, daß die Deutschen das nicht haben: Beispiele aus aller Welt.

Draußen sprühten Funkenschwärme, das kam von der Braunkohlefeuerung.

Am Nachmittag näherten wir uns Berlin. Polizei kontrollierte die Koffer. Eine Frau mit Gans mußte aussteigen. Laut jammernd wurde sie abgeführt.

Das seien diese Schiebertypen, sagte ein Polizist, denen hätten wir den ganzen Schlamassel zu danken. Er hätte eben einen erwischt mit 2 Liter Rapsöl im Rucksack.
Als er meine 40 Kartoffeln und die Brote sah, zögerte er. Und meinen Wehrpaß drehte er hin und her. Das Hakenkreuz vorn, aber der russische Stempel hinten. Als lasse er Gnade vor Recht ergehen, gab er ihn mir wieder.
Man würde sich eine Bescheinigung ausstellen lassen müssen, daß es immer noch keine Ausweise gibt.

In Berlin pfiff der Wind. Alle Wände des Bahnhofs waren kreuz und quer mit Suchzetteln vollgepinnt.

> Feldpostnummer Sowieso. Wer kennt
> den Obergefreiten Klaus Wegner?

> Wer kennt ihn: Leutnant Heinz Krüger,
> geb. 24. 3. 1919 in Eberswalde?

> Wer kann Auskunft geben über meinen Sohn
> Josef Marsiske, geb. 1927?

> Wer kennt den Obergefreiten
> Karl Adolf Zuckertort?

Hundert flatternde Zettel, zum Teil mit Paßfotos. Sogar SS-Männer dabei (daß das erlaubt war), lachende Frauen und Kinder.

> Wer kennt mich? Ich heiße Gisela.
> Nachname unbekannt.

Ein Mädchen mit Haarschleife im Hahnenkamm.

An der Sperre stand mit leckender Nase ein Mann, einen Kamm hatte er in der Hand. Den wollte er gegen Obst eintauschen. Um den Hals trug er ein Schild: Ich bin Diabetiker.

Vor dem Bahnhof hatten sich PG-Frauen niedergelassen, eine neben der andern, als Schuhputzerinnen. Die trampelten von einem Fuß auf den andern und erzählten einander, was sie alles verloren hatten.

Rein in die verschneite Trümmerwüste! Berge zerborstener Ziegel und dahinter hohe Ruinen. Kachelwände im 3. Stock, das war mal ein Badezimmer gewesen.
Am Keller weiße Pfeile: ZUM SCHUTZRAUM. Alte Leuchtreklamen wie Knetgummi über der Tür.

Paula! Ich bin bei Tante Emmi!
Bei Schröders alle tot.

Schmale Trampelpfade. Hier und da eine dünne Rauchfahne. Da wohnten noch Leute. Klein aber mein?

In Lumpen gewickelte Kinder spielten in den Halden.
»Deutschland erklärt – – – England den Krieg!!« und dann mußten sie irgendwohin springen. »Deutschland erklärt – – – Rußland den Krieg!!« Schals hatten sie um den Kopf, winzig und grau die Gesichter.
Feldbahngleise dazwischen und 'n paar kümmerliche Gestalten, die da schippten. Ein Polizist mit Gewehr dabei, der war fast noch mehr zu bedauern.

Wo war das Exzelsior geblieben? Das größte Hotel von Europa.
Und das Nachtkabarett? Da hatten wir doch immer die gute Tanzmusik gehört?
Der Tiger Rag wär tot, hatte Kurt Widman gesagt und statt dessen den Schwarzen Panther gespielt.

Im Harem sitzen heulend die Eunuchen,
die Lieblingsfrau des Sultans ist entfloh'n!

Und all die Filme! »Um neun kommt Harald.«
Und »Immer nur Du!« mit Johannes Heesters.

Liebling, was wird nun aus uns beiden,
werd'n wir glücklich oder traurig sein?

Die streiten sich singend am Klavier, als falle ihnen die Musik grade eben erst ein.

Für Stunden kroch ich in einer Wärmehalle unter. (»Jetzt bist du in Berlin«). Da saßen alte Leute. Eine Art Asyl. Heißes Wasser mit Geschmack. Mit was für einem? Fünf Mark Pfand für den Blechbecher hinterlegen.
Bei den Nazis hätte es wenigstens noch ein markenfreies Stammgericht gegeben, sagten die Leute. Sozialismus – geh mir doch weg!
Es waren »einfache Leute«, die das sagten.
Eine Frau am Nebentisch sang vor sich hin. Wie selten hörte man mal jemand singen.

In der Friedrichstraße patroullierten halboffne Ami-Jeeps. Nazis suchen? Daß die hier nicht wieder mit Krieg anfangen oder was?
Tadellose Uniformen, weißes Koppelzeug. (Sie schienen nicht zu frieren.) Ich hätte ihnen am liebsten zugewinkt. Das war doch'n anderer Schnack als diese Russen.
»Hällo! I know something about the harbour of Rostock. Very interesting things!«
Wie konnte man an diese Leute herankommen?

Auf dem Kurfürstendamm promenierten Pelzmantel-Damen mit Hut, lachend. Die Hände im Muff.
Ein Herr mit grauer Melone, der machte den Kavalier. Sie sollten bitte auf die rechte Seite gehn, oder ob er in die Mitte darf?

Anstatt gleich nach Dresden weiterzufahren, besuchte ich meine Tante Hertha. Die wohnte außerhalb. Straßenbahnlinie 112. Unter einem hölzernen Triumphbogen fuhr sie hindurch. Als ob das hier eine Festwiese wär.
Villen hinter Stacheldraht, russische Wachtposten davor.

Als junges Mädchen war Tante Hertha mal in England ge-

wesen, vor 1914 noch, in Pension. Und immer so patent und schlagfertig.
»Hertha ja überhaupt ...«
Und als kleines Kind, bei der Hausandacht, da hatte sie immer »Amen!« gerufen, war rausgeschüchert worden, und war zur andern Tür wieder hereingekommen. »Amen.«
Und: »-leine, -leine«, hatte sie gerufen, alles hatte sie alleine machen wollen, auch aufs Töpfchen gehen, und denn sich in die Büx gepinkelt.

Jetzt saßen sie auch in der Küche. »Na, Walting? Was macht denn die LDP?« Das sprach Tante Hertha extra breit mecklenburgisch aus, damit wollte sie mich uzen.
Die drei hübschen Töchter sagten auch: »Na, Walting?« Sie waren im Lette-Haus gewesen, konnten gut kochen, und Onkel Ferdinand, mit seinem durchgeistigten Gesicht – früher hatte er an den Sender Königswusterhausen geschrieben, wenn ihm mal ein Konzert gefiel – der rauchte englische Zigaretten. Die Fabrik war zwar abgebrannt, aber die Lagerbestände hatte man gerettet.

Ob Vätchen noch 'ne Tasse (echten) Tee haben wolle? und wie Öpchen denn gestorben wär, fragten die Töchter. (»Nein, diese Münder!«)

Was sie so alles erlebt hatten, darüber wollten sie nicht sprechen. »Wir mußten alle ran.« »Da drüben, kuck mal durch die Gardine, da sitzen die Bonzen. Was die wohl für Lebensmittelkarten kriegen. Grotewohl, das Schwein. All die anständigen SPD-Leute zu verraten.«
Die lebten wie die Made im Speck und predigten den Sozialismus. Naja, für sie habe das Arbeiterparadies ja auch schon begonnen.
»Selber essen macht fett.«
Den guten Ettelbüttel rauszusetzen aus seinem Haus. Der Schwiegersohn im 20. Juli umgekommen, die Tochter Selbstmord. Wo wohl die Chinoiserien geblieben waren,

die Vasen und die Lackmalereien. »Binnen einer Stunde das Haus verlassen!« Warum die das wohl immer so eilig hatten.
Ob *sie* wohl auch noch drankämen? Vielleicht tue man gut daran, Sachen zu verlagern?
Was meinte ich?
Vielleicht was mit nach Rostock nehmen?

Schwager Nr. 1 war noch in Gefangenschaft, von dem standen 12 Bilder herum, Schwager Nr. 2 war gefallen, U-Bootskommandant, und Schwager Nr. 3 sammelte Briefmarken. 35 mal verwundet.
Ausgerechnet Rosenow hieß er. Und meine Kusine hieß Annerose. Annerose Rosenow. Wie das Leben so spielt.

Zum Arbeiten habe er keine Zeit, sagte Rosenow, er müsse schließlich die Familie ernähren.
LDP? Das gefalle ihm nicht. Liberal, das klinge so, als ob man mit den Schultern zuckt, tut mir leid, ich bin liberal, ich weiß nicht, wo die Steinstraße ist. Mit Liberalität kämen wir nicht weit. Eine nationale Partei müsse es geben und sozial müsse sie sein. Eine national-soziale Partei also. Den Sozialismus abfangen, den Arbeitern eine Alternative bieten und all die enttäuschten Soldaten sammeln.
»Sonst können wir man alle einpacken.«
Er stand auf und quietschte mit seiner Oberschenkelprothese durch die Küche.

Als er hörte, daß ich für den Russen unterwegs war, tat er so, als könne er das akustisch nicht verstehen. Denen leihte ich meinen Arm? Schreibhefte für die Schulkinder in Sibirien? Heiliger Gott! Ich sollte mal auf den Friedhof kukken, da lägen ganze Familien, und alle mit dem Datum Mai 1945. »Wie die da wohl hingekommen sind, was?«
Das müßten die ihm büßen, eines Tages, wenn's mal andersrum kommt. Der Weltenlenker werde das schon fügen.

Still wurde es, als ich von den Reparationsfrachtbriefen erzählte. Da setzte sich Schwager Nr. 3 wieder hin und freute sich vor Wut.
Dann wär ich ja doch ein anständiger Kerl.
Und Onkel Ferdinand wiegte den Kopf. »Unser armes, armes Deutschland.«
Und Tante Hertha legte den Finger auf den Mund: Psst! Von was anderm reden, das macht unser Vätchen ganz kaputt.

Die Tür öffnete sich und eine verhutzelte Frau ging zum Herd. Da mußten wir noch stiller sein und nur so lalala reden. Die war ihnen reingesetzt worden, in die zwei Zimmer hinten. Heiliger Gott! Fünf Kinder, und der Mann vermißt, und alle hatten Ausschlag, so einen schorfigen Ausschlag, und die Frau – das wär noch das schönste – einen eitrigen Finger, und denn immer am Herd damit herumpüttjern. Schrecklich.
Wovon die lebten, war ein Rätsel.
Anstatt die nun in ein Arbeiterviertel zu setzen, wo sie unter ihresgleichen sind. Das wär doch für beide Teile angenehmer. Nein.

Von Berlin nach Dresden brauchte ich 16 Stunden. An ausgebrannten Lokomotiven vorbei, 20, 30 Stück, und Truppentransporten.
An einem Zug stand:

NUR FÜR DIE BESATZUNGSMACHT

Der war hell erleuchtet, mit Speisewagen und allem Komfort. Vermutlich herrlich warm. So ähnlich wie der Hitlerzug damals, 1936, als der durch Rostock kam, all die Ordonnanzen. Mussolini hatte das Fenster heruntergerissen und mit der Serviette gewinkt. Und Hitler so ganz eisern, zack! den deutschen Gruß.

Einmal wurde uns die Lok ausgespannt. Acht Stunden mußten wir in eisiger Kälte warten. Den Koffer zwischen den Beinen festklemmen. Bloß nicht einschlafen! Dann wurden einem die Schuhe ausgezogen. Oder man erfror sich was. In die Fensterpappe wurden Löcher gebohrt, sonst wäre man noch erstickt.

In Dresden waren minus 25 Grad. Über die vereisten Straßen wehte Schnee.

Weh dem, der jetzt nicht Heimat hat...

Ich trug den Gehpelz meines Vaters, den Schal hatte ich um Ohren und Mund geschlagen. Die Mecklenburger 1813. Und Hundedeckchen über den Holzschuhen, die hielten warm.

Im Hotelzimmer beide Maschinen volle Kraft voraus? Die Wasserhähne waren eingefroren.
Mit allen Sachen ins Bett.

In der Nacht kam Polizei. Als die meinen Wehrpaß sahen, nahmen sie mich mit. Durch den Schnee zum Polizeipräsidium. Man kam kaum gegen den Wind an. Schwarzer Himmel mit eiskalten Sternen.

Nach dem üblichen Gemecker über die Hakenkreuze im Wehrpaß wollten sie mich wieder ins Hotel schicken. Aber die hätten mich da ja gar nicht wieder reingelassen.
Ich legte mich also in der Halle neben einen Heizkörper und schlief. Was ich für ein Glück hätte, daß sie mich nicht dem Russen meldeten, hatte der Polizist gesagt.
(Fünf Sachsen = ein Neger, das wär der neuste Kurs, mit solchen Witzen richtete ich mich wieder auf.)

Die Fabrik lag irgendwo in der Nähe von Penig. Im Schneesturm ging's acht Kilometer über Land, zur Bahnstation. Kragen hoch, Schritt vor Schritt. Das Fanal von Stalingrad. Ob es hier auch eine Wasserscheide gab?

Die Papierfabrik war von Schneewällen umgeben. Sonne. Ein Skiparadies.
Ich wurde wie ein Kunde in Friedenszeiten empfangen. Und als ich schon wieder auf dem Rückmarsch war, kam einer hinter mir her und rief: Halt! halt! Das war ein Erzgebirgler, der einen Sohn in Rostock hatte.
Er zog mich in sein Häuschen, gab mir Suppe und Eigenbau-Tabak und fragte, was sein Sohn wohl mache, der schreibe immer nicht. Ob ich den kennte?

Die nächste Reise machte ich mit einem Russen zusammen. Wir sollten Heftdraht für russische Schulbücher besorgen. Leute, die unser Abteil öffneten, machten es gleich wieder zu. Nur für Besatzungsmacht. Ach so. Aber was macht der Deutsche da drin? Sie standen dicht an dicht mit dem Gesicht an den Scheiben, und wir hatten die Beine auf der Bank.

Der Russe hatte einen Holzkoffer mit, und kaum in Berlin, da steuerte er schon in eine bestimmte Richtung.
Mietshaus 5. Stock. Zwei Frauen machten auf, sie kreischten vor Freude. Die eine faßte den Russen um die Taille, hob ihn hoch und trug ihn ins Zimmer hinein.
Die andere schmiß sich auf die Couch, Rock hoch, keine Hose an.
»Watt haste denn mit, Dicka? Nu woll'n wa ma futtern!«
Die da auf der Couch, die wär für mich, sagte der Russe.

Der Koffer wurde aufgemacht und der ganze Tisch wurde vollgestellt. Weißbrot, Butter und Konserven. Wasser warm machen, Tee kochen.
Herrlich! Messer raus und absäbeln. Ich mußte auch mitessen. Und die Frau da, die wär für mich.
Der Ofen bollerte, und die Frau kuckte mich an.

»Iss Waller da?«

»Das wird er woll.«

Diesen entblößten Schenkel, den konnte man nicht vergessen.

In dem Schrank da habe er gestanden, erzählte der Russe, im Mai oder im Juni 1945, er hätte seine Freundin besuchen wollen, und da sei plötzlich eine Streife gekommen.
»Weeste dett noch, Dicka?«

Nach dem Essen griff er ihr an den Busen, und sie faßte mit zwei Fingern in seinen Hosenschlitz.
Ich zog meinen Mantel aus, es war ja mächtig warm, und aß weiter. Der Magen, oh, der Druck, der Druck, sagte ich zu der Frau. Ich müsse immer alles so gut kauen, sonst bekäm ich Schmerzen.

Plötzlich wurde die Tür aufgestoßen, und zwei Paraschutisten kamen herein.
Wott-wott-wott!
Alles stand auf, Nase an Nase.
Ich zog meinen Mantel wieder an und stellte mich an die Tür, den Koffer in der Hand, absprungbereit.
Was wir hier zu suchen hätten? Das wär ja eine interessante Begegnung! Sieh mal an!
»Olla Zickenbock, halt's Maul!«
Ein Stuhl fiel um. Ich dachte an den Wehrpaß in meiner Tasche.

Er habe hier schon mal im Schrank gestanden, weil eine Streife kam, sagte mein Russe. So lange kenne er die Mädchen schon, das sei nur eine alte Freundschaft.
In *diesem* Schrank?
Ja.
Hier drin?
Jawoll.
Mönsch, das war ja rasend komisch! Gutt Kamrad! Schnaps

raus, alles wieder hinsetzen. Sto Gramm! Und nochmal sto Gramm!
Vorm Trinken einatmen, runterschlucken, ausatmen: dann brennt das weniger, 100 Gramm, das ist 'ne ganze Menge.

Und dann gab mir mein Russe einen Wink: Ab die Post! Wir sprangen die Treppe runter.
Torofejew hieß er und war ein Gemütsmensch. Torofejew mit dem Holzkoffer.
Santa Claude! (Wo der jetzt wohl steckt.)

Kaum war ich wieder in Rostock, da sollte ich gleich *noch* einmal nach Berlin. Ich lege mich also ins Bett und wurde krank. Der Druck, oh! der Druck!
Ich sei eine Flasche, ließ Addi mir bestellen. Dann müsse eben die Engelborn fahren. Warum sollte das nicht auch ein Mädchen können? Nach Berlin fahren?
Die Gleichberechtigung der Frau. Unsere Gesellschaft müsse von Grund auf geändert werden.

Die Engelborn besuchte mich. »Was muß man da mitnehmen?« fragte sie, »nach Berlin?«
Ich strich die Bettdecke glatt und bog das Lesegestell zur Seite.
Und was sie anziehen sollte, war ihr auch nicht klar.

In der Portokasse habe sie einen Zettel gefunden:
5 Mark entnommen, K.
Ob ich das Geld nicht lieber wieder reinlegen wollte? Sei das nicht Unterschlagung?

Abends kam Fritz, setzte sich an mein Bett und spielte Flöte. Fritz Legeune. Das Abitur hatte er bestanden.
»Ist der Gewohnheitsmensch verächtlich?« das war das Aufsatzthema gewesen.

Er hatte es nach dem Prinzip: Man kann die Sache nicht über einen Kamm scheren, gelöst. Einerseits, andererseits. »Die Toleranzidee in Nathan dem Weisen« war ihm zu kitzlig gewesen.

Der Frühling lockte. Leben! Das war jetzt seine Devise. Und: Nun aber nichts wie weg. Im Westen, da würde alles leichter sein. Da habe man es mit Gleichgesinnten zu tun. Die Kirche und die guten Kräfte.

Meine Mutter suchte Adressen heraus und schrieb Empfehlungsbriefe an Onkel Richard und Tante Hanni. Und an den Neffen von Frau Kröhl. Die sollten alle helfen. In der Not muß man doch zusammenstehn!
Wenn hier einer herkomme, dann würde man ihm doch auch helfen. Man hatte ja jetzt Platz.

Antrittsbesuche. Am besten sonntags um halb zwölf, nach der Kirche also. Und nicht länger als eine Viertelstunde bleiben.

Der Neffe von Frau Kröhl war Physiker. Peenemünde und all diese Sachen.
War der nicht sogar Professor? Fritz solle überlegen, ob er nicht vielleicht doch lieber Physik studiere als Medizin. Das müsse er sich mal reiflich überlegen. Diese Leute würden doch gebraucht.

»Was möchtest du mal werden?« hatte Dr. Legeune seinen Sohn gefragt. »Mit möglichst wenig Arbeit möglichst viel Geld verdienen«, hatte Fritz geantwortet.
Seine inneren Werte hätten sich wohl verschoben, war da gesagt worden. Mit angemessener Arbeit das angemessene Geld verdienen. So müsse es heißen.

Dann saß Fritz hinten auf einem Lastwagen von Kühne & Nagel. Der sollte nach Lübeck fahren. Knorr-Bremse.

»Kennst du das Leidenfrostsche Phänomen?« fragte er mich. Das komme ihm grad in den Sinn. Oder: die kardanische Aufhängung. Es wär doch gut, wenn er das bei dem Physiker mal so nebenbei anbringen könnte. Er meine, schaden könne das doch nicht.

Wenn der Käsow den Kock haut,
dann gehen sie beide knock out.

Mit dem Abitur habe man so ein sicheres Gefühl, so gefestigt. Das könnte ich mir gar nicht vorstellen.
Ich kannte das Leidenfrostsche Phänomen nicht, aber mit dem Gesetz von der Erhaltung der Energie konnte ich ihm aushelfen. Und: »Wo ein Körper ist, da kann kein zweiter sein.«

»Ich komm nach!« sagte ich, als die Klappe geschlossen wurde. Erst die Lehre zu Ende machen und dann nachkommen. Was man angefangen hat, das muß man auch zu Ende machen.
Er bereite alles vor, drüben, sagte er. Und dann winkte er, wie das so ist, bis der Lastwagen um die Ecke bog.

Wie hab ich das gefühlt, was Abschied heißt...

Der Himmel war sonderbar gefärbt an dem Tag. Es sah nach Gewitter aus.

»Mein guter Jung«, sagte meine Mutter, »das ist auch wieder nicht einfach für dich. Aber: wer weiß, wozu's gut ist.«

Als ich wieder in die Firma ging, saß da die Kriminalpolizei. Die Engelbrecht, was das für ein Mensch gewesen sei. Hier, die Fotos: in Berlin ermordet, zerstückelt und in Säcke gepackt. Die Säcke hatte man auf einem Sportplatz in Karlshorst gefunden.
Die Engelborn? Die war doch immer so amtlich gewesen.

17

Im Frühjahr kam Teilhaber Denzer aus Hamburg. Wenige Stunden vor dem Einmarsch der Russen war er mit unserm Dampfer aus Rostock geflüchtet.
Er habe eine verhärmte alte Witwe erwartet, sagte er zu meiner Mutter, und sähe nun eine blühende junge Frau vor sich. Das wundere ihn, und darüber freue er sich.
Eine ausgebeulte Hose hatte er an und im Rucksack Uhrarmbänder. Er stellte den Rucksack neben den Sessel und ging im Zimmer auf und ab.
»Oach! Die schöne große Wohnung, alles unverändert, als wenn nichts gewesen wär! Wieviel Zimmer haben Sie?«
Wenn er sich hier so umsehe – vielleicht wär er doch besser in Rostock geblieben. Das große Konversationslexikon mit den vielen eingelegten Zeitungsausschnitten und sein Weltkriegstagebuch.
In Hamburg habe er nur ein einziges kleines Zimmer. Und seine Frau Thrombose. Das sei ja auch nicht grade einfach.

»Hol doch mal eben die angebrochne Flasche Rotwein, mein Peterpump.«
Was *er* alles erlebt hatte, und was *wir* alles erlebt hatten.
»Auf Ihr Wohl, g'nädig Frau.«
Aus der Brieftasche zählte er meiner Mutter 3000 Mark hin. Es seien noch Forderungen einzutreiben gewesen, bei der Deutschen Reichsbahn. Vielleicht komme noch mehr.

Am nächsten Tag wurde Denzer verhaftet. Niemand wußte weshalb.
»Der arme Mann!«
Er saß 6 Wochen im Polizeigefängnis, wurde rausgelassen und fuhr sofort in den Westen.
Das sei komisch, sagte mein Bruder, kommt her, wird ein-

gesperrt, wieder freigelassen und verschwindet. So ruckartig, wie früher die Verfolgungsszenen in den Stummfilmen.
»Dann hätte er ja gleich drüben bleiben können«.
»Aber ein rührender Mann.« Und: 6 Wochen Gefängnis, nicht auszudenken, wie hält man das bloß aus? Warum wohl? Wenn man selbst da mal lande, dann nehme man sich am besten gleich'n Strick.

Daß wir ihm nichts ins Gefängnis geschickt hätten, ließ er uns bestellen, kein Brot, keinen Brief, das nehme er uns übel.

Das Geschäft war inzwischen sehr ruhig geworden. Alle Reparationsverladungen hatte die DERUTRA übernommen.
»Die haben sich schön eingeschlichen hier!« Zuerst hatte es geheißen: »Sie machen das ja wunderbar, Herr Kempowski.«
Dann: »Der Russe hat angeordnet, daß *wir* das übernehmen. Für Sie haben wir eine Beratertätigkeit in Aussicht genommen, das ist aber noch nicht durch.«

Der Hafen wurde mit einem hohen Bretterzaun vernagelt: Stacheldraht und Postentürme. Mal eben am Hafen entlanggehen und die Schiffe ankucken – das war aus und vorbei. Unser Geschäftshaus wurde beschlagnahmt. Robert zog mit seiner Kapitänsbank und dem schönen Eckschrank in ein Kabuff, in dem sonst die Registratur untergebracht war. Das ließen sie ihm immerhin.
Er sei in Schwulibus, sagte er, aber er kalfatere das schon. Er kralle sich fest, und wenn es wieder aufwärts geht, wär das die richtige Startposition. Er freue sich schon darauf, die andern alle wieder rauszuschmeißen. Tür aufmachen und: »Bitte!!« sagen. An der Tür stehen bleiben: wie lange das noch dauern soll.

Die einzige Beschäftigung: alle Woche war ein Lastwagen von Kühne & Nagel abzufertigen, nach Lübeck, der durfte 7-Kilo-Pakete mitnehmen.
Leute, die ihren Hausrat stückweise nach Westen schafften, benutzten diese Gelegenheit.

Robert ließ sich einen Spitzbart wachsen. »Warum nicht, nich?« und las die Zeitung »Der Morgen« und die »Neue Zeit.«
Hin und wieder lag ein Brief im Kasten. Einer aus Finnland zum Beispiel, in dem erkundigte man sich nach Vater.
Und einer aus Ceylon, ob sie uns dort vertreten dürften. In Ceylon. Statt ›Rostock‹ hatten sie ›Rock‹ geschrieben, und das Kuvert war mindestens 5 x geöffnet worden. Das letzte Mal wohl vom Briefträger.

Ab und zu verfaßte Robert Briefe. Er unterzeichnete sie schwungvoll und mit »vorzüglicher Hochachtung.«
Früher habe einer mal unterschrieben: »Mit Achtung!« Darüber habe sich Vater lange amüsiert. Das hatte wohl was ganz Besonderes sein sollen.

Statt ›Mark‹ sagte mein Bruder jetzt ›Maak‹, und den Querbinder zog er sich grade. An der Reedereiflagge vorbei kuckte er die Große Mönchenstraße hinauf. Die Tauben, die da mit den Flügeln klatschten. Stauer Kolbe, mit dem treuen Blick, der wieder mal betrunken war (»auch noch so'ne echte Seele«) und oben, vom Neuen Markt aus, ein Tempo-Dreirad, dessen Fahrer den Motor abstellte, um bergab Benzin zu sparen.

Er habe in Erfindung gebracht, daß es in Norwegen Schiffsfriedhöfe gibt, sagte er. Da könne man sich einfach Schiffe holen. Die wären froh, wenn sie die los sind, die Norweger. Das wär doch was, nicht? wär das nicht was?

Oder: Warum in die Ferne schweifen... Hier in Warnemünde, da lägen ja auch genug Schiffe auf Grund, einfach eins flott machen, dann sehen die Russen, daß wir tüchtig sind.
Erstmal ein kleines Küstenmotorschiff und dann allmählich größere Objekte.
Er sähe schon die Augen der Russen, wenn er mit den Dingern hier langsam aber sicher in den Hafen eingeschippert kommt.
»Mein lieber Walter, hier geht es nicht um 12.80 Mark, hier geht es um Tausende, wenn nicht um Millionen. Die Wracks kriegen wir doch für'n Apfel und Ei!« Kerner helfe uns, der habe damals versprochen, ›Herr Kempowski, wenn Sie mal irgendetwas brauchen...‹
Die Russen wären ja mit Dummheit geschlagen, wenn sie die Tüchtigkeit eines Privatunternehmers nicht ausnutzten. Das wär unser Gewinner.
Brutal seien sie, die Russen, dreckig und gerissen. Aber doch nicht blöd!

Dann begann er in alten Papieren zu kramen und die Chronik der Firma zu schreiben, fürs Archiv.
Der alte Padderatz mit den Geldrollen, die immer hinten weggenommen wurden. ›Lütt betting gewen‹, damit hatte er Erfolg gehabt als Kaufmann.
Und Otto Manger: ›Kauft's lieber nicht‹, hatte der immer gesagt, weil er sich von seinen schönen Tauen und Schiffsglocken nicht trennen konnte.

Wenn er mir genug erzählt hatte, gingen wir zu Alfons Köpke. »Kucken Sie mal diesen ausgestopften Irrigater an.« Das mußte natürlich auch mit in die Chronik rein und: Das Tagebuch von Columbus, mit Muscheln besetzt: Fotografien übelster Art.
»Gleich wird's besser, Herring, soll'n mal sehn.«

Kippen in die Pfeife und eine Scheibe Leberwurst im war-

men Schnaps, das war das Neueste. Das nannte sich Jämmerling.
»Das kommt woll aus dem Osten, Herr Köpke, was? Das haben wohl die Flüchtlinge mitgebracht?«
Sich langsam aber sicher vollaufen lassen.
Als Altersversorgung hatte Köpke seit 1932 jede Woche eine Flasche Schnaps zurückgelegt. Das zahlte sich jetzt aus.

Bei Arthur Lewin saß ich nun im Chefzimmer.

Wollen ist wenig,
Können ist König!

Nachdem ich gelernt hatte, was eine Mängelrüge ist und den Unterschied zwischen Inventar und Inventur beherrschte, wurde ich jetzt als eine Art Lektor beschäftigt für den noch nicht gegründeten Verlag.
(»Junge, daß du das kannst?«)

Norddeutscher Verlag
sucht Mitarbeiter

hatte schon in der Zeitung gestanden, und für die Gartenpforte war bereits ein Schild entworfen worden:

Arthur Lewin Verlag
Rostock

aber die Lizenz ließ auf sich warten.

Koggen-Verlag oder Verlag der Kogge? Oder Arle-Kogg? Na, man würde sehn.
Schade, daß man nicht in Lübeck wohnte, dann hätte man ihn All-Verlag nennen können: Arthur Lewin Lübeck.

Frauen mit Doppelnamen offerierten Kinderbücher. Die hatten früher mal mit Wichert korrespondiert. Hoffnungsvoll kamen sie, fielen einander ins Wort, Taschentuch aus dem Ärmel holen und sich draufsetzen.
»Sie kommen doch heute abend zum Tee?«
Jetzt wird alles ganz anders, jetzt wird alles viel besser. Das

Jugendbuch war bisher ja eine Katastrophe gewesen, nun lichtete sich der Nebel, und alles war so einfach. Man brauchte sich nur in die Mentalität der Jugend hineinzuversetzen und sie von innen heraus mit stabilen Trägern zu versehen, geeignet, eine Weltanschauung für alle Zeit in ihnen zu verankern. Wie eine Druckmaschine sich mit einer Schneidemaschine unterhält, zum Beispiel, oder ein Weizenfeld, in das sich, wie eine Riesenspinne von fern, am Horizont die Mähmaschine frißt. Technik statt Zwerge und Hexen, klarer Blick für die Forderungen der Gegenwart. Kraft und Zuversicht.

Einsendungen: Einer schrieb, in seinen Dramen kämen viele Sätze vor, die wie Schillers geflügelte Worte in den Zitatenschatz des Deutschen Volkes übergehen könnten.
Ein anderer: er habe seine Geistesarbeit im Luftschutzgepäck gerettet. Das war eine Sprachkartei, englisch, russisch, französisch und spanisch nebeneinander. Was Guten Morgen! heißt. Ein Griff in die Sprachkartei und alles ist klar. Immer in Form, immer im Bilde.

Gedichte.
In den Gedichten kamen die Wörter »still« und »trunken« vor. Zu einem schrieb Lewin: er habe sich den Schluß mehr im Stormschen Sinne vorgestellt.

Ein junger Mann brachte einen Erlebnisbericht. »Illegal« sollte der heißen.
Lewin öffnete die Flügeltüren: »Mensch, das ist ja großartig!«
»Meinen Sie?«
»Aber ja! Wenn ich Ihnen das sage!« Eigentlich müsse man ihm ja böse sein, weil man die ganze Nacht anstatt zu schlafen gelesen und diskutiert habe.
Von der russischen durch die britische, amerikanische, französische Zone und von da in die Schweiz war der junge Mann gereist. Auf einem Brikettzug war er gefahren, da

hatten ihm Soldaten den Kameraden erschossen. (»Das streichen wir lieber.«) Im Heuschober geschlafen, so und so oft gefaßt und immer wieder ausgebrochen.

> Der Regen klatschte an die vergitterten Fenster. Ich schob mein Taschenmesser in die Türspalte und hob damit den Riegel...

»Sowas kann man nicht erfinden. Man merkt sofort, daß Sie das wirklich erlebt haben.«
In der Schweiz (»Bananen!«) hatte er sich dann gemeldet und war sofort zurückgeschickt worden.

Sauber getippt war das Buch. 210 Seiten, eine sympathische Zahl.
Er glaube, die Russen würden Humor genug haben, dieses Manuskript zu genehmigen, sagte Lewin. Aber der Titel gehe nicht, »Die Illegalen«, das gäb's schon.
Ich mußte nachkucken, ob er irgendwo zweimal sein letztes Stückchen Brot ißt. Sowas sei berühmt. Im Grünen Heinrich oder wo. Und: »Die Möwe und mein Herz fliegen weit«. Abstraktes mit Konkretem mixen, das gehe auch nicht. Ausnahme: »Des Meeres und der Liebe Wellen«. Ein Mann wie Grillparzer könnte sich das leisten.

Dienstliche Besorgungen benutzte ich zu ausgiebigen Spaziergängen. Ein schöner Sommer.
Auf dem Rosengarten lagen noch immer die Trümmer des Nazi-Brunnens. An der Stelle des Denkmals von Friedrich Franz, wo sonntags Platzkonzert gewesen war, stand jetzt ein Granitquader zur Erinnerung an KZ-Häftlinge.
»Und das war recht«, sagte mein Bruder. »Gegen diese Leute habe ich nichts.«
Der Granitquader stammte von dem Denkmal der 90er.

Außer »Fischlandschmuck«, hölzernen Kämmen und Leuchtern, die man aus Kartuschen geschmiedet hatte, gab es noch immer nichts zu kaufen.

Statt dessen war ein neuer Laden eingerichtet worden, neben Adlers Erben, früher Mantel-Kasten, ein sogenannter Tau-Ze-Laden, in dem man Silber und Gold abgeben konnte für Lebensmittel und Zigaretten.
Nosegei und Drug hießen die Zigarettenmarken; Drug mit Schäferhund auf der Schachtel und Nosegei wie ein Pralinenkasten aufgemacht, mit Blumenkranz.
Balkan-Typen standen hinter dem Ladentisch.
»Ich werd doch keine silbernen Löffel weggeben«, sagte mein Bruder, »dadurch wird Deutschland ja noch ärmer.«

Eine Dichterlesung im »Fürstensaal«. Adam Scharrer las eigene Gedichte. Die brennende Zigarre legte er im Lorbeerkübel ab.

Schwer war es,
doch das Schwerste war es nicht.

In jeder neuen Strophe kam noch was Schlimmeres. Teilweise gruselig. Blutige Abdrücke im Schnee. Einem hatten sie ja wohl die Beine abgeschossen, und der humpelte durch den Schnee und hinterließ blutige Abdrücke.

Schwer war es,
doch das Schwerste war es nicht.

Adam Scharrer.
»Der hat sich aber was zusammengescharrt«, sagte Robert hinterher.

Im November wurde in der Marienkirche das Deutsche Requiem gegeben.
Ob man das Wort »deutsch« nicht besser streiche? wurde vorher an maßgeblicher Stelle überlegt.

Am nächsten Tag kriegten wir zu Haus plötzlich Einquartierung. Wohn- und Eßzimmer wurden beschlagnahmt. Junge Leute, ein Arzt-Ehepaar, standen vor der Tür. »Wir können ja auch nicht dafür.«
»Na, denn kommen Sie man rein.« (Wer uns wohl ange-

schissen hatte!) Alle Möbel wurden auf die restlichen drei Zimmer verteilt.
»Watt'n Uppstand! Watt'ne Katerie!« Alles übereinander wie in einem Möbellager. Ein Vorteil: Die Leute mußten Miete zahlen.

Fritz Legeune saß jetzt in Wiesbaden bei den Amis. Zuerst hatte er im Westen nicht so recht Fuß fassen können. Dahlbuschens und Kröhls? davon erzähle er später. Ans Studieren war nicht zu denken gewesen. Keine Zulassung, alles überfüllt.
Er war nach Wiesbaden gegangen und war in eine amerikanische Arbeitskompanie eingetreten. Gutes Essen gab es da und Hotel-Unterkunft.
»Komm her«, schrieb er, »hier läßt es sich leben!« Für Zuzugsgenehmigung sorge er. Und von Wiesbaden aus könne man in aller Ruhe was Gutes suchen. Vielleicht zum Brockhaus-Verlag? Wär das nicht was?

Eines Abends sagte ich es meiner Mutter.
»Was?« rief mein Bruder, »*du* willst in den Westen?« Er schlug mit der flachen Hand auf die Lehne des Schreibtischsessels. Dann sprang er auf, um besser schreien zu können.
»Gestatte, daß ich lache!« rief er. »Du und in den Westen! Woher nimmst du den Mut für diese Frechheit?« Er ging in Achten um die Sessel rum. Ob ich denn jeden Gefühles bar sei? Mutter und ihn hier allein zu lassen? Fahnenflüchtig werden, wie?
»Mach deine Arbeit und bescheide dich!« In der russischen Gefangenschaft habe er sich auch nicht einfach drücken können.
Und Vater. Ob ich mal an den dächte? Pflicht und Treue, das seien wohl völlig leere Begriffe für mich, was? Pfui Deibel!

Ein Jammer, daß wir in der Erbmasse irgendwie einen Knick hätten. Immer wenn's drauf ankommt, zeige sich das.

Wir stritten eine Weile, wer von uns Christian Buddenbrook sei, er oder ich.
»Täusche dich nicht!« sagte er und spuckte Tabak weg, »drüben weht ein anderer Wind! Da wird ohne Bandagen gekämpft, das liegt doch auf der Hand. Du denkst, da fliegen dir die gebratenen Tauben ins Maul. Nimm doch Vernunft an! Wenn wir hierbleiben, sind wir die crème de la crème unter lauter Proleten. Und wenn's wieder andersrum kommt, die ersten am Baß.« Diese Chance (er sprach das sehr französisch aus) verschenkte ich.
»Wer zuletzt lacht, Walter!«

Meine Mutter legte ihre Ocki-Arbeit zur Seite und holte Papier und Bleistift: Wie wäre es, wenn wir *alle* in den Westen gingen?
Mal'ne Übersicht kriegen, alles genau durchrechnen. Links das Gute hinschreiben, rechts das Schlechte, und was mehr ist, wird gemacht: Geld reicht hier zum Leben, aber keine Aussicht, auf'n grünen Zweig zu kommen... Kontor so ziemlich dicht... Freunde alle weg... die Hungerei... nicht das Maul aufmachen dürfen... andererseits: die Möbel und all das... und drüben auch nicht alles rosig.
Rot und grün wurde unterstrichen und schraffiert. Pfeil nach rechts rüber.

Dann legte sie den Bleistift hin.
»Man kann auch das eine tun, ohne das andere zu lassen. Wie wär's, wenn ich die Stellung hielte, Walter macht Quartier, und Robert schafft alles, was nicht niet- und nagelfest ist nach drüben? Silber, Bettwäsche und Kleidung. Alles in den 7-Kilo-Paketen von Kühne & Nagel.« Wo wir die nun schon selbst abfertigten, die Lastwagen, das wär ja

wie ein Wink des Schicksals. An der Quelle saß der Knabe. Einfacher gehe es ja nicht.

Robert musterte seinen Bart in der Glasscheibe des Bücherschranks.
»Du plädierst also für einen taktischen Abbruch?« sagte er und zog die Fliege grade. »Einerseits der Eier wegen, welche diese Vögel legen?« Wenn er sich's recht überlege, dann befreunde er sich allmählich mit diesem Gedanken. Das was sie da aufgeschrieben habe, das sei ihm plausibel. Wie so eine shakespearesche Verschwörung. Den Apfel von innen ausfressen. Haha! »Die denken: Kempowskis, diese Dummköpfe, die sind immer noch da! und in Wirklichkeit steht da nur noch ein Potemkinsches Dorf!« Er rieb sich die Hände.

Meine Mutter öffnete die Schränke.

Geblüht im Sommerwinde,
gebleicht auf grüner Au,
ruhst still du jetzt im Spinde,
als Stolz der deutschen Frau.

Alles so schön auf Kante, das brauchte man nur herauszunehmen und rüberzuschicken, nach Wandsbek, zu Tante Hanni. Bettücher, Bettbezüge und die dazugehörigen Knopfstreifen.
Hier lagen auch noch die Handtücher von MAGGI und all die Hemden von Vati.

Aber die Möbel.
»Eben!« sagte mein Bruder. »Die Möbel!« Etwa verkaufen? Den schönen Flügel!
Na, erstmal abwarten, erstmal Tee trinken. Kommt Zeit kommt Rat. Immer mit der Ruhe. Nochmal drüber schlafen. Paris sei ja auch nicht an einem Tag erbaut. Wenn wir abgebrannt wären, hätten wir die Möbel schon lange nicht mehr. Logisch. Oder an die Flüchtlinge denken, die haben überhaupt nichts.

»Flüchtlinge sind wir dann auch.«

Die Frachtbriefe übrigens, mit den Reparations- und Demontagegütern, aus denen hervorgeht, was die Russen alles herausholen aus der Ostzone, die sollt' ich man auch mitnehmen und drüben zeigen, damit der Westen weiß, was hier so vor sich geht.
Am nächsten Tag ging das erste Paket ab, silberne Löffel und Handtücher. Gleichzeitig per Post 5 Päckchen mit Servietten. Als Test, ob's klappt. Alle auf verschiedenen Postämtern aufgegeben.
Was Onkel Richard und Tante Hanni sich wohl wunderten, hoffentlich hielten die das nicht für Geschenke. (»Ströme von Gold werden sich über mich ergießen!«)
»Wenn wirklich was verlorengeht: die Masse macht es.«

Für mich suchte meine Mutter die Adressen zusammen. In Lübeck zu Frau Susemiehl. »Ich hab ihr schon geschrieben. Eine herzensgute Frau.« In Hamburg zu Tante Hanni oder Onkel Richard. »Das mußt du denn mal sehn. Die werden dir schon helfen.«

Mit Arbeit sollte ich es vielleicht doch erstmal in Hamburg versuchen, zum Amerikaner könnte ich immer noch gehn. Ich sollte mal bei Herrn Masslow vorsprechen, der wohne jetzt in Eppendorf. Oder bei Onkel Hans.
»Onkel Hans ja überhaupt! den besuch man, der hat doch Verbindungen.« Früher hatte er einen Frackmantel besessen: »Meine reichen Brüder ...«

Oder melde dich bei Hannes Buse. Rasend komisch! Wie der das Vaterunser umdrehen konnte und die Erklärungen zu den Artikeln. Für einen Theologen eigentlich ein bißchen doll.

Eventuell auch Tante Silbi. So verkehrt wär die ja nun auch wieder nicht. »Die wird sich bestimmt freuen. Nach all den Jahren.« Konnte immer so entzückende Handarbeiten machen. Wie alt war die jetzt überhaupt, die mußte doch schon mindestens – o bestimmt! Na, wie dem auch sei, Pension bekomme sie, und ein Mittagessen falle bestimmt für mich ab.

Bei Denzer hätte ich womöglich noch einen auf den Deckel gekriegt. »Warum haben Sie mir kein Brot geschickt?« Ja, warum hatte man das auch nicht getan? zu dumm. Nicht dran gedacht. So unbeholfen und vernagelt.

Dann wurde gestopft und genäht. Neue Kragen an die Oberhemden. »So, die sind nun auch in Ordnung.« Großvaters Nachthemden verkleinern. »Fünf Stück, mein Junge? Reicht das?« Füßlinge an die Strümpfe. Eine Breeches-Hose aus Uniform-Stoff.
Die Schaftstiefel wurden zu Schuster Bull am Neuen Markt getragen. »Se hebbt woll to veel danzt?« hatte er früher immer gesagt. »Bit fierdig geiht.« Jetzt sagte er: »Hebbt Se Täkse?«

Ich verabschiedete mich.
Dr. Krause war kurz. St. Helenenquell. Alles hätte so ideal sein können, aber man lasse ihn ja nicht! Er wünsche mir jedenfalls, daß ich, auch in moralischer Hinsicht, wieder Grund unter die Füße bekäme. »Fräulein Reber, geben Sie mir bitte mal die Briefe rüber.«
Von Jungen Trutz und Art.

Cornelli sagte: »Jede Veränderung, mein lieber Junge, ist eine große Gelegenheit. Jetzt kannst du's noch nicht deuten, aber später werden Dir alle Dinge sprechen. Das tut sich dann auf.«

»Herr Kempowski verläßt aus *gewissen* Gründen Rostock«, stand auf der Bescheinigung, die mir auf der Geschäftsstelle der LDP ausgefertigt wurde. Auch Fritz hatte sich so eine

»Bescheinigung« geben lassen, man konnte ja nicht wissen, ob einem das da drüben nützte. »Gewisse Gründe«, das konnte viel heißen. Ich bat die Sekretärin, gleich mit zu unterschreiben. Zwei Unterschriften, das ziehe besser.
Ich wär klein, aber Ohio! sagte sie. Gar nicht so dumm.

Lewin prophezeite mir ein schlimmes Ende. Grenzgänger, Bahnhofspenner, Schieber, Zuchthaus. Das läg doch auf der Hand. Schade, daß Erfahrung nicht vererbbar sei.
Es lag noch nicht fest, ob er die Modezeitschrift, die er vielleicht heraugeben würde »Modische Welt« oder »Mode und Welt« oder »Welt der Mode« nennen sollte. Die Lizenz stand immer noch aus.
Die Frau stand oben auf der Treppe und schüttelte den Kopf, in den Westen zu gehen, was für ein Unding.
Und Addi schrie aus dem Keller: »Seg em man: Schön dumm!«

Ich packte den Koffer, den großen blauen, aasig schwer. Die Reparations-Frachtbriefe tat ich unten rein. Und Großvaters Urne: ein Pappkarton in Zeitungspapier eingewickelt. Zwei Büchsen Nußmus für Onkel Richard und Tante Hanni.

Die goldene Uhr von Opa de Bonsac steckte ich in den Strumpf.

Antje, Antje,
hörst du nicht von ferne das Schifferklavier?

1 Brot und 1 Tüte Kartoffeln. »Ulla hilft dann ja auch.«

Am 29. November 1947 ging's los. Mutter machte mir Brote, der Lastwagen wartete schon. Schaftstiefel hatte ich an, Breeches und Vaters Gehpelz.
»Du siehst aus, wie'n Viehhändler.«

Robert brachte mich hin. Drogerie Kotelmann, Schlachter Timm. Sobald sähe man es nicht wieder, das schöne Rostock.

Seinen Segen hätte ich, sagte Robert, obwohl das Ganze ein fragwürdiges Unterfangen sei. »Noch kannst du zurück, mein Walter. Überleg dir das. Und: rechtzeitig Laut geben, hörst du? Ein Kreuz hinterm Datum machen, denn wissen wir Bescheid. Ja?« Dann werde er sich auch aus der Affäre ziehen. Nolens volens. Obwohl er es noch immer nicht sehe.

Der Fahrer drückte aufs Pedal, eine Dieselwolke kam aus dem Auspuffrohr.
»Alsdann!« sagte mein Bruder und: »Hier hast du noch 'ne Stabbel, alter Übelmann.«
Wasmann hatte gesiegt.

Es waren noch andere Grenzgänger auf dem Wagen. Drei mit Interzonenpaß, drei ohne: ein Mann, ein Kind und ich.
Die Strafen für illegalen Grenzübertritt wurden erörtert. Beim ersten Mal gäb's einen Stempel in den Ausweis. Beim zweiten Mal müsse man Holz hacken. Beim dritten Mal 5 Tage Bau.
Dann würd's kritisch.
Manchmal verlangten sie auch bloß 50 Mark. Am besten gleich bereithalten und hintenrum nochmal versuchen.

In Wismar wurde die Klappe heruntergelassen. Polizei. Wir duckten uns.
»Habt ihr auch alle einen Interzonenpaß?«
Ja.
Diese Scheiß-Hakenkreuze in meinem Wehrpaß.

In Herrnburg mußten wir aussteigen.
»Da drüben ist die Grenze«, sagte der Fahrer. »Immer rechts halten, an der Gärtnerei vorbei. Und wenn der Graben kommt, habt ihr's geschafft.«

Es war schon duster. Dem Kind wurden Schlaftabletten ge-

geben, damit es nicht schreit. Die Frau weinte. Der Mann nahm das Kind auf den Arm, Kopf über die Schulter, und ich lief hinter ihm her. Aber einen kleinen Abstand hielt ich. Wenn sie ihn erwischten, konnte ich mich vielleicht noch drücken.
Essenholer Trinks. Was – wer – wie – wo – tut. Aus Berlin war man ja auch rausgekommen.

In Sichtweite lag der hell erleuchtete Schlagbaum. Man sah den Lastwagen durchfahren. Die Frau, die dachte jetzt an ihren Mann und an das Kind.

Dann kam der Grenzgraben. Die Stiefel erwiesen sich als wasserdicht. Nie wieder, das schwor man sich, nie wieder würde man zurückgehen.

18

Auf der andern Seite lag eine Obstplantage. Wir stiegen über den Zaun (NORDDRAHT) und wurden sogleich von einem wütenden Hund angefallen.
Santa Claude!
Wenn nun die Russen kämen?
Notfalls sagen: Wir wollen ja in die Ostzone. Im Westen ist's Scheiße.
Aber die Uhr im Strumpf, und die Frachtbriefe.
Und die Urne. Wie würde man den Russen erklären, was in dem Pappkarton drin ist?

Da pfiff es vom Gutshaus, und das Vieh ließ ab von uns. »Was glauben Sie, was sich hier so abspielt«, sagte der Wächter, er hielt einen Knüttel in der Hand.
»Gott, dat lütte Kind? Und dat schlöpt?«
Ja, den Schlaf des Gerechten.

Ein blaugrauer Omnibus mit wehendem Gasballon auf dem Dach fuhr uns in die Stadt.
»Rostocker Butterhandlung« stand an einem Geschäft. Am liebsten hätte ich die Frachtbriefe gleich dem Schaffner gezeigt.
Daß die hier alle frei sind, das merke man irgendwie, sagte der Mann. Die kuckten ganz anders.

Dann hielt der Bus, und an der Haltestelle gegenüber stand – Gert Brüning, Sohn von Bankdirektor Brüning, still und fein, den Hut völlig grade auf dem Kopf. Warum nun just an *dieser* Haltestelle? Und um *diese* Zeit?
Nach einem Fliegerangriff hatte ich bei seinen Eltern das Dach gedeckt. Frau Brüning hatte uns noch Butterbrote durch die Dachsparren gereicht.

»Wo kommst *du* denn her?« sagten wir gleichzeitig. Er kam aus Oldenburg und wollte wieder rüber.
»Weißt du noch? SA-Mann Hornung? Pflichtgefolgschaft?« Aus der Tasche zog er eine Lebensmittelkarte und schenkte sie mir, die brauche er ja jetzt nicht mehr.
»Und grüß meine Mutter!« sagte ich.
(Dann sparte man das Telegramm.)

Frau Susemiehl hatte einen Zettel an die Tür geheftet: Schönen Gruß, der Schlüssel ist da und da.
Und drinnen, auf dem Wohnzimmertisch lag noch ein Zettel: »Mein lieber Junge, in der Küche steht ein Topf mit Suppe! Ich komme erst in einer Woche wieder!«

Von einem Zimmer ins andere gehen: Friede. Rostock, das war zehn Jahre her.

Lübeck: Anders als Rostock, gleich zwei zweitürmige Kirchen. Aber kaputt.
Lübeck: »Die Stadt mit den entzückenden kleinen Bunkern.«

Ich saß einige Tage in der Susemiehlschen Wohnung und kuckte in den Vorgarten.
Als die Suppe alle war, fuhr ich nach Hamburg.

In Hamburg empfing mich Tante Hanni fröhlich. Einundzwanzig Päckchen waren schon angekommen und 3 Pakete.
»Aber wo wollt Ihr bloß wohnen? Habt Ihr Euch das schon überlegt?«
Die Überreste der Villa: Diele, Bad und Küche, da wohnten sie drin.

Der dicke Onkel Karl und die zierliche Tante Hanni.

> Das Leben ist 'ne Hühnerleiter,
> man begibt sich immer froher weiter.

Immer flink! Immer auf Trapp.

Onkel Karl, zwei Schneeflocken über den Augen, immer so herzlich. Massig, kolossal saß er am Tisch und häckselte Tabakblätter.
Das machte erheblichen Lärm.
»Du siehst – mein lieber Walter – ich kann Dir die Hand nicht geben. Was macht Pierdknüppel?«
Bei jedem neuen Blatt, was er einschob, sagte er, er wär gleich fertig, und Tante Hanni schickte die Augen gen Himmel.
»O Gott!« durfte man bei ihr nicht sagen. (Sie hatte immer Weihnachtsgeschenke geschickt, die genau nicht in meiner Richtung lagen.)

Im weißen Uniformjackett hatte Onkel Karl mal auf unserm Balkon gesessen. Irgendein wertvolles, seltenes Fliegerabzeichen an der Brust. »Nett, diese Aussicht!« Judenbart und Schlangenkaktus.

Jetzt handelte er mit Paraffin, das hatte er beim letzten großen Fliegerangriff günstig erworben. »Kompensieren« konnte man damit.
Und mit giftfreier Speisefarbe und mit Aromen, damit konnte man auch kompensieren.
An einem Pulver ließ er mich riechen. »Na? Vanille oder Zitrone?«
Mir kam's wie Waldmeister vor.

Dann hing Walthi an meinem Hals, er zeigte mir alle seine Spielsachen. Brumm – brumm! Ich könne den Fernlaster nehmen, er sei dann Tankwart.
Ich klebte einen Bindfaden an einen Bauklotz, da kam Benzin raus. Das Aufbocken der Wagen, das war wichtig, aufbocken zum Drunterkucken.
Aus Papier Geldscheine machen, wie beim Dicken Krahl. Und die blauen Halmasteine aus dem Mensch-ärger-dich-nicht sind Polizisten. Die passen auf, daß nichts passiert. Davon kann man gar nicht genug haben.

Ich holte die Frachtbriefe aus dem Koffer und das Nußmus. »Das ist ja hörrlich!« rief Onkel Karl, und Tante Hanni wehte in die Küche und spendierte vier Brötchen, die eigentlich für den nächsten Tag gedacht waren. In die Suppe goß sie einen Liter Wasser, ich hätte gewiß Hunger, nicht?

Ach Herr laß uns bei unserm Essen
Deiner Güte nicht vergessen. Amen.

Ja. Da drückte man an den Tisch.
Leicht »angesättigt« stand man wieder auf.
»Deine Frachtbriefe kucken wir uns später mal an.«

Was die Russen alles gemacht haben, aber die Engländer sind auch keine Waisenknaben. Die machen das mehr auf die feine Tour.
»Wir kriegen bloß fünfzehnhundert Kalorien und das zwei Jahre nach dem Krieg!«
Fett brauchten die Deutschen nicht, hätte der Hamburger Stadtkommandant gesagt, Fett sei nur zum Schmackhaftmachen des Essens da.
Im letzten Quartal habe die Bizone nur so viel Rohstoffe eingeführt, wie Deutschland sonst an zwei Tagen! Das Eisen reiche nicht mal aus, den Bedarf an Schuhnägeln zu decken.
»Und die Wälder lassen sie abholzen, Grubenholz. Deutscher Wald? Den gibt's nicht mehr. Das schlag dir man aus dem Kopf.«

Er wisse nicht, vielleicht oder sogar wahrscheinlich seien wir da drüben mit den Russen einfach besser bedient.
»Was? Hanni?«
Tau-Ze-Läden, das wär doch gar keine schlechte Idee. Wenn man kein Geld hat, dann muß man eben mit silbernen Löffeln zahlen.
Oder mit Porzellan oder was weiß ich.

Im Keller standen zwei Etagenbetten, da konnte ich schla-

fen. Direkt neben der Nase die giftfreien Speisefarben und leider auch das Vanillepulver. Oder war es nun Zitrone? Für eine gewisse Zeit könnten hier doch auch die andern beiden wohnen, wenn sie sich einrichteten?
Oder Robert allein. Mutter in Lübeck und Robert hier? Aber Kochen und Waschen und all das? Na, mal sehen.

Walthi hatte darauf bestanden, das untere Bett zu beziehen, mit einem Schal um den Hals und ewig erkältet. Das warme kleine Gesicht.
Ob ich schon schlafe, fragte er mich. Ich hätte ihm noch gar nicht Gute Nacht gesagt.
Am nächsten Morgen flüsterte er: »Walter – bist Du schon wach?« Und dann wollte er ›toben‹. Das hatte er sich so ausgedacht.

Auch bei Onkel Richard, in Wandsbek, lagen Päckchen und Pakete.
Er wohnte jetzt in einer halben Baracke. Der Klingelknopf war mit einem kleinen Dach versehen.
Das schöne Haus! Vom Überschuß eines einzigen Jahres hatte mein Großvater es erbaut, als die Japaner unbedingt alle dunkelblaue Anzüge tragen wollten. Asche, Asche, Asche, Schutt, Trümmer.
Von den Mauerresten troff der Regen.

Onkel Richard in seinem eleganten Vorkriegsanzug ließ sein Kreuzworträtsel im Stich, nahm die Brille ab und kam hinter dem Tisch hervor. Lang, hager, den Kopf geierartig vorgereckt, so stand er da: Mit der Rechten faßte er meine Hand, und mit der Linken nahm er die Pappurne seines Vaters entgegen, wie er früher das Treuedienstabzeichen in Empfang genommen haben mochte, aus der Hand des Kommandeurs.
An den Hosen hatte er karminrote Biesen gehabt, und die

betrunkenen Herren hatte er wecken müssen, die Generäle, wenn sie wieder an die Front mußten, im Führerhauptquartier.
»So kriegt man seinen Vater wieder.«

Die Russen seien ja keine Menschen, sagte er. Er habe all die Dokumente gesehen, Katyn, und Gumbinnen. – Und er erzählte, wie die Russen sind, wie die sich so benehmen: Alte Frauen fünfzigmal vergewaltigt, und Bauern an die Scheunentüren genagelt.

Als ich auch mal was sagen wollte, von den Frachtbriefen usw., ließ er ab von mir und schob die Urne in das Bücherbord. »Weiß schon, weiß schon, kenn das alles.«
Dann leerte er den kleinen Papp-Papierkorb, der auf dem halbzersplitterten Sekretär stand in den großen auf dem Boden. Er war aus Lampenpapier gemacht, mit Stukas drauf, die gerade angriffen.
Bald ginge die elende Heizerei wieder los. Keine Kohle, kein Brikett, nur wenig Holz. Und das in Hamburg, wo früher die Leute mit Koks durch die Straßen gezogen waren.

Ich hab kein Geld,
du hast kein Geld,
wer hat den Mann mit dem Koks bestellt?

Im Sommer konnte man wenigstens auf der Terrasse sitzen. Aber hinter sich die Trümmer, das war ja auch kein Vergnügen.

»Und Du wohnst bei Karl? Der lebt wohl gut, was? Mit seinem Paraffin? Koofmich durch und durch.«
Der habe immer schon gewußt, wo's langgeht.
Ich wüßte doch wohl, woher Karl das Fliegerabzeichen hätte? Nein? Solle er mir das mal erzählen?

Er setzte sich, zog die gestreiften Hosen hoch, (blanke Stiefeletten) holte das Tula-Etui heraus (»Herrn Oberst de Bonsac zum 50. Geburtstag«) und steckte sich eine an. Der

Krieg? Es sei ein großer Fehler gewesen, sich so auf die Rumänen zu verlassen und das ganze Gesocks, so halbes Verbrecherpack. Und der Westen, zu blind, zu blind! So und so oft habe man dem Westen angeboten: Macht mit! Gegen den Osten! Aber nein. Eigensinnig, verblendet. Angefangen mit Hess, und dann die Leute vom 20. Juli. Nicht mal vorgelassen hatte man die Herren. Widerlich.

Nach 5 Zügen schnitt er die Glut von der Zigarette ab, pustete den Rauch aus der Kippe und tat sie ins Etui zurück.
Dann stand er auf und wischte das Wasser zwischen den Fenstern mit einem Lappen auf.
Jeden Kaktus hob er in die Höhe, und auf dem Hölzchen las er, wie der heißt.
Was war mit dem Rolleau? Schief aufgewickelt. Äh! Runterziehen, wieder hochschwappen lassen. Rubsch! nun wikkelte sich die Schnur auf.
Die Feder zu stramm oder was.

»Da hinten in dem Geräteschuppen, da könnte im Sommer zur Not auch einer wohnen.«
Er meine, wenn's gar nicht anders geht.
Sommer wär doch schöner als Winter.

Tante Gundi klopfte draußen die Füße ab und brachte einen nassen Windstoß mit herein.
Sie zeigte mir die Zähne.

> Im ächten Manne ist ein Kind versteckt,
> das will spielen.

Sie wisse noch, wie mein Vater in grünen Knickerbockern beim Familientag erschienen wär, weil meine Mutter den Frack nicht eingepackt hatte. Gott, wie sei er wütend gewesen! Die arme Grethe. – Das habe aber auch ausgesehen: alle im Frack, nur mein Vater im Wanderanzug. »Ein origineller Kauz, Dein Vater. ›Das ist natürlich wieder alles falsch‹, und ›iben‹. Was heißt das eigentlich, ›iben‹?«

Und Grethel hätte Beine wie mittlere Rundhölzer zum Abdecken von Schützengräben.
»Für solchen Humor muß man auch was übrig haben, nicht? Ich meine, den versteht nicht jeder.«

Sie sah sich die Urne an und schüttelte den Kopf. »Das klötert ja richtig. Daß da bloß nichts rausfällt.«

Dann schimpfte sie über die Umbenennung von Alsterdamm in Ballindamm.
»Ballindamm! Wie klingt denn das. Alles müssen sie ummodeln. Ballin, wer war das überhaupt?«
»'n Jude!« rief Onkel Richard, »ein Jude, was denn sonst?«

Ich krempelte das Hosenbein hoch und holte die Uhr heraus, das schwere goldene Ding mit der breiten Kette. Sie waren baff. Stumm kuckten sie sich an.
»Mit der Uhr bist Du über die Grenze gegangen? Damit muß man doch 'n bißchen vorsichtiger sein! Die hätten sie Dir doch wegnehmen können!«
Lange noch saß Onkel Richard kopfschüttelnd am Tisch, klappte den Deckel auf und zu und hielt sie an das Ohr. Zigarette wieder anstecken, Uhr repetieren lassen.

Wär an der Kette nicht noch eine goldene Bleistifthülle dran gewesen und ein silberner Zahnstocher? Er frage nur der Ordnung halber. Vielleicht steckte die ja noch im Strumpf.
»Kuck mal nach! Nee? Na, ich weiß es auch nicht.«

Als wir uns verabschiedeten, sagte Tante Gundi: »Aber geh nicht durch das Wandsbeker Gehölz! Da schleichen Engländer rum.«
Und dann lag ich wieder bei den giftfreien Speisefarben.

Vater, Mutter, Bruder, Schwester
hab ich auf der Welt nicht mehr...

Unter dem Kopfkissen ein harter Gegenstand, das war Walthis Fernlaster.

Onkel Hans wohnte in seiner Veranda. Das Haus dahinter war zusammengeklappt. Das Haus, in dem er so glückliche Jahre verlebt hatte, mit seiner lieben Tina.
So glückliche Jahre!
Auf der Hochzeitsreise, da war man den Rhein hinabgefahren und hatte Forellen gegessen. Und sein prachtvoller Schwiegervater!

Willst du nicht lieber unter die Tür treten? hatte er im Luftschutzkeller zu seiner Frau gesagt.
Ihn hatte man auf einer Schubkarre ins Wandsbeker Krankenhaus gefahren, und sie war sofort tot gewesen.

Mit seinen Goldzähnen lächelte er still vor sich hin, die Hände auf dem Krückstock.
Dem Guten das Gute...
Was waren es für wundervolle Jahre gewesen, Pernambuco, Rio.
Und seine lieben Eltern, so oft, so oft denke er an sie zurück.

Neben sich hatte er einen Schrank, in dem Care-Büchsen aufgestapelt waren.

»Soso, bei Richard warst du?« fragte er.
»Der trauert jetzt wohl seinen Herrenjahren nach, was? Früher immer mit'm Reitpferd, hopp! hopp! hopp! Und 'n Burschen: ›Gestatten der Herr Oberst?‹
Und sich den Mund verbeten, wenn man was über Hitler sagte.
Na, Schwamm drüber.«

Er gab mir einen Brief für einen Herrn Eversen in der Adolfstraße, Kommissionsbuchhandlung, der wollte mich nehmen. Da könnte ich meine Lehre zu Ende machen.

Eversen war ein dünner Mann mit fliegendem Lagerkittel, »Ja, gut, Herr Kempowski, Sie können bei uns anfangen ... Gehen Sie zum Arbeitsamt, und holen Sie sich eine Einweisung.«

Auf dem Arbeitsamt standen die Leute Schlange, zu dritt und zu viert nebeneinander.
Ob hier noch immer Leute »Heitler« sagten? Ich ging hinein. Aber die wollten alle an denselben Schalter. Also zurück an all den POWs vorbei und an den Einbeinigen, die sich mit dem Stumpf auf die Krücke stützten, an den Greisen und an den krummgewachsenen Volksschülern.

Ob ich eine Zuzugsgenehmigung hätte? wurde ich am Schalter gefragt.
Nein.
Erst die Zuzugsgenehmigung, *dann* Arbeit. Also auf, zum Wohnungsamt.

Beim Wohnungsamt standen die Leute auch Schlange. Lauter Frauen mit Kopftüchern.
Ob ich Arbeit hätte? wurde ich dort gefragt.
»Ja.«
»Wo ist denn die Zuweisung vom Arbeitsamt?«
»Die krieg ich, wenn ich Zuzug hab.«
»Dann können wir nichts machen. Erst die Arbeitsbescheinigung, dann den Zuzug. Wie kommen Sie überhaupt hierher?«

Am nächsten Tag ging ich wieder zum Arbeitsamt, und

wieder stand ich neben all den Einbeinigen und den POWs.
»Keinen Zuzug? Macht nichts, auch wenn Sie den Zuzug hätten, würden wir Ihnen diese Stelle doch nicht geben. Die müssen wir unsern Hamburger Abiturienten lassen.«

Na, dann zur LDP, vielleicht konnten die dran drehen. »Ein Telefongespräch, und die Sache flutschte«, würde es später vielleicht heißen.

Bei der LDP war's leer, da brauchte man nicht anzustehn. »FDP heißt das, nicht LDP, mein Herr.« Die waren gleich pikiert, daß ich mir sowas nicht merken kann. Und:

Herr Kempowski verläßt
aus *gewissen* Gründen Rostock.

»Gewisse Gründe? Was denn für gewisse Gründe? Das kann ja viel heißen.«

Daß ich der FDP hier beitreten wolle, sei ja schön.
»Den Beitrag bezahlen andere.«
Aber die Frachtbriefe wollten sie nicht sehen. Die schmisse man am besten fort.
»Das ist Sache der Alliierten. – FDP, nicht LDP.«

Tante Hanni flink und immer auf Trapp und Onkel Karl mit seiner Tabakmaschine: »Hörrlich!«
Der fragte mich, ob Onkel Hans immer noch auf seinen Care-Paketen sitze. Und ob er mir was abgegeben habe. Und Onkel Richard, der tue ihm leid: »Die aktiven Offiziers, die kommen ja nie wieder an den Drücker. Und wie alt isser eigentlich? Doch grade erst fünfzig, nicht? Der hätt ja noch General werden können!«
Was sich da so für 'ne Tragik abspiele.

Noch zu Tante Silbi fahren? Oder zu Masslow gehen? Oder Kröhls?

Als meine Lebensmittelkarte abgegessen war, fuhr ich nach Wiesbaden. (1,80 Mark hatte ich noch in der Tasche.)
»Weißt Du, Dein Bruder kann gern hier wohnen«, sagte Onkel Karl an der Tür (Tante Hanni wusch ab), »aber da muß ein Anlaß sein. Verstehst du? Irgendein Grund. Sonst kommt der hier nicht rein. Das hast Du ja gesehen. Keine Lebensmittelkarten, keinen Zuzug, keine Arbeit, nichts.«
Walthi war gottlob in der Schule, sonst wäre ich wohl schwer losgekommen.

19

Am Abend war ich in Wiesbaden. Milde Luft und Dampf aus allen Gullis. Hier gab es warme Quellen.
Amerikanische Autos, die wie Akkordeons aussahen, schlichen in Zweierreihen die kaum zerstörten Straßen herunter und hinauf. Athletische Neger mit dicken deutschen Mädchen.
»Hast du Kaffee?«
»Yes, einen Sack.«

Fritz holte mich ab. »The man in black«, nannte er sich, weil er schwarzgefärbte Amisachen trug. Ein Schnurrbart wuchs ihm leider nur spärlich, den färbte er sich mit Wimperntusche. Sonst wäre das Schwarz vollkommen gewesen. Wie gut, daß er seine Pelzmütze mitgenommen hatte und die weichen, herunterrutschenden Schaftstiefel.
»*Boris* Legeune«, das wär doch auch nicht verkehrt. Halb Russe und halb Franzose?
In Wiesbaden gäb's eine russische Kirche, die Typen sollte ich mir mal ansehen! Herrlich!

Wir nahmen Gleichschritt auf und hakten uns unter. »Schön, daß du da bist«, sagte er. »Das ist ja pico brillo.« Und dann erzählte er mir von seiner monatelangen Irrfahrt.
›Sie haben immer noch nichts?‹ hatte Dr. Kröhl gesagt (»Ein ganz großes Arschloch«) ›wielange soll das denn noch dauern?‹ Und: ›Ich hatte Ihnen doch gesagt, Sie sollen das Holz hacken.‹
Vorn rausgeschmissen, hinten wieder reingerutscht. »Weißt du, man entwickelt da Talente.«
Zum Schluß wär es ihm gelungen, hier in Wiesbaden in die

Arbeitskompanie aufgenommen zu werden. »Fritz Legeune – ein Sklave der Amerikaner. Aber, warum nicht, nich?«

Lange liefen wir durch die Straßen, mir wurde der Koffer schwer. Die Hände sahen aus wie nach der Begrüßung von Turnern. Aber vor 10 Uhr konnten wir nicht in das Hotel, in dem die Arbeitskompanie untergebracht war. Erst gegen 10 zog sich Sergeant Rubel in sein Zimmer zurück. Dann war der Weg frei.
2500th Labor Company, meist entlassene Kriegsgefangene, die nicht wußten, wohin.

Als wir die holzgetäfelte Hotelhalle betraten, kam einer aus dem Glaskasten herausgestürzt: »Da seid Ihr ja! Ihr beede!« Das war Schwesinger. (»Ein prima Kerl; der Obermacker hier.«) Gesellschaft, Kameradschaft, Freundschaft. »How are you?« und: »OK«. Er habe schon viel von mir gehört. »Der Olle pennt.«

Wir schlichen die Treppen hinauf, am Zimmer von Rubel vorbei, ins Zimmer rein und dann wurde erstmal gelacht.
»Ihr Beede!« rief Schwesinger und haute sich auf die Schenkel. Und: »Dett iss also da Kempowski?«
»Ganz recht, bemerkte der Igel.«
Wie der Grenzübertritt war, und ob er Wein und Zigaretten holen soll.
»Yes«, sagte Fritz und gab ihm 100 Mark.
(An der Wand ein Cunnilingus, überlebensgroß, halb mit einem Hemdchen verhängt.)

Aus dem Spind nahm Fritz ein Aluminium-Tablett, in das 6 Vertiefungen gestanzt waren: gekochter Mais, Büchsenfleisch, Kartoffelmus und Vanillepudding mit Weißbrotstückchen drin.
»Daß du tatsächlich gekommen bist – das ist ein Hauptspaß. Nun iß dich aber erst mal satt.«

Die ganze Nacht wurde erzählt, und dauernd ging die Tür auf: »Isser da?«

Ein Zigeuner, der früher mal zur See gefahren war, und ein Professor für Vogelkunde. Sie arbeiteten im Hotel Rose als Kellner.

Hoch droben auf dem Berge
da steht ein Klavier,
da machen die Zwerge
aus Scheiße Papier.

Und schon kam wieder einer rein, der war aus dem Kohlenpott und erzählte dauernd was von Punkten. 120 Punkte hätte er immer gehabt, und dafür habe er Tabak und Zigaretten und Zeug kaufen können. Dazu noch jede Menge »Ka-re-Pakete«, er wolle wieder hinmachen ins Lager. Da sei es besser als hier, in diesem Scheiß-Laden.

Wir saßen auf den Betten und pafften eine Zigarette nach der andern. Wieder ging die Tür auf.
Was hier los ist, wollte einer wissen.
»'n dufter Kumpel iss gekommen!« sagte Schwesinger.

Wo's besser ist, im Westen oder im Osten, wurde erörtert.
Und ob es bald Krieg gibt.
Die Franzosen bauten *auch* Schienen ab, nicht bloß die Russen täten das, zum Beispiel auf der Strecke Basel–Karlsruhe.
Und die Amis? Im Gefangnenlager?
Als Strafe für eine weggeworfene Kippe hätte man einen Kubikmeter Erde ausheben müssen. Kippe unten reinlegen und wieder zuschippen.
Die Amerikaner – ein blödes Volk. Die hätten ja keine Ahnung. Die wüßten noch nicht einmal, wo Hamburg liegt. Auf Erdkunde gäben die wenig.
»Und draußen auf dem Flugplatz, da verbrennen sie Brot

und Fleisch. Was sie nicht aufkriegen, wird verbrannt. Anstatt das zu verteilen!«

Es war so gewaltig eingeheizt, daß man meinte, jeden Augenblick müsse das Haus abfahren. Socken durfte man nicht auf die Heizkörper legen, die verkohlten.

Der Wein, und an der Wand der Cunnilingus. Dem wurde zugeprostet.
»Was glaubst du, als Klüwer noch hier war! Das war vielleicht 'ne Sau! Der zog sich jeden Abend ein Mädchen am Feuerseil hoch.«
Der Klüwer habe sich auf den Balkon gesetzt und die Passanten mit frischen Eiern beworfen.
»Das ist durch alle Zeitungen gegangen!«

Ich schlief auf dem Fußboden. Fritz daneben auf dem Feldbett. Er riskierte meinetwegen seinen Job.

Freundschaft. Wie viele Definitionen
haben unsere Dichter zu diesem Begriff
erdacht und ihn doch nicht ausgeschöpft.

Sobald ich die Augen aufschlug, sah ich den Cunnilingus an der Wand, der war perfekt gezeichnet.

Morgens mußte ich vor 6 Uhr das Hotel verlassen, denn dann saß Rubel vorn, ein überernährter Amerikaner. Das Käppi hatte er durch die Schulterklappe gezogen, und die dicke Erkennungskette trug er um das Handgelenk. Er konnte sagen, was er wollte, immer lachten die Herumstehenden.
Bis 9 Uhr irrte ich in der Stadt herum, weil noch alles geschlossen war.

SNACK BAR
No loitering!

Kippensammler und Straßenkreuzer.
Ecke Friedrichstraße war das Gefängnis. Da saßen Schieber

und Schläger. Da hörte man manchmal welche schreien. Mördern, denen würde die Kleidung in rote Farbe getunkt, wurde erzählt. (64 Dollar, das war die Strafe fürs Fraternisieren. »Die 64-Dollar-Question.«)

In der Wilhelmstraße gab es Antiquitätengeschäfte mit dicken Goldarmbändern im Fenster, aus zweierlei Gold. Chrysler oder Fords fuhren über die dampfenden Gullis. Hinten sahen sie aus wie vorn.

An das Kurhaus kam man nicht heran: Nur für Amerikaner.
Daneben das Theater mit der wiederhergestellten Kuppel. Wochenlang hatten die Wiesbadener sich über das modische Deckengemälde aufgeregt.

Hausdächer ankucken: Hermesköpfe, Bismarckmedaillons. Oder die Schaufenster der Briefmarkenläden.
Am Pay Day kauften die Amerikaner Nazibriefmarken als Souvenir, obwohl das natürlich verboten war.
Oben auf dem Dach des Wiesbadener Kuriers stand ein grüner Bronzemann, der kuckte unentwegt in ein grünes Buch, auf dem WK stand.

Zwischendurch wärmte ich mich in der Hauptpost auf. Da rotzten die Leute in den Papierkorb.
»Kamerad, hast du nicht 'ne Kippe für mich?«
Döstechnik.

Um 9 Uhr wurde der Wartesaal am Hauptbahnhof geöffnet. Hier überbrachte mir Schwesinger das erste Sandwich-Paket. Weißbrot mit dick Butter und Corned Beef.
»Na, how are you? Haste dich schon'n bißchen eingelebt?«

Gegen Mittag ging ich dann ins Café Blum, Zeitung lesen: In den USA würden 7 Babies in jeder Minute geboren,

stand da drin. Und: Eine Strumpfwirkerin sei in Chemnitz zu 10 Jahren verurteilt worden, weil sie 5 Paar Strümpfe gestohlen habe. Überschrift: Drakonische Strafen.
Die vereinigte Ärzteschaft veröffentlichte einen Aufruf: Heimkehrer-Diät! Entlassene Kriegsgefangene sollten sich vor Fett hüten.

Das Café Blum war halb eingestürzt. Feine Herrschaften saßen da, mit Wermut in den Tassen statt Muckefuck. Die braune Kellnerin beachtete mich nicht, obwohl ich sie starr ansah.

Um 1 Uhr kam Fritz hereingehetzt und brachte mir das zweite Paket Sandwiches. »Bis nachher!« Schscht! war er wieder draußen. The man in black.

Ein Herr Dingis,
der weiß nicht was Swing ist!
Der kennt kein Radio
und auch kein Telefon...

Ob er nicht mal was anderes drauflegen könne als immer Corned Beef.

Nachmittags ging ich die abgeblätterten Platanen-Alleen entlang oder in den »Pariser-Hof« zum Baden. Oder ins Gericht, Spruchkammerverfahren mitanhören. Ein Dachdecker kriegte 2 Jahre Arbeitslager, weil er einen Juden denunziert hatte. In einer Windjoppe stand er vor dem Richtertisch.
»Nun stellen Sie sich erstmal richtig hin! Hand aus der Tasche!« schrie der Richter. Der Dachdecker riß sich zusammen und machte ein Gesicht, als ob er das versteht, daß der Richter das haben möchte, daß er grade steht.
Seine blonde Verteidigerin verlangte vom Zeugen, er solle seine Beschuldigungen alle noch einmal vorbringen.
»Warum denn das?« fragte der Richter.
»Ich will sehen, ob er sich widerspricht, oder ob er stereotyp

dasselbe sagt.« Das hatte sie wohl in einem Kriminalroman gelesen. Aber eigentlich ganz einleuchtend.
Ob er an der Tür gestanden hat, als er das und das gehört habe oder im Haus, wurde der Zeuge gefragt. Die Sympathie war sonderbarerweise auf Seiten des Angeklagten.

Abends ging ich dann mit Fritz ins Kino. Vorher richtig vollfressen und dann ins Kino.

O schmeißt ihn raus, den Ami,
und den blöden Tommy hinterher!

In der Wochenschau: Indien wird frei. Wie der Union Jack da runtergeht. – Triest, Knüppelaktionen. Und ein Film von der Hochzeit der Kronprinzessin Elisabeth in London. Der Hochzeitsmarsch wurde tagelang gepfiffen. Und daß der Mann eigentlich beinahe ein Deutscher ist, das wird sich sicher in der Politik bemerkbar machen.

Absolute Spitze war »Die Wendeltreppe«, ein Kriminalfilm. Dauernd werden Blinde oder Taube oder Verkrüppelte erwürgt. So geht der Film los. Der Täter will unwertes Leben vernichten. Und jedesmal wird eine bestimmte Melodie gespielt, so im Heulton. Und die Hauptdarstellerin ist stumm! Da weiß man schon, was kommt. In den Spiegel kuckt sie, der Mund ist wegretuschiert, und hinten lauert der Mörder, der zieht sich schon die Handschuh an.
Danach fragten wir alle Leute in der Companie, was eine Wendeltreppe ist, den Witz kannten wir noch von früher. Und wenn sie dann mit der Hand wedelten, freuten wir uns. Oder wir fragten, ob sie wüßten, was »Treppe« auf Französisch heißt. »La vendel«, dieser uralte Witz.

Die Glocken von St. Marien. Ingrid Bergmann als boxende Nonne. Und natürlich der Film mit Bing Crosby, in dem das Lied vorkommt

I'm dreaming
of a white Christmas!

Das ging einem überhaupt nicht wieder aus dem Kopf heraus.
Wir fanden das sehr schön.

Kurz vor Weihnachten konnte ich Fritz helfen. Da verkaufte er Weihnachtsbäume für den PX.
Sergeant Mac, sein Chef, war ungewöhnlich freundlich, der brachte ihm heißen Kaffee und doughnut, dieses Schmalzgebäck.
Einmal hatte er ihm ein Präservativ geschenkt. »You need that more.« Er selbst war nämlich homosexuell. »It's not forbidden.«

Die Amerikanerinnen mit riesen Tüten, die hatten an jedem Baum was auszusetzen: »No, that's too tall – and that is a little too thin, isn't it? I want a medium size!«
Geduldig wartende Männer, die aussahen, als wollten sie auf eine Kindergesellschaft gehen.

Wir verkauften zuerst die großen Bäume. Die kosteten 1 Dollar. Dann verkauften wir die mittleren als große, also auch für 1 Dollar. Dabei verdiente man gut.
Und zwischendurch unterhielten wir uns über die Typen, die da vorbeischlichen. Interzonenpenner, POW's, und Huren. Schrumpelvolk, wie Fritz die Hessen nannte.
Die sagten ja Gockel und Hinkel, statt Hahn und Henne. Roschtock, ob da jetzt der Pole wär, fragte einer.

In späteren Jahrzehnten gäb's gar keine runzligen Alten mehr, diese Theorie vertrat Fritz, weil die jetzige Jugend so viel hungern muß. Da sei denn später die Haut straff.

Die illegal verdienten Dollars gab er einem Ami, der gegen fifty/fifty im PX Hershey Sirup einkaufte. Die Büchse brachte 250 Mark.

»Brauchst du Geld?« fragte er mich. »Geld ist Dreck, wenn man's hat. – Sieh mal, ich gebe dir jetzt 50 Mark. Das ist doch nett von mir, nicht wahr?«

(Meine Sache lief schon, die entsprechenden Leute wurden von ihm bereits geschmiert.)

Zu gewissen Zeiten bestellte er mich in einen Hinterhof des PX. Das war meine Gegenleistung, davor konnte ich mich nicht drücken. Er warf aus dem dritten Stock vergoldete Lippenstifte. Ich war etwas ängstlich bei solchen Aktionen. Sehr oft haben wir das nicht gemacht.
Manchmal steckte er in jeden Finger seines Handschuhs eine Taschenlampenbirne. Das Stück brachte 5 Mark. Bei der Kontrolle nahm er die Handschuh in die Hand.
Einer schüttete sich die Taschenlampenbirnen in seinen Hut. Der Posten hob den Hut hoch, und da fielen sie prasselnd auf den Beton.

Am Heiligabend verschenkten wir die letzten Bäume an herumlungernde Deutsche. Von einem brachen wir die Spitze ab. Das war unser Weihnachtsbaum.

Fritz hatte Zigaretten und Salzkeks besorgt. Ich wär ein alter Freund aus der Sowjetzone, hätte Schreckliches erlebt, sagte er zu Rubel. Ob er mich mit raufnehmen dürfe, ausnahmsweise? heut, wo Weihnachten ist, ja?
Nein, sagte Rubel. Ich sei der dreckige Bastard einer räudigen Hündin, ich dürfe nicht mit hinauf.

Also bis 10 Uhr die Platanenalleen hinauf und hinunter.
Wattebäuschchen schwebten herab.
Das Wehen himmlischer Flügel
Da hinten das Kurhaus mit seiner Kuppel, nur für Ameri-

kaner, ein paar eingenickte Droschkenkutscher und Pferde, die das Standbein wechselten.

Ein Mann blies Weihnachtslieder auf einer Trompete. »Ich komme bald wieder, liebe Leute!« rief er und zeigte ihnen die Groschen, die sie runtergeworfen hatten, und daß er sie einsteckt, die Groschen, das zeigte er ihnen auch. In seiner Tasche seien sie gut aufgehoben.
»Kalt heut, nicht?«

Vor dem Eagle Club stand ein Mongoloider, der da Kippen sammelte. »Yes, yes, no no! Ich bin Amerikaner«, sagte er dauernd. Einmal hatten ihn die GIs in einen Jeep geladen, ob er eine Spazierfahrt machen will? 15 km vor der Stadt setzten sie ihn raus.
Walter de Bonsac und Fritz Legeune; ich im Pelz und er mit Umhang. Am besten das ganze Leben zusammenbleiben, warum nicht, nich? Vielleicht auswandern, nach Australien, oder Kanada.
In Kanada, da mußte es doch wundervoll sein, diese Weite und Einsamkeit. Zwei Häuser bauen und den Garten gemeinsam benutzen. Der ist dann doppelt so groß.

Wir gingen um eine neuromanische Kirche herum. Die Wattebäuschchen schwebten noch immer. In der Kirche wurde gesungen. Ich erzählte, wie es bei uns gewesen war, zu Weihnachten, daß wir einen halb angesengten Wachsengel gehabt hätten und das teleskopartige Gerät zum Auspusten der Kerzen und Mecklenburger Pfeffernüsse, einen ganzen Waschkorb voll, »Rollgriff«, klare Sache und damit hopp.
»Kuck mal da drüben, die Normaluhr. Der Schnee da drauf, so was könnte man heute in keinem Buch mehr beschreiben ...«

Und er erzählte, wie's bei ihnen gewesen war, in Königsberg. »Königsberg, unser Paradies!« hatte seine Mutter immer gesagt. Ein Haus voller Bilder in erstklassiger Gegend.

Und all die alten Geschichten. Onkel Benjamin: »Wenn wider Erwarten ein Patient kommen sollte...« und Onkel Joseph: »Ströme von Gold werden sich über mich ergießen.«
Und ich erzählte von meinem Großvater, Kempowski natürlich: »Ditmal betahl ick noch so!«

»Und Dein Bruder Robert, mit seinem ›Kipfen‹ immer,« sagte Fritz: »›Ah, da kommt mein Freund Legeune! Hat der wohl einen Kipfen für mich?‹ – Eigentlich schade, daß man nicht mehr drüben ist, Subjella und all die Leute, und eure schöne Wohnung. Und so schlecht waren die Russen ja auch wieder nicht. Oder doch? Doch, was? Das kann man sich jetzt bloß nicht mehr vorstellen. Das vergißt man so schnell.« – Nein, wenn er so darüber nachdenke, es seien doch ziemliche Schweine gewesen, die Russen. Und so dumm! Wenn sie's nur ein bißchen intelligenter angestellt hätten: mit fliegenden Fahnen wär man übergelaufen. »*Ich* wär Kommunist geworden. Ich meine, die Idee ist doch gar nicht so schlecht...«

Endlich war es 10 Uhr.

> So, Maria jetzt kimm,
> mir san ja schon mittn im Stadtl herin.
> Da glei beim Ochsn, das is a guats Haus,
> woaßt, da in Bethlehem, da kenn i mi aus!

Ein Päckchen von meiner Mutter war gekommen, »Mecklenburger Pfeffernüsse« und ein Taschenkalender auf 1948. Der roch nach Eau de Cologne. (Die Geburtstage schon vorgetragen.) Was-wer-wie-wo-tut.
Und ein Brief mit 20 Mark drin. Der Brief war geöffnet worden.

Sie dächte so oft, wie's ihrem Peterpump wohl geht, und ob er ihr wohl einmal schreibt? Und wenn's nur eine kleine Karte wär? – Ich wär ihr lieber Jung, das wüßt ich doch, ihr kleiner Purzel. Und ich könnte immer wieder zu ihr kommen, wenn's da nichts wird. Sie wär immer für mich da.
»So einen netten Brief hätt' ich auch mal haben mögen«, sagte Fritz.
Robert hatte drunter geschrieben, er habe mit Interesse gehört, daß ich in Wiesbaden sei. Ihm gehe es annehmbar, das könne er wohl sagen. – Ein höchst erwünschter Nebeneffekt meiner Reise sei es übrigens, daß sie jetzt primig mit den Kartoffelings auskämen.

Ulla schrieb, sie sehe gerade die Sommergarderobe durch. Da sei so manches zu stopfen und zu flicken. Geld wär so knapp! Und das Wohnzimmer müsse tapeziert werden, das bringe 'ne Menge Unruhe und Kosten. Sven, Mette und der Pudel Peter ließen grüßen.

Auch von Onkel Richard war eine Karte gekommen, mit schwingenden Glocken. Es seien jetzt über 60 Päckchen da, allmählich werde das'n bißchen viel.
Die guten Wünsche zum Weihnachtsfest und zum Neuen Jahr waren so halb unter dem Stempel, die konnte man gar nicht richtig lesen.

Wir stellten das Bäumchen auf eine Riesenkonservenbüchse und zündeten die Lichter an. Große Schatten an der Wand.
Fritz hatte den Nachtring am Finger und steckte eine Philip Morris in die Zigarettenpfeife aus vergilbtem Meerschaum.
»Weißt du, irgendwie sind wir beide doch Ästheten, nicht?«

Grade hatte er die Flöte aus dem Futteral gezogen, die alte Flöte mit den mittels Wachs abgedichteten Rissen, da kam Schwesinger herein und sagte: »Na, ihr Beede? Er

hatte sich die Haare mit Wasser angeklatscht. Zwei Flaschen Wein stellte er auf den Tisch, wie eine Eintrittskarte. »Darf man eintreten?«
»Natusius, natürlich, immer rin in die gute Stube.«

Schwesinger erzählte Barrasgeschichten. Wie sie an der Kanalküste beim Schanzen ein Kaninchen gefangen hätten, das grade von einem Wiesel gefaßt worden war. Marder gingen nicht in Fallen. Wenn einer mal gefangen sei, dann blieben die andern weg. Die seien zu schlau, die wüßten, von wo ihnen Unheil droht. – Ob man in die Flöte eigentlich auch oben reinblasen könnte? Er meine, wie in eine Klarinette?

Dann kam der Professor, der vielleicht gar kein Professor war. Graues krisseliges Haar hatte er. »How are you?« fragte er, bot uns Zigaretten an und setzte sich aufs Fensterbrett und kuckte zu, wie wir da um den Weihnachtsbaum herumsitzen.

Ein Einbeiniger stieß die Tür mit der Krücke auf, »der letzte Kriegsgefangene aus Munsterlager«, wie er sich nannte. Von dem war in der Wochenschau mal was zu sehen gewesen. Der sagte auch: »How are you?«
Er machte sich's im Stehen bequem, klemmte den Stumpf auf der Krücke fest und stützte den Kopf in die Hand.
»Setz dich doch!«
»Nein, ich stehe lieber.«
Ein kleines, mickriges Boxergesicht hatte er.

Ein gewisser Henry aus Leipzig kam auch, mit glattem Haar und Poposcheitel. Der sah aus wie ein Obergefreiter von der Flak.
Jeden Tag schickte der ein Päckchen mit getrocknetem Weißbrot an seine Familie. Sogar Packpapier und Bindfaden schickte er rüber, und leere Kisten, die schlug er auseinander, und die Bretter bündelte er.

Der konnte alles gebrauchen.

Über die Prärie
rennt ein Weib
splitternackt ...

Immer mehr Leute kamen (»Nun mach doch die Tür zu!«), und schließlich saßen wir wie Mr. Anthropos und seine Familie beim Nahen der Eiszeit. Nur die Dinosaurier fehlten.

Nach Weihnachten kam meine Sache in Gang. Fritz sagte mir genau, mit wem ich wann was zu besprechen hätte, und jeder bekam von ihm Zigaretten.

Beim deutschen Arbeitsamt meldete ich mich erst gar nicht. Job nicht ohne Zuzug, und Zuzug nicht ohne Job, und ohne beides keine Lebensmittelkarten, das kannte man ja.

Ich hätte ins Lager gehen müssen oder aufs Land, und das hätte mich dann um Jahre zurückgeworfen. Aufs Land! Von Bauern schikaniert zu werden und womöglich Jottwedeh!

Dann war es eines Tages so weit, ich wurde in die Bierstadter Straße zitiert, zur CIC.

(»Junge, ist das auch richtig?«)

Die Straße ging steil bergan, man geriet ins Schwitzen dabei, die Luft war noch immer so lau und der dicke Viehhändlermantel.

Bierstadter Straße 17, das war eine Villa, unten mit dorischen, in der Mitte mit jonischen und oben mit korinthischen Säulen. Über dem Eingang Karyatiden.

Eine Treppe, erste Tür rechts. Man erwartete mich schon.

Ich durfte mich setzen. Einer mit Zähnen wie Fransen auf der Unterlippe sah sich den Wehrpaß an.

18 Jahre alt? In Rostock geboren?
An der Wand hing ein Bild des Präsidenten.
Nach kurzer Zeit kamen noch zwei Leute aus dem Nebenzimmer, die sahen sich auch den Wehrpaß an. Einer hieß Weinschenk, der mit den Fransen hieß Seeschaf.
Ob ich'n Nazi wär? – Wegen der Hakenkreuze fragte er das.

Und ob ich ein Spion wär? Das interessierte sie. Was ich in Wiesbaden zu suchen hätte? Spionieren, was?
Ich log eine Geschichte zusammen von Aus-der-Straßenbahn-Springen und Beinah-verhaftet-Werden.
»Das sollen wir glauben?«

Seeschaf nahm meine Brieftasche und kuckte in die Fächer rein. Die Bilder meiner Eltern. Mein Vater als Oberleutnant, die Hände auf dem Rücken und den dicken Bauch so vorgestreckt, der lachte freundlich. Und meine Mutter in der Tür stehend. (»Sieht sie nicht aus wie eine Gräfin?«)
»Das ist wohl Ihre Mutter?«

Mr. Seeschaf betrachtete eine Kinokarte und fragte: »Wo waren Sie am 23. September 1947?«
»Im Kino.«

Wie es mir denn so in der Sowjetischen Zone gefallen habe?
Schlecht, sagte ich. Im Brot wär Adlerfarnwurzelmehl, und wer in die SED einträte, bekomme ein Radio.
Herrn Prof. Gunthermann hätten sie durch die Tür erschossen und die alte Frau von Eschersleben vergewaltigt.
»Wann ist das denn gewesen? 1945? Aber das ist ja schon drei Jahre her?« – Ob eigentlich viele Russenkinder herumliefen in Rostock?

Noch mehr erzählen von der Ostzone.

Die Einführung der Tau-Ze-Läden. Die Bevölkerung hungere, und da liege alles in Hülle und Fülle.
Und die Bodenreform, dagegen wär ich auch. Jedenfalls nicht so.
Und daß wir Russisch lernen müßten.
Ich wär für den Westen.

»Und dann holen sie ja alles raus«, sagte ich schließlich.
»Was denn?«
»Babywäsche, Kupferplatten, Zement, Nähmaschinen ...«
Eine Ladung Zement hätten sie in Leningrad einfach auf den Kai geschüttet. Regen drauf, aus.
Und die Sache mit den Lackfässern. Mit einem Meißel hätten sie den Lack da rausmeißeln müssen.

Woher ich das alles wisse?
Von meinem Bruder, der wär am Hafen und aus den Frachtbriefen.
Frachtbriefe? Was denn für Frachtbriefe? – Sie standen auf.
»Die Frachtbriefe, die ich in meinem Koffer habe.«
»Sofort holen!«
(»Junge sieh dich vor!«)

Ich holte das Paket, und in der Bierstadter Straße war schon alles bereit. Da war sogar der Chef gekommen aus seinem Zimmer. Eine graue Gesichtsfarbe hatte er, vermutlich von nächtlichen Verhören.
Sie zeigten sich die einzelnen Positionen.
Großartig! Aber natürlich an sich gar nichts Besonderes. Völlig wertlos, aber immerhin.
Ob sie das haben könnten?
Deshalb hätte ich das ja mitgebracht, damit das Unrecht hier bekannt wird. Und beim Friedensvertrag, daß das dann berücksichtigt wird. Die Russen könnten meinetwegen herausholen, was sie wollten, wenn es auch schwer wär, das

mitanzusehen, aber doch nicht heimlich! Und so zu tun, als wenn nichts gewesen wär.
»OK, OK.« Die Frachtbriefe könnten sie wohl verwenden. Hier, für meine ehrliche Gesinnung: 2 Stangen Camel. »Und wenn Sie mal was brauchen, dann kommen Sie zu uns.«

In der Tür drehte ich mich noch einmal um und fragte, ob sie mir nicht eine Stellung im Buchhandel besorgen könnten?
OK, die Stellung im Buchhandel bekäm ich. Klar.
Und wie's mit Zuzug und einem Übergangsjob wär?
Ach ja. Wieder reinkommen und hinsetzen. Das hatte man ja ganz und gar vergessen. Wie machen wir das? Ganz einfach. Ich hätte ja selbst erzählt, daß ich vom Russen verhaftet worden wär...
»Nee, beinah!«
»Ach so. Na dann verhaften wir Sie hiermit.« Ich wär hiermit verhaftet.
Seeschaf riß meinen Wehrpaß kaputt.
Und hiermit entließen sie mich wieder. Nun wär ich aus amerikanischer Gefangenschaft entlassen. Nicht wahr? Und ohne Papiere. Nun könnt ich mir bei der Stadtverwaltung vorläufige Entlassungspapiere holen, dann wär alles OK.
Und heute könnt ich noch in die Arbeitskompanie, da rufe er an.
Und dort auch aufpassen, ob sich da nicht SS-Leute breitmachten, und ob die vielleicht Waffen haben. Wenn einer was sagt, sofort melden.

Ich bekam eine Stelle im Sales Commissary, das war so ungefähr das Beste, was es gab, so eine Art Schlaraffenland. Henry, der Leipziger, der seiner Frau getrocknetes Weißbrot schickte, hörte davon.
»Du scheinst ja gute Beziehungen zu haben«, sagte er.

»Wenn du mal was übrig hast, du weißt ja, das schicke ich dann meiner Frau.«

Das Sales Commissary war ein Selbstbedienungsladen, da durften nur Amerikaner kaufen.
Türme aus Schmalzbüchsen, Mauern von Bohnenkaffee, Butter-, Käse- und Fleischburgen.

Ich bekam ein weißes Jackett
Be ever in clean white dress!
und einen Hygienebeutel mit Seife, Zahnpasta und Rasierklingen.
Have ever short hair!
Die Ohren hatte ich mir vorher ausgeputzt.

Meine erste Arbeit war: Ein Schild schreiben.
CLOSED
das sollte über Mittag an die Tür gehängt werden. Mit Lineal und Rotstift machte ich das, die Schmalzbüchsen im Rücken. Bloß jetzt ordentlich arbeiten, nur keine Vertreibung aus diesem Paradies.
Sergeant Keßler, ein kurzgeschorener Haudegen, riß das sorgfältig konstruierte Schild kaputt und schmierte auf einen Fetzen Packpapier eben schnell ein »closed«. So mache man das.
Wir Deutschen seien wirklich ein Idiotenvolk.

Ich wurde an die Kasse gestellt und mußte checken. Bald ging's mir immer schneller von der Hand. Die Kasse durfte nicht aufhören zu rappeln, so war das am elegantesten.
22 Cents on sugar
75 Cents on eggs
1.23 Dollar on coffee
Und die Waren mit der Linken nach hinten schieben, die Babykost, die Fleischbrocken, Flieder mitten im Winter.
Draußen warteten alte Männer, die darum baten, den jungen hübschen Amerikanerinnen die Sachen ans Auto tra-

gen zu dürfen. »Many thanks m'dam«, sagten sie, wegen der Zigaretten, die sie dafür bekamen.

Die Zuckerpreise gingen dauernd rauf und runter. Das kannten wir nicht, das war faszinierend. Mal kostete die Tüte 22 Cents, dann 25 Cents oder auch bloß 20 Cents. »Das ist die freie Wirtschaft«, sagte mein Nachbar, ein rothaariger Este, »Angebot und Nachfrage.«

Die Butter kam aus Dänemark. Gesalzene Lurenbutter.

Die Amis in dunkelbraunem Uniformjackett, hellbraune Hosen, blanke Messingknöpfe und an der Mütze die Wappen sämtlicher US-Staaten, Fahnen, Schwerter, Kanonen. Frauen in pyjamaartigen Hausanzügen und je älter, je döller geschminkt. Brillen wie Teufelsbrillen, alles voller kleiner Teufel, aus Perlmutt und rosa. Glatzköpfige kleine Jungs, die wie Farmer aus dem Mittleren Westen aussahen.

Fleisch, Kaffee und Zucker durften die Amerikaner nur einmal pro Tag kaufen, dadurch sollte der Schwarzmarkt gedrosselt werden. So mancher lachte mich freundlich an, dann wußte ich schon, die zweite Büchse Kaffee da unten, die sollte ich übersehen.

Manche waren grantig.
»May I see your Commissary Card?« Die wollten die Commissary Card nicht zeigen. Diesem verdammten Deutschen müssen wir freien Amerikaner den Ausweis zeigen? Unerhört!

Die Frau des Base Commanders wusch das Brot zu Hause mit Wasser und Seife, weil die Deutschen es angefaßt hatten.

Eine Frau verärgerte ich, weil ich sie nicht verstand. Mail

Box, ob da ein Briefkasten ist, fragte sie. Ich dachte Mehl-Box und rannte und suchte einen Karton.
Sie sprach aber auch sonderbar, so rollend und jaulend. Sie hätte ja nur den Brief zu zeigen brauchen.

Einer andern Frau rutschten die Eier aus der Tüte. Sie kullerten den Tisch entlang und platschten auf die Fliesen. Ja, das letzte auch noch. Die Milch kippte auch noch um, und ergoß sich über ihren Pelzmantel. Das war eine englisch-sprechende Französin, die wollte mir gleich an den Kragen. Eine wüste Schimpfsalve, und alles latschte durch die ausgelaufene Milch. Der ganze Laden war im Nu ein Schweinestall.
Ein Offizier sagte: That guy ist unschuldig oder was. Sie wär das selbst gewesen, er habe das beobachtet. »Holen Sie einen Lappen!«
Damit war ich erstmal aus der Schußlinie.

Einer, ein netter Kerl, der immer so sympathisch lächelte, sagte zu unserm Sergeant Hoffmann: That goddam fool hat mir 3 Dollar 50 geschenkt. Damit wollte er mich reinreißen, ich hätte nicht richtig gecheckt. Hoffmann war viel zu gutmütig, um das zu kapieren, der lachte bloß und sagte: Oh, oh, diese Deutschen.
»Holen Sie einen Lappen«, dies war sein einziger deutscher Satz.

Ich hatte ein grünes Mädchen auf dem Kieker. Sie wußte es wohl und nutzte es aus, um mehr und mehr Kaffee zu schmuggeln. Haare am Bein, einen weiten langen Rock. Gitty hieß sie und schrieb ihren Namen links. Wenn sie mit ihrem Wagen kam, steuerte sie erstmal auf den roten Esten zu, und erst im letzten Augenblick kriegte sie die Kurve. Immer hatte sie mehr Kaffee, als sie durfte. Schließlich brachte sie 3 große Büchsen an. Ich sollte schnell machen, ihr Bus fährt gleich. Und immer kuckte sie auf ihre schmale goldene Uhr, daß der Bus gleich fährt, und ich tat ihr den Gefallen. Und als sie weg war, fand ich unter meiner Kasse eine Packung Zigaretten. Die war 100 Mark wert.

Ein andermal streifte sie mich leicht mit der Hand und beugte sich mit mir gemeinsam über den Bill, ob das auch alles richtig ist, und dabei kitzelte mich ihr Haar, und ich roch es.
War ihr da nicht was hingefallen? Da mußte man doch rasch mal die Kasse verlassen und suchen. Am Rocksaum entlang und um die Fußspitzen herum.

Der Este schäkerte mit zwei Schülerinnen, die ihre Mathematik nicht konnten. Strümpfe ohne Nähte hatten die an. Das war auch was Neues.

Der Chef war mir wohlgesonnen. Er sah meine Uniformbreeches und die Schaftstiefel und fragte, ob ich Soldat gewesen sei.
Nein, zu jung.
»Can you type?«
Das verstand ich nicht. Er lächelte und sagte es mehrmals, immer wieder. Meine Kollegen riefen schließlich: »Schreibmaschine! Ob du Schreibmaschine schreiben kannst!«
Sobald ich entnazifiziert sei, könnte ich nach oben ins Büro kommen und dort als Angestellter arbeiten. (Das war gar nicht so vorteilhaft, denn die Angestellten kamen nicht an den Broken Stuff ran.)

Jeder mußte entnazifiziert werden, auch wer nie in der Partei gewesen war. Da gab es dann diese berühmten Fragebögen. Ob ich schon gefragebogt sei. Die waren länger als ein Konnossement.

Broken Stuff: Abends durften wir mit nach Hause nehmen, was ein bißchen vergammelt war. Angeschimmeltes Brot,

gesprungene Gläser (es sprangen sehr viele in diesem Geschäft), ausgebeulte Büchsen. Es war immer schwierig, an den Kram ranzukommen. Die alten Hasen waren fixer, die kannten die richtige Tour.
Hatte Sergeant Hoffmann Dienst, dann nahm ich eine Büchse Schmalz und haute eine Beule rein. »OK«, sagte er und ließ mich damit gehn. Das interessierte ihn überhaupt nicht. »OK, OK, OK, los, los, los!«
Bei Keßler war das nicht so einfach, der drückte und roch und fummelte. Und wenn man gegangen war, rief er einen zurück und drückte und roch und fummelte noch einmal.

Im Klo präparierten sich die Spezialisten. Da saß einer, der klebte sich Speckscheiben auf den nackten Bauch. Vorsichtig schritt er damit durch die Kontrolle. Zu Haus wurde das abgepellt und verkauft.
Ein anderer ging etwas breitbeinig. Einen Beutel hatte er zwischen den Beinen wie einen Euter. Darin war Nescafé. (Beim Abflubben griffen sie da nicht hin.) Er zeigte das leere Glas vor, ob er das mitnehmen dürfe? Und draußen füllte er um.

Der Klüwer hatte es am tollsten getrieben. Er hatte in den Abfall Pfunde Butter geworfen, beste Sachen. Draußen nahmen Freunde das in Empfang.

Bevor ich aufs Klo ging – natürlich nur, wenn Gitty schon dagewesen war – griff ich mir unauffällig ein Glas mit daumengroßen Würstchen. Das wurde dort in großer Eile hinuntergeschlungen. Einmal nahm ich Korinthen mit statt Rosinen, das war ein Reinfall. Und an einer getrockneten Aprikose brach ich mir ein Stück vom Zahn ab.

Wir mußten das Klo für »coloured people« benutzen, das störte manchen.

Auf dem Gang in den Keller hielt man nach Kippen Ausschau. Mit dem Fuß schnipste man sie in eine Ecke. Jeder hatte sein Nest. Das wurde abends ausgenommen. Hauptsache, es waren keine Menthol-Zigaretten drunter. Sechs, acht Kippen, schöne lange, das war ein guter Tag.

Spaß machte das Einräumen der leeren Regale. »Wer will heute abend noch hierbleiben?« Da machte ich immer mit. Rollschienen wurden vom Lager in den Laden gelegt, und dann kamen die Kisten angeschest. Runterreißen, aufbrechen. Vor lauter Kraft nicht mehr wissen, was man anstellen soll.
Dazu gellende Jazzmusik

Don't fence me in!

Wenn wir fertig waren, gab es gebratene Wurst mit Eiern und Bohnenkaffee, und Keßler zeigte sich menschlich und sagte, was die Deutschen doch für Schweine sind.
Jaja, was sind wir Deutschen doch bloß für ein verrücktes Volk. Und gemeinsam überlegten wir, wie man die Deutschen noch tiefer in den Gully hineinstecken kann.
In der Völkerfamilie hätten sie jedenfalls nichts mehr zu suchen.

Im Supply Room wurden mir schwarz gefärbte Ami-Sachen verpaßt. Besonders gut waren ein Hemd und ein Paar Schnürstiefel. Nun war ich auch ein Mann in Schwarz. Wenn auch ein kleiner.

Sonntags ging ich mit Fritz durch die Straßen. »Hast du gesehen, wie der Schwesinger gekuckt hat? der wär am liebsten mitgekommen!«
Das hätt uns noch gefehlt. »Wir sind doch nicht Krethi und Plethi.« Der konnte sich ja nicht mal richtig unterhalten.

Schön hier in Wiesbaden, nicht? Aber was soll letzten Endes werden? Na, wird schon werden.

Wir sangen den Blumenwalzer aus der Nußknackersuite, wobei Fritz die Oboen sehr schön nachahmte. Auch einen Truthahn konnte er, dann drehten sich die Leute um.
Wenn einer an uns vorbeiging, der irgendwas Besonderes an sich hatte, dann machten wir ihn sofort nach. Einen Mann zum Beispiel, der sich die Lippen leckte.

Oder wir erörterten den Unterschied zwischen Schlauheit, Klugheit und Weisheit.
Oder: wie es kommt, daß grade wir beide so gute Freunde sind. Eigentlich einzigartig in der Art.
Und noch nie gestritten!

Meine Mutter, was das für eine fabelhafte Frau wär, sagte er, und mein Bruder, dieser originelle Kauz: ›Ah! da kommt mein Freund Legeune, hat der wohl einen Kipfen für mich?‹

Villen ankucken.
»Die kämen uns eigentlich zu«, sagte Fritz. Diener würd' er auch sein wollen, dann könnte er wenigstens in einer Villa wohnen. Und dann die Frau pimpern, wenn der Mann nicht zu Hause ist. Oder die Töchter.

> Hihi! lachte das Scheusal,
> sprang auf die Kommode
> und fraß von der Hummermayonnaise.

Sie in Königsberg, und wir früher in Rostock. Wenn die Scheiß-Nazis bloß nicht gekommen wären. »Vielleicht hätten wir uns dann in Garmisch beim Skilaufen kennengelernt.«
»Aber auch nur vielleicht.«
Gut, daß es alles so gekommen ist. Wenn wir den Krieg gewonnen hätten, dann schöben wir jetzt vermutlich in Narvik Posten.

Gräfe & Unzer. In Königsberg habe es Gräfe & Unzer gegeben, die größte Buchhandlung Europas.

Und Marzipan, Königsberger Marzipan. Und Königsberger Klops.
Was es in Rostock eigentlich gegeben habe? »Mecklenburger Pfeffernüsse.«

Einmal mieteten wir uns eine Pferdedroschke und fuhren die Taunusstraße entlang.

Hinaus in die Ferne
mit Butterbrot und Speck,
das mögen wir so gerne,
das nimmt uns keiner weg!

Mit offner Weinflasche prosteten wir den Kirchgängern zu.
Wieschbade. Die sagten hier ja Gockel und Hinkel, Scheuerbamble! und Kamilleblommedippedierche. Wiesbaden, auf der ersten Silbe zu betonen. ›Ei wie ist's denn, Herr Legeune?‹

Einmal in der Woche gingen wir zur GYA, German Youth Activities. Da gab es Round-Table-Gespräche. Ein jüdischer Offizier leitete das. Mit seiner Frau wollte er der deutschen Jugend Demokratie beibringen, was er durch besonders höfliches Benehmen schon gleich andeutete. Die Umerziehung der deutschen Jugend. (Er hielt uns die Tür auf.)
Gleich zu Anfang zeigte er uns die fürchterlichsten Dias von KZ's. Mit ernster Stimme sprach er dazu, und das Klikken des Apparats war einbezogen in die Feierlichkeit der Darbietung.
Es wurde klargestellt, daß wir von diesen Geschichten nicht wegkämen, nie! Wie in einer Sackgasse. Hier zum Beispiel, dieser Mann, an den Armen hinten aufgehängt... Und hier, die Bevölkerung Weimars bei der Besichtigung der Buchenwald-Leichen.
Das bliebe an uns, da könnten wir uns drehen und wenden, wie wir wollten.

Einer sagte, es sei nachgewiesen worden, daß mehr Deut-

sche in den KZ's gesessen hätten, als es deutsche SS-Bewacher gegeben habe.
Da wurde der Offizier sehr ernst und streng. Nein. Sowas wolle er nicht hören. Demokratische Meinungsäußerung OK. Aber nicht die KZ-Sache. Da gäb's überhaupt keine Diskussion.

Die Lichtbilder wurden immer grausiger, so daß wir uns schließlich nicht mehr muckten.
Dann aber: Wenn wir alle, die wir hier säßen, wenn wir unser ganzes Leben dransetzten, das Unrecht wiedergutzumachen in demokratischer Aktion und Kampf für die Freiheit. Und wenn jeder einzelne wieder einen wirbt, der auch sein Leben dransetzt, und diese Leute wieder andere gewönnen, dann, ja dann würde er uns achten, und dann würden wir auch wieder durch eine der Sache selbst innewohnenden Logik aus dem Schlamassel herauskommen.
Er meine, genausoviel Gutes tun, wie wir Schlechtes getan hätten, das wär die Lösung. Seinen Weg geradeaus nehmen, nur nach seinem Gewissen handeln.
Und dann würden wir eines Tages auch wieder in die Völkerfamilie aufgenommen werden. Eines Tages. Davon sei er überzeugt. Und dafür werde er sich einsetzen, und wieder andere Demokraten, wenn die bei uns die Initiative sähen, von der er eben gesprochen habe, die würden sich dann auch einsetzen.

Er sprach auch von demographischen Nachkriegsverschiebungen. Damit meinte er die Flüchtlinge und Umsiedler.
Und daß seine Frau schon immer eine andere Partei gewählt habe als er, und daß sie trotzdem glücklich verheiratet seien. – Und seine Frau nickte und war froh, daß sie das bestätigen konnte, daß sie eine andere Partei wählt.

Und was Jazzmusik ist, das erklärte er uns auch. Chick Webb und Artie Shaw.

Abends gingen wir ins Kino.
»Träumerei«, mit Matthias Wiemann als Robert Schumann und Hilde Krahl. Er sitzt im Garten. Ob sie die Flöten nicht hört, fragt er, in der Luft, und dirigiert denn so. – Und sie spielt zum letzten Mal die Träumerei, völlig gebrochen. Sie hat fast mehr zu leiden als er. Aber tapfer ist sie, und das muß man anerkennen.

Helga, die kleine Freundin von Fritz, weinte jedesmal »Rotz und Wasser«, wie Fritz sagte.
»Schick ihn weg!« flüsterte sie.

Der Friseur hatte Zahnarztsessel. Darin konnte man liegen.
»Was darf's denn sein?« fragte er.
»Alles«, antworteten wir.
Sonderbar die elektrische Kopfmassage. Wie mit Trommelschlägen auf'n Kopf. Funken kamen da raus.

Die Freundschaft zu Helga wurde intensiver. Ein an sich ganz hübsches Mädchen, aber mit Gitty nicht zu vergleichen. Nur, er *hatte* sie und ich nicht. Wir liefen zu dritt die Bahnhofstraße auf und ab, das ging nicht gut.
Ob ich wüßte, daß mein Gang bäurisch wirke? wurde ich gefragt. »Das stimmt doch, Helga, nicht?«
»Ja, das stimmt.«
Fritz machte vor, wie ich gehe, so plump, immer von einem Fuß auf den andern, wie ein Bär. Na, nichts für ungut. Nicht so gemeint. (Helga lachte sehr.)
Das sei spaßig gemeint, das verstünde ich doch, ja?

Daß ich den Handschuh ausziehe, damit ich besser gestikulieren kann, das fände er allerdings blöd. Ehrlich gesagt. Und »vortrefflich«, so ein albernes Wort. Das verwendet man doch nicht.

Über die Sache mit den »Mecklenburger Pfeffernüssen« hatte er noch einmal nachgedacht. Pfeffernüsse in Mecklenburg wohl, und Pfeffernüsse aus Mecklenburg, aber doch nicht »Mecklenburger Pfeffernüsse« wie etwa »Königsberger Marzipan«. Das Königsberger Marzipan sei früher bis an den Südpol verschickt worden, etwas bitterer als das Lübecker. Wenn das mit den Mecklenburgischen Pfeffernüssen stimmte, dann hätte es ja auch Packungen geben müssen: Lauter Ochsenköpfe drauf, meinswegen. Ob die dann allerdings jemand gekauft hätte, wär 'ne andre Frage.

Was hatte er für einen krummen Rücken, das war mir noch nie so aufgefallen.
Und dann die Fürze, die unter seinem Umhang aufquollen.

Mitte Februar fuhr er nach Augsburg. Da wohnte ein Rostocker namens Lerche, ehemals ein Nazi; 'n paar Geschäfte tätigen.
Mir war es recht, mal allein zu sein. Ich drehte meine Bettdecke zu einer Rolle, und das Kissen versah ich mit Knick.
Ring! ring! beide Maschinen volle Kraft voraus. Allmählich sollte man vielleicht einen kleinen Konserven-Vorrat anlegen für die andern beiden. Aber wo lagern? Wenn hier nun mal kontrolliert wurde.

Neben mein Bett stellte ich zwei Apfelsinenkisten. An die Innenwand wurden die Bilder meiner Eltern geklebt. Und Robert mit Spitzbart. Das war wie ein Privataltar. (»Tue nichts Gutes, Walter, dann widerfährt dir nichts Böses.«)
Auf dem Bett liegen, Salted Peanuts essen, Amis rauchen, (1 Stange hatte ich noch) und die Fotos ankucken. Wie meine Mutter da so in der Tür steht und lächelt. ›Hast du auch deine Ohren gewaschen, mein Peterpump?‹ und mit Kölnisch Wasser den Haaransatz ausgerieben, und die

Schuppen vom Kopf gekratzt, mit ihrem Elfenbeinkamm. ›Sosst mal sehn, mein Jung, du wirst noch mal ein tüchtiger Kaufmann.‹ Der Kamm hatte einen silbernen Griff gehabt. Auch noch ein Stück aus Wandsbek.

Schade, daß man Gitty nicht dahaben konnte. Sie würde für ihre große Wohnung unbedingt eine Hilfskraft brauchen, so träumte ich, Teppiche klopfen, Fenster putzen. Und dann bürgert es sich so ein, daß man ihr das Frühstück ans Bett bringt.
Sonderbar, daß ein Mensch so hübsch sein kann, und daß das andere nicht sehen.

Von der Amerikanischen Bibliothek hatte ich mir das einzige deutschsprachige Buch geholt, ein Buch über Hitler. ›Zusammenhangloses Durcheinander‹, dieser Satz kam fast auf jeder Seite vor. Das Hitlerreich sei ein einziges zusammenhangloses Durcheinander gewesen. Der Autor war Schweizer, der hatte wohl nicht die richtige Übersicht gehabt.

Alte Zeitschriften, Esquire, Zentimeter dick. Die Anzeigen waren interessant: ein Klavier mit einer zweiten Kurztastatur, auf der man Flöte spielen kann oder Trompete. Kinderleicht zu erlernen. Ein glücklicher, gutaussehender Mensch, der es spielt, und ein sehr hübsches Fräulein, das ihn dabei bewundert.
Ein selbsttätig sich öffnendes Garagentor, vom Auto aus zu bedienen.
Und die »Time« mit komischen Titelfotos. Wallace, wie er so am Tisch sitzt und Getreide durch seine Finger laufen läßt.

Ich schnitt Bilder aus und klebte sie in meine Briefe. Einen dicken Mann zum Beispiel, neben die Stelle, wo ich schrieb, daß ich immer so viel esse, jeden Tag, und daß ich schon 65 Kilo wiege.

Nachts versperrte ich die Tür von innen mit dem Tisch und mit leeren Weinflaschen, damit keiner klauen kommt. Abschließen konnte man nicht.

Das Geschimpfe von Rubel unten, weil da einer laut pfeift, und der Cunnilingus an der Wand.

Als Fritz aus Augsburg zurückkehrte, hatte er die Tasche voll Geld. »Reich bin ich nicht, aber blödsinnig begütert.«

Lerche in Augsburg arbeite für den CIC. Nächste Woche fahre er nach Rostock.
Da riß es mich hoch. Rostock? Warum fuhr ich denn nicht auch mal wieder nach Rostock? Nun, wo ich alles erreicht hatte. Ganz legal, auf Interzonenpaß?
Von hier aus ginge das ja.
Mit leerem Koffer hin, mit vollem zurück?
Subjella und Dick Ewers, all die Typen und Gisela und Gina Quade mal wieder sehen.
(»Meinst du, daß das richtig ist?«)
Und mal wieder schön Klavier spielen, und alles besprechen, die ganze Übersiedlung. Sowas kann man doch nicht schreiben.
Und den letzten Frachtbriefjahrgang mit herüberbringen, das wär dann so quasi die Eintrittkarte für die andern beibeiden! Und die Verwandtschaft an'n Mond gehen lassen.

Der Interzonenpaß war schnell besorgt. Viersprachig und zum Zusammenklappen.
Am 1. März wollte ich fahren.
Am Abend vorher wurde Abschied gefeiert, in einem Nachtkabarett.
Ein Konferencier hielt eine verpackte Streichholzschachtel

in die Höhe. Das wär ein Care-Paket. Ein Care-Paket von der German Paket Union: G.P.U. Warum soll man immer nur aus Amerika Pakete bekommen. Und was da alles drin ist! Zigaretten, Butter, Schokolade, Kaviar ... Und immer hielt er die Streichholzschachtel in die Höhe.
Hinterher war Bauchtanz, und die Vortänzerin hakte sich plötzlich den Büstenhalter auf. Weg war er. Wir kuckten uns an: Was iss'n diss?

»Ich würde nicht fahren«, sagte Fritz. »Fahr nicht!« Er stand unter dem Abteilfenster. »Bleib hier, komm, steig aus.«
Aber, wer steigt schon aus mit 'ner Fahrkarte in der Tasche? Und: Rostock, das zog.

Ich sang den Schlager »Hurry Home« und mußte dauernd grinsen. Meinem Bruder Amis anbieten – »Na, du Übelmann?« – und meiner Mutter Bohnenkaffee. (2 Büchsen Nescafé, 8 Packungen Camel und Salted Peanuts hatte ich mit.)

»Ich würde nicht fahren«, sagte Fritz. »Bleib hier.« Am liebsten schlüge er mich k.o. und zöge mich aus dem Zug heraus. Ich sei ja wie besessen.

In Frankfurt gab ich dem Beamten eine Zigarette, damit er mir auch ja eine Zulassungskarte für den Zug nach Hamburg gibt.
Was es dabei zu lachen gäb? fragte er.

Als der Zug anfuhr, sang ich:

> Es, es, es und es,
> es ist ein harter Schluß ...

Noch war's Zeit. Noch hätte ich aussteigen können.

> Weil, weil, weil und weil,
> weil ich aus Frankfurt muß.

Bei »Ihr Jungfraun« hatten wir »chelmich« kucken sollen.

Löffelholz, auch gefallen. Wir wußten damals gar nicht, was er mit »chelmich« meinte.

Der WAGER von Arno Breker.

Bei Tante Hanni erfuhr ich, daß das 150. Päckchen angekommen war. Nicht ein einziges war verlorengegangen. Für Walthi hatte ich einen Umschlag mit Briefmarken gekauft. »Aus aller Welt«.
Er sagte: »Viel wert sind die aber nicht.«

Onkel Richard saß der Schreck mit der Uhr noch immer in den Gliedern, wie er sagte. Er hatte sie zur Bank gegeben, die Baracke war ihm doch zu unsicher.
Ich sei ein leichtsinniges Bürschchen, ein Windhund. Nichts als Flausen im Kopf.
Onkel Hans sagte: »Wiesbaden? Ein süßes Fleckchen Erde!«
Da wären sie damals auf der Hochzeitsreise abgestiegen.

20

Zu Mittag war ich in Rostock.
Hier roch man schon die See.

Die Bismarckstraße hinunter.
In den Vorgärten Schneeglöckchen und Krokusse. Die Hunde hoben fleißig das Bein.
Die Jungen hatten ihre Murmeln rausgeholt, die Mädchen ihre Rollschuhe, und da fuhr ja wohl sogar noch eins mit einem blauen Tretroller: rätsch-rätsch-rätsch.

Luden Patent kam mit den Armen angerudert. Dem war in den 20ger Jahren die Braut weggelaufen. Jeden Tag ging er zum Bahnhof, ob sie nicht doch noch wiederkommt. Alle 10 Schritt kuckte er sich um.

Zu Haus gab's Brechbohnen mit Bratkartoffeln und dann eine Tasse amerikanischen Pulverkaffee.
»Schön, mein Junge, schön!«
Die Sonne schien ins Zimmer, und der Christusdorn hatte angesetzt.
»Wie groß du geworden bist, und wie wohl du aussiehst! Hast du da denn auch ein eigenes Zimmer?« Was Onkel Richard zur Uhr gesagt habe, und wo die ganzen Päckchen liegen und, »denk mal, Tante Hanni hat geschrieben, die Urne ist *noch* nicht beigesetzt, ist das nicht empörend? Die steht da irgendwo herum? Hastu Worte?«

Erstmal in die Stadt gehen. »Sieh dich vor, da ist Volkskontrolle, jeder kann dir in die Hosentaschen kucken.«
Seifenheimchen und Optiker Baudis: »Geht's besser so oder so?«

Max Müllers Delikatessengeschäft, und tatsächlich, bei Töpfer Wernicke der häßliche Uhu, immer noch.

Am Museum sah ich einen Lkw mit Hausrat. Oben drauf ein Russe mit grüner Mütze und – Manfred. Der hatte mich wohl gesehen, kuckte aber schnell wieder weg. War der denn jetzt bei den Russen?

Auf dem Rosengarten der kleine marmorne Muschelhorcher. Und drüben das Steintor.

Sit intra te concordia
et publica felicitas.

Den Spruch hatte mein Vater mir übersetzt, vorm Platzkonzert. (»Mensch, blasen Sie fis!«) Die Posaunen, die jedesmal anders gezogen wurden, als man dachte, daß sie gezogen werden müßten, der Oboist mit Watte in den Ohren. Und das Glockenspiel. Daß der die Plättchen immer traf! Das war doch sicher gar nicht einfach.

Gisela Schomaker, die jetzt Lander hieß, traf ich vor der »Krim«.
(Der Lagebuschturm; hier war 1491 der Handwerkerführer Hans Runge hingerichtet worden.)
Sie trug ein Kleid aus Foulard-Seide, blau mit türkisfarbenen Punkten. Ein richtiges Nachmittagskleid. Als kleines Mädchen hatte sie Lederhosen angehabt, und mit Hanning war sie gegangen und mit Kutti und mit Subjella.

Der sei so gemein, der Lander, sagte sie, er spreche kaum noch mit ihr!

Hinter der Stadtmauer gab sie mir einen Kuß, ich hatte schon Auf Wiedersehen gesagt, da kam sie nochmal zurück und küßte mich hart und kräftig auf den Mund, ein gewaltsamer Kuß.
Hübsch sah sie eigentlich nicht aus.

Ich fuhr mit der Elektrischen bis zum Hopfenmarkt. Linke Hand am linken Griff. Beim Abspringen leicht nachtänzeln, ein, zwei Schritt, das hatte man ja gelernt.

Auf dem Hopfenmarkt traf ich dann den Lerche aus Augsburg.

Die dunkle Nacht ist nun vorbei,
und herrlich beginnt es zu tagen.

Früher war er Fähnleinführer gewesen. »An den Horizont marsch-marsch!« Nun war er bei der CIC.
Wenn ich zu Fuß gegangen wäre, hätte ich ihn nicht getroffen. Oder eine Bahn später oder eine früher. Aber dann wäre ich ihm vielleicht am nächsten Tag begegnet.

»Na, hast *du* schon was?« fragte er. – Fritz habe ihm erzählt, daß ich auch für die Freiheit sei. »Pro re III« sollte ich mich nennen, wenn ich ihm mal eine schriftliche Nachricht zugehen ließe.

Vom Neuen Markt kam eine Russenstreife. ›Die kriegen mich nicht‹, dachte ich.

Am Abend wurde es dann gemütlich. Wir saßen in dem mit Möbeln vollgestellten vorderen Zimmer, und ich erzählte von der 2005th Labor Company und von den Typen und natürlich vom Commissary, und daß die Amis ihre Strümpfe nicht stopfen, sondern wegschmeißen.

Mein Bruder überlegte, ob er sich den Bart wieder abnehmen soll, wenn er in den Westen geht. »Was meinst du?«
Meine Mutter trug ein altes, auf Taille gearbeitetes Kleid, in das eine Blumengirlande eingestickt war, von der sie wie eine Göttin des Glücks umwunden wurde. Den grünen Familienring hatte sie aufgesteckt, und mit gespitzten Fingern arbeitete sie nach langer Zeit mal wieder an einem Ocki-Deckchen.

Es sei sehr still geworden, sagte sie. »Wenn der Mann tot ist, kommt keiner mehr, denn ist man verratzt.« Cornelli wär noch der einzige, die treue Seele. Der habe sich immer wieder nach mir erkundigt.
»Ja, ein braver Mann ...« sagte Robert.

Matthes sei dagewesen, nachts, ganz abgehetzt, mit flakkernden Augen. In der Wohnung sei er herumgelaufen: Alles umsonst! habe er gesagt, er müsse flüchten. Wie *ich* das angestellt hätte. Alles umsonst ...
Irgendeine dunkle Sache, er habe nicht so mit der Sprache herauswollen. Was Politisches. Und so laut habe er gesprochen, die jungen Leute nebenan hätten alles mitgehört: »Was war denn gestern los bei Ihnen, Frau Kempowski?«

Tante Basta lag im Krankenhaus, und Erich von Lossow hatte Abitur gemacht.
Heinemann ermordet ...
Was, Heinemann? Wo die Söhne alle gefallen sind, und die Druckerei ausgebaut?
Ja, Heinemann. Er habe Holz besorgen wollen, in der Markgrafenheide, und dort sei er ermordet worden. Im Moorgraben hätten sie ihn gefunden.
»Die haben das Unglück aber auch gepachtet.«

Meine Mutter setzte die Ellenbogen auf den Tisch und rieb sich die Augen, daß die Bälle von einer Seite in die andere gequetscht wurden.
Dann holte sie einen Zettel.
»Denk mal, wir haben schon 300 Päckchen geschickt. Das Silber ist drüben und ein Teil der Bettwäsche. Nun wollen wir die Bücher schicken.« Ein Lexikon, dächte sie, einen Atlas, und dann mit den gesammelten Werken beginnen.
Vatis Regimentsgeschichten könne man wohl ad acta legen.
Sorgen machten ihr die Bilder.

»Die stellen wir bei Herrn Cornelli unter, bis es wieder andersrum kommt.«
Und das Meißner... Vielleicht könnte ich schon mal die Kaffeekanne und Zucker und Sahne mitnehmen? Und sie dann später jeder zwei Tassen?

Kapitän Lüpke habe eine Kiste rübergeschafft und drei Matratzen, sagte mein Bruder.
»Wie wir das durch den Zaun gekriegt haben, das ist ein wahres Bubenstück!« Das wolle er mir später mal erzählen.

Sie lerne jetzt fleißig Dänisch, sagte meine Mutter, vielleicht könne sie ja eines Tages zu Ursel. Die kleine süße Mette sehen. Die schönste Zeit verpasse man.
Ulla, die gute Deern. So fleißig, und ein zweites Kind im Kommen. Und so glücklich verheiratet, ein Tag schöner als der andere.

Ob ich Tante Silbi besucht hätte?
»Nein.«
»Das ist auch besser so, die hat so was Herabziehendes.«

Die goldenen Frackhemdknöpfe von Vati, mit den Rubinen, die hätte sie verkauft, sagte meine Mutter. Ob ich böse sei? »Auch das Spielzeug von dir, die Eisenbahn und die Märklin-Autos. Was sollen wir damit, und die Siedler, die haben so gar nichts.«

Der Rauch kräuselte sich. So hatte mein Vater damals auch immer gesessen, mit seiner Zigarre, und die Post durchgesehen. Und sich die Hände gerieben, wenn wieder was geklappt hatte.

Roberts neuestes Lieblingswort war »innert«. »Innert dreier Jahre haben sie es nicht fertig gekriegt, einen Unternehmerverband ins Leben zu rufen«, sagte er. Er meine, wenn's demokratisch zugehen soll und eine Gewerkschaft besteht, dann müsse es doch auch einen Unternehmerverband geben. Er meine, *wenn* sie uns schon das Gas abdrehen wollten, dann sollten sie es wenigstens offen sagen. Das könnten sie doch einfacher haben.

Mich hielt er für einen Hauptkerl. Ich hätte eine 5. Nase und einen 6. Sinn. Immer wieder mußte ich erzählen und vormachen, wie die Eier da den Tisch runtergekullert sind, und wie die Halb-Französin geschimpft hat.

Die Frachtbriefe habe er schon bereitgelegt. Da sprächen wir morgen drüber.
Außerdem: er kenne jemand, der arbeite in einem Konstruktionsbüro, der habe »eventunell« noch etwas für mich. Momentan sei der auf Urlaub, aber innert einer Woche komme der zurück.
»Kann sein, daß der'n paa Maak dafür haben will.«
»Ist das nicht gefährlich, Kinder?« sagte meine Mutter.

Dann stand mein Bruder plötzlich auf und sagte: »Auf Wiedersehen.«
»Wieso Auf Wiedersehen?«
»Ich muß jetzt nach Warnemünde, gleich fährt der letzte Zug. – Hast Du noch eine Stabbel für mich?«
»Da hat er 'ne kleine Freundin«, sagte meine Mutter, »fährt da immerlos hin, zu süß!«

Sie ging ans Klavier und spielte »Glücks genug« von Robert Schumann. So schwellend, und ab und zu taucht ein Ton draus auf, das ist dann die Melodie.
Dies Stück hatte sie als junges Mädchen mal vorspielen müssen, war wahnsinnig aufgeregt gewesen, und die Wiederholung hatte sie vergessen.

Klavierspielen: Früher, wenn sie mal was gespielt habe, in

ihrer jungen Ehe, dann hätte ihr holder Gatte gerufen: ›Was ist denn das?‹ und schschscht! sich hingesetzt und das auch gespielt. Da habe sie das dann gelassen.
Schade, daß ich nicht weitergemacht hätte mit der Klavierstunde. »Du warst so schön im Zug.«
Frau von Lossow habe gestrahlt, daß ihr Sohn das Abitur so glatt bestanden hat. Und zuerst habe er doch gar nicht recht gekonnt.
»Das hättst du auch geschafft, mein Jung. Mit Kußhand. Na, egal.«

Im Morgengrauen holten sie mich aus dem Bett. Zwei trugen Lederjacken. Da hast du was zu melden, wenn du wieder rüberkommst, dachte ich.

Walter Kempowski

HUNDSTAGE
Roman. 420 Seiten, Ln.

IM BLOCK
Mit Zeichnungen des Verfassers. 304 Seiten, Ln.

UNSER HERR BÖCKELMANN/
HERRN BÖCKELMANNS SCHÖNSTE
TAFELGESCHICHTEN
Sonderausgabe beider Bände im Schmuckschuber

AUS GROSSER ZEIT
Roman. Sonderausgabe. 448 Seiten, Ln.

SCHÖNE AUSSICHT
Roman. Sonderausgabe. 544 Seiten, Ln.

TADELLÖSER & WOLFF
Roman. Sonderausgabe. 478 Seiten, Ln.

UNS GEHT'S JA NOCH GOLD
Roman. Sonderausgabe. 372 Seiten, Ln.

EIN KAPITEL FÜR SICH
Roman. Sonderausgabe. 390 Seiten, Ln.

HERZLICH WILLKOMMEN
Roman. 352 Seiten, Ln.

HABEN SIE HITLER GESEHEN?
Deutsche Antworten. Nachwort von Sebastian Haffner.
118 Seiten, Ppb.

IMMER SO DURCHGEMOGELT
254 Seiten, Ln.

HABEN SIE DAVON GEWUSST?
Deutsche Antworten. Nachwort von Eugen Kogon.
152 Seiten, Engl. Br.

WER WILL UNTER DIE SOLDATEN?
144 Seiten mit 185 Abb.

BEETHOVENS FÜNFTE UND MOIN VADDR LÄBT
Die Buchkassette der Hörspiele. 104 Seiten mit Tonband